華文文學的
大同世界

劉登翰◎著

人間出版社

目　錄

華文文學的大同世界

一

「華文文學」——這樣一個整合性的概念，是從什麼時候，在一種怎樣的思考背景上，被提出來的？相信對於關心華文文學學術發展的研究者，這是一個尚未被充分重視的有價值的問題。

在中國大陸，一般都認為，「華文文學」的正式命名，始於1996年在江西廬山舉行的第六屆學術研討會上。這裡有一個曲折的過程。中國近代以來特殊的歷史遭遇，使中國南部瀕海的疆域——臺灣、香港、澳門，在東西方殖民者的侵佔下，處於一種政治上與母土的「碎裂」狀態。「第二次世界大戰」以後的兩大陣營對壘和新中國成立，加深了這些地方與祖國大陸的政治對峙和文化的「盲視」。因此，當20世紀七八十年代以來，無論世界還是中國大陸政治格局的變化，都使對峙的雙方首先從文化上（文學是其中重要的一環）有一種彼此重新「發現」的喜悅與驚詫。最初是少數有條件接觸到香港、臺灣文學資料的研究者，「探險」似的進入這一領域。但到1982年於廣州暨南大學召開的第一屆香港臺灣文學研討會，標誌著這一研究逐漸從零散的個人的學術行為，轉化成為有計劃有組織的學科性建設的開始。但很快人們就意識到，最初被作為「臺灣作家」研究的諸如聶華苓、於黎

華、白先勇等，他們更確切的身份是從臺灣移居美國的美籍華人作家；而與此同時，正在復蘇的東南亞華文文學，也進入與東南亞諸國交往密切的廣東、福建學者的視野。於是，在 1986 年於深圳大學召開的第三屆學術研討會，便在「臺灣香港」（第五屆的中山會議增加了澳門）之後，添了一個「暨海外華文文學」，以示研究視野的拓展。然而，「臺港澳文學」是中國文學，而「海外」則是別國的文學，二者並置不僅拗口，也引起一些爭議。於是，便有了廬山第六屆會議以「世界華文文學」的易名。易名本應是對物件的一種重新定位和詮釋，然而「華文文學」在中國大陸的命名，有著這樣一個長達十餘年的學術背景，重新命名之後的「世界華文文學研究」，實際上並未脫離原先的「臺港澳暨海外華文文學」的研究框架和軌跡，無論觀察與分析的對象、視角或方法，並沒有產生具有結構性意義的改變。

在海外，對漂離母土的華人及其族裔文學的關注和討論，從很早就開始。但大都是對於具體作家創作的批評和介紹，還不是我們今日所說的帶有整合性意義的「華文文學」研究。手頭沒有詳細資料進行更深入的探討，不過我以為，1989 年在新加坡舉行的「華文文學大同世界國際會議」，是較早的重要一次。「大同世界」的會議主題，和包括中國（大陸、臺灣、香港）在內的會議參與者的廣泛性，使它具有了整合性的視野和意圖。在這次會議上，提出了一系列有關華文文學整合性建構的論題，諸如「多元文學中心」、「雙重經驗書寫」等等，對後來華文文學的研究實踐，產生深遠影響。稍後，美國柏克萊大學的亞裔系，連續兩屆以「開花結果在海外」為主題，舉辦了有眾多國家和地區作家和研究者參加的華人文學國際學術研討會。雖然如會議主題所標示的，關注的重心是「開花結果在海外」的華人文學書寫，但參與者的廣泛性和論題的深入是前所未有的。最近的一次在 2006 年春天，由王德威主導的美國哈佛大學東亞系，邀請了來自美國、

臺灣、香港、馬來西亞的華文作家以及留學美國的中國學生，舉行了一場人數雖不多但題意深遠的「華語語系文學研討會」，從另外一個視角，與中國大陸的海外華文文學研究展開對話。其論題包括中國經驗與中國想像在地域、族裔、社會、文化、性別的移動與轉化，華裔子民移徙經驗和典籍跨越，翻譯與文化生產，多元跨國的現代經驗的世界想像等等，對「華語語系文學」這一概念內涵，提出了新的理論闡釋。

回顧從國內到海外的華文文學研究，有幾點印象值得提出：

一、華文文學是一個發展著的概念。從對其命名到詮釋的游移不定，歧義互見，都說明它尚不成熟。這一點從國內到海外，基本一樣。不同的論者，不同的視角，常會有不同的詮釋。即使同一論者的前後表述，也常有不一致，甚至相左的地方。這是一個新的學科必然經歷卻又急需走出的過程。

二、國內和海外的華文文學研究，存在著認識層面和操作層面上的某些差異。就其對象而言，國內的研究往往把中國大陸的文學摒除在外。這自然有著「世界華文文學」這一概念緣自「臺港澳暨海外華文文學」而來的學科形成的背景。然而，中國大陸本土文學的「缺席」，不僅使號稱「世界」的華文文學研究成為一種「不完全」的研究，更重要的是它意味著在世界華文文學格局中，中國大陸本土文學與其他地區和國家的華文寫作「對話」的缺席。而在海外的華文文學研究者的視野中，這種「對話」十分重要，是華文文學研究必須具備的條件。王德威在他的「華語語系文學」觀念中，就十分強調這種「對話」，他說：在全球化的時代，「華語文學提供了不同華人地區互動對話的場域」，「華語語系文學所呈現的是個變動的網路，充滿對話也充滿誤解，可能彼此唱和也可能毫無交集，但無論如何，原先以國家文學為重點的文學史研究，應該因此產生重新思考的必要」。[1] 實際上，由「對話」所呈現出的不同國家和地區的華文創作的差

異，正是它們獲得獨立生命和價值所在。

三、國內的研究往往不將華裔的非華文寫作包含在內。在國內的學科譜系中，華裔的非華文寫作，主要是外文系的學者關注的對象，因此，便有了「華文文學」還是「華人文學」的命名之爭。儘管這種現象在近年來已有所改變，但它仍然說明，國內的華文文學研究，是以華文書寫為界定的。其關注的中心，是語言所承載的文化傳統，在文學書寫中的回歸與變異。而華裔的非華文書寫，其核心不在語言而在創作主體的族性，更多關注的是華人族屬身份所包容的文化，在異文化土壤中的隔代生存與變化，以及如何將華族的文化身份轉化為一種文化資源，從而在所居國多元文化的網路中構建華族的文化地位。

四、無論國內還是海外，文化都是華文文學研究者關注的重心，只不過其側重面各有不同。中國大陸的學者最初更多的是關心海外華文書寫的中華文化傳承，對中華文化在異文化時空環境中的融合與變化，是近年才逐步得到重視的主題。而海外「新移民」作家，如其主要的理論發言人陳瑞琳所表述的，是在生命的「移植」中對母體文化的「放棄」和「尋找」，在擺脫「家國文化」的心理重負中，「重新審視和清算自己與生俱來的文化母體，從而在新的層面上進行中西文化的對話」。[2] 而在王德威的「華語語系文學」觀念裡，是在中文書寫的越界和回歸中，作為一個辯證的起點，探討「中文書寫如何承載歷史中本土或域外書寫或經驗，多元跨國的現代經驗如何在歧異的語言環境中想像中

---

1   王德威：《華語語系文學：邊界想像與越界建構》，載《中山大學學報》（社科版）2006 年第 5 期。

2   陳瑞琳：《「迷失」和「突圍」——論海外新移民作家的文化「移植」》，載《思想文綜》第 10 輯第 236 頁，饒芃子主編，暨南大學出版社，2007 年 5 月版。

國──華人──歷史」。[3] 簡言之，中國大陸學者更多注意的是
文化傳承與變異中的異中之「同」，而海外學者的觀察，更多的
是集中在文化延播與變異中的同中之「異」。

　　五、方法論的問題越來越受到華文文學研究者的重視，特別
是比較文學方法的引人。最先將這一研究方法引入華文文學研
究，同時將華文文學導入比較文學研究範疇的，是兼有著文藝學
和比較文學學術背景的饒芃子教授。她的不遺餘力的宣導，使華
文文學研究者在視野的不斷擴大中，借鑒比較文學的方法獲益良
多。隨著年青一代學者的不斷加入，受到關注的方法論問題對華
文文學研究學術品質的提升，有著重要意義。

　　中國大陸與世界其他地區和國家華文文學研究的某些認識上
的不同，是一種客觀存在。有人建議將這種認識差異稱為「中國
學派」。我想「派」則不必，因為中國大陸學者的認識並不一
致，也在變化之中，這是一個有待豐富和完善的學科，稱「派」
為時尚早。但是，差異是對對象不同側面和層面的認識，差異可
能是一種「片面」，但卻由此產生互補的需要，提供對話的空
間，從而使對對象的認識立體化起來。

二

　　華文文學是一種「離散」的文學。這裡所說的「離散」，是
指華文文學散落在世界不同空間的存在狀態。它根源於華人離開
母土的世界性遷徙和生存，這是華文文學重要的發生學基礎。

　　有一個我們習以為常的觀念需要深入辨析。我們常說，華文
文學是與英語文學、法語文學、德語文學、西班牙語文學、阿拉

3　王德威：《華語語系文學：邊界想像與越界建構》，載《中山大學學
　　報》（社科版）2006 年第 5 期。

伯語文學等相同的一種語系文學。這是就語言的世界性存在現象
而言。然而有學者尖銳地指出，這種語言的世界性存在有兩種情
況，在諸如英語文學、法語文學等這些在「語言宗主國」之外，
「世界其他地區以宗主國語言寫作的文學……帶有強烈的殖民和
後殖民辯證色彩，都反映了 19 世紀以來帝國主義和資本主義力量
佔據某一海外地區後，所形成的語言霸權及後果。因為外來勢力
的強力介入，在地的文化必然產生絕大的變動，而語言以及語言
的精粹表現——文學——的高下異位，往往是最明顯的表徵。多
少年後，即使殖民勢力撤退，這些地區所承受的宗主國語言影響
已經根深蒂固。由此產生的文學成為異國文化的遺跡。」[4] 華文
在世界不同國家和地區的流播與存在，不是「殖民宗主國」的
「文化遺跡」，其性質與此完全不同。

　　華文是伴隨著 19 世紀以來華人的海外遷徙，而大量播散世界
的。其時中國正面臨著世界殖民主義的侵擾，迫於生計而無奈謀
生異邦的華人，無論是在經濟發達的國家，還是到同樣處於殖民
壓迫下的欠發達國家，都是弱勢族群，華文在華人所居國的語言
和環境中，也都是弱勢語言和弱勢文化。即使由於華人的刻苦奮
鬥，在經濟發展取得成功，甚至在某些國家，華人經濟成為具有
影響力的強勢經濟，但仍無法改變華人在所居國中語言和文化的
弱勢地位。這一狀況無論在華人政治、經濟都處於弱勢的歐美諸
國，或者在經濟略居強勢的某些東南亞國家，都是一樣的。華文
首先是作為移居海外的華人族群保留母語的一種生存方式而存在
的；其次才通過華人的文學書寫，成為他們銘刻自己幾近衰亡的
族群記憶，再現從國內到海外的雙重生存經驗而獲得精粹體現
的。華人的華文書寫，是一種母語書寫，而其他受到西方殖民的

4　　王德威：《華語語系文學：邊界想像與越界建構》，載《中山大學學
　　報》（社科版）2006 年第 5 期。

國家對宗主國語言的書寫，則是一種被迫的非母語的書寫。即使在殖民勢力潰退之後，依然無法擺脫這一後殖民的文化遺跡。前者是伴隨移民的語言移入，是移民主體對於母語的語言行為，在所居國的語言環境中，是一種弱勢語言；後者則是伴隨殖民而來的語言「殖民」，是殖民者強加於被殖民者的語言霸權。二者有著性質上的根本不同。

華人在海外的生存，經歷了從華僑到華人再到華裔的身份變化[5]。華人身份的每一變化，同時也反映在華文文學與其文化母體的錯綜文化關係之中。20世紀中葉以前的中國海外移民，保留著「雙重國籍」的政治認同，不論其是否加入移居國國籍，也不論其數代不歸，都被視為中華子民，即為華僑。此時他們的文學書寫，是一種華僑文學，是中國文學的海外支脈，其政治認同與文化認同是一致的。20世紀中葉以後，中國政府取消了「雙重國籍」的政治認同，海外華人為了生存和發展需要，大多選擇加入所居國國籍，他們的身份由華僑變為海外華人，成為所居國多民族構成的一個成分——華族。在政治認同的國籍改變之後，在文化認同上卻無法完全改變，實際上存在著華人對自己母體文化與對所居國文化的雙重認同，或者不同程度地在自己族裔文化基礎上融吸所居國的本土文化，從而形成了具有所居國文化特色的華族文化。政治認同與文化認同的不完全一致，是這一階段華族文化的特點。而到他們數代之後的華裔，已經融入在所居國的社會文化環境之中，政治認同與文化認同已趨於一致。在許多情況下，緣自他們父祖而來的無法改變的族裔文化身份，正逐漸變為一種身份文化，成為他們參與所居國多元文化建構的一種資源。無論他們用華文寫作或非華文寫作，他們是透過自己已經認同的

5　劉登翰、劉小新：《華人文化詩學：華文文學研究範式的轉移》，載《東南學術》2004年第6期。

所居國文化，來重新辨識和書寫自身的華族文化——儘管這種
「辨識」和「書寫」，充滿了誤讀和重構，卻成為華裔文學書寫
普遍性的特徵。

正是在這個意義上，中國的海外移民，成為散居於世界不同
地理空間和政治空間中各自獨立存在的中華族裔，而反映他們生
存經驗的文學書寫，卻難以完全割斷母體文化的精神脈絡，在雙
重文化的認同、融吸和重構中，既相聯繫又各自獨立地呈現為所
居國少數族裔（華族）的文學存在。華文文學客觀的這種「散
存」狀態，是我們觀察和思考並重新進行對話、比較和整合的無
可迴避的事實。

三

然而，華文文學這一概念的提出，是一種整合性的視野，是
面對「離散」的一種想像的整合建構。

其實，所有後設的文學概念，都是一種想像的建構。從本質
上說，文學書寫是一種個人化的行為，每個作家都根據他獨特的
人生經歷和審美體驗，進行個人化的創造。但每個作家的個人化
創造，同時又被納入一個系統之中，不但他生活在這個社會文化
的網路系統之中，從書寫的語言方式，到感受的情感結構和傳達
的文學形態，都不能不受到這一文化網路的制約，從而使個人化
的寫作深烙著這一群體性的文化印記。正是作家個人化的文學書
寫，同時成為一種社會化的行為，才使文學研究更為普適性的想
像的建構成為可能。

國家的或者區域的文學史書寫，是在政治疆域的邊界之內，
對文學發展進行跨時間的建構。這種建構雖然有著歷史書寫者各
自的性格和特徵，但總的說來，他並不能擺脫家國敘事的背景，
或者竟就是家國敘事的一個部分，一個側面。

　　然而華文文學，是超越政治空間的想像，它打破疆域，是一種超地理和超時空的整合性的想像。

　　中國的海外移民，使華人成為一個世界性的「散居」的族群。事實上，並非每個移居到世界任何地方的華人，都「單個」地生活著，不管他願意或不願意，他都生活在、或被視為生活在某個族裔的網路之中。他的膚色，他的語言，以及他的文化——從心理到行為，是一種無形的紐帶，將他們「歸納」在一起；更何況還有一個有形的「唐人街」，成為他們族裔和文化存在的象徵。海外華人的「散居」，實際上是一種「離散的聚合」。「離散」是相對於他們的母土，而「聚合」則是相對於他們在海外的生存方式。中華文化隨著移民的攜帶而傳播世界，也成為一種「散存」的形態。「散」是指其流播，而「存」，則是一種文化延續的存在狀態。海外華人是通過自己一系列的文化行為，從華文教育、華文報刊到華人社團等等，不斷地實現這種族裔和文化的整合，以保存和抵禦異文化環境對自己族群和文化的壓迫與侵蝕。在這個意義上，華文文學書寫也成為一種文化政治行為，是華人對自己族裔的歷史記憶與生存狀態的銘刻與建構。在這種記錄自己獨特生存歷史與經驗的文學書寫中，不同國家和地區的華文文學，不僅有了自己迥異於母體的獨特的性格與色彩，也有了自己自立於母體的文化與文學的價值與生命。

　　華文文學這一跨域建構的概念提出，包含著一個理想，那就是1989年在新加坡會議上所提出的「華文文學的大同世界」。因為它是「華文」的（或華人的），便有著共同的文化脈絡與淵源；又因為它是「跨域」的，便凝聚著不同國家和地區華人生存的歷史與經驗，凝聚著不同國家和地區華文書寫的美學特徵和創造。它們之間共同擁有的語言、文化背景和屬於各自不同的經驗和生命，成為一個可以比對的差異的空間。有差異便有對話，而對話將使我們更深刻地認清自己，不僅是自己的特殊性，還有彼

此的共同性。華文文學的跨域建構。就是在共同語言、文化的背
景上肯定差異和變化的建構，多元的建構。每個國家和地區的華
文創造，既是「他自己」，但也是「我們大家」。這就是我們所
指認的「華文文學的大同世界」。

2007 年

命名、依據和學科定位

一、肯定和質疑

學術自審是一個學科走向成熟的必經途徑。

如果我們把 1982 年 6 月，由廣東和福建七個單位聯合發起在暨南大學召開的第一屆香港臺灣文學研討會，[1] 看作是世界華文文學研究由個人行為走向學科建設的開始，那麼，20 年後，我們重返暨南園，來舉行中國世界華文文學學會成立大會，則意味著這一學科經過 20 年的努力，已經初具規模並正逐步為社會和學界所接受。較之 20 年前，我們看到，這一領域已經形成了一支相對穩定的、包括老中青不同年齡層次和知識背景的學術梯隊：對學科所涵括的「空間」（範疇）的差異性，及其性質和特徵，有了基本的認識、限定和規範：對這一領域繁富的相關資料，有了初步的積累和梳理；在這一基礎上，推出了一批從作家、作品、思潮、流派的專題研究，到帶有整合性的文學史書寫的學術成果。

1　最初聯合發起召開第一屆香港文學學術研討會的七個單位是：暨南大學中文系、中山大學中文系、華南師院中文系、中國當代文學學會台港文學研究會、廈門大學臺灣研究所、福建社會科學院文學研究所和福建人民出版社。

沒有 20 年來這不止一代人的學術積累,世界華文文學作為一個新的學科為社會所接受,將是不可能的。

然而,這只是問題的一面;問題的另一面是,作為一個新的學科,華文文學研究比較於其他傳統學科,還只是初步的,幼稚和不成熟的。一個值得研味的偶合是,當人們在肯認華文文學的同時,一篇由汕頭大學四位學者連署的全面質疑 20 年來華文文學研究的長文,在《文藝報》華馨版上加了按語發表,[2] 它幾乎成為 20 年來沒有多少爭論熱點的華文學界反響最為強烈的一個學術事件。儘管對該文的許多判斷和立論,我難以苟同[3],但我仍然認為:肯認與質疑,這兩件看似偶然,卻又同步發生的事情,背後有其必然的因素。它確實反映了目前華文文學研究面臨的某些困境,和人們急欲突破的躁動心情。20 年來,華文文學研究從無到有,從最基礎的資料搜集到研究的展開,其成果主要體現在「空間」的拓展方面。這對於一個尚處於草創階段的新的學科,當然是十分重要的基礎性的工作。但既然作為一個學科來建設,僅僅止步於平面「空間」的展開遠遠不夠,更重要的還必須有自己學科的理論建構,從學科的範疇(內涵、外延)、性質、特徵的界定,到反映學科特質的基本理論和研究方法的確立,才能開拓學科研究的深度「空間」,獲得學科獨具的「專業性」。對理論的長期忽視——或者說對本學科理論建構的無暇顧及,是窒礙華文文學研究突破和提高的關鍵。即如企望從理論上為華文文學研究打破困局的汕頭大學四位學者的文章,也同樣在理論上存在許多混亂。他們對過往 20 年華文文學研究指責最烈的是文化民族

2   文藝報 2 月 26 日吳奕錡、彭志恒、趙順宏、劉俊峰的文章《華文文學是一種獨立自足的存在》。

3   參閱文藝報 5 月 14 日華馨版筆者與劉小新合寫的文章《都是「語種」惹的禍?》,該文收入本書,見第 94 頁。

主義。然而他們卻對民族主義、文化民族主義、狹隘的民族主義
和狹隘的文化民族主義，以及與之相關的民族性、民族意識等等
概念的來龍去脈，相互關係，在不同歷史語境中的發展變化與影
響作用，並沒有做出合乎實際的界定與區分，而只是籠統地把語
種寫作等同於文化的民族主義，從而將 20 年來華文文學創作與研
究，都一概視為文化民族主義全面否定。其粗暴和簡單化的背
後，不僅是學術態度的失慎，更是理論觀念的失範。意在從理論
上打破困局，卻更深地陷入理論的困局，這不能不令我們深思。
它從另一個側面提醒我們，加強華文文學研究的理論建構，已是
當務之急。

正是在這個意義上，我感到學術自審的重要和必要。肯定是
一種自審，而質疑也是一種自審。不能因為某些不恰當的、過激
的批評，就放棄這種自審。因此我雖不苟同汕頭大學四位學者文
章的觀點，卻認同它們質疑的意義。在肯定與質疑的辯證認識
中，尋找突破口，我們將走出幼稚，邁向成熟。

二、命名的意義和尷尬

世界華文文學的命名，有著曲折的背景和過程。最初是隨著
中國歷史的巨大轉折，人們發現 20 世紀中國文學的發展，並不僅
只有祖國大陸的一種形態和模式，還存在著同樣屬於中國文學範
疇的臺灣和香港的文學形態和模式。「臺灣文學」和「香港文
學」的命名，便由此而來。這是第一屆暨大會議（1982 年）和第
二屆廈門會議（1984 年）討論的主題。由於最初向大陸介紹臺港
文學的，主要是由臺港移居海外的作家，他們的作品便也被放在
臺港文學之中進行討論。但到第三屆深圳會議（1986 年），人們
已經感到，僅只臺灣和香港，還難以包容世界上諸多同樣用漢語
寫作的文學現象。一方面是那些被放在臺港文學框架中討論的海

外華文文學作家，他們的國家認同大多已經改變，再把他們放在作為中國文學之一部分的臺港文學中來討論，顯然不妥：另一方面，80 年代以來，東南亞歷史悠長的華文創作的復蘇和活躍，逐漸進入我們關注的視野。他們由「華僑」到「華人」的身份變化，使他們較之歐美華文作家更為敏感的國家認同問題，在文學研究中同樣必須慎重地處置，以免引起誤解。於是從深圳會議開始，包括第四屆的上海會議（1989 年），第五屆的中山會議（1991 年）都在臺港澳文學（澳門是中山會議新增加上去）之後，並置了一個「海外華文文學」，作為對中國以外各個國家華文文學創作的總稱。至此，中國本土以外的華文文學「空間」，都被包容進來了。但問題是中國本土以外——或稱境外的華文文學存在，實際上具有兩種不同性質，即作為中國文學的臺港澳文學，和作為非中國文學的海外華文文學。前者的國家認同與文化認同是一致的，後者則是互相分離的。把不同性質與歸屬的兩種文學放在一起討論，仍然不免發生某種尷尬。於是到第六屆廬山會議（1993 年），便打出了世界華文文學的會標，企圖在一個更為中性的語種的旗幟下，來整合無論是中國還是海外所有用漢語寫作的文學現象，超越國家和政治的邊界，形成一個以漢語為形態、中華文化為核心的文學的大家族。世界華文文學的命名由此誕生，並為後來歷屆的學術會議所接受。

　　世界華文文學這一命名，顯然提升了以往對臺港澳和海外華文文學研究的意義。它把臺港暨海外華文文學，作為一種世界性的文化和文學現象，置諸於全球多極和多元的文化語境之中，使「臺港澳」暨「海外」的華文文學，不再只是地域的圈定，而同時是一種文化的定位，作為全球多元文化之一維，納入在世界一體的共同結構之中，使這一命名同時包含了文化的遷移、擴散、衝突、融合、新變、同構等更為豐富的內容和發展的可能性。以這樣更為開闊的立場和視野，重新審視臺港澳暨海外華文文學，

便更適於發現和把握臺港澳和海外華文文學置身複雜的文化衝突前沿的文學價值和文化意義。世界華文文學的命名，體現了鮮明的學科意識，和對這一學科本質特徵的認識。

當然，新的概念一經提出，新的問題便也隨之而來。首先是「對話」關係的改變。原來的臺港澳文學，與之相對應的是祖國大陸文學，二者「對話」所要解決的是 20 世紀中國文學多元的發展形態問題：而海外華文文學，其相對應的是「海內」的中國文學，和海外華文作家所在國的非華文的文學，它們構成兩種不同的「對話」關係，處理的是移民族群的文化建構、文化變異和文化參與等等問題。而世界華文文學作為世界性的語種文學，與之相對應的是同樣作為世界性語種的英語文學、法語文學、西班牙語文學、阿拉伯語文學等。它們形成的多元的「對話」關係，將更多地關注不同文化之間審美方式的差異，和各種異文化之間文學的互識、互證、互動和互補的多重關係。在某種意義上說，更接近於比較文學的研究範疇。「對話」關係的改變，實質也是研究重心和性質的改變，它必然帶來詮釋範式的變化。其次，作為世界性語種的華文文學，毫無疑問應當包括使用華語人口最多、作家隊伍最為龐大、讀者市場最為廣闊、歷史也最為悠久的中國大陸地區文學。然而在實際操作之中，由於祖國大陸文學已有一個龐大的研究群體而自成體系，而華文文學研究範疇的形成，又有自己特定的背景和過程，它往往不把祖國大陸文學包括其中。這就使「世界華文文學」的命名失去了它的本來意義，只是狹義地專指臺港澳和海外兩個部分。而臺港澳文學與海外華文文學不同的性質，使華文文學研究的一些普遍性的理論命題難以形成，也不能互通。例如分析 20 世紀中國文學發展形態的分流與整合的模式，並不完全適用於海外華文文學：而海外華文文學面臨的族群建構的文化問題，也不完全適用於臺港澳文學研究。把臺港澳與海外這兩種性質不同的文學並列一起進行命名，是特定歷史原

因造成的，帶有某種權宜性。對它們深入進行理論追問，便會發現世界華文文學這一命名與實際操作之間的脫節所帶來的尷尬。以致在論者的文章中，往往會出現在共同的命名下，具體的對象卻是游移不定的，或者專指臺港澳文學，或者專指海外華文文學。已被我們所接受和肯定的「世界華文文學」這一命名，是否也應當在重新審視中，使之「名」「實」更為一致呢？在此一問題尚未妥善解決之前，我傾向於在具體討論中將研究對象明確化。本文下面所將談及的，主要針對海外華文文學。

三、學科的背景和依據

中國的海外移民史，中國海外移民的發展史，以及中國海外移民生存的文化方式和精神方式，這是海外華文文學發生和發展的物質基礎；同時也是世界華文文學這一學科得以成立的客觀依據。研究海外華文文學，不能無視或忽視海外華人的生存狀況。在這個意義上，以海外華僑華人作為研究對象而在近年獲得顯著成果的華僑華人學研究，理當成為海外華文文學研究的知識背景和理論資源。同樣，海外華文文學研究，從精神和文化的層面，也在豐富著華僑華人學的研究，二者的相因相承，對深化華僑華人學和華文文學的研究都有重要意義。

20世紀中國的海外移民，就其身份認同而言，大致經歷了華僑──華人──華裔三個互相交錯的發展階段，它們相應地界定了不同歷史時期海外華文文學的性質、特徵和文化主題的變遷。早期的中國海外移民，大多沒有放棄原鄉的國籍，或實行雙重國籍。他們因之被稱為華僑，準此，華僑的文學創作，可以視作是中國文學的海外延伸。但當中國的海外移民，在取消雙重國籍認同，而選擇了所在國家的國籍之後，他們國家認同的政治身份已由華僑變為所在國公民的華人（或稱華族），其用漢語寫作的文

學，雖然在文化認同上不一定出現根本的變化，但已經不能再認為是「中國文學的海外延伸」了，而成為所在國多元文學構成的一部分。早期的華僑和後來的華人，在其移居的國家或地區，絕大多數都是少數族群。他們以文學敘述的方式參與弱勢族群族性記憶的建構，使二者在文學的文化主題上，有基本一致的一面，例如強調對於原鄉文化的承襲，普遍抒寫著懷鄉思親的文化情緒，等等。這些題材和主題的普遍存在，有其必然性和合理性。不能把所有海外華文文學抗拒族性失憶的自我歷史建構，都當作文化的民族主義進行批判，二者有著根本性質的不同。從華僑到華人，還面臨著另一個在國家認同之後更深入的文化適應和新變問題，即華人文化與本土文化的交融涵化，這是海外華人文化生存無法迴避的問題。它同時也呈現為進入「華人」時期的海外華文文學在文化主題上與華僑文學不同的變化與發展。而對於華裔，即在當地「土生土長」的華人移民的後代，幾乎已經完全適應或被「本土化」了的生活方式，使他們無論用華文，或用當地語言寫作的文學，較多地表現為站在所在國主體文化的立場上，重新消解、利用自己固有的族性文化，在移植、誤讀和重構中，作為少數族群自身的一種文化資源，參與到所在國多元的文學建構之中，表現出不盡相同於「華人」時期新的文化精神與文學特徵。

　　上述對於華僑、華人和華裔作歷時性的劃分，只是就其大致的發展趨勢而言。事實上，三者之間身份的並存和轉換，是無時都在發生。隨著新移民的不斷出現，他們互相交錯、重疊。在這個意義上，華僑、華人和華裔，還是一種共時性的現象。

　　近年華人學的研究，十分關注華人身份的這種變化。戰後以來，圍繞中國海外移民的身份問題，曾經出現了幾種有代表性的學術思潮的轉換。從戰後初期的「華僑不變論」，到六十年代的「華人同化論」，走向八十年代以王賡武為代表的「華人多重認

同論」，理論思潮的更迭，從另一方面反映半個多世紀來中國海
外移民生存狀態的急劇變化；同時也說明了華人學研究重心已由
原來立足於中國、研究中國海外移民社會與母社會之間存在的原
形與變形的文化關係，轉向將海外華人族群放置於居住國的歷史
脈絡之中，來探討海外華人與所在地的民族、國家建構過程的結
構關係 4。這一反映當下海外華人生存境況變化的華人學研究的
轉型，對海外華文文學研究重心的轉移，應當有所啟示。過往那
種專注於尋找海外華文文學與原鄉文化之間薪傳性和延續性的研
究，只是海外華文文學歷史發展的一個方面，而不是全部。從文
化身份的自我建構，到以自己的身份文化對所在國的積極參與，
是當下海外華人生存狀態正在發生的重大變化之一，也是海外華
文文學一個新的文化主題。從固守唐人街，到走出唐人街，海外
華文文學無論創作還是研究，都應當敏銳地抓住當下華人生存的
新境況，作出新的回應。借鑒華人學的研究，運用華人學研究實
證的社會學和文化人類學的方法，重視田野調查，重視考察海外
華人社會和華人生存境況的變化，考察海外華人多重認同對華文
文學的影響，考察海外華文文學的族性文化想像與族群建構的功
能及其變化，等等，這一切都將極大地豐富海外華文文學研究的
文化內涵，使華文文學研究取得新的突破。

四、文化研究和學科定位

　　20 年來的世界華文文學研究，經歷了兩次研究場域（對象）
的轉移。第一次是在 20 世紀 90 年代前後，在此之前的研究重點
集中在臺港澳文學方面；但隨著 90 年代初期最早進入這一領域的

4　參閱朱立立的文章《華人學的知識視野與華人文學研究》。載《福建論
　　壇‧人文社會科學版》2002 年第 5 期。

研究者有關臺港澳文學史著述的完成，90年代以後的研究重心便轉向海外華文文學方面。這一變化可從歷屆研討會出版的論文集中看出端倪。第五屆中山會議之前的論文選題，還以臺港澳文學占多數，出席會議的境外作家、學者，也以來自臺港澳的居多。而此後的幾屆研討會論文選題，則逐漸轉向海外，與會的嘉賓也以海外作家、學者為多數。不過這裡所說的「海外」，主要集中在東南亞。另一次研究場域的轉移正在發生，隨著80年代以來新移民浪潮的出現，新移民文學成為一個新的關注熱點。新移民主要集中在美國、加拿大、澳大利亞和東亞的日本。對新移民文學現象的關注，相應地也帶動了對這些地區華文文學發展的整體關注。它使得海外華文文學的研究重心，又逐漸地傾向了北美等一些新的地區。海外華文文學研究的這兩次轉移，都只是一種空間性的研究對象的轉移，在方法論上並沒有發生太大的變化，基本上還是承襲自傳統的現當代文學研究的審美批評和歷史批評的研究範式。當然不可忽視的是近10年來華文文學研究隊伍出現的某些結構性調整，即一些原來從事文藝學、比較文學和當代文學研究的學者，更多地參加到華文文學研究中來，而每年都有一批經過比較嚴格學術訓練的碩士、博士畢業生，成為華文文學研究的新生力量。他們不同的學術背景和知識結構，為華文文學研究帶來了新的風氣。不過，整體說來，華文文學研究尚未改變它過多偏重於鑒賞式的審美批評的局限，而過度與研究對象的不相一致的審美詮釋，其所帶來的審美的尷尬，便成為學界對華文文學研究最大的詬病之一。頻繁的研究空間的平面轉移，雖有著新建學科拓展研究範疇的必然性，但也說明華文文學研究存在著難以深入的理論稀薄和方法單一的問題。

打破陳舊、單一的研究模式，尋求新的理論資源，建構符合華文文學自身特質的理論體系，便成為突破華文文學研究困境的強烈呼喚。正是在這一背景下，文化研究從理論到方法，重新成

為華文文學研究界關注的熱點。

本來，從文本學的觀點分析，海外華文文學的文本價值就是多重的，對海外華文文學也可以有多種讀法。一方面可以把它作為歷史文本來讀，一部分海外華文文學記載了中國海外移民的艱辛歷程，極大地彌補了早期移民歷史文獻的不足。例如反映20世紀初期華人移民美國所受到的不公遭遇的《埃侖島詩鈔》，不一定有很高的審美價值，卻成為那一時期移民經歷和心聲的反映。其次是可以把它作為文化文本來讀，海外華文文學所參與的海外移民族群拒絕歷史失憶的自我文化建構，和反映的複雜多層的文化關係，具有極大的文化價值。正是在這個意義上，文化研究的許多理論和方法，從文化人類學理論、族群文化建構理論、全球化語境下的文化多元化理論，到後殖民理論、女性主義理論等等，都可能是我們深入拓展華文文學研究深度空間的重要理論資源和方法。人們寄希望於文化研究能夠把華文文學研究從平面空間的拓展，引向理論的深入和突破，也在於此。當然，海外華文文學首先是作為文學文本存在的，許多優秀的海外華文文學作品，具有很高的審美價值。不過由於種種原因，並不是所有的華文文學都能達到可供分析的審美高度。如果因為海外華人作家堅持華文寫作的艱辛，就盲目讚賞，使華文文學批評變成不負責任的「讚美修辭學」，或者因為其審美價值不高，而輕率否定，這都會給海外華文文學研究帶來損失。海外華文文學歷史價值、文化價值和審美價值的文本同一性，和其價值含量的不一致性，是一個悖論式的客觀存在。當然最理想的結果是海外華文文學的歷史價值和文化價值都建立在審美價值的基礎之上，是通過審美認識而獲得的，確實有一部分華文文學作品達到了這一高度。雖然並非所有的作品都能做到這樣，但其透過文學文本所傳達出的歷史資訊和文化資訊，仍然應當為我們所重視。對它們價值的充分認識和互相補充，將是充分發揮華文文學文本價值的一個有益而

有效的工作。

　　當然,我們重視文化研究的理論和方法,並不認為要以文化研究來代替華文文學研究,把文學折零打散,變成文化研究的材料。有一種觀點認為:「那種華文文學研究在方法論上的轉換,對『文化的華文文學』而言,不過是修修補補式的小打小鬧,與『文化的華文文學』的宗旨是大相徑庭的。」因為,這種「小打小鬧」的「對華文文學進行文化批評」,是「跟『文化的華文文學』分屬兩種不同的範疇。也就是說,語種的華文文學是屬於學科內部方法論轉換的範疇,『文化的華文文學』則屬於『文化研究』中某種新學科建立的範疇。」5 這裡已經說的很明白,所謂「文化的華文文學」將不再屬於文學研究的範疇,它的學科定位在「文化研究中某種新學科」。這是一種華文文學取消論。在我看來,引入文化研究的理論和方法,正是為了更好地確立華文文學研究的文學定位,說它是方法論上的修修補補、小打小鬧也好,期待它給困境中的華文文學研究帶來某種突破也好,華文文學研究的學科定位都不會改變,它的定位就在文學。文化批評是我們深入進行文學研究的一種理論和方法,並不能因為我們重視了手段和工具,就以手段和工具取代了本體。這是一個本來並不複雜、但仍須深入辯析清楚的問題。

2002 年

5　　參見《華文文學》2002 年第 2 期《浮出地表的「文化的華文文學」》。

關於華文文學幾個基礎性概念的學術清理

　　有關華文文學命名及其詮釋的意見不一，由來已久。華文文
學這一命名的正式提出，始之於 1993 年在廬山舉行的第六屆世界
華文文學國際研討會，此前的五次研討會，都以臺港（或臺港
澳）暨海外華文文學名之。饒芃子在回溯這一命名的變化時説：
「有感於世界範圍內的『華文熱』正在加溫，華文文學日益成為
一種世界性的文學現象，華文文學和英語文學、法語文學、西班
牙語文學、阿拉伯語文學一樣，在世界上已形成一個體系，經過
充分醖釀，發起並成立了『中國世界華文文學學會籌委會』。」
「『世界華文文學』的命名，『籌委會』的成立，意味著一種新
的學術觀念在大陸學界出現，即：要建立華文文學的整體觀。也
就是説，要從人類文化、世界文學的基點和總體背景上來考察中
華文化和華文文學，無論從事海外的華文文學研究，還是從事本
土華文文學研究都應當有華文文學的整體觀念。因為世界各國多
姿多彩的華文文學向我們昭示，華文文學發展到今天，已到了一
個新的階段，很應該加強這一『世界』的內部凝聚力，把世界華
文文學作為一個有機體來考察和推動。」1
　　這是受到普遍認可的華文文學研究界對自己學科命名的基本
認識。在饒芃子的詮釋裡，我們注意到兩點，首先，華文文學是

作為一個語種文學的概念突顯出來的，以求使已成為世界性文學
現象的華文文學與英語文學、法語文學等相並列，這是華文文學
命名形成的學理性基礎和動機；其次，強調華文文學的世界性整
體觀，認為「只有這樣，才能聯合世界範圍華文文學的研究力
量，彼此協調合作，進行華文文學的整合研究和分析研究，在不
同國家、地區人們的視野融合的基礎上，尋求新的起點，創造新
的未來」[2]。這是華文文學命名的功能性意義。毫無疑問，華文文
學觀念的提出，較之前此的「臺港澳暨海外華文文學」，是學科
建設一次具有標誌性的認識跨越。

　　然而，這一以語種為認識基礎的華文文學觀念，在後來的討
論中，由於詮釋的不一，也由於視野和認識的不斷擴大與深化，
受到了一些質疑。主要來自兩個方面，其一是 2002 年 2 月由汕頭
大學四位學者引發的那場頗為引人注目的爭論。他們直指「語種
的」華文文學，歷數其所帶來的「文化民族主義」的弊端和罪
過，企望以實際上是建立在生存和生命哲學基礎上的「文化的華
文文學」取而代之[3]。其二是在海內外諸多論文中不斷有人提出
的「華人文學」的概念，以避免華文文學語種限定所帶來的局
限。這可以梁麗芳在 2002 年美國加州大學柏克萊分校舉行的海外
華人文學研討會提出的論文《擴大視野：從海外華文文學到海外
華人文學》為代表[4]。「華人文學」論的提出並不全盤否定語種
的華文文學，而是鑒於海外華人和華裔非華語寫作的普遍存在和

1　饒芃子：《中國世界華文文學學會籌備經過學科建設概況》，載第十二
　　屆世界華文文學國際學術研討會論文集《新視野，新開拓》，第 5-6
　　頁，復旦大學出版社 2002 年 10 月版。

2　出處同上

3　吳奕錡、彭志恒、趙順宏、劉俊峰：《華文文學是一種獨立自足的存
　　在》，《文藝報》2002 年 2 月 26 日「華馨版」。本文對「文化的華文
　　文學」的相關引文都出自這篇文章，不再另行標出。

客觀影響，不滿語種的華文文學摒棄海外華人非華浯寫作的狹隘性。但這一命名的提出，所將涉及的華文／華人文學更深刻的文化內涵和潛在論題，應當引起我們的重視。

平心而論，華文文學作為一門新興學科的草創性，使我們對自己的研究視域和命題常常存在許多不成熟甚至偏頗的詮釋，即使一些企圖彌補其不足的對於某些命題的批評，也是如此。因此，在華文文學的學科建設上，對於某些基礎性的概念進行必要的學術性清理，就顯得特別重要。本文圍繞學科性質所將討論的幾個相互對立或關聯的概念，如語種的華文文學，文化的華文文學、族性的華文文學等，即是出於這一目的，希望通過概念的釐清與平議，有助於對自身學科的認識。

一、關於「語種的華文文學」

這一概念的形成已久，幾乎約定俗成地伴隨著這一學科從誕生到發展的大部分進程。但再次引起人們對其命名意義和學術內涵的重新審視，則是在「文化的華文文學」論者對其提出的尖銳批評之後。

概念是對歷史和現實經驗的一種抽象，其功用是用來闡釋歷史經驗和回答現實問題。從客觀上看，華文文學是跨越國家文學疆界的一種世界性的文學書寫現象。這種散居的、跨國的漢語書寫，與英語書寫、法語書寫、西班牙語書寫等都是相似的世界性的文化現象。尤其在經濟全球化與文化全球化的今天，文學的越界已成為一種大趨勢，語種的文學現象實際上是文學全球化的一個鮮明的表徵。因此語種文學顯然比以往更有納入文學研究概念

4　載加華作家作品選《白雪紅楓》第 281 頁，加拿大華裔作家協會 2003 年版。

家族和闡釋視域的學理依據和討論之必要。特別自上個世紀 80 年代以來，中國開放了自己的視野，並且更多地參與到世界事務之中，留學熱和移民潮，日益頻密的經貿關係和文化往來，都使華文文學在「漢語熱」的世界性升溫中獲得廣泛的關注和重視。這是華文文學這一學科產生的現實基礎。在華文文學之前綴以「語種」的前置詞予以強調，無非是為了突出其與其他世界性語種文學相並列的意義，其良苦用心是為長久以來處於弱勢的華文書寫爭取一份平等的地位。

因此，「語種的華文文學」儘管從邏輯上看是一個語義重複的概念，但對於世界華文文學學科建設，卻具有不可忽視的意義：

第一、「語種的華文文學」概念為華文文學學科劃出了其研究對象、範圍，提出了學科的論域和全球性視野。它以漢語書寫與想像為紐帶建構了一種文學共同體（有學者稱之為「文學聯邦」或《華文文學的大同世界》——儘管也許只是一種想像的共同體。這是世界華文文學學科的基礎。

第二、「語種的華文文學」概念的提出具有一種文化戰略的意義。韓國華文作家許世旭指出：「英、法、德、西、俄等語種文學，能夠跨越的機遇，是靠他們自己的現實條件和文化背景。他們除了擁有過殖民人家領土的統治經驗與貧富人家生活的經濟力量，還有拉丁、斯拉夫、日爾曼的悠久文化，才能擁有強勢語言，這是曾經掌握過政治殖民主義與經濟資本主義的結果。以英語文學為例：盎格魯撒克遜，早已攫取了殖民地，來佔據統治地位，又以經濟、軍事、科技的力量，來取得領先地位，自然使英語越出英國國境。除了以英語作為母語的英、美、加、澳、紐等國的 3 億 4 千萬人口之外，以英語作為國語的達二十多個，又以英語作為共同國語的也達二十多個國家，已遍及非洲、亞洲、大洋洲等。至於法、德、西、俄語等之強勢，遠不及英語，其中西

班牙語普及中南美諸國與部份美國屬領，法語用到非洲諸國與加拿大的若干地區。這些強勢語言，仗其政經力量，占著優勢，而弱小國家把它當作範型，顯示出文化附庸現象。」[5] 正是意識到這一問題的嚴重性，聯合國教科文組織「有鑒於全球化出現了英語獨霸的趨勢，危及世界語文與文化的多元性」[6]，於 1999 年決定將每年 2 月 21 日定為「世界母語日」，以促進世界語文的多元化和多種語文教育。漢語在世界的傳播是移民的結果。移居海外的華人，運用母語建構自己的族群，但無論政治、經濟，還是文化，都處於相對弱勢的地位，在西方語言的霸權和所居國語言的主導地位面前，漢語（華文）是一種弱勢語言。強調以「語種」概念作為基礎的「世界華文文學」，在某種意義上具有抵抗西方強勢文學與語言霸權的意味，使具有悠久歷史背景和文化底蘊的華文文學，真正崛起並融入世界文學大家庭，進而形成世界各語種文學多元共生的合理秩序。

　　第三、「語種的華文文學」觀念中包含著一種對母語的自然情感，面對母語文學的天然情懷無疑構成華文文學深沉厚重的情感基礎。散居海外的華文作家對母體的回歸是一種文化的回歸，而語言便承載著這一母體文化的深沉意蘊。嚴歌苓在《母體的認可》一文中談到：「在異國以母語進行寫作，總使我感到自己是多麼邊緣的一個人。而只有此刻，當我發現自己被母語的大背景所容納、所接受；當我和自己的語言母體產生遙遠卻真切的溝通時，我才感到一陣突至的安全感。」[7] 的確，人們通過語言的書寫擁有了一個世界。「母語的大背景」無論如何都是華文文學不

5　　許世旭：《華文文學希望跨越民族界線》，《華文文學》2001 年第 1 期。

6　　吳俊剛：《你的母語是什麼？》，《聯合早報》2004 年 2 月 21 日。

7　　嚴歌苓：《母體的認可》，《中國時報》1998 年 3 月 30 日，第 37 版。

能遺忘的文化與審美之維，這是形成與維繫世界華文文學這一文學共同體的基礎，也是華文文學學科建制與知識生產共同體的基礎。

　　勿庸諱言，「語種的華文文學」有其先天的局限。語種的限定／界定顯然使大量存在的華人、華裔非漢語寫作的作品及其文學現象，遠離華文文學的研究視域。這也正是加拿大華人學者梁麗芳在其《擴大視野：從海外華文文學到海外華人文學》論文中所特別感慨和強烈呼籲的原因。梁氏以美、加為例，列舉了從 20 世紀初加拿大華裔作家水仙花（Edith Eaton, 1865-1914）到 20 世紀末的哈金，一百年來華人作家大量非漢語寫作的情況，指出這是與海外華人作家華文寫作並存的一個重要部分。它們在移居國，「被認為是屬於邊緣性的寫作，可是，他們的邊緣性卻成為華裔發聲、自我肯定、反抗強勢控制、重建本身族裔歷史的場域」[8]。2002 年 11 月在美國加州大學柏克萊分校舉行的「開花結果在海外──海外華人文學研討會」上，澳大利亞華人詩人和學者歐陽昱甚至提出了《告別漢語：21 世紀新華人的出路？》這一命題，他詳細地論述了華人及其子裔在海外的生存境況，為了謀生也為了獲得主流社會的認同，必須放棄母語，掌握和運用所居國語言的現實，使得「告別漢語」成為 21 世紀新華人，也是 21 世紀新華人的海外寫作無可奈何的必然選擇。的確，許多年來華文文學研究很少關注華人非漢語書寫的文學，這一忽略或忽視顯然令人遺憾。它影響了我們對海外華人文學創作的完整認識和整體闡釋，同時也使華文文學的研究喪失了可供參考的維度，以及一系列繞有趣味的跨文化的研究課題。華文文學研究對非漢語寫作的漠視，一方面是受制於目前大多數華文文學研究者的外文能力，另一方面也是「語種的華文文學」這一觀念本身的圍限。上

8　同 4，第 285 頁。

世紀90年代以來屢有關於「華文文學」還是「華人文學」的命名
的爭論，便是對「語種的華文文學」學科觀念本身局限性的質
疑。爭論雖然未有結果，但它關涉到這一學科的研究對象和範
圍，不能不予重視。顯然，打破華文文學研究自設的「語種」框
限，開放邊界，把它的批評視域和研究範疇向華人的非漢語書寫
的文學經驗擴展，已是必不可免了。

二、關於「文化的華文文學」

「文化的華文文學」這一概念是汕頭大學四位青年學者在一
篇引起爭議的論文中提出來的。「文化」是一個有著太多語義的
概念。從文化的視角研究華文文學，或者闡釋華文文學的文化內
涵，即近年來頗為熱鬧的文學的文化研究，這是早已有之，並成
為華文文學研究者追求的目標之一。但這並不是「文化的華文文
學」論者的本意，這一概念的提出是針對「語種的華文文學」而
來的。當論者對「語種的華文文學」進行意識形態分析，「發
現」其背後隱藏著「文化的民族主義」情緒，從而提出「文化的
華文文學」與之對抗，並企望用以代之時，論者在這裡使用的
「文化」這一用語，就有了具體、特定的學術語義，其所引起爭
論的尖銳和對立，便也不言而喻了。

現在這場爭論已經事過經年。我們可以離開當時爭論的特定
語境，重新審視這一觀念提出的是是非非，論者的初衷與不足
了。

首先應當肯定的是，這一概念的出場意味著新生代學人對華
文文學研究領域未能取得突破性進展的不滿與焦慮。他們企望從
基本的研究理念出發，尋求學科建設和華文文學批評的新路線
──從對華文文學學術史批判性的思考開始，建構華文文學研究
新的知識圖景。這種良好的意願當然值得嘉許。事實上，「文化

的華文文學」論者的確也發現了我們以往華文文學研究存在的不可忽視的問題和困境，那就是對世界華文文學共同性的高度重視與過度闡釋，以至於忽略了華文文學的具體性和獨特性。許多跡象表明，人們對華文文學批評中的普遍主義，缺乏某種必要的自省意識，更沒有認識到普遍主義的限度。因此，當「文化的華文文學」論者強烈呼籲「華文文學研究將自己的研究對象還原到對居住或居留於世界各地的華人作家的生命、生存和文化的原生態的關注上。這就是我們所屬意的『文化的華文文學』的要義之所在」時，「文化的華文文學」論的價值和意義就真正顯示出來了。顯然，他們是在生存方式和生命表現的意義上理解和使用「文化」這一有著如此眾多涵義的概念的，而且把華文文學對華人生存境況和生命形式的表現、再現、記憶與銘刻，視為華文文學研究至關重要的學術任務和重心。這顯然不同於以往偏重於討論與揭示華文文學中華性意蘊的研究理念和學術思路。這一提示對華文文學研究的多樣化視域的形成，無疑是有積極意義的。上世紀 90 年代初期，我們曾提出華文文學研究的「分流與整合」的思路，在這個架構中我們特別強調對不同國家、地區和個體的華人不同的「文化與生存境遇」應給予充分的理解、同情和重視。的確，在追求華文文學的整合研究的同時，有必要對文學分流及其形成分流的諸種個性化、歷史性和脈絡性因素予以充分的關照。唯有如此，整合研究才不至於犧牲如此複雜多元的異質性元素和獨特的生命形態。因而，辯證地處理「分流」和「整合」、特殊與普遍的關係，應是華文文學研究不可或缺的題中之義。

由是，我們說過：「文化的華文文學」是個有價值的命題。無論是從文化研究的意義，還是從作者所認定的生存與生命哲學的意義來界定這個「文化」，都是值得我們肯定的。

然而，當論者把「文化的華文文學」和「語種的華文文學」對立起來的時候，就流露出該文在立論上的浮躁和妄斷。如果說

語言是文化的重要體現，那麼從邏輯上看，「語種的」華文文學
和「文化的」華文文學並沒有本質上的差異，更不形成對抗，它
們之間存在著同構和互補的關係。當論者硬是把二者對立起來
時，這一觀念提出的背後便隱含著一個錯誤的判斷，即認為長期
以來，在「語種的華文文學」概念支配下的華文文學研究，缺乏
對華文文學自身擁有的「獨立自足性」這一「本質屬性」的認
識，而是一廂情願地將華文文學依附在「語種的」總體性之中。
用他們具體的語言表述是：「『語種的華文文學』觀念首先將華
文文學作為文化學存在的本質內涵託付給華文文本的（傳統）語
言學表象，進而憑藉漢語言與中國文化之間的常識性聯繫，將華
文文學存在的自身獨立性交給中國文化。這樣，華文文學事實上
成了後者的附庸。」這一論斷值得注意的是，論者把華文文學的
漢語寫作，僅僅看作是一種簡單的「操作性工具」，而由這個
「被幻想出來的廣大無邊的漢語言世界」所主導的「語種的華文
文學」，「概念的內涵是文化民族主義的基本內容和根本追
求」，其性質是「語言之種類與民族主義合謀的結果」。這樣的
批評顯然是片面和不切合華文文學研究實際的。我們在《都是
「語種」惹的禍》[9]中曾有所分析，這裡不贅。它導致一個弔詭：
以「獨立自主性」作為自己核心觀念的「文化的華文文學」，其
最終指向卻是反文化的——反對被視為「文化民族主義」的中華
文化。判斷的錯誤導致性質的嚴重就在這裡。這一不實的指控引
起軒然大波就很必然。其實，這一對華文文學「獨立自足」的本
質認定，仍然只是一種有著本質主義嫌疑的抽象論斷，而不是從
華文文學的發展歷史與現實經驗出發得出的。相反，以語種為基
礎的世界華文文學觀念，雖然也是一種想像的總體性觀念，但卻

9　　見《文藝報》2002 年 5 月 14 日「文馨版」，又載《華文文學》2002 年
　　　第 3 期，該文收入本書，見第 94 頁。

有著華文文學的歷史和現實經驗為依據。漢語書寫並非是華文文學沒有實質意義的語言表象，語言以及語言背後攜帶的悠久歷史文化積澱，必然影響著文學書寫美學選擇和經驗的再現方式。雖然對它的過度強調，有可能忽視不同國家、地區和個體的華文文學某些異質性、特殊性因素的不足，但絕不是「文化的華文文學」論者所危言聳聽的具有「濃重的、不甚友好的族群主義味道」的「文化民族主義」。

　　「文化的華文文學」與「語種的華文文學」的爭論，讓我們想起發生在 1995 年夏秋之際馬來西亞《南洋商報・南洋文藝》上的一場小小論戰。當時黃錦樹批評林幸謙「過度的文化鄉愁」導致華文書寫對「生存具體性」的忽視，並且把「鄉愁」書寫視為華文文學的一濫調。而林幸謙則認為有關「身份認同、文化衝突／差異、中國屬性，尤其是邊陲課題（Periphery/marginality）等問題，對於海外中國人而言，是可以讓幾代人加以書寫闡發的」[10]。黃、林爭論的中心，與國內這場爭論的題旨頗為相似。所謂「語種的」和「文化的」之爭，實際上可以看作是近年來海外華文文學研究界關於「中華性」和「生存具體性」討論的延續和發展。如今看來，無論在國內還是海外，這一爭論還遠未終結。一方面是「文化的華文文學」論所提出的「生存論」和「生命論」（或者黃錦樹所稱的「生存具體性」）的學理內涵並未得到深入而廣泛地闡述，其學理意義的洞見隱而不彰，也為一些反對者所忽略。另一方面，「生存論」和「生命論」與華文文學蘊涵的「文化中華」和海外華人生存的「華族文化」的意蘊是怎樣關係，而中華文化與華文文學寫作者所居國的文化又是怎樣的關係，它們怎樣共同構成了海外華人生存與生命形態的一種歷史維

10　參見朱立立《原鄉迷思與邊陲敘述》，載馬來西亞《人文雜誌》2000年第 4 期。

度和張力,這才是我們討論「文化的華文文學」所應當熱切關心
和深入闡釋的關鍵。

三、關於「族性的華文文學」

　　「族性的華文文學」這一説法,雖然尚未見有學者正式提
出,我們在一篇文章的注釋中,也只從命名的角度簡略提及這一
概念而未加闡釋。這條注釋寫道:「關於『華人文學』還是『華
文文學』,存在兩種不同意見。前者突出其語言載體,後者強調
其族裔身份。但無論作為『語種的』華文文學,還是作為『族性
的』華文文學,都以文化為核心,則是比較一致的看法。」[11] 這
一認識實際上在近年來一些關於海外華人族群形成和發展的討論
中,已經出現。華文文學的族性或族屬性問題,作為華文文學研
究深入的一個重要層面,也已漸多獲得論者的關注與重視。

　　「族性的華文文學」這一觀念的提出,基於歷史發展的一個
重大事實。20 世紀的中國海外移民,在二戰以後經歷了從華僑到
華人的身份變化。在 1955 年的印尼萬隆會議之前,旅居海外的中
國人,不管是否加入所居國國籍,都仍然保持著中國的僑民身
份,是謂華僑。萬隆會議之後,中國政府明確宣佈取消雙重國
籍,許多華僑為了生存和發展,選擇了所居國籍,他們成了外籍
華人。在這裡,華僑是相對於中國而言,是中國散居海外的僑
民;而華人,則更多的是相對於所居國而言,是所居國多元民族
中的一個華人族群。華文文學書寫,參與所居國多元的文化建構
與文學建構,其族性或族屬性問題,便被突出地強調出來。同

11　見作者提交台港東海大學中文系辦的「戰後初期臺灣文學與思潮學術研
　　討會」的論文:《論五六十年代臺灣文學及其對海外華文文學的影
　　響》,2003 年 11 月。

樣，華文文學在全球性的多元文化與文學建構中，其民族屬性的文化特殊性，是其立足於世界文化和文學的一個指標和基礎。「族性的華文文學」便在這雙重視域上，成為我們深入考察和研究的一個新維度。

華僑或華人，都可能或可以單指個人，但就其整體而言則是一個總體性的概念——華族。從中國的海外移民史看，最初的華僑或後來的華人，受到環境的壓迫和出於生存的需要，往往在聚群而居的聯繫中，通過文化的各種方式，例如家族傳統、宗教信仰、語言文字、習俗儀式以及教育和文學等，銘刻自己的族群記憶，形成族群共同體的自我意識，從而在所居國人口和文化的絕對強勢中，將少數族群的弱勢，轉化成局部區域性的相對優勢。馬來西亞總理馬哈蒂爾當年在談及華人族群時曾說：「我們必須接受一個事實：華人是一個不易被同化的族群。世界各地都可以看到『唐人街』，我們沒有什麼『法人街』、『德人街』等——他們到美國去就變成美國人，說美國話，接受美國的風俗習慣，但華人並不這樣。」[12] 傳統的「族群意識」，是以族群的初始感情和血緣紐帶為基礎的，現代的族群意識則是一種以文化為根基的建構性概念。海外的華文文學作為華人移民經驗、生存方式與精神方式的再現、想像和銘刻方式，既是華族意識直接或間接的反映，同時也以文學書寫參與了華族意識的建構。這是海外華文文學迄今未被研究者所深刻認識的一個重要功能。「族性的華文文學」恰是在這一意義上突出了對海外華人族群建構和族群意識進行研究的必要性和重要性。

在這裡有必要指出的是：「族群建構」和「族群主義」是兩個必須嚴格區分的概念。海外華人的族群建構，是作為弱勢的外

12　參見中國華僑華人歷史研究所編輯出版的《華僑華人資料報刊選輯》，1997 年第 3 期。

來族群為了保存自己族群的文化記憶，和維護自己在強勢族群面前應有權益的一種自我保護性的生存努力；而「族群主義」則是一種自我封閉和霸權擴張的外侵性族群意識和族群行為。無論從客觀還是主觀上看，海外華人族群並沒有也不可能有這種霸權擴張的『族群主義』能力。不區分這點，便很可能在族群論述中，再度成為「文化的華文文學」論者所指控的「文化民族主義」的對象。

　　華文文學在海外的發展中，有一個相應於海外華人身份轉換的由華僑文學到華人文學的歷史承遞過程。在論述這一進程時，有趣的是我們看到了兩種剛好相反的表述：其一是黃萬華在考察東南亞華文文學的歷史發展時，認為其趨勢是「從華族文化到華人文化的轉換」[13]。另一是王列耀在討論東南亞華文文學所呈現的身份意識時，則認為是經歷了從華僑意識到華人意識再到華族意識的變化」[14]。究竟是華族向華人的轉換，還是華人向華族的轉型？概念內涵的不確定便造成了表述的混亂。在我們看來，這一歷史發展經歷兩次轉遞過程，先是由華僑到華人的轉換，其標誌是國籍認同的改變；再是由華人到華裔的轉變。認同了所居國國籍的海外華人，根據王賡武多重認同的文化理論，其國籍認同雖然改變，但文化認同並不一定改變。只有到了他們在所居國出生並在所居國文化教育環境中長大的後輩，即我們所說的華裔，文化認同才有了很大的改變。他們往往站在所居國的文化立場，重構自己的族性文化。他們非華語書寫的文學創作，構成了華裔多語種文學的一個新的發展階段。近年引起華文文學研究界關注

13　黃萬華：《文化轉換中的世界華文文學》，中國社會科學出版社 1999年版，第 187-196 頁。
14　王列耀：《東南亞華文文學：華族身份意識的轉型》，《文學評論》2003 年第 5 期。

並促使華文文學研究開放語言邊界的美國華裔非華語創作，例如湯婷婷等，為這一文學發展提供了富有説服力的例證，也為華文文學研究拓展了一個新的跨文化的思考空間。

　　長期以來，我們的研究的確很少從族性的角度來討論華文文學。在論述文學的族性或族屬性時，也偏重於討論華文文學的中華文化特性，而不是將之放置在所居國多元民族與文化的文學結構中，即從族群文學與文化互動的意義上給予社會學的考察。在這方面，美國對非裔文學（或稱黑人文學）的研究以及相關的少數話語理論，可以給我們提供可資借鑒的理論參照。他們分析非裔文學中「黑人性」的文本特點、編碼方式，把這種闡釋放在黑人的歷史、社會和意識形態等構成的結構性語境中，並且在不同族群的文學與文化互動與權力關係中考察黑人的文化實踐、表徵政治與日常生活政治，從而建構黑人文學理論——一種差異的文化政治。這樣的研究無疑將使我們「傳統」的華文文學研究進入一個新的境界。

　　「族性的華文文學」作為華族意識再現、想像與表徵的一個新觀念，對於華文文學學科理論與方法的建設，有著重要意義。其一，它可能幫助我們改變以往那種在總體性的「世華文學」概念支配下華文文學研究的先天缺陷，使我們的觀察視野真正進入華人社會之中，對華族的生存境況和精神狀態獲得社會學意義上的理解和認識；其二，有助於我們認識海外華文文學的文化身份問題——華文文學是所在國的國家文學的構成部分，是其多元族群文化的一個構成因素，它以獨特的「華人性」即差異美學，參與了所在國文學的形塑與建構；其三，與以上兩點相關，「族性的華文文學」概念，也有助於我們把華文文學重新還原到其發生、生存與發展的文學與文化場域，在多元族群的文學與文化互動、交流與磨擦、衝突與協調中，來探討華文文學的表徵政治與話語修辭策略。

四、關於「個人化的華文文學」

　　前面我們談及的華文文學各種觀念，都是一種總體性的觀念。但總體必須通過個別、普遍性必須通過特殊性才能體現；華文文學的各種總體性觀念只有經過華文作家個人化的書寫，即黑格爾所說的「這一個」才有意義。因此，在肯定華文文學各種總體性的觀察維度同時，不能忘記一個基本的維度，即作家個人化寫作的維度。由之，我們是否還可以形成一個「個人化的華文文學」的認識呢？

　　其實這只是一個常識性的問題，但有時候常識最容易被忽略。回溯以往的華文文學批評，我們往往傾向於把華文作家視為一個離散群體來評論，甚至把許多個性不同、趣味迥異、有著不同美學傾向和不同人生經驗與際遇的作家，納入在同一個闡述框架。華文文學研究中流行甚廣的「文化主義」尤其如此。這種過度總體化的傾向，一方面是某些華文文學文本存在著某種缺乏個性色彩的高度趨同性所帶來的，另一方面也是華文文學研究界總體化學術思維的惰性以及知識的批量生產所造成的。這或許也是我們曾經提倡的整合研究的一個未被我們充分警惕的負面。整合研究是通過個體分析的歸納，達到對文學總體化的認識。這當然是重要而不可少的。這一古老的方法在丹納的《藝術哲學》中有著清晰的闡述：「我的方法的出發點是在於認定一件藝術品所從屬的，並且能夠解釋藝術品的總體。」這一總體的認識分為三步：一件作品屬於作家全部作品的總體；一個作家和他創作的全部作品隸屬於作家更大的總體，即某一文學流派或作家家族：而作家群體又包含在一個更大的總體之中，即「在它周圍而趣味和他一致的社會」15。與這一總體化的邏輯相仿。「文化的華文文學」所強調的生存和生命意識的「本質屬性」，是一個總體；

「族性的華文文學」是一個不僅包括華文作家個人生存經驗還包括華文作家族群意識的更大的總體,而「語種的華文文學」則在語言書寫的背景上形成了具有更廣泛涵括力的總體:它們都隸屬於華文／華人文學這一最大的總體。如果說總體性的歸納有可能加深我們對華文文學特殊性的認識,從而從某一個理論維度深入對華文作家個人化創作所呈現出來的某種共同品質的思考,如我們把華文作家視為一個華人離散的創作群體,使「離散」不僅作為一種生命存在方式,同時也作為一種精神方式和美學特徵來討論,不僅對總體的認識而且對個體的分析都有意義。但需要警惕的是對總體性觀念的過度詮釋和濫用,有意無意地把華文文學簡單納入一種文化主義的總體框架之中,則有可能消解了華文文學創作多姿多采的個人化的生命形態;目前我們的研究,既缺乏對華文文學總體性認識的理論高度,又存在著簡單化地以總體論歸納代替個人化分析的危險。這是我們目前研究的一種困境。也正因為如此,我們一方面強調建立華文文學研究總體性理論的重要,另一方面又認為理論必須建立在華文文學發展實踐和文本分析的基礎之上,理論只提供一種觀察的維度,是我們從個體分析提升並進一步深入個體分析的指南而已。

我們提出「個人化的華文文學」這一或許不易獲得認同的概念,無非是想強調作家書寫的個性化意義,企圖從這種總體論的抽象中抽身而出,朝著相反的方向還原,還原到活生生的作家個體。澳洲的華人作家歐陽昱說過:「作為一個把個性、獨立性、思想和藝術的自由看得高於一切的寫作人來說,他／她在哪兒不是一個『徹底的少數民族』呢?」[16] 每一個華文作家個體的獨特

15　丹納:《藝術哲學》,人民文學出版社 1983 年版,第 4-5 頁。

16　歐陽昱:《告別漢語:21 世紀新華人的出路?》,2002 年 11 月加州大學柏克萊分校舉行的「開花結果在海外──海外華人文學研討會」會議論文。

經驗、想像方式、美學趣味、語言修辭手段，思想以及各種異質
性的東西，偶然的環節，等等，都是形成他作品獨特形態的因
素，應當得到研究者更多的關心。沒有這種對於作家個性化書寫
的極大關注，便很難輕易說獲得了對華文文學總體性的認識。當
然，提出「個人化的華文文學」概念，並非是想以之來取代「總
體性」的華文文學觀念。用「特殊主義」來取代普遍性，和以
「普遍主義」來否定特殊性一樣，都是文學研究不可取的一種片
面。

　　世界華文文學無疑是複雜多元的，任何單一的理論視域和學
術路徑都難以涵蓋其豐富性。其實，無論「語種的華文文學」、
「文化的華文文學」，還是「族性的華文文學」，抑或是「個人
化的華文文學」，都是認識華文文學的維度。它們之間不存在所
謂的對立和對抗關係，而是可以共存互補的，它們共同構成華文
文學研究的多維視野。

（本文係與劉小新先生合作，2004 年）

華人文化詩學：
華文文學研究的範式轉移

一、關於「華人」：一個概念的重新辨識

　　「華人文化詩學」是我們對世界華文文學研究的一種理論期待。我們在一篇討論華文文學研究的文章[1]中曾經提出：世界華文文學要成為一門新的學科，當前必須解決兩個問題：其一，要確立華文文學作為學科對象的自身獨立性，也即是必須讓華文文學從目前對於中國現當代文學依附性的學術狀態中解脫出來，確立自己獨立的學術價值和學科身份。其二，必須進行華文文學的理論建構，也即是要建構具有自洽性的華文文學理論詮釋體系。這裡所謂的「自洽性」，指的不僅是華文文學批評理論的完整性、系統性，更重要的是指這一理論必須和作為「理論對象」的華文文學自身相契合。批評是一種詮釋，成功的批評要求能夠提出周延的描述和充分的後設說明來闡釋對象的本質、特徵和規律。華文文學的理論建構，應當是從華文文學自身實踐中提升出

---

[1]　劉登翰、劉小新：《對象・理論・學術平臺——關於華文文學研究「學術升級」的思考》，載《廣東社會科學》2004年第一期，第17-23頁。

能夠詮釋自身特殊性問題的理論話語體系。那麼，什麼是華文文學自身的特殊性呢？這便又回到了對華文文學自身的認識上來。

華文文學是一個語種文學的概念。語言作為一種公器；任何民族；任何國家和地區都可以使用，因而華文文學的涵括範圍是十分寬泛的。不過，華文作為華人的母語，華人應是華文文學的主體，這也是不容置疑的。只是對於「華人」這一概念，其所指為何？從語詞的源起，詞義的演變，以及當下約定俗成的專指，則有必要作一番辨析和說明。

「華人」一詞的出現，據《漢語大詞典》「華人」條所引南朝宋謝靈運《辯宗論·問答附》云：「良由華人悟理無漸而誣道無學，夷人悟理有學而誣道有漸，是故權實雖同，其用各異。」可見；在 1500 多年以前的南北朝時期就已使用。不過，這裡所說的華、夷，指的是漢族和漢族周邊的其他民族。因為，漢族構成的核心是古代居住於中原一帶的華夏族，簡稱為「華」，「華人」便也是漢人的稱謂。此後歷朝，基本上延續這一用法。唐許渾《破北虜太和公主歸宮闕》詩有云：「恩沾殘類從歸去，莫使華人雜犬戎。」明沈德符《野獲編·佞幸·滇南異產》亦稱：「夷人珍之，不令華人得售。」都是例證。直到晚清，華、夷對舉才變為華、洋對舉，指稱亦有所變化。吳研人《恨海》第七回有言：「定睛看時，五個是洋人，兩個是華人。」這裡不稱夷而稱洋，一方面是在漫長歷史的民族融合中，原來的夷、戎等早期部族或融入漢族或發展成為獨立的民族，成為中華民族的一部分。這裡的「華」，已不單指漢族，而有了中華民族的涵義。另一方面則因為西方異族的入侵中國，矛盾尖銳。習慣用法上的華夷對舉，已由漢族與境內兄弟民族的對應，轉為與境外異族的對應。在這裡「華人」實際上指的是「國人」。辛亥革命以後，具有現代意義的民族國家——中華民國建立。資料顯示，此後「華人」的稱謂，已更多為「中國人」的稱謂取代。1883 年，鄭觀應

在呈交李鴻章的《稟北洋通商大臣李傅相為招商局與怡和、太古訂合同》一文中，首用「華僑」一詞，係由「華人」脫穎而來，用以專指海外的中國僑民。由此，華僑和華人便成為這一與中國有著千絲萬縷關係的特殊移民群體的指稱了。[2]

從理論上講，華人或華族，是一個民族性的概念。然而民族這個概念可以有多重的規定性。人類學從種族、血緣和文化來界定民族。華人或華族在古代指漢族，但在今天這個概念的外延則泛指包括諸多民族的多元一體的中華民族。不管你是居住在中國本土的中國人，還是居住在中國本土以外並加入了所在地國籍的非中國人，只要你是中華民族的子裔，你就是華人。國家認同可以改變，但種族、血緣不可更易。在這個意義上，華人或華族是跨越國家界限的。然而，政治學卻從國家形態的政治屬性來規範民族。這時候，民族和國族、國家是重疊的，其成員是國民。也就是說，儘管你在種族和血緣的關係上是華人或華族，但只要你在政治上認同和歸屬了這個國家，你便是這個國家的國民，你的華人或華族身份便是這個國家多元民族構成的一個部分。在這個意義上，華人或華族的種族身份，又是從屬在國家政治身份之下的。這是一條「遊戲規則」，無論你從事的是政經實務還是學術研究，都不容混淆。

中國有著漫長的海外移民史。隨著時代的發展，移居海外的中國人，其身份也經歷著不同的變化。華僑華人學的研究將這個變化概括為從華僑到華人的兩個階段。所謂「華僑」，是指保留中國國籍的海外僑民。歷史上中國都把僑居海外的中國人，視為自己的子民。無論 1909 年頒佈的《大清國籍條例》，1914 年北洋軍閥政府的《修正國籍法》，還是 1929 年國民政府的《國籍

---

2 參閱新加坡華人學者張從興的《華人是誰？誰是華人？》，該文對「華人」一詞的產生、詞義演變作了詳細、深入的考辨和論析。

法》，都持同一政策，即使他們「數世不歸」，仍為他們保留中國國籍。而海外的僑民，也把中國視為他們應當首先效忠的祖國，這就是華僑。這一狀況到了二戰以後發生變化。首先是戰後民族獨立運動的興起，在中國移民最多的東南亞，紛紛擺脫殖民宗主國的控制，建立獨立的民族國家。其所推行的本土化的民族政策，促使華僑必須從政治上作出是效忠於移居地的國家還是效忠於移出地的祖國的選擇。1955 年中國總理周恩來在印尼萬隆會議宣佈中國放棄「雙重國籍」政策，尊重華僑關於國籍的政治選擇。於是絕大多數長居海外的華僑改變了自己的國籍身份，不再是華僑；而成為分屬於不同國家的華人，如新加坡華人、泰國華人、菲律賓華人等。這一詞語組合的前半表明其國籍屬性，後半則強調其民族屬性。因此，所謂「華人」這一概念，在詞義上發生了重要的變化，約定俗成地是指具有中華民族血緣並一定程度保留了中國文化，居住在中國本土以外並認同了所在地國家的非中國人。他們散居在世界各地，以血緣和文化為紐帶形成的族群，便是華族，而他們的後裔，便稱為華裔。

從本質上説，中國人是華人，這是從民族認同的意義上來説；但從政治上講，華人並不都是中國人，這又是從國家認同的意義上來區別。在戰後的語言應用實踐中，「華人」一詞已經逐漸脱離對中國人的指稱，約定俗成地成為散居世界各地保有中華民族血統和文化的非中國人的專指。「華人」這一概念從古義到今義的演變，反映了歷史的發展。在華僑華人學的研究中，已成為一種公識。

釐清華人與中國人、華族與中華民族這兩組概念的聯繫與區別，對於明晰華文文學的對象、特徵和規律，有著特別的意義。以語種命名的華文文學，實際上包含了兩大序列：一是發生在中國本土（大陸、臺灣、香港、澳門）的中國文學；二是發生在中國本土以外散居世界各地的華人（以及少數非華人）以華文創作

的文學。二者在文化上有著密切的聯繫，但在國家屬性上卻有著根本的區別。將二者從語言形態上整合為一個想像的總體──世界華文文學，在當下全球化的語境中，有利於抗衡西方的語言和文化霸權，提升中文和中華文化參與全球化進程的地位與作用。它們之間的文化同質與文化差異以及文化互動，形成一個充滿張力的整合與分離的巨大學術空間，是華文文學研究具有學術生長力的出發點之一。然而不必諱言，這是一個過於龐大的「總體」，它也給我們的研究帶來某些困難和缺失。其一，由於學科形成的特殊背景，號稱華文文學研究的學者關注的重心，往往只在中國大陸以外的臺、港、澳文學和海外華文文學，客觀上造成了中國大陸文學的缺席，使華文文學預設的整合構想名實難符，許多重要的學術命題便也落空。其二，由於中國本土以外的華文文學，伴隨著文學主體從華僑到華人的身份轉變，也經歷了從中國的僑民文學到非中國的華人文學的變化。在海外華文文學的早期發展中，曾經以華僑文學的身份納入在中國文學的軌跡之中，接受中國文學傳統的影響和五四新文學的推動，無論在文學的母題、形象、話語和範式上，都與中國文學有許多直接相承與相同之處。在這一時期，把華僑文學看作是中國文學的一個特殊部分，應無疑義。然而當戰後半個多世紀來，海外華文文學跨過了華僑文學的階段，完成自己的身份轉換，獲得了較為充分的「本土化」發展，逐漸成為華人所在國多元文學的一個構成成份時，再將這樣的華文文學納入在中國文學的發展範疇之中，無論從政治上還是學理上講，都是錯誤和不當的。這也是我們為什麼強烈呼籲將華文文學從對中國現當代文學研究的依附狀態中解脫出來的原因。

　　有鑒於上述種種，在對「華人」這一概念有了重新的界定之後，我們傾向於將海外華文文學以華人文學重新命名。華人文學當然包括華人以華文創作的文學，這是大量的，主要的；但也應

包括華人用華文以外的其他語種創作的文學，這是華人從其生存現實與文化處境出發必然出現的一種發展。目前雖然數量相對要少，但卻更深刻地反映出當下華人特定文化處境和應對策略，預示著文學可能的前景。華文文學與華人文學這兩個概念，既互相疊合又互相區別。前者以語言形態作為整合前提，包括了中國文學和非中國文學；後者以文學主體——華人作為想像的依據，則包括了華文創作和非華文創作，是世界華文文學中的非中國部分。但無論是以「語言」整合還是由「主體」認定，背後突顯的都是文化，是中華文化或華族文化在不同歷史條件和文化語境中的遷延發展、矛盾衝突、融和吸收和傳通轉化。這正是華文文學研究最具廣闊空間和最需深入的課題。

華人在世界的生存狀態是一種跨國性的散居。這是伴隨著華人移民的血淚歷史進程而形成的。一方面，華人在漂離自己母土以後，流散世界各地，分屬於不同的國家和地區。這種跨國性，使華人和黑人、猶太人一樣，成為世界上最大的散居的族群。另一方面，這種散居不是個人生命隨意的單獨游離，受自己文化傳統的影響，華人在一個國家或地區，又常以血緣和文化為紐帶，形成一種「離散的聚合」。經濟、文化、信仰、習俗、家庭、社會等無形的網路，內化於一種精神的認同，外現為「唐人街」的聚居方式，不僅維繫著族群生存的社會場景，而且在流動和再度遷徙中，形成跨國的社會場景。正是這種跨國性的社會網路的存在，使離散華人的想像總體，成為可能。

華人族群的離散和聚合，同時也形成了華族文化的「散存結構」，如劉洪一在討論猶太文化時所說的：「它不是聚合式地集中於某一文化空間，而是散離式地分佈於各種異族文化的夾縫之中，這種文化散存首先意味著一種衝突性的文化氛圍。」[3] 它既呈現出移民文化對傳統固守的價值取向，也意味著對異質文化的交融，從而使對立與融和成為與散存共生的一種文化關係模式和

文化屬性。散存的華人族裔，作為一個少數、弱勢的族群，面臨著所居國的政治「歸化」和文化「同化」。這一過程存在著十分複雜、微妙的政治與文化、文化與文化的多重關係。其一，政治認同與文化認同的不一致性，使華人族群在「歸化」所居國之後，仍保留對自己故國母土的文化認同，並以之作為所在國多元民族和文化的一元，建構自己的族群。特別當自己作為次主體的「散居族裔」受到主體社會的排斥，在可能導致自己族裔文化的衰減時，還可能出現族裔文化的強烈反彈。正是在這種文化主體的社會包圍和逼迫之下，產生了華人強烈的文化表現主義。其二，散居的華人族裔在無可避免的逐漸「本土化」過程中，會出現一種文化混合現象。杜波伏依在分析美國的黑人文化時曾提出一個深具意味的「雙重意識」概念，認為：「他們既將美國身份意識內化，又透過它來辨認自己的黑人身份，捕捉非洲的舊影殘跡」。[4] 隨著華人移居的民族國家的建立和成熟，「歸化」後的華人透過本土身份來確認自己華人身份的意識，也越來越鮮明。它也說明來自中華母土的華人族裔文化，不可能長期保存自己文化的純粹性，而成為混合著所居國本土文化的一種新的「華族文化」。這是「華族文化」既源自中華文化又迥異於中華文化的特殊性之所在。在這裡，散居族裔的文化身份認同，是一種混合著本土的文化身份認同。

　　這一切構成了海外華文文學（或稱華人文學）想像總體的背景，是我們分析這一文學特殊性的現實基礎與認識起點。顯然，散居族裔的文學具有離散美學的特徵。它不僅表現在不同文化地

3　劉洪一：《走向文化詩學──美國猶太小說研究》，北京大學出版社
　　2002 年 11 月版，第 42 頁。
4　杜波伏依：《黑人的靈魂》，參見陶家俊：《身份認同導論》，見《外
　　國文學》2004 年第二期，第 42 頁。

理和生存際遇所形成的異質性上，還表現在文化的混合性和藝術
的雜交性上。正如新加坡著名學者杜南發所曾經指出的：離散族
群的特質，就是移民觀念加上其他觀念的融合。移民文學的發展
經過「北望神州」的延續時期，經過辯論的掙扎，分離母體而自
立。至於未來，則有分化和同化這兩大衝擊與影響。資訊時代的
到來，則又沖淡了身份的認同，離散的定義不在地理位置上，而
更多地托附於文學精神上。[5]

　　這是一個深具意味的廣闊學術空間，有待我們深入去開發。

二、關於「文化詩學」：範式轉移的必須

　　文化詩學是近年學界關注的理論焦點之一。把文化詩學引入
中國現當代文學的批評，是一些學者追求的目標；同樣，把文化
詩學引入華文文學研究，也是我們的期待。作為一種理論資源，
文化詩學將在何種程度和哪些方面給予華文文學的理論建構以啟
發和豐富，這是我們所關切的。為此，有必要對文化詩學也作一
番理論上的考察。

　　文化詩學這一概念最早由美國加州大學柏克萊分校的斯蒂
芬‧葛林柏雷教授在《通向一種文化詩學》的演講中提出，其前
身則是 1982 年葛林柏雷在《文類》雜誌一期專刊的前言中提出的
新歷史主義。新歷史主義和文化詩學的提出並非偶然，它實際上
是當代文學理論發展的邏輯產物。只有把它們放在文學理論發展
的脈絡中，才能理解其深刻內涵。

　　文學理論的核心問題是文學和社會文化的關係。對此一問題
的認識，構成了西方文論史的基本脈絡。從近代到現代再到當

5　轉引自莊永康：《離而不散的華文文學》，載新加坡《聯合早報》2001
　　年 9 月 9 日。

代，西方文論大體經歷了由外到內再到內外結合的幾度範式轉移。一般而言，最早在理論上較為系統地探討文學與社會關係的，應推德國批評家 J・G・赫爾德。他的自然的歷史主義的方法，把每部作品都看作是社會環境的組成部分。他常常論及氣候、風景、種族、地理、習俗、歷史事件乃至像雅典民主政體之類的政治條件對文學的深刻影響，主張文學的生產和繁榮有賴於這些社會生活條件的總和。從赫爾德、斯達爾夫人到泰納，都十分重視社會因素對文學的決定性影響。這就是韋勒克和沃倫所說的文學的「外部研究」。這一學術典範是以所謂的「歷史主義」為核心的。

但是，當以「歷史主義」為核心的「外部研究」企圖把某個思想家放回他自己的時代或把他的文本置放在過去時，這一「簡單化的歷史理解的抽象歸類」（拉卡普勒語），受到了現代結構主義和新批評的嘲笑和挑戰。這一挑戰使現代文論的注意重心從文本外部轉向文本內部。結構主義和新批評認為文學是獨立自主的有機體，是一種語言結構，一個抽象的結構系統。這一研究典範一般被視為形式主義理論。極端的形式主義理論甚至企圖把意識形態以及其他一切內容從文學藝術的領域驅逐出去。現代形式主義對文本內部語言結構的研究達到了前所未有的深入和細緻，為形式詩學研究奠立了基礎。但他們對文學性的極端強調以致完全割裂文學內部與外部之間的關聯，又使文學理論變成某種貧血的純形式美學。因此形式主義在當代受到西方馬克思主義和後結構主義等各種理論的批評與顛覆，也就十分自然了。

西方馬克思主義的文論重新建構了文學形式與社會意識形態的隱密關聯，打通了文學內部與外部的關係。著名的西馬文論的代表人物伊格爾頓和詹姆遜都用「形式的意識形態」的概念來解釋文學與政治的關係。他們認為：「審美只不過是政治無意識的代名詞：它只不過是社會和諧在我們的感覺上記錄自己、在我們

的情感裡留下印記的方式而已。」[6]「生產藝術品的物質歷史幾乎就刻寫在作品的肌質和結構、句子的樣式或敍事角度的作用、韻律的選擇或修辭手法裡。」[7] 後結構主義則打破了結構主義和新批評那種穩定而靜態的文本結構,瓦解了二元對立原則所構成的穩定系統,封閉的文本被文本間性和意義的播放所取代。在福科看來,任何社會話語的生產,都會按照一定的程式而被控制、選擇、組織和再傳播,其中隱藏著複雜的權力關係。因而任何話語都是權力運作的產物。

新歷史主義和文化詩學事實上接受了西馬和後結構主義的理論遺產,既是對舊歷史主義的超越,也是對形式主義的反抗。它一方面反對舊歷史主義對歷史確定性毫不懷疑和真實歷史語境的盲目自信,反對那種忽視文本形式的純粹的「外部研究」;另一方面又反對極端形式主義對社會政治意識形態等外部因素的敵視。但是當它在接受西馬「意識形態美學」的遺產時,又將之建立在文本分析的形式詩學的基礎之上,企圖在歷史與形式之間尋找某種結合的可能以協調二者的關係。在這一脈絡上新歷史主義或文化詩學的提出可以說是文學理論從外到內再走向內外結合的必然的邏輯發展。

作為一種理論典範,文化詩學對於華文文學研究尤具啟發意義的是:

一、重新認識文學的文化政治功能。文學是文化的構成要素與記憶方式之一。在複雜的文化網路中,文學通過作者具體行為的體現,以文學自身對於構成行為規範的密碼的表現,和對這些

---

6   特里‧伊格爾頓:《美學意識形態》,王傑譯,廣西師範大學出版社1997年版,第27頁。

7   特裡‧伊格爾頓:《歷史中的政治、哲學、愛欲》,馬海良譯,中國社會科學出版社1999年版,第114頁。

密碼的觀照與反省，發揮作用。文學承擔著話語的傳播、論辯與
文化塑造的功能，這種塑造是雙向的政治性的活動。文學是一種
建構活動，即格林布拉所謂的「自我塑造」，而自我的建構是主
體與社會文化網路之間的鬥爭與協商。一方面，文化網路以「整
套攝控機制」對個體進行攝控；另一方面，文學以一種特殊的感
性形式瓦解或鞏固這一「攝控機制」，這就是文化話語的文化政
治功能和意識形態性。

　　二、重新建立文學的歷史緯度。在文化詩學看來，本源的即
過去發生的真實的歷史，是不存在的。歷史只是各種話語敘述，
是今天與昨天的對話。歷史是各種闡釋，是主觀建構起來的文
本，是修辭與想像的產物。歷史學的目的是「為歷史事件序列提
供一個情節結構」，並揭示出歷史是一個「可被理解的過程的本
質」（海頓‧懷特語）。這樣，歷史與文學便是相通的。文學與
歷史、詩學與史學、詩學與政治之間的橋樑建立起來，便也重新
確立了文學的歷史緯度。

　　三、文化詩學的文學批評方法學。首先是文本的開放意識與
文本互涉的研究方法。文化詩學的文本概念不再局限於純文學範
圍，人類一切的表現文化都是文本。文化詩學的文本不是封閉自
足的，而是朝向社會和歷史開放。與文本開放意識相一致的是文
本互涉，即「互文性」的研究方法。文化詩學用「互文性」取代
形式主義的文本自律性，企圖建立文學文本與非文學文本的互文
關係。如同路易‧孟酬士所言：文化詩學「力圖重新確定互文性
的重心，以一種文化系統中的共時性去替代那種自主的文學歷史
中的歷史性文本。」[8] 其次，文學闡釋語境的重構。文化詩學認
為歷史語境是無法復原的。歷史語境的重構，必須仰賴科林伍德

___

8　轉引自海頓‧懷特：《評新歷史主義‧導論》，載《新歷史主義與文學
　　批評》，北京大學出版社 1993 年，第 95 頁。

所説「建構的想像力」。張京媛在其主編的《新歷史主義與文學
批評》[9]一書的前言中,把文化詩學的闡釋語境概括為創作語境、
接受語境和批評語境。文學闡釋是三重語境的融和。這種融和有
可能使歷史語境的建構,保持在客觀與主觀的張力之間。結合歷
史語境、作品分析與政治參與去解釋文化文本與社會相互作用的
過程,是文化詩學的重要方法。第三,福科的知識考古學、吉爾
茨的文化闡釋學與新馬克思主義的意識形態學批評的結合。對看
似奇怪而離題的材料的引用,對文本中幽暗深邃的歷史底層,獲
得歷史話語中的「潛文本」,發現文學文本中隱藏的「政治無意
識」等等,都一再表明文化詩學事實上大量吸收了福科的知識考
古學和吉爾茨的文化人類學以及西馬的遺產。第四,文化詩學不
是一種形而上的知識體系,而是一系列批評實踐。在批評的理論
與方法上,不是純實證的,也不是純演繹的。它不獨尊某種理
論,而主張打破學科的界限和理論的疆界。當代人文學術科際整
合與視域融和的發展趨勢,在文化詩學的闡釋實踐中得到了充分
的體現。

　　文化詩學提供給華文文學思考的理論資源是十分豐富的。當
我們對文化詩學作了如上的一些敍述,並嘗試用它來觀照華文文
學時,我們發現,這正是我們期待的批評理論與方法。雖然不能
説是唯一的,但文化詩學的一些重要觀念,確實為深入剖析華文
文學的一些幽秘、深邃的命題,提供了相洽的理論話語和有效的
批評方法,既開闊我們的學術視野,也深化我們的研究思路。

　　如果説文化詩學是文論發展上範式轉移的一種必然,那麼對
於華文文學研究,這種範式的建立和轉移,同樣是必須和急切
的。檢視20多年來的華文文學研究,我們基本上停留在歷史主義

9　　張京媛主編:《新歷史主義與文學批評‧前言》,北京大學出版社1993
　　年版,第1-8頁。

的階段上。只要翻閱一下自 1982 年在廣州召開的第一屆香港臺灣文學研討會以來至 2002 年在上海召開的第十二屆世界華文文學國際學術研討會出版的 12 部論文集，洋洋大觀的數百篇論文近千萬言文字，便可以發現，在研究對象的擴展上，由臺港而臺港澳而臺港澳暨海外，進而形成一個世界華文文學的學科概念，我們有了充足的發展；但在理論與方法上，卻大多停滯不前。大量的文章基本上還延襲著早期中國現當代文學研究的「歷史與審美」的批評方法。甚至連嚴格意義的形式主義批評，也不多見。不能説這一在上世紀五六十年代政治文化背景上形成的研究方法已經過時，但它確實帶有太多過去時代的痕跡而難以適應當前文學實踐和學術思潮發展的新局面。退一步説，即使這樣的研究仍不失為華文文學的一種範式，但真正能夠達到歷史和審美高度統一的有建樹的文章，也屬鳳毛麟角。它反映了一個學科草創時期的粗疏與幼稚，本無可責備。作為圈裡的一員，我們也存在這樣的弊端。但長期拒絕新的學術思潮和理論方法的介入，自我封閉和缺乏自覺，卻是不能容忍。在文論發展的脈絡上，這一領域的研究有著太多的欠缺。儘管近十年來，一批經過學院訓練的碩士、博士研究生介入華文文學研究，他們對於各種批評理論和學術思潮的敏感，並努力實踐，著實給這一領域帶來新的風氣，別開一個新生面。這是這一領域研究的希望之所在。但整體來説，尚未根本改變這一領域在理論敏感上的遲鈍狀態。缺乏理論和方法，是海內外學界對中國華文文學研究批評的一種通俗説法，也是窒礙華文文學研究登堂入室獲得社會認可的一個關鍵。誰都意識到華文文學所將涉及的一些重要命題的新鮮、深刻、尖銳和具有挑戰性，但我們卻彷彿躊躇在一座豐富寶藏面前而久久不得其門，這不能不使我們深感痛切。文化詩學當然不是華文文學研究的唯一的方法，但從文化詩學提出的理論觀念和方法論命題，在深刻觸及華文文學的深層意義與價值上，啟示我們理論的必須！當然我

們不必機械地去重複文論發展的各個階段，但從當下文論發展的前沿，建構華文文學的理論卻是十分迫切的。文化詩學是我們期待建構的一種批評範式，還有其他各種批評和研究的範式，諸如比較文學的範式，後殖民批評的範式，女性主義的範式，乃至形式主義的範式等等，它們從不同的側面來形塑（或解剖）華文文學的多維形象。如果說「歷史與審美相統一」的批評，也是一種範式，但從舊歷史主義走向新歷史主義的文化詩學，對於華文文學來說，既是一種範式的建立，也是一種範式的轉移。正是在這樣的知識背景和思考基礎上，我們提出了一個「華人文化詩學」的概念，以期能對華文文學的自洽性理論建構，作出某一方面的回答。

三、華人文化詩學：突顯華人主體性的詩學批評

華人文化詩學是由「文化詩學」派生的一個子概念。當我們嘗試以文化詩學的觀念和方法進入華文文學的批評實踐時，我們首先遇到兩個問題：一、華文文學何為？作為少數、弱勢的華人族群，為何執著於自己母語或非母語的文學？二、華文文學書寫如何迥異於其他族裔文學的「華人性」問題。對這兩個問題答案的尋索，把我們導向華人文化詩學。在這個意義上，華人文化詩學不是論者主觀的附加，而是內在於華人歷史變遷和華文文學的發生與發展之中的。

環顧當今世界，華人和黑人、猶太人，都是影響最大的「散居族裔」。戰後半個多世紀來，黑人學、猶太學和華人學的相繼興起，是後殖民時代重要的文化現象。它們各有自己族裔形成的特定歷史和命運遭遇。在以白人為中心的權力話語結構中，後崛起的這些少數族裔，都以他們強烈的族性文化，為自己在這個多元和多極的世界中定位。因此，對他們歷史的研究，也是對他們

文化和文化行為的研究。美國的非裔黑人文學研究者，曾經引入懷特、詹姆遜、福科的理論，分析非裔美國黑人文學的敘述文本。在《藍調、意識形態和非裔美國文學》、《非裔美國文學》等著作中，成功地揭示出非裔美國文學中的「潛文本／潛文化」，從而以對「黑人性」和黑人文化行為的分析，把黑人文學批評提升到黑人文化詩學的境界。同樣，猶太文學以其享譽世界的崇高成就日益獲得學界的廣泛關注。研究者從猶太族裔流散的歷史、文化淵源、身份變移、母題轉換以及文化融合和文化超越等方面，來揭示猶太文學中的文化政治行為和族性表現，從而走向猶太文化詩學。這些研究都啟示我們，作為少數族裔的文學書寫，不僅只是單純的審美活動，而包含著更複雜的文化政治意蘊。在研究華人族裔文學時，分析和認識其表現文化中的「華人性」和文化行為的政治意義以及「華人性」的詩學呈現方式，是華人文化詩學研究不可回避的題中之義。

華人文化詩學的提出，首先意味著華人文學批評重心的轉移——從以往較多重視海外華文（華人）文學對中國文化／文學傳承的影響的研究，向突出以華人為主體的詩學建構的轉移，從以中國視域為主導的批評范式，向以華人為中心的「共同詩學」與「地方知識」雙重視域整合的批評範式轉移。誠然，海外華文文學與中國文學的關係，其所包孕的中華文化因素是海外華文文學——尤其是早期發展的一個至關重要的方面，但僅此一端不能代替華人主體性詩學的全面建構。歷史的發展提出了許多同等重要的問題，諸如華人世界性的離散生存，其身份變移、文化遷易、族群建構與多元共存的衝突與融合等等，都應成為華文（華人）文學研究關注的前提。華人在文學書寫中的主體性地位，既是這一文學書寫的創造主體，又是這一文學書寫的描繪客體，它從文學創造的精神層面和表現層面體現著華人生存的坎坷和命運，構成了華人文學的的主體性內容。華人文學研究必須十分切近和深

入這一主體，才能觸及它的本質。

　　其次，華人文化詩學的提出，把「華人性」作為自身建構的一個核心命題，使對「華人性」的研究得到前所未有的強調。「華人性」是伴隨華人身份建構問題而提出的。研究新敘事理論的英國學者馬克・柯里在《後現代敘事理論》中談到「身份的製造」這一隱含著文化政治的命題時，對於身份的建構持有兩個基本觀點：一、身份由差異造成；二、身份存在於敘事之中。他說：「我們解釋自身的唯一方法，就是講述我們自己的故事」，或者「從外部、從別的故事，尤其是通過與別的人物融為一體的過程進行自我敘述」。[10] 華人文學（尤其是美國華裔英語文學）中存在著大量的家族史和自傳書寫文本，這一現象說明家族母題的選擇與偏愛，有其內在的文化動力——通過敘事實現族群建構的自我認同。根據馬克・柯里的這一理論，敘事建構身份，而身份由差異構成。在這個意義上，能夠建構身份的敘事，應是一種「差異敘事」。對於不同的族群，「差異敘事」是族性的表現。華人文學正是通過差異的族性敘事，呈現出華人族裔迴異於其他族裔的「華人性」特徵。這裡所謂的「華人性」，首先是一個文化的概念，是華人表現文化的一種族屬性特徵。這是從原鄉到異邦在身份變移和文化遷易中所形成的一種共同的文化心理、文化性格和文化精神，既深深植根於中華文化漫長的歷史積澱之中，又孕育於華人離散的獨特命運和生存現實。華人的離散與聚合，導致華人文化的「散存結構」，使分佈於異邦文化夾縫之中的華人文化，必須通過對自己族性文化的建構和播散，表現出強烈鮮明的「華人性」，才能在異邦文化的夾縫之中建構自我和獲得存在的位置。華人文學作為散居華人播遷歷史和生存狀態的心靈記

10　馬克・柯里：《後現代敘事理論》，北京大學出版社 2003 年版，第 21 頁。

錄和精神依託，成為「華人性」最重要的文化表徵和載體之一。因此「華人性」不僅是單純的文化命題，還有著豐富的文化政治蘊含。對華人文學「華人性」的形成、變遷、結構形態及其美學呈現形式等等，應成為華人文化詩學的核心命題，這是不容置疑的。

　　第三，華人文化詩學建構中的華人主體性和「華人性」問題，還具體地轉化為與華人生存經驗和文化經驗相關聯的一系列特殊的文學命題。如華人對文化原鄉（文化中國）的審美想像問題，華人的族性文化建構問題，華人文學與所居國本土文化的衝突和融合問題，華人文學「文化政治」行為所潛在的意識形態問題，華人對原鄉文化傳統的文化資源的繼承、借用與轉化問題，華人家族史和自傳體書寫的潛在文化意義問題，華人文學母題中的離散／尋根與中華文學中遊子／鄉愁母題的聯繫與變化問題，華人文學中父子形象與母子形象中的文化衝突與文化融合的符號象徵問題，華人文學意象系統（例如東南亞華人文學中的植物意象、歐美文學中的都市意象）與華人族群生存的文化地理詩學的關係問題，等等。這些特殊命題所呈現的華人主體性和「華人性」特徵，為華人文化詩學拓展了批評空間。對這些問題的充分詮釋，不是單純的審美分析所能完成的，而必須打通文本內外，將文本分析放諸具體歷史語境的權力話語結構之中，即通過文化詩學的路徑，才能抵達這些特殊命題的深層，突現出華人文學研究中華人主體性和「華人性」的特色來。

　　長期以來，對華文文學政治緯度的忽視，一直是這一領域研究的一大缺陷。成功的黑人文學和猶太文學批評，其重要的突破是打通形式詩學分析與意識形態批評的門閾，實現新批評的文本分析與社會學批評的對話、辯證和統合。這個被有些學者稱為「形式的意識形態批評」或「意識形態形式詩學」，成為文化詩學最基本的批評理論和方法。誠如美國著名的黑人文學研究者裴

克所言：作為一種分析方法，福科的知識考古學認為，知識存在
於話語之中。人們可以在這種形式本身中追尋其形式的譜系和發
現其形式的規則。因此，對於裴克的研究來說，如果沒有形式主
義和新批評的修練，就不可能精妙地分析黑人敘事文本中的內面
形式結構；如果沒有後結構主義的視域，也就難以穿透文本的盔
甲，抵達幽暗的「政治無意識」。相同的道理，從華人文學的印
象批評到華人美學的建構再到華人文化學的形塑，「形式的意識
形態批評」無疑是必經之路。它直接開啟了研究華人文學書寫與
華人政治的關係之門，有助於我們理解「華人文學何為」這一關
鍵性問題。

　　把華人文學書寫不僅視為單純的審美創作活動，而且看作是
一種文化政治行為，有兩個方面的原因：其一，從記憶政治的層
面看，華人文學作為一種少數族裔的話語，一種邊緣的聲音，其
意義在於對抗沉默、遺忘、遮蔽與隱藏，爭取華族和華族文化的
地位從臣屬進入正統，使華人離散的經驗，進入歷史的記憶。如
果沒有「天使島詩歌」的銘刻與再現，那麼美國華人移民的一段
悲慘歷史，將可能被遺忘或遮蔽。恰如單德興所言：「天使島及
《埃侖詩集》一方面印記了『當時典型的華裔美國經驗』，另一
方面也成為『記憶場域』。」[11]《埃侖詩集》整理、出版和寫入
歷史無疑是美國華裔經驗被歷史記載的標誌。對於美國華人而
言，天使島書寫顯然具有記憶政治的意義。其二，從認同政治的
角度看，華人作為離散的族裔，面臨認同的重新建構，華人文學
既作為華人歷史文化的產物，又參與了華人歷史／文化的建構，
華人文學書寫便具有了認同政治和身份政治的意義。

　　華人文化詩學提倡「形式的意識形態批評」，並非是倒退回

11　何文敬、單德興主編：《再現政治與華裔美國文學》，臺灣中央研究院
　　歐美研究所 1996 年出版，第 6 頁。

舊歷史主義的闡釋框架中去；而是主張從文本到政治和從政治到文化的雙向互通：「形式的意識形態批評」無疑是以形式詩學為分析基礎的，但與傳統的形式詩學研究不同，「形式的意識形態批評」尋求如詹姆遜所說的「揭示文本內部一些斷續的和異質的形式的功能存在。」[12] 即華人文學在文類、美學修辭、形式結構、情節、意象、母題以及各種文化符碼的選擇模式中，隱含著的華族意識形態和政治無意識。美國華裔文學書寫中的雜粹文化符碼（雜粹食物、雜種人、雜粹語言、雜粹神話和傳說，等等），便隱含著建構華裔文化屬性，重寫美國歷史的華裔意識形態內容。菲華文學中父與子的主題（典型如柯清淡的小説），呈現著菲華社會的文化衝突。而馬華文學中的漫遊書寫（如李永平的小説）以及「失踪與尋找」的情節模式（如黃錦樹的小説），所隱含的潛文本則是「離心與隱匿」的華人身份；馬華文學文本中大面積呈現的民族文化符碼，正如許文榮所分析的，具有抵抗官方同質文化霸權的政治意味。而在泰華文學的大家族中，湄南河的書寫佔據著舉足輕重的位置，「湄南河形象」是泰華文學的一個典型的標識；它是泰華文學情感與想像的發源地，也是構成泰華文學寫實主義傳統的重要的歷史風俗畫的背景，更是形塑泰華文學獨特的地緣美學的人文地理要素，與潮汕文化共同構成泰華文學的精神原鄉。至於新加坡華人文學文本中常見的魚尾獅意象的文化政治意味，更是人所共知的了。形式本身所潛隱的意識形態，使華人文學書寫同時具有著複雜的文化政治意味。

　　為此，華人文化詩學還應選擇自己詮釋的策略。格林布拉特指出：「辦法是不斷返回個別人的經驗和特殊環境中去，回到當時的男女每天都要面對的物質必需與社會壓力上去，以及沉降到一部分共鳴性的文本上。」[13] 這段話提出了文化詩學兩個互相關

12　詹姆遜：《政治無意識》，中國社會科學出版社 1999 版，第 86 頁。

聯的闡釋策略：其一是歷史語境的重建；其二是文本互涉的闡釋
方法，這也是華人文化詩學的基本方法。所謂「不斷地返回個別
人的經驗和特殊環境中去，回到當時的男女每天都要面對的物質
必需與社會壓力上去」，強調的是文本生產的歷史語境。這裡，
格林布拉特顯然吸取了柯利弗德・吉爾茲在《文化的闡釋》和
《地方知識》中提出的文化人類學的闡釋策略，即以「文化特有
者的內部眼界」重建文本生產的歷史語境──在不同的研究個案
中，使用原材料來創設一種與其文化特有者文化狀況相吻合的確
切的詮釋是必須的，但不能完全沉緬於文化特有者的心境和理
解，而是「文化特有者的內部眼界」與批評闡釋語境的交疊、對
話與論辯。的確，華人文化詩學對華人文學的闡釋，也需這種交
疊語境的建構。一方面努力獲取各種社會歷史材料，不斷返回到
文化生產的具體歷史語境之中；另一方面不斷反思闡釋者自身所
處的現實語境，反省批評的位置。在中國從事華人文學研究，無
疑具有基於自身歷史文化和學術背景而產生的獨特立場與視域，
從而形成迥異於域外華人文學研究的中國學派。這樣的立場和視
域，可能產生對華人文學深刻的洞見，也可能出現某種盲視。正
如域外的華人文學研究學派所同樣也可能在優勢與劣勢並具的情
況下，產生洞見和存在盲視。反省這種因位置而產生的洞見與盲
視對於華人文學研究是十分重要的。

　　所謂「沉降到一部分共鳴性文本上」指的是文本互涉的批評
方法。這一互文性的分析，包括文學文本之間的文本間性的建
立，也包括文學文本與其他非文學性的社會文本間關係的建立。
將華人文學文本放置／「還原」到其生產與傳播的歷史場景之
中，闡釋諸文本之間的相互對話、呼應、質疑與解構關係，或許

13　格林布拉特：《文藝復興的自我塑造》，載《文藝學與新歷史主義》，
　　社會科學文獻出版社 1993 年版。

正是分析華人意識形態的形成與變遷以及「流動的華人性」的一個有效方法。以華裔美國文學為例，美華女作家創造了一系列「共鳴性文本」──如湯婷婷的《女勇士》、譚恩美的《喜福會》、伍慧明的《骨》以及任璧蓮的《夢娜在應許之鄉》等等──這些文本顯然構成某種呼應與對話關係：這一系列的以母與女之間的世代衝突與文化糾葛為核心的「家庭敘事」之間，具有或顯或隱的「共鳴」關係，是可以彼此參讀的。「沉降到這些共鳴性的文本上」，是闡釋美華女性文學自我屬性建構和族裔屬性重建主題的一個有效方法。許多時候，闡釋諸文本之間的質疑與解構關係更是繞有興味的──它更能凸現不同世代、階層、性別乃至不同背景的個體對「華人性」的認知差異。趙健秀與湯婷婷之間的論爭以及文本中所顯示出的中國性認知與想像的巨大差異，已經人所共知。在馬華文學史上，新世代尤其是 90 年代旅臺作家群的文本與溫里安、溫任平兄弟作品之間的質疑與解構關係，以及以小黑為代表的馬來本土作家與旅臺文學的南洋歷史敘事之間的共鳴與分歧，或許可以成為我們認識當代馬華文學史的一條重要線索，而在新世代的文本中（如黃錦樹的小說與林幸謙的詩文之間）這種彼此質疑的關係同樣存在。華人文本之間的相互質疑與解構關係，表明「華人屬性」是多元複雜的沒有終點的歷史建構，它是流動的、複調的，我們不能把它理解成某種同質化的靜態的一個概念。

　　建構以「華人性」為研究核心，以「形式詩學」與「意識形態批評」統合為基本研究方法的「華人文化詩學」，在更加開放的社會科學視域中審視與詮釋華人文學書寫的族裔屬性建構意義及其美學呈現形式，應是我們拓展華文文學批評空間的一個有效途徑。

（本文係與劉小新先生合作，2004）

世界華文文學的存在形態與運動方式
——關於「一體化」和「多中心」的辨識

　　世界華文文學的命名與詮釋，是一個關涉到對這一學科性質認識的元命題。因此，它幾乎伴隨著這一學科從誕生到發展的每一階段，都不斷被人們提出質疑和辯證。儘管對於某些缺乏新意的討論，學界已經表現出一種不耐煩的厭倦情緒而高掛「免戰牌」。但它的屢再放下又被提起的事實說明，這不是一個你願意或不願意就可以避開的論題。《東南學術》2004 年第 2 期用「學術圓桌」方式，再次以「開放的詮釋」來釋義世界華文文學，就具有新一輪討論的學術衝擊力。我想它的意義至少表現在以下兩個方面：

　　一、以「一體化」和「多中心」來定義世界華文文學，從而希圖建立一個華文文學研究的全球性視野和學術範式，並以此來消解曾經受到質疑和責難的「中國視野」和所謂的「中國中心」。[1] 這一論題的開放性詮釋，實際上廣泛地涵括了世界華文

1　一般地説，每個研究者因為文化身份、背景和學術出發點的不同，都可能構成在全局看來是相對狹窄的局部性的視角或視野。但它並不一定就與全局性視野形成抵牾或對抗。恰恰相反，衆多帶有研究者自身特殊性視角的局部視野，互補地聚集，才立體地映照出全局的各個側面。在世界華文文學研究中，中國學者的研究難免帶有從中國出發的局部性或局限性，這種情況對於其他地區的研究者也是一樣，他們怎樣提出和怎樣詮釋問題，都不能不有著他們自身文化身份、背景和學術出發點的特點

文學的發生學背景、存在形態、運動方式、總體格局與多元發展
關係，以及研究的角度、視野、出發點和範式等等。足見這一論
題的重新提出，以及它的衍化所可能涉及的討論空間的廣度和深
度，對於當前的華文文學研究無疑具有極大的衝擊力和重要性。

　　二、多元的參與。這次論題的提出，以「學術圓桌」的方
式，不僅有大陸學者，還有臺灣、香港的學者以及東南亞（新加
坡）的學者參加，在互相呼應、質疑、補充和周圓中，改變了大
陸學界以往討論中的「單邊化」現象，呈現出與這一論題相一致
的「世界性」特點（雖然還不夠廣泛）。我們曾在一篇討論華文
文學研究「學術升級」的文章中[2]，呼籲建立華文文學研究的多
重對話空間，即不僅要有華文文學內部的對話，還應當有華文文
學與其他相關學科如中國文學、比較文學的對話，以及不同地區
的華文文學研究者之間的對話。不同地區研究者的不同學術身
份、背景、視野和角度，聚焦一個共同命題，在不無差異的詮釋
中尤能突顯出事物的多面性和多重性。這是這次「學術圓桌」的
特點，對於世界華文文學這一學科研究尤為顯得有意義。

　　由於這次討論所關涉的問題對世界華文文學研究的重要性，
因此不能不作一些審慎的思考。我願意將心存的疑問提出來，供

和影響。在所謂「中國視野」中受到質疑最多的是關於「海外華文文
學」的提法。其實所謂「海外」和「海內」，一樣都是一個中性的詞，
為了說明問題，有時也很難完全避免使用。在對華文文學的命名上，它
不表示誰輕誰重，更沒有輕蔑和排拒的含義。它反映的是中國學界對華
文文學這一學術研究對象認識發展的一個中間過程。從「臺港澳文學」
到「臺港澳暨海外華文文學」再到 1993 年第六屆廬山會議上所提出的
「世界華文文學」的命名，是一個認識逐步深入、視野不斷擴大的進
程。

2　參閱劉登翰、劉小新：《對象‧理論‧學術平臺——關於華文文學研究
「學術升級」的思考》，載《廣東社會科學》2004 年第一期。

大家進一步討論。

首先是關於「一體化」的問題。

「一體化」這個概念最初來自於西方的政治學，指的是在「國家中心論」的前提下，尋求各個政治共同體逐步走向單一共同體的行為過程。20 世紀 60 年代以後，這一概念為西方經濟學所借用，所謂「經濟一體化」指的是獨立國家彼此間經濟邊界的逐步消失和這些經濟體最終聚合成為單一的實體。80 年代以後，隨著冷戰的結束和歐洲一體化的不斷深入，傳統政治學的方法重新介入經濟學的研究而為人們所重視。新的政治經濟學理論強調「一體化」既是一個政治過程，也是一個政治與經濟互動的過程。因此它的內涵就包括了國家間政治、經濟、社會、文化等多維互動的一個綜合過程。各個國家和個人都在這一過程中逐步調整、改變各自的社會─政治態度和行為，從而結合成一種綜合的政治─經濟─安全共同體，在這個過程中，培育一種「共同意識」[3]。由此可見，「一體化」無論作為政治學，還是經濟學抑或政治經濟學的概念，都是旨在建立一種不同國家政治的、經濟的或政治─經濟的共同體，是一種政治、經濟行為和過程。「一體化」的概念後來也被引入中國的現當代文學研究。據中國當代文學的著名研究者洪子誠教授的分析，這一概念的引入大約在 20 世紀 80 年代末期，主要是用來對 50-70 年代這一階段文學進行概括。他認為，在 20 世紀的中國文學中，從「左翼文學」到延安時期的「改造」，再到建國後居於絕對地位的「工農兵文學」，有一條一脈相承的路線。「一體化」首先是指這條文學路線的演化過程，即「一種文學形態，如何『演化』為居絕對支配地位，甚至幾乎是唯一的文學形態」；其次，「一體化」指的是這一時期

3　宋新寧：《歐洲一體化研究方法論辨析》hllp://www.cesruc.org/Chinese/funtan/sxn-l.htm。

文學組織方式、生產方式的特徵，即「通過高度『一體化』的組織方式，建立高度組織化的文學世界」；第三，「一體化」又是這一時期文學形態的主要特徵：「表現為題材、主題、藝術風格、方法的趨同傾向。」因此，「一體化」格局的形成，是一個持續的、充滿激烈鬥爭的過程，是各種文學主張、文學力量在規範與挑戰、控制與反控制的激烈鬥爭中，左翼文學的激進思潮如何一統文學的體制化的過程。[4]

以上諸種關於「一體化」的概念內涵和行為，是否適合用於世界華文文學呢？如果要用，那麼我們是在何種涵義上來使用這個「一體化」概念呢？世界華文文學又將如何實現和是否可能實現這個「一體化」呢？

種種追問都使我們趨向一個否定的結論。

與所謂的「一體」不同，華文文學在全球的存在形態是一種「散居」。這裡借用的是龔鵬程先生的說法。龔鵬程在題為《散居中國及其文學》的長篇論文中[5]，以大量的歷史事實揭示了中國從周朝開始就「由封國而羈縻而藩國」所造成的中國體制由中央直轄地逐漸向外離散和中國人在全球散居的事實。這一過程，實際上也是中國人向海外移民的歷史。在唐以前就已存在，至明清為盛，到了近代以來更形成浪潮的中國向海外移民，不僅南下東南亞，東入日本，更西向美洲、歐洲，近年則南朝大洋洲進發。幾乎可以說，世界所有大的角落，都印有中國人的足跡。以漢族為核心聯結各兄弟民族形成的中華民族，本質上是一個農耕民族。而農耕民族視血緣與土地高於一切的族性和聚居傳統，使

4　參閱洪子誠：《問題與方法》第五講第一節《當代文學的一體化》，三聯書店 2002 年 8 月。

5　龔鵬程：《散居中國及其文學》。http://www.fgu.edu.tw/~wclrc/drafts/Taiwan/gong/gong-01.htm。

中國人即使遷徙到了海外，也尋求以血親和鄉誼重新聚集在一起。這就是為什麼世界上凡有中國人移民的地方就有唐人街存在的原因。唐人街對於早期中國移民的文化意味，使它實際上成為中華文化在本土以外的一片「飛地」，是伴隨移民飄散於世界各地的一個來自母國的文化聚落。早期齊集於唐人街的這種聚居傳統，到了後來在聚居方式上雖有所改變，但在精神上則進一步發展成為具有現代意義的族群認同意識。所謂族群認同，主要是對建立在共同血緣和歷史基礎上的族群記憶和族群文化的認同。為了凝聚這種族群認同意識，散居海外各地的華人社會，都力圖建立依靠華文教育和華文傳媒來傳延中華文化的保全體系。華文文學最初就是作為這一文化保全體系的一個環節，而參與族群建構的。當然，華文文學作為世界華人精神方式的一種映射，無論最初的發生或者後來的發展，其功能和價值都遠遠超越了族群建構的意義，但尋根究本，這仍然是華文文學發生的重要原因之一。它讓我們看到，華文文學在全球的存在，是一種直接根源於海外華人社會生存境況的散居的狀態。由於世界各地華人社會發展的不同，散居的華文文學從發生到發展也是不均衡的。因此，無論在發生學或形態學的意義上，華文文學的「散居」與「一體化」有很大的差距。

　　從歷史發展分析，華文文學在二戰以後經歷過一次重大的轉變。在此之前，中國本土以外的華文文學，基本上還是屬於中國文學範疇的僑民文學（或稱華僑文學）。這首先根源於此一時期的海外華人社會，基本上還是一個華僑社會的性質。華僑文學的發展，無論在作家的構成上，還是文學思潮的影響上，都與祖國文學有著直接的密切關係。二戰以後，民族意識的勃興和民族國家的崛起，特別是 1955 年萬隆會議的召開，解決了雙重國籍的向題，散居世界各地的華人為了更好的生存和發展，大多數陸續選擇了所在國的國籍，他們的身份隨之由中國的僑民轉變為所在國

的公民。這一國家認同的改變，使海外的華人社會原則上也由華僑社會改變為所在國的華人族群社會。這種變化我們從龔鵬程長文所引述的王慷鼎《新加坡華文日報社論研究》中可以看出一斑。據王慷鼎的統計：1950年以前，《南洋商報》等報刊中，華字頭辭彙（如華人、華教、華校之類）可說完全沒有地盤。但1951年以後，逐漸追上僑字頭辭彙（如僑胞、僑團、僑社、僑教、僑校、僑務……等），取而代之。國字頭的辭彙（如我國、祖國、國父、國府、國事……等），則在1951年便已絕跡。[6] 龔鵬程認為：「這種僑民意識或中國意識之弱化現象，殊不僅新馬一地而然，各種現象足以證明：在客觀形勢不利的情況下，原先申張國族主義的世界各地中國人，已逐漸識時務地放棄其國族主義，企圖融入所在地國家了，其國家認同已發生了變化。

這一國籍認同的變化不能不在深刻地影響各國華人社會的同時，也改變華文文學在所在國的地位與性質。越來越多的事實表明，散居世界各地的華文文學，已經成為或者正在爭取成為所居國多元文學的一個構成部分，參與所在國文化和文學的共建。這一跡象最先從新加坡將華語定為兩大官方語言之一表露出來，華文文學是新加坡國家文學的一部分。由於各地華人社會對所在國政治、經濟、文化的參與程度不同，各地華文文學為所在國文學接受的程度亦有差別，但這是一個必然的趨向。海外華人社會的這一轉變，帶來了散居各地的華文文學更為複雜的文化境遇。一方面是這一轉變將傳統的華僑文學從中國文學中解構出來，形成了各個國家和地區華文文學自主發展的獨立形態與生命；另一方面，華文文學作為所在國文學的一個組成部分，在長期異質文化語境的生存中，必然會有所吸收地在以中華文化為底本的基礎

---

6 王慷鼎：《新加坡華文日報社論研究》，轉引自龔鵬程《散居中國及其文學》。

上，融合本土文化傳統發展成為具有地域特徵的新的華族文化，從而賦予華文文學更為豐富、多元的文化內蘊。這裡所說的「從中國文學中解構出來」，是指從中國文學的體制中解脫出來，並非從中華文化中的出走，而是在中華文化基礎上不同程度地融攝來自本土的生存經驗和異質文化，從而完成華族文化的重構。這一過程，實際上也是散居世界各地的華文文學從「植入」到「根生」的「本土化」或「在地化」的過程，是華文文學迥異於此前的新的發展形態。

在這個意義上，如果説在散居於世界各地的華文文學還處於「華僑文學」的階段，將華文文學視為與中國文學的「一體」，尚還説得過去；但對於今天已強烈表現出自主發展意識和形態的世界各地華文文學，再説與中國文學「一體」，則顯然不妥當，甚或是錯誤的。

散居的和自主的形態，使華文文學不可能是「一體」的。但「散居」和「自主」，是否有可能因為某種共同利害關係的必要，而使它們如「歐洲共同體」那樣，再「一體化」起來呢？

至少在目前我們還看不到這種需要和可能。

誠然，華文文學不管它們散居於世界的哪一個角落，都有許多共同的東西使它們具有某種同一性和形成彼此間緊密的關係。這些共同的東西主要是：一、以中華文化作為共同的文化基礎和資源。儘管不同區域的華文文學受到各自區域異質文化的影響，但這些影響並沒有從根本上改變華文文學共同的中華文化基礎；二、以漢語（或曰中文、華文）作為文學書寫共同的語言方式。雖然現在有一種觀點認為，應當把華人非漢語書寫的文學作品也包括在華文文學之中，這種意見可以存論，但它不能改變華文文學以漢語書寫作為世界性語種文學的性質；三、共同的讀者對象。由於共同的文化和語言，華文作家的創作往往不僅面對本國（地區）相對有限的讀者，而企望獲得更多、甚至全球華人讀者

的認同。這使它在通過作品的流通建構一個共同的文學市場同時，也創造了一個華人共用的文學空間；四、由於上述諸方面的原因，華文作家在不同國家和地區的流動與遷徙相當頻繁，這帶來了一些華文作家身份的不確定性，他們不同時期的創作和影響，往往會因為他們頻繁的遷徙和居停國家和地區的不同，而為不同國家或地區的華文文學所擁有和論述。語言、文化、讀者和作家的這種同一性，潛在地構成了世界華文文學關係緊密的無形網路，它要求我們在對散居的華文文學進行考察和討論時，必須具有全球性的視野，在進行分析研究中重視整合性的研究。有學者把這種整合研究稱為「離散的聚合」。「離散」或曰「散居」，是華文文學特定的生存形態；而「聚合」或曰「整合」，則是對這種「離散」狀態想像的總體把握，二者的辯證是正確處理局部與總體的關係。只有深入局部，才能在研究視野上建構總體；而只有擁有總體的視野，才能高屋建瓴地在比較中準確地把握局部，這是華文文學研究必須具有的雙重視域。因此，華文文學的「整合」，只是一種研究策略，是由「離散」的華文文學內在邏輯的同一性所提升的一種想像的可能。它不是華文文學實體的「一體化」。作為策略的整合研究和華文文學實體的「一體化」，屬於兩個不同範疇的概念，這是必須區分清楚的。

其次，由「一體化」聯想到「多中心」的問題。

「多中心」的提出，是針對「一個中心」，即「中國中心」而來的。不過，「學術圓桌」對世界華文文學的「多中心主義」解釋，與這一概念最初的提出者周策縱先生略有不同。周策縱先生在出席 1989 年 8 月於新加坡召開的第二屆華文文學大同世界國際會議時，根據大會提交的 27 篇論文所作的「總評」中提出了「多元文學中心」這一概念。根據這次會議的主持者王潤華教授的轉述，周策縱先生指出，「中國本土以外的華文文學的發展，必然產生『雙重傳統』（Double Tradition）的特性，同時目前我

們必須建立起『多元文學中心』（Multiple Literary Centers）的觀
念，這樣才能認識中國本土以外的華文文學的重要性。」[7] 王潤
華先生出席 1991 年 7 月於廣東中山召開的第五屆臺港澳暨海外華
文文學國際學術研討會時，據此進一步提出：

在中國本土上，自先秦以來，就有一個完整的大文學傳統。
東南亞的華文文學，自然不能拋棄祖先發展下來的那個「中國文
學傳統」，沒有這一個文學傳統的根，東南亞，甚至世界其他地
區的華文文學，都不能成長。然而單靠這個根，是結不了果實
的。因為海外華人多是生活在別的國家裡，自有他們的土地、人
民、風俗、習慣、文化和歷史。這些作家，當他們把各地區的生
活經驗及其文學傳統吸收進去時，本身自然會形成一種「本土的
文學傳統」（Native Literary Tradition）。……當一個地區的文學
建立了本土文學傳統之後，這種文學便不能稱之為中國文學，更
不能把它看作中國文學之支流。因此，周策縱教授認為我們應該
建立多元文學中心的觀念。華文文學，本來只有一個中心，那就
是中國。可是自從華人移居海外，而且建立起自己的文化與文
學，自然會形成另一個華文文學中心。……因此，我們今天需要
從多元文學中心的觀念來看世界華文文學，需承認世界上有不少
的華文文學中心。[8]

很顯然，周策縱和王潤華都是在建立「雙重文學傳統」的認
識基礎上，歷史地來闡釋世界華文文學的多元存在和發展的。這
裡所說的「多元文學中心」，側重的是「多元」。對某一個具體
國家或地區的華文文學來說，是強調在建立「雙重文學傳統」

---

7   王潤華：《從中國文學傳統到海外本土文學傳統》，載臺灣香港澳門暨
      海外華文文學論文選》，海峽文藝出版社 1993 年 3 月。
8   出處同上。

——特別是「本土文學傳統」的過程中，文學發展的自主性；而對世界華文文學來說，這種「多元性」便形成了「多中心」。「多元」源自於「散居」，既是世界華文文學的一種存在形態，也是世界華文文學發展的一種運動方式。

在「學術圓桌」主持者的釋義裡，「多中心」更多指的是世界華文文學的區域劃分。如他所提出的「三個中心一個歷史過渡帶」之說，即「中國、東南亞、歐美澳華人社會構成華文文學創作的三個中心，臺港澳地區構成連接三個中心的歷史過渡帶」，實際上是以往一些研究者在描述世界華文文學總體格局時提出的「三大板塊」之說（所不同的是把臺港澳華文文學從「中國板塊」中抽離出來成為一個「歷史過渡帶」）。在這三個區域裡，它們不同的地理區位、歷史傳統、文化環境、華人社會的生存狀態，華文文學的發展形態，等等，以及由此所形成的華文文學的地緣特徵，是劃分這些「板塊」的依據，但卻不一定是「文學中心」形成的條件。「文學中心」的形成，不是靜態的區域特徵的體現，而是動態的文學影響的發揮。「三大中心」說，有著把「區域」等同於「中心」的嫌疑。何況在同一個區域裡，每個國家和地區華文文學發展的具體狀況也各不相同。已經成為國家文學之一環的新加坡華文文學，和強烈意識到必須建立「本土文學傳統」的馬華文學，以及還在為華文文學的生存而奮鬥的泰華文學、菲華文學、印華文學，它們的處境和命運，以及文學的形態都有很大不同，這是大家所熟知的。更不必說美洲、歐洲和澳洲的華文文學。在如此大的地理範圍裡，有著如此不同的文化背景，華文文學在這些地方，有的積澱深厚，歷史長達一個世紀以上，有的僅只是近一、二十年才剛剛開始發展，它們之間的差異，實在比他們之間的相同更多。它們如何形成一個共同的「中心」，就很難想像。

從另一個意義上來理解，作為文學運動的「中心」，在世界

華文文學的發展中是存在的。不過這個「中心」，不是誰的主觀預設，而是歷史自然的形成。它可能在一個地區，也可能是一個國家，還可能是跨越國家和地區的一群作者或一種思潮。「中心」的形成，也不是永恆不變的，而是隨著文學成就的大小和文學思潮的發展而波蕩更迭，是一種「你方唱罷我登場」。以區域作為「中心」，便帶有永恆的意味。在世界華文文學的歷史上，如王潤華所說，中國曾是一個中心，但當散居世界各地的華文文學，在形成自己本土的文學傳統中，這個「中國中心」便逐漸地削弱或消解了。「中國中心」的存在和「中國中心」的消解，都是歷史發展的結果。沒有必要在敍述「中國中心」曾經存在的歷史時，把這種敍述統統視為「收編」或「沙文主義」；也沒有必要因為歷史上中國文學曾經在世界華文文學的發展中發揮過「中心」的作用，就視為「永恆」。「中心」的更迭，猶如文學思潮的起伏，是文學波浪形發展的規律，也是文學的一種運動方式。從理論上說，每個國家和地區，都可能成為文學發展的中心。這也是「多中心」說可以成立的基礎。在這個意義上，中國是否能夠再次成為世界華文文學發展的中心，這就有待中國作家的努力和貢獻。

在閱讀「學術圓桌」中，我充分注意到了論者在定義世界華文文學時，是將「一體化」和「多中心」並列在一起，讓「一體化」和「多中心」產生互補的效應；而通過開放式的討論，對他的詮釋也作了修正和補充。在我的理解裡，「一體」只是研究者對世界華文文學總體性的一個想像的把握，它更切近於作為研究策略的整合性思考，而不是華文文學實體的「一體化」行為和過程；而「多中心」在周策縱和王潤華的概念裡，是自主性地在重建「本土傳統」基礎上的文學多元化的存在和發展，而不是以區域為限定的文學「中心」的建構。對「一體化」和「多中心」的不同理解，涉及到了世界華文文學的存在形態和運動方式，都是

華文文學研究的核心問題。因此,微言大義,提出來討論,希望
得到前輩和同行的指正。

雙重經驗的跨域書寫
——美華文學研究的幾個關鍵詞

在世界華文文學中，美國華文文學是具有代表性的一個豐富的分支。一方面，美華文學有著超過百年的漫長歷史。我們現在雖還無法知道，當 19 世紀中葉，一艘艘遠航的「豬仔船」將中國勞工運往美洲時，在他們之中是否已經產生了相關的文學？但可以確定的是，1905 年在上海、廣州、廈門、青島等地掀起的「反美華工禁約運動」中，已經出現了諸如《苦社會》[1] 那樣由旅美華人創作，「書既成，航海遞華」的小說，從而為美國華文文學開篇；另一方面，在美華文學長達百年的發展中，幾乎都交錯在現代以來中國的歷史發展之中，不僅中國赴美移民的遷出動因，交織著不同時代中國社會的諸種問題，而且移民中的文學書寫，也呼應著不同時代中國社會的歷史命題和文化命題，在域外的人生經驗和文化語境觀照中，做出自己的思考和回答，從而使美國華文文學與中國文學有著十分密切和特殊的關係；再一方面，百年美華文學每個時期都有的堪稱傑出的作品，不僅建構了美華自己的文學歷史，而且富了世界華文文學的歷史。美華文學備受研

1　《苦社會》，光緒三十一年（1905 年）七月由上海圖書集成局活字排印，申報館發行，有六萬餘言，未署名，書前有石生敘，稱「是書作於旅美之人，敘旅美之事」，「書既成，航海遞華」。見阿英編《反美華工禁約文學集》，中華書局 1960 年 2 月第一版。

究者的關注，勢所必然。

　　美華文學既然作為中國移民者的文學，因此，在進入討論之前對「移民」的概念必須有所界定。世界各國對於這一國際人口遷移的定義，各不相同，在中國的移民研究中也是歧義紛出。《中國大百科全書》認為：一定時期人口在地區之間永久或半永久的居住地的變化，人口遷移成為移民。這個定義有很大的模糊空間，什麼叫「半永久」的居住地變化，是三年、五年，還是八年、十年，沒有確定的量化指標是很難把握的。《中國移民史》的作者之一葛劍雄也認為：「移民是指遷離了原來的居住地而在其他地方定居或居住了較長時間的人口。」這裡在時間的量化上同樣也是含糊的。若把「定居」視為永久性的遷移，那麼「居長了較長時間」是多長，同樣也無法說清楚。因此又有了「永久性移民」和「暫時性移民」之分，但無論「永久」還是「暫時」，都屬移民。倒是《美國大百科全書》對移民有了明確的時間規定，它認為「在接收國居留至少一年的人被列為移民」。這給了我們一個討論的前提。本文雖不是對移民的專門研究，但美華文學的創作主體不能不涉及到移民身份。我們選擇比較寬泛的「移民」定義，即將並未獲得永久居留權的留學生及其他居停一年以上的移居者，在居美期間的文學活動和創作實踐，都納入美華文學的討論範疇。這不僅符合《美國大百科全書》的移民定義，也適合中國移民研究中的「暫時性移民」概念。

　　由於美華文學在世界華文文學中所具有的典型意義和代表性，本文所討論的美華文學研究的幾個關鍵性概念，實際上也將涉及到整個華文文學領域。

一、世華文學／美華文學

　　世界華文文學，顧名思義，是指在世界上運用華文創作的文

學。中國是個有 56 個民族的國家，許多民族都有自己的語言和文字，但都以漢語作為自己國家的通用語和通用文字。漢語成為「華文」的代表性語種。因此「華文」在這裡，只是狹義地指稱漢語。世界華文文學，實際上是與世界英語文學、法語文學、德語文學、西班牙語文學、阿拉伯語文學等等並列的一種世界性的漢語文學。

美華文學，指的是在美國運用漢語（華文）創作的文學。

這個定義在近年引起一些不同意見的討論。百年來中國的海外移民經歷了三次身份的變化。最初他們是中國的海外子民，稱為華僑，無論在血統、文化還是國家認同上，他們都是中國人。其次是上世紀中葉中國政府宣佈取消雙重國籍，許多長居海外的華人為了生存和發展的需要，選擇加入所在國的國籍，成了外籍華人，他們在國家認同的政治身份上脫離了中國，但在血緣關係和文化認同上則並未脫離中華民族和中華文化，或許說是將自己的文化身份變為身份文化，參與所在國多元民族和文化的建構，從而形成既源於中華文化又融攝了所在國土著文化的海外華族文化。第三是作為移民後代在海外傳延的華裔，其中也包括了部分華人與所在國其他民族通婚的混血後代。他們在族屬關係上雖然仍被視為華族，但在政治認同和文化認同上卻已融入了所在國社會。他們已大多不用漢語書寫，而以所在國的主流語言思考和表達，從而形成了另外一脈非漢語書寫的華裔文學，並作為一種民族交融的文化現象，引起包括文學界在內的學術界越來越多的關注。因此有人以「華文」文學難以包容華裔的非華文書寫為由，而主張改稱為「華人」文學。

這一爭論持續多年，於是又有學者以世界華文文學簡稱「世華文學」，利用漢字的多義性，認為「世華文學」的「華」字，應包括三個層次。其一，是外在層次的語言方式，即用漢語（華文）作為書寫的媒介工具；其二，是內在層次的中華文化，這是

世華文學的精神內質；其三，是指創作主體的「華人」或「華裔」，這是對世華文學的族屬性規定。這一解釋，雖然有些牽強，但它確實能包容性地回答我們曾經爭論不已的一些問題。[2]

在這三個層次中，核心是中華文化。語言是文化的一種形式，包容在廣義的文化之中，同時又承載和傳達著更為深廣的文化。在這個意義上我們也可以說，語言是文化的家。世華文學如果不把這個「華」字，既理解為華文，更理解為中華文化，顯然會有所欠缺。這是兩個相互關聯的層次。如果說第一個層次的「華文」，還兼指著並非華人的華文作品，如同樣洋溢中華文化精神的韓國作家許世旭的華文詩歌，它在另一個意義上顯示了華文廣泛的世界性；那麼第三個層次關於創作主體的華人或華裔，則從族屬性的規定上對世華文學作了限制。這個族屬性的限定，事實上已經包括了華人或華裔的非漢語寫作。大量在異國文化環境中成長起來，並在政治身份上已經歸屬於所居國的華人，尤其是移民後代的華裔作家，他們的書寫方式大都必然轉向所居國語言，已成事實。如現在已引起廣泛關注和研究的美國華裔作家的創作，他們寫作的主要語言是英語。但儘管如此，他們用英語或其他語種表現的，還是來自父祖輩的原鄉文化，即便是對原鄉文化的解構和重構。這是他們的根，是他們進入異國文化的環境中自己族裔的文化身份。隨著華人在海外定居的時間越長，海外華人或華裔的非漢語文學書寫，將越普遍，其所表現的文化衝突與文化交融現象，也將更具有普遍意義。將世華文學的「華」字，理解為「華文」、「中華文化」和「華族」，把華人或華裔的非漢語文學書寫納入世華文學的視野，不僅包容了一直爭論不休的「華文文學」還是「華人文學」的問題，也是對客觀現實及其未

2　2002 年 10 月在上海復旦大學舉行的第 12 屆世界華文文學國際學術研討會上，來自美國的華文作家杜國清在發言中就提出這一觀點。

來發展可能性的尊重。我們傾向於這一觀點，但鑒於目前的爭議
尚無結論，本文仍約定俗成地以「華文文學」稱之。

　　隨著中國海外移民的越來越廣泛，華人實際上已成為一個散
居於世界各地的龐大族群。華文文學也隨著華人足跡遍布世界，
而成為一種世界性的文學存在。可以將它的存在劃分為中國本土
和海外兩大部分。由於近代以來中國特殊的歷史遭遇，香港和臺
灣先後淪為英國和日本的殖民地，澳門更自 16 世紀中葉就遭到葡
萄牙殖民者的強行佔據。在一個多世紀甚至更長時間裡，臺灣、
香港、澳門迥異於祖國內地的歷史發展所形成的不同社會形態，
使同屬於中華文化的臺、港、澳文學，也有著與祖國大陸文學不
盡相同的歷史進程和存在形態。因此，在中國本土的華文文學，
又有著由大陸、臺、港、澳四個同中有異、異中有同的板塊所構
成。而在海外，即中國本土以外的華文文學，一般可以劃分為三
大板塊：一是亞洲板塊，不僅包括歷來為我們所關注的東南亞華
文文學，如新、馬、泰、菲、印尼、緬甸、越南等的華文文學，
還應包括東北亞的日本、韓國、朝鮮和蒙古等的華文文學。二是
美洲板塊，主要是北美，尤其是接納中國移民最多，歷史也最長
的美國華文文學，近年加拿大的華文文學也呈蓬勃之勢，自然也
在熱切的關注之中；但已有了眾多中國移民的南美諸國，情況如
何，則也應當進入我們的視野。三是歐洲和大洋洲板塊。歐洲是
傳統的中國移民和留學生聚集之地，華文文學也有較長的歷史；
而大洋洲，尤以澳大利亞為中心，自上世紀末出現的華人移民
潮，使不僅來自中國大陸，也來自臺灣和香港的移民，擁有較高
的文化程度和相對寬適的生存環境，成為澳洲華文文學迅速崛起
的基礎和背景。

　　在世界華文文學的全球格局中，美國華文文學一個世紀來持
續不斷的豐富創造，呼應歷史與時代的文化主題變遷，多元的藝
術經驗，以及對中國社會和文學現代性探索的推動，都格外引人

注目，自然成為華文文學研究者所特別關切的對象。

二、移民和移民者文學

海外華文文學，實質上是移民者及移民者後裔的文學。

中國的海外移民，可遠溯到唐宋甚至更早。不過，真正形成移民浪潮，並對中國和世界發生影響的，則在 19 世紀中葉以後。鴉片戰爭之前，中國的海外移民人口，約在百萬，主要的移入地區在亞洲；到二戰前夕，已超過千萬，足跡也越出亞洲，遠及歐洲、美洲、澳洲和非洲。時至今日，遍及世界各地的華僑和華人人口，在三千萬以上。

「有人類活動的地方就有華人。」這句略顯誇張的話說明中國的海外移民，使華僑和華人成為一種世界性的存在。這種存在的世界性，在文化意義上，首先是使中華文化隨著華僑和華人的足跡而遠播海外，成為華僑和華人在海外生存中建構自己身份的文化基礎，也成為他們參與所居國多元社會建構的文化資源，使中華文化成為傳播於世界的最廣泛也最重要的古文明之一。其次，華僑和華人在進入所居國社會的文化碰撞與融攝中，形成了華僑和華人既源自於母國文化，又一定程度迥異於母國文化的獨特性，即所謂華族文化；同時又將這種文化的世界性融入和體驗，回饋原鄉，成為推動中華文化和中國人感悟世界的現代性進程。華僑和華人的這種世界性的生存和體驗，是海外華文文學的發生學基礎。因此，研究海外華文文學不能不追溯中國的海外移民史，追尋他們——華僑和華人在海外的生存境況與體驗。

中國對美國的移民，始自 19 世紀中葉，最初主要的移民方式是「勞務」。其時美國西部發現金礦，亟待開發。中國的勞工經歷了 19 世紀 50 年代的三藩市淘金、60 年代橫貫東西部的太平洋鐵路修築和 70 年代的加利福尼亞農業墾殖，出現過三次移民浪

潮，最多時移民人口達 20 餘萬人。這是史學界所謂的「自由移民」時期。華工對美國西部的開發作出巨大貢獻，在美國參院的一份檔案中寫道：「沒有華工就沒有西部的墾殖。華工使荒土變為良田，使整個加利福尼亞變成一座花園，一座果木園。」然而就在華工致力於美國西部開發的同時，卻遭到種族主義者從政治、經濟到文化極不公正的待遇，一些地方還不斷出現有組織的燒殺搶掠的排華浪潮。1882 年美國總統簽署《執行有關華人某些條約的規定》，1888 年國會通過《禁止華工來合衆國法案》，美國便進入了長達 61 年的「絕對排華時期」。華工，連帶正當經營的商人、學生和旅遊者，受到迫害、驅逐，使此時在美國的華僑、華人人口降至 7 萬餘人。華工作為早期中國移民的主體，已成為一種歷史。這是中國早期海外移民的一份來自底層的美國生存經驗，它曾經誘發了 1905 年上海、廣州、福州、廈門、天津、南京、漢口、青島、煙臺等城市以「抵制美貨」為核心的「反美華工禁約運動」，並以「反美華工禁約文學」為美華文學開篇，成為美華文學最早關注的一個移民群體。赴美華工的艱難生存體驗和早期華人形象，成為此後一個世紀美國華文文學、華裔文學和西方作家不斷開掘、形塑、詮釋，從歪曲到辯正，從而進一步反思和深化的文學母題。[3]

　　在大批華工赴美同時，中國也開始有留學生赴美就讀。1847年抵美、1854 年畢業於耶魯大學的容閎，被公認是中國第一個留美學生。此後半個世紀，赴美就讀的留學生雖還繼續，但不成氣候。其中以容閎歸國後於 1872 年向清政府倡議選派學童留洋的計畫最具規模。此計畫原定每年選送 12-15 歲的學童 30 名，分四批

3　　有關華工赴美和反美華工禁約運動情況，請參閱鄧蜀生著《世代悲歡「美國夢」》第六章《華工血淚寫春秋》，中國社會科學出版社，2004年 6 月第一版。

共 120 名，由容閎親任留學事務所監督帶往美國，學制 15 年，先學語言後習專科。此議雖已成局，120 名學童亦陸續到美，然卻因清政府視新學如洪水猛獸和美國的排華政策所牽及，終於 1881 年解散留學事務所，撤回全部學生，使這一宏大計畫流產。有資料表明，從 1850-1900 年中國赴美留學生共 170 人，扣除容閎帶領的 120 名學童，平均每年赴美留學人數僅一人。直到 1909 年，美國以在「庚子事變」所獲的不義賠款，用作教育，開辦清華留美預科學堂，中國赴美留學的人數才驟然增多。此時正是中國社會轉型的激烈變革前夕。鴉片戰爭的歷史教訓，使中國知識份子意識到向西方學習先進科學文化以強國富民的重要，於是出國留學形成熱潮。最初是到明治維新以後一衣帶水的日本，繼而轉向西方英、法、德、意、比、奧等國，但以赴美留學的人數最多。據 1917 年的統計，中國在美的留學生已達 1170 人，其中庚款生 370 人，公費生 200 餘人，自費生 600 餘人。在從 1921-1925 年中國派往西方的 1189 名公費生中，留學美國占了 78.55%。[4]

　　留學生中的相當一部分，因種種原因陸續轉為移民身份，實際上已成為中國向美國移民的主體。與早期的華工不同，留學生的移出地已不再局限在中國南方的閩粵等省，移民的成份也不再是破產的農民和城市貧民，而包括了有著較高教育背景的全國各大、中城市的青年知識者。他們出國的目的，大多也不出於經濟的考慮，而是文化的原因，即西方科學文化對於希圖救亡圖存和社會發展的青年知識份子的吸引力。因此在某種意義上說，他們是屬於「知識移民」或「文化移民」。當然在這個「文化」背後，不同程度潛隱著他們各自時代的政治誘因和經濟背景。不管他們學成歸來還是長期滯留，都對中國社會發生重要影響。他們

4　本文有關中國留學生的情況及相關數位，均採自黃潤龍編著《海外移民和美籍華人》，南京大學出版社 2003 年第一版。

構成了美國華人群體中迥異於早期華工的「知識移民」群體和知識份子的生存方式與介入美國社會的生存經驗。

在 20 世紀持續不斷的留美浪潮中，大致可以分為四個時期。第一個時期是 20 世紀初期至二戰爆發。資料顯示，20 世紀的頭一個十年，只有留美學生 353 人，平均每年 35 人；到第二個十年，留學生數增至 1661 人，平均每年 166 人；而到第三個十年，即 1920 年至 1931 年上海「一二八」事變爆發前，留美人數達到 4175 人，11 年間平均每年 378.6 人。二戰爆發以後，大批留學生回國，赴美留學人數也大為減少。20 世紀以來的這三、四十年間，正是中國國難當頭、社會轉型、文化運動風起雲湧的時期，背負救亡圖存沉重使命遠赴大洋彼岸的莘莘學子，在遙遠的新大陸對中國社會和文化的思考，引發為一場影響深遠的新文化運動和新文學革命。以胡適為代表的留美學生，成為這一嚴峻歷史時期中國文化舞臺上不可或缺的主角。胡適的人生和學術生命，無不烙印著這一時期的歷史痕跡；而 30 年代以後進入美國的林語堂，則以自己大量的英文著作，在溝通中西文化的同時，迴響著中國抗戰的呼聲；到了抗日戰爭期間，雖然移民人口減少，但繼續居留在美國的華僑和華人，曾掀起一個以抗戰為主題的華僑文藝運動，尤為引人注目。

第二個時期應自戰後到新中國政權成立。雖只短短 4 年多時間（1945.8~1949），赴美留學生數卻達 4675 人。平均每年在千人以上。究其原因，從「推力」看，有抗戰八年中國人才的積累和對知識的渴求，也有對戰後國共分野的政治和戰亂的厭倦和規避；而從「引力」看，二戰的勝利大大提高了美國的國際影響及其科學文化的領先地位。這一時期赴美的學生，大都轉為移民身份而在美國長期居留下來。20 世紀後半葉幾位華人諾貝爾獲獎者，大多是這一時期來自大陸的留學生。填補四十年代末五十年代初美華文學空白的「白馬文藝社」，則秉持胡適的自由主義文

學主張，帶有這一時期迴旋在中國對立政治空間的典型特徵。

　　第三個時期在五十年代至七十年代。此時在冷戰格局中的中國大陸已經關閉了赴美留學的大門，中國留學生主要來自臺灣和香港。而在臺灣，最初是隨同父輩挾裹在政治渦漩中由大陸來到臺灣的青年，失望於臺灣的政治和經濟，而大陸又是回不去的「政治」異鄉，所以選擇留學以實現出走的目的。他們是繼父輩「政治放逐」之後的「自我放逐」。後來逐漸延伸到本省籍青年。這一時期的留學生，大都成了「留」下不走的「學生」。這種糾葛在中國複雜政治歷史之中的留學文化心態，成為這一時期移民美國的特殊生存體驗，和美華文學的特殊主題。他們描寫去國之前的坎坷，去國後在學業、婚姻、謀生等的困惑，傾訴挾裹在政治對峙中漂泊的孤獨和無根的痛苦，噴發愛國的民族情緒……這種帶有鮮明時代特徵的文學書寫，流播在整個華人世界，不僅成為五、六十年代臺灣文學最具華彩的一章，而且影響到八十年代走向開放的中國大陸。其中一些優秀之作，為這一特定時代型塑而成為世華文學的經典。

　　第四個時期在中國大陸改革開放以後，自上世紀八十年代延續至今。據統計，在 20 世紀最後的 20 年間，中國大陸公派和自費及以其他身份出國後轉為留學生者（含訪問學者），達 40 萬人以上，其中 20 萬人在美國。這是中國在中斷 30 年海外移民之後最大的一波留學浪潮。他們學成的歸國率初期只在 15-20%，與八十年代之前的臺灣、香港差不多。他們留學之後大部分轉為移民身份，構成了我們俗稱的「新移民」的主體。所謂「新」移民雖是相對於「老」移民而言，卻是這一時期移民的特定概念。不僅是一個「新」或「老」的時間區分，而有自己獨特的文化內涵。就「新移民」的對象而言，其身份雖然複雜，卻以「留學生」為主體，一般具有較高的教育背景，因而在就業和介入美國社會的程度，也有較好的選擇和深入；他們處於中國歷經波折的現代化

進程中，希望從西方的先進科學和文明發展中尋求借鑒和反思，成為這一特定時期「新移民」的文化標記。因此，他們從國內到海外雙重生存經驗互相映照的審思和文學書寫，成為這一時期美國華文文學具有時代特徵的發展。

　　不同時代、不同類型的移民，帶著他們各自時代的歷史跡印和文化記憶，影響著他們進入美國之後的生存方式和書寫方式。從他們去國的那天起，他們在國內或許順暢或許坎坷的人生經歷，都將成為他們不斷咀嚼的溫馨回憶；而曾經對他們充滿誘惑的新土嚮往，或將成為他們重嘗艱辛的現實人生，這一切都化為他們思考的背景和書寫的源泉。對海外華文文學的尋根究底，不能不從這一複雜背景和身份的移民歷史開始。

三、唐人街寫作和知識份子寫作

　　華人進入美國的目的和方式，雖然各種各樣，但基本上以謀生和創業的經濟型移民和由留學或講學轉為長期定居的知識性移民為兩大類型。由此帶來了他們進入美國之後不同的生存方式、文化方式和介入美國社會的方式，從而構成了美國華人族群的不同區分。

　　早期以華工為主體通過契約方式進入美國的移民，大多是懷著「黃金夢」隻身漂洋過海來的。他們有家和妻眷留在國內，並不一定都尋求在美國長期居留。然而客觀形勢的發展，使他們之中一部分人轉為移民身份，並吸引了子女親屬前來投靠，形成移民潮的後續波。他們普遍較低的教育背景，使他們在語言能力等方面較難融入美國社會。逼於種族歧視和排斥的現實壓力，他們必須互相聚集在一起，以抵禦外來惡劣環境的壓迫，而這也更符合他們精神傳統中對民族文化：從語言、習俗到觀念的堅守。於是「唐人街」（或稱「中國城」）便作為對付這些陌生而充滿敵

意的生存環境而採取的一種特殊的生存方式,伴隨赴美華工及商人的日益增多而誕生。美國路易斯安那州立大學著名的社會學家周敏教授指出:「唐人街是法律上的排斥華人、制度上的種族主義和社會偏見,這三者綜合的產物。」[5] 由於種族歧視的無法化解,早期移民的華人被排斥出美國社會生活的各個方面,促使他們別無選擇地逐步形成一個與外界保持一定距離的華人族群聚居區,以互相依靠和彼此提攜。

這由歷史形成的多重複雜原因,使唐人街成為世界移民史上一道獨特的景觀。唐人街提供了一種延續於移民母國的生存方式,在這裡,從語言、服飾、飲食、習俗,乃至宗教信仰,大致保留著母國的狀態,即使數代以後,乃基本未有改變。大量的華人社團,諸如同鄉會、宗親會、兄弟會等在這裡建立,發揮著華人移民族群的分類整合和社區自律的作用,意味著華人移民族群的一種自我建構的方式。而在唐人街社區中發展與傳播的華文教育和華文報刊,則又成為移民抵抗文化失憶和建構身份的一種重要手段。因此,唐人街同時也作為華人移民文化保存的一種精神方式。雖然華人及其文化,對於移入國是一個少數族群的弱勢文化,但在唐人街這類特定的地區,則成為一個主導的族群和強勢文化。在某種意義上甚至可以說,唐人街是中華文化在海外的一塊「飛地」。

唐人街的這種存在形態,使一代代以投親靠友為主要方式進入美國的移民,在他們缺乏融入美國社會的各種條件和背景(尤其是經濟能力和語言隔閡)時,唐人街是他們最初的最好擇居地;它同時也使唐人街這一移民社區的聚居方式持續保存下來。儘管隨著時間的發展,亦有一批批事業有成的人士,為了改善自

5　周敏著《唐人街──深具社會經濟潛質的華人社區》(鮑靄斌譯),商務印書館,1995 年 1 月第一版。

己的生存環境，更好地融入美國社會而遷出唐人街，但唐人街在
他們心中留下的文化記憶是永難磨滅的。這是移民對於母國的追
念，無論他們是否遷出，他們精神上都有一條永遠存在的「唐人
街」。因此，唐人街實際上積澱著一整部中國海外移民史。

　　近百年來，以唐人街為書寫對象的文學創作數不勝數，其作
者不僅有華人，還是其他族裔。外裔的作家且不說，華人作家中
也有在唐人街裡和唐人街外之別。在唐人街外的多為一種帶有研
究和觀察形態的文學想像；而在唐人街裡寫唐人街的華人作家，
則帶著他們自身經歷的生存體驗，是由自己的生存方式轉化為文
學書寫。近年三藩市的一群華人作家，呼籲關注世界華文文學中
的「草根寫作」。所謂「草根寫作」者，是指來自社會底層的書
寫和聲音，在很大程度上可以將之視為是一種「唐人街寫作」。
其作者大都出身於社會底層，感受著社會底層的各種不平和坎
坷，他們本身或許就是社會底層的一個務工者，或者曾經有過一
段底層務工的人生經歷；他們較難融入美國社會，特別是美國的
中上層社會；他們大致都在華人聚居的唐人街生存，以自己的底
層生存體驗，傳遞著底層的生存狀態和聲音，呼籲對現實的關
注。「唐人街寫作」或所謂「草根寫作」，是以往華文文學研究
較少關注的一種寫作狀態，值得我們重視。

　　與「唐人街寫作」相對應的另一種寫作狀態，或許可以稱為
「知識份子寫作」。他們區別於「唐人街寫作」的，首先是這一
群作家移民美國的方式，不同於早期華工及其親屬子裔進入美國
的方式。他們移民的動機不是出於簡單的謀生的經濟目的。他們
大都懷抱理想，以留學的方式——官派或者自費而進入美國，隨
後由於種種機緣滯居下來。因此，他們在國內往往有著較好的經
濟背景，也受過較好的基礎教育，且大多來自大、中城市；其
次，他們學成居留美國之後由於擁有一定的學歷，而有了選擇較
好職業的可能，因此也有了較好的生存保障，其中不少人在經濟

上大抵已達到美國中產階級的水準；第三，他們大多並不選擇在
唐人街居住，或者在唐人街居住一個短暫時期後，經濟條件有所
改善便遷離唐人街。他們不是拒絕而是主動地力圖融入美國的社
會生活之中，以自己的知識參與，活躍在美國諸多的經濟和文化
領域，成為美國華人族群的知識精英和代表。第四，他們的文學
書寫，有著比較從容淡定的姿態。他們善於從自己由故國到異邦
的雙重人生經歷中進行對比和總結，使自己跨域的文學書寫，具
有比較開闊的視野和豐富的參照。他們或者從社會的歷史變遷和
文化差異，融入個人的人生經歷和感悟，重新體認和反思故國的
歷史和文化，做出帶有批判性和前瞻性的認知和期待；或者從藝
術的多元發展，進行前衛性的探索和嘗試。他們這些以文學形式
表達出來的思想成果和藝術成果，回饋於母國，往往成為母國文
學現代性進程上新變的契機和推力。上述種種，對於這一群體來
說，他們是「知識移民」，不僅知識是他們進入美國的動機，知
識也是他們在美國的生存方式，是他們謀生美國並力圖融入美國
社會的生存手段；同時，知識還是他們反觀母國文化，提出批判
性反思的基礎。他們的寫作，大抵是在這樣的背景上進行的。因
此，將這一群體的文學書寫，稱為「知識份子寫作」，雖不能說
十分貼切，但基本能體現出他們最根本的特點。

　　其實，所謂「唐人街寫作」和「知識份子寫作」都是後設的
理論概括。理論的無力和無能，也表現在這裡。這種類分是由華
人移民的移入動機、方式、生存狀態、對美國社會參與的程度以
及文學主題關注的中心和文學傳達的藝術方式等等的不同，所作
的大致區別。而往往，兩種寫作狀態是互相滲透或不時互相置換
的。尤其落實到每一個具體的作家，情況就更千差萬別。他可能
先由投親移民而後轉為留學生移民；他也可能先以留學方式進入
美國而後落腳唐人街從事一般底層的職業；他可能先從唐人街居
住，親歷父輩或先人謀生唐人街的艱難生活，而後遷離唐人街，

感受知識份子移民相對寬餘的人生；也可能為了寫作或其他目的而從唐人街以外的人生進入唐人街，體認另一種生存狀態……凡此種種，許多美華作家往往擁有唐人街生存方式和知識份子生存方式的雙重經驗，為他們開拓了更廣闊的思考和書寫空間。

四、雙重經驗和跨域書寫

如果說，文學創作是作家人生經驗的一種藝術呈現，那麼，相對於國內作家，海外華文作家彌足珍貴的是他們擁有自己人生經歷中從國內到國外的雙重人生經驗。

這是海外華文作家獨具的文化優勢。

一方面，海外華文作家——尤其是第一代的移民作家，都有一段難忘的國內人生經歷和文化體驗，這對於他們後來在異域的文學書寫，有著不可低估的重要意義。儘管這些經歷人各不同，或者通達順暢，或者坎坷磨難，甚或只是平淡無奇，但在去國之後，都將成為他們不可磨滅的故國記憶。這是他們進入異邦的人生背景和重新出發的基礎與起點，不僅證見著他們的族性血緣和文化身份，而且也是他們跨域的文學書寫的素材和進入異邦社會的重要文化資源。他們往往是透過自己曾經擁有的這份人生經歷和文化意識，來觀察、辨識、體認、區分、比較和臧否異邦的人生和文化，從而一定程度地左右著他們融入異邦社會的心態和深度。另一方面，他們又擁有另一份異邦的人生經歷，不是那種由參觀訪問得來的浮光掠影的印象，而是真正融入自己血肉和心靈的真實人生的體驗。儘管這份人生也各有不同，順利或者坎坷，也不管他們是投入還是抗拒，喜悅還是怨艾，這都構成他們新的人生內容和新的文化體驗。國內的人生經驗和海外的人生經驗在移民作家那裡，形成了一個既互相衝突又互相包容，既互相對視又互相解讀的具有互文性的矛盾統一體。由此也構成了他們觀

察、思考和創作的一種「複眼」式的雙重視域。在海外華文作家的文學文本中，不斷提供了互相交錯的國內/海外的文學場景，使具有獨特色彩的異國情調和有著特殊命運和性格的人物撲面而來，成為我們認識的新的典型。而他們從中國文化的視角對異國的觀察，既迥異於異國作家的描述；他們從自己切身感受到的異國文化，重新回味故國的人生經歷和文化體驗，帶有著文化反思性質的對故國人生的描述和對故國文化的解構或重認，也不盡相同於國內作家的書寫。雙重人生經驗構成了一個互相交叉的文化視角，形成一個互有比較的新的思考空間和書寫空間。不管書及國內還是寫及海外，都顯示出海外華文作家居於雙重文化交錯之間的獨特性。其思想價值，在於從差異的文化中進行觀察和反思，而其文化意義，既表明了人類文化的多元性，也尋求著不同文化的理解和共存。

　　值得提出的是，海外華文作家的書寫，是一種跨域的書寫。「跨域」在這裡不僅是一種地理上的「跨域」，還是國家的「跨域」、民族的「跨域」和文化的「跨域」，因而也是一種心理上的「跨域」。「跨域」是一種飄離，從母體向外的離散。從根本上說，中國的海外移民，遠離自己的母土，漂散在世界各地，本質上是一個離散的族群，或者說是一個「跨域」的族群。離散或者「跨域」，是歷史形成的，其中既有政治的原因，但更多恐怕還是經濟和文化的原因。但將一個跨越全球的離散的族群整合起來，成為所謂「離散的聚合」，其聯結的紐帶主要是文化，是漂離故國而植根全球的中華子民共同信仰的源遠流長的中華文化——或在海外稱為華族文化。因而對於跨域的離散族群，最為敏感的文學命題，不僅只是一個政治的命題，更有中華民族世界性生存的歷史和文化的命題。這是跨域書寫的一個重要方面。

　　「跨域」是一種距離，而朱光潛說，距離產生美。毫無疑問，海外華文作家在國內的人生經驗，是他們不斷咀嚼的愈久彌

　　珍的創作資源。人生經驗的貯存，隨著空間和時間距離的不斷增
大，該深發的深發、該衰減的衰減，逐漸昇華成為在更加理性的
思考下的敍說。這種思考既有經過時間的汰洗，還有著不同文化
的觀照。許多海外華文作家的優秀文本，都表現出與他們去國初
期的情緒宣洩相異的，更居高一層的哲理思索和文化眼光。這可
能要拜賜於他們書寫位置和思考角度的「跨域」狀態。

　　「跨域」產生差異，也產生衝突，然而「跨域」還帶來融通
和共存。中國海外移民的世界性生存，其作為文化使者的意義，
本身就是一種對於所居國本土文化說來是異質文化的進入。對於
華人移民來說，他們必須使自己的族性文化逐漸適應所居國的異
文化環境，由此在歷經了不適和衝突之後，也帶來自己族性文化
與所居國文化的共存和融變；而所居國的文化也必須從對移民所
攜入的文化中，培養一種接納不同文化襟懷和氣度。二者在這種
彼此適應和磨合的過程中，既產生衝突（甚至是很激烈的民族主
義的文化衝突），也走向和諧，其過程是互相包容與融攝。因
此，「跨域」既帶來差異，也帶來互相融攝的多元整合。海外華
文作家的文學主題，就常常表現出這種不同文化從衝突、排斥到
包容和融攝的轉換。早期華文作家大量存在的對故國文化和人生
境遇的懷思，即所謂懷鄉思歸的主題，它從另一側面反映出移民
對異國文化和生存環境的不適應和難以被接納的困圍；而近年海
外華文學的文化主題更多地轉向對所居國生存環境和本土文化的
融入和認同，正是華人在海外生存這一歷史變化的文學體現。

　　作為華文學創作主體的中國海外移民，第一代移民作家的生
存經驗和跨域書寫與第二、三代華裔作家尚有很大區別。對於第
一代移民作家來說，國內的人生經驗是他們親身的經歷，而對於
移民後代的華裔作家，他們對故國母土的體驗和認知，基本上是
來自他們對自己父祖輩經驗的間接接受，既有對父祖輩親身接觸
的體驗，更多地是來自父祖輩本人的口頭轉述。因此他們對於故

國母土的體驗和認知，常常帶有他們個人經歷所限制的局部性或片面性。然而對於文學創作來說，這個被局部放大了的片面感受，則往往更容易激發豐富的想像力和沖激力；再者，第一代移民作家對移入國的文化常常是透過自身的文化印記來認識，處於一種既想融入又予排拒的猶豫狀態，他們更為適應和珍惜的是來自故國母土的原鄉文化。因此他們的文學書寫常常傾訴著對於故國母土及其文化的懷戀，和對於所居國文化的既迎且拒的徘徊心態。然而對於完全在異邦文化環境中生長起來的華裔作家，他們不僅在國籍的政治認同上，從屬於所居國，而且在文化上也認同於所居國文化，然後才來追尋自己的華族身份和華族文化。美國黑人文化研究者杜波伏依曾經指出，美國黑人是將自己的美國身份意識內化之後，「又透過它來認識自己的黑人身份，捕捉非洲的舊景殘跡」。[6] 對於美國的華裔作家，又何嘗不是如此。他們也是首先將自己的美國身份意識內化之後，才來追尋自己的華族身份和華族文化。他們首先確認自己是美國人，美國作家，而後才補充說明自己是美國少數族裔的華族，是以美國正式官方語言──英語書寫的華裔作家；他們的文學首先是美國文學，其次才是美國少數民族的華裔文學。他們站在美國文化的立場上，「捕捉」從自己父祖輩身上和口述中瞭解到的片斷、破碎的中國故事和中國文化──許多就是他們先人漂洋過海來到美國的故事，並且以美國文化觀念和視角，對作為自己創作資源的故國母土文化，進行解構和重構。他們並不都用自己民族的母語──漢語（華文）寫作，而較多用所居國的主流語言──英語寫作。語言的轉換也是一種文化的轉換。經過英語重述的「中國故事」，已經不是完全的純粹的「中國故事」，而是經過美國文化視野重新

---

6   杜波伏依《黑人的靈魂》，轉引自陶家俊《身份認同導論》，載《外國
     文學》，2004 年第 2 期。

選擇和編碼了的「美國的」中國故事。他們由此不僅區別於美國
本土作家，也區別於中國作家和第一代的移民作家，在這個特殊
的空間中，以自己特殊的書寫獲得了特殊的價值。不妨把這一書
寫，也視為一個「跨域」的文化重構。

五、文化主題和文學互動

　　20世紀的美華文學是在一波又一波的移民浪潮基礎上發生和
發展的。文化傳播學認為，人口的流動是文化傳播最重要的載
體，特別是這種跨地域、跨國家和跨文化的跳躍性傳播。移民不
僅是文化的承載者，還是文化的傳送者，同時又是不同文化交融
的媒介點。不同時期進入美國的華人移民，不僅承載著歷史悠遠
的中華文化，而且背負著各自時代的歷史命題和文化命題。他們
進入美國之後各自不同的人生經歷，便也帶著不同的歷史與文化
印記，這便使在這一基礎上發生的不同時期的華文文學，展現出
不同的形貌。一方面，華人移民共同的民族屬性和中華文化背
景，規制了美國華文文學的族屬性，使之不僅區別於美國的主流
文學，也不同於美國其他少數族裔的文學，如非裔黑人文學、猶
太裔文學、亞裔的其他族裔文學等；另一方面不同時代華人移民
的歷史際遇、文化背景、生存方式和人生經歷，以及介入美國社
會的方式與深度，在和西方文化的交會、衝突和融攝中，也發展
出不同時期美華文學的不同形態和不同文化關注點，回應著他們
對於故國母土的歷史焦灼和自身生存的文化困惑。因此，美華文
學文化主題的演化，既歸根於移民在故國生存的歷史文化背景和
移出動因中的時代和環境因素，同時又是移民在所居國生存狀態
和文化適應的反映。唯有緊扣這兩個方面，對文化主題探詢的深
刻意義，才能突顯出來。
　　如果我們循著百餘年來移民的足跡，將美華文學劃分為相應

的幾個時期，便可發現，文化主題一直是不同時期美華文學最具特徵性的標誌，而對文化主題變遷的追踪，實際上也是對美華文學歷史進程的發現。我們注意到在百年美華文學的發展中，以 20 世紀二十年代前後、五六十年代和九十年代以後，為三個最為活躍的時期，其文化主題也存在著明顯的不同。

20 世紀初期是中國社會變動最為激烈的時期。此時以留美學生為代表的知識移民，雖大多只是短暫居留的「暫時性移民」，但他們作為中國第一代走向西方的知識份子，在救亡圖存的風雨關頭，懷抱理想，向西方尋求救國妙方，這一移居的性質本身就帶有鮮明的時代特徵。如胡適在《非留學篇》中所說的：「乘風而來，張帆而渡，及於彼岸。乃採三山之神藥，醫國之金丹……以他人之所長，補我所不足。庶令吾國古文明，得新生機而益發揚光大，為神州造一新舊泯合之太陽。」他們以投身西方社會所體驗的新的文化視野，回眸和反思古老中國包袱沉重的傳統文化，提出新的文化選擇，成為這一時期留美學人文學研討和實踐的共同文化主題。他們不僅扮演了文化「盜火者」的角色，而且成為一場影響深遠的文學革命的最早宣導者和實踐者，從而為中國文學的浴火重生掀開了新的一頁。

上世紀五、六十年代的美華文學，以來自臺灣（少量來自港澳）的留學生為主體。這是中國大陸在冷戰格局中被迫關閉了西方求學之路，而臺灣恰在以美國為代表的西方文化籠罩之下所形成的一個特殊契機。這些以大陸去臺人員的第二代（而後因社會風氣延及本省籍青年）的留學生，他們裹夾在中國政局變動的巨大波折之中，是繼他們父輩「政治放逐」之後的第二次「自我放逐」。他們不滿於彼時臺灣政治、經濟前景而以「留學」為名實現出走的目的，大多成了「留」下不走的「學生」。這群以「流浪的中國人」自居的文學書寫，便不能不交織著那個時代風雨淒厲的政治記憶，即如他們在美國的生存體驗，從升學、就業、戀

愛、婚姻到定居，雖然面臨著重重的經濟壓力和複雜、微妙的東西方文化衝突，但在這些書寫的背後，都潛隱著一個揮之不去的政治陰影。如白先勇在《謫仙記》和於黎華在《傅家的兒女們》所寫的，他們去國的所有動機和背景，他們的曾經炫麗和輝煌，以及他們無可奈何的失落和頹敗，背後都有一個自己無法掌控的政治大手在左右。潛隱的政治命題實際上是這一世代留學生無論喜劇還是悲劇的最大製造者。排遣不去的故土記憶和中國人情結，使他們作品的情調顯得沉重，也使他們的人物典型獲得意義。他們與國內的文學一樣，都在側寫一個時代。當留學生文學從五六十年代進入到七十年代，他們從關心自身生存困境轉向關心國家和民族的未來，於是有了叢甦的《中國人》和張系國的《昨日之怒》，從「浪子」到「赤子」，展示的是一個期待國家和民族崛起的時代主題。

美華文學的第三個高潮出現在上世紀九十年代以後。中斷了30年的赴美留學隨著國門的開放而掀起大潮。自大陸而來的「新移民」——其中仍然以留美學人為主體，成了這一波美華文學新潮的推動者。他們在國內坎坷的人生經歷，以及他們從一個有著嚴密組織系統和行為規範、重理想和道德教化，視集體高於個人的東方社會，來到一個如尼克森在就職演說中所說的：「自由的精髓在於我們每個人都參加決定自己命運」的開放、自由和張揚個性的西方社會，不同文化的落差和他們人生經歷的劇變，使對歷史坎坷所引發的憂思和反省，成為「新移民文學」最初的普遍主題。他們從自己由國內到國外的雙重人生經驗和文化鑒照中，企圖通過文學書寫給以描述和回答。從而使「新移民文學」的文化主題，不僅是多元文化觀照，還是多元文化批判的主題，這是一個尚在發展中的文學進程，應引起我們的重視。

時至今日，美華文學就其整體而言，尚還難於進入美國的主流文化圈。它的描寫對象和閱讀群體，主要還在華人之中。因此

它們大多必須回到祖國大陸、臺灣或香港尋求出版。這就使他們的文學書寫不能不關注母國社會的時代氛圍、文化心態和審美習慣。文化主題的變遷既是他們人生經驗的提煉，還受母國社會、時代和讀者的牽制，而使美華文學與中國文學有著深刻的雙重互動關係。一方面，不僅是中華文化和中國文學傳統，賦予美華作家族性的文化身份和文學出發點，而且來自母國不同時代的歷史命題和文化命題，又常常是他們文學書寫思索和回應的對象。另一方面，以故國母土和海外華人作為自己讀者對象的美華作家，對故國歷史、文化的反思和回饋，也影響著中國社會和中國文學的發展。事實證明，美華文學最為活躍的時期，也是美華文學對於中國社會和文學影響最為深刻的時期。因此，關注美華文學文化主題的變遷，希望通過美華文學中文化關注點的發展和變化，揭示出其背後潛隱的歷史、社會、政治、經濟、文化的諸種因素，便不能不關注其與中國社會和中國文學互相影響的雙重互動關係。這其實是一個問題的兩面，是美華文學研究者值得選擇的一石二鳥的研究路向和策略。

都是「語種」惹的禍？

——大陸關於華文文學研究的一場爭論

　　對於目前華文文學研究狀況的不滿和憂慮，是無論圈內還是圈外人士都感覺到的。因此，同樣「忝列於這一研究隊伍中的一員」，我們十分理解吳奕錡、彭志恒、趙順宏、劉俊峰提出他們思考時的「兩難」心境，也充分意識到《華文文學是一種獨立自足的存在》（文藝報，2002 年 2 月 26 日「華馨」版）一文（以下簡稱「吳文」），對開闊我們思考空間的意義。我們願意藉此契機，就「吳文」的話題，也談一點我們蘊蓄已久的想法。

一、關於「世界華文文學」

　　在進入本文之前，有必要對我們討論的對象，重新進行一番釐定。

　　「世界華文文學」的概念是上世紀 90 年代初，作為對「臺港澳暨海外華文文學」的重新命名而被肯認的。它主要是針對前一時期這一領域研究，把屬於中國文學的「臺港澳文學」，和不屬於中國文學的「海外華文文學」並列一起所可能引起（事實上已經引起）的不必要誤解而提出的。但這一概念一經提出，便賦予了這一領域研究新的性質和範疇。因為作為世界性語種的華文文學，體現的是以語種進行整合研究的意圖，與其相對應的是同樣作為世界性語種的英語文學、德語文學、西班牙語文學、阿拉伯

語文學等等。而原來的「臺港澳文學」所對應的是大陸地區文學，「海外華文文學」所對應的是「海內」華文文學與「海外」華文作家居住國的其他語種文學。二者邏輯對應關係的不同和文化語境的差異，也必然帶來詮釋範式的微妙變化。人們將更多關注不同語種之間文學的文化內蘊、審美思維以及藝術方式等等的差異與變化。在研究範疇上，作為語種的世界華文文學應當包括華文母語地區的中國文學（大陸和臺港澳），和中國以外各個國家和地區使用華文創作的文學兩大序列：尤其是使用華語人口最多，作家隊伍也最龐大的中國大陸地區的文學，應當成為研究的主體。然而事實上，我們一直名實不副地用華文文學這一大的概念，來「命名」和研究大概念下的局部文學現象。中國大陸地區文學的缺席，「世界華文文學」便不能成為完整意義的世界華文文學。這或許正是一部分學者對「世界華文文學「這一命名至今尚存異議的原因。

「吳文」所論及的華文文學，當然也是狹義的，「即我們通常所說的『臺港澳暨海外華文文學』」。不過在進入具體討論時，「吳文」又拋卻了臺港澳文學，而專指海外華文文學。因為只要深入進行理論追問，臺港澳文學的一些命題不能普遍地適用於海外華文文學研究，而海外華文文學研究的一些命題，也不能在臺港澳文學中得到回應。因此該文所批評的「語種的華文文學」，也非概念的本義，而只是「語種」這一「民族主義的合謀」帶給海外華文文學的災難。從語義學的角度看，「語種的華文文學」是一種同義反覆，「語種」即為「華文」，已經包括在「華文文學」的命名之中。否定了「語種」，也即否定了「華文」，那麼「文學」將何以存身？概念的前後矛盾和對象的游移不定，套用一句話，莫非也是「命名」惹出的禍？

為了契合「吳文」的本義，我們的討論便也集中在海外華文文學上。

二、關於海外作家的華文寫作

「吳文」把一切罪過都栽在「語種」上面。這個「無所不在的思維陷阱和阻礙探研進步的常識化的障礙」，不僅使「華文文學存在的自身獨立性最終交給中國文化」，而且使「止於目前的全部華文文學研究」，或者「停留在初淺的層次上，使它滿足於只對華文文學的外部情況判斷」，或者在「文化戰略的高度」實現了「文化民族主義的膨脹」。

撇開一些情感色彩激烈的語言，「吳文」對「語種的華文文學」的批評，集中在兩個方面：一、「語種的華文文學」只關注文學的表象，沒有進入文學的內面世界，它已經構成華文文學研究的思維障礙：二、「語種的華文文學」導致文化民族主義，使華文文學異化為文化民族主義夢想膨脹的工具或符號。

這個判斷的偏頗是明顯的，但其所提出的問題卻不能不辯析清楚。

首先，語言果真只是文學的操作工具和外部表象嗎？對這一問題的回答看似簡單，但深入分析起來卻要複雜的多。海外華文文學研究最不該迴避，但恰恰是最常被忽略的一個問題是：海外華人為什麼要用華文寫作？如何理解海外華人文學書寫的價值和意義？對這一問題追問的深度將直接規約海外華文文學研究的方向和指趣。概而言之，圈內學人對此問題有三種模糊的態度：或者存而不論，只專注於對海外華文作家作品的鑒賞：或者過分強調華文創作對文化承傳的意義，從而由對華文作家在艱難處境中堅持華文寫作的同情，把應有的學理研究和批評變成廉價的「讚美修辭學」；或者以海外華文文學缺乏直接的讀者群為由，認為只生產不消費，這種「生產」有何意義？朱大可從「燃燒的迷津」泗渡到澳洲以後，就提出過這種疑問。他以慣常的大膽隱喻

的方式稱海外華文作家為「盲腸作家」，就是從這一角度立論的。

　　海外作家的華文書寫何為？如果我們從海外華人文化屬性建構的維度上看，華文書寫的意義與價值或能凸顯出來。對於移民或少數族群而言，文學書寫是肯定自我存在的一種重要方式。在海外華人，文學想像是一種特別的文化建構行為，他們透過想像努力建構一種具有深度和廣度的生命共同體。說故事或文學敘述則具有建構少數族群弱勢自我的歷史整合功能。從某種意義上說，華文書寫本質上是一種抵抗失語、治療失憶症，重新拾回一個族群的集體歷史記憶的文化行為。它構成族群生存的歷史之維，保留下生存的踪跡。從這個層面看，海外華文文學具有在多元種族多元文化並存的社會中保持自身文化身份的意義與功能。這個看法可以從海德格爾的語言論述和安德森想像的社群論述中獲得理論上的支持。在海德格爾看來，語言是存在之家，人是通過語言而擁有世界的。在言說的展示中蘊藏著佔有自我的力量，即把一切現存的和闕如的存在逐一歸回到自身。華文書寫正是海外華人言說存在並進而擁有整合自我的一種必不可少的方式。研究東南亞的著名學者本尼迪克特‧安德森則認為，族群共同體是想像的產物，文學作為想像的重要方式，對共同體的建構自然有著舉足輕重的意義。從這個角度看，單純從純藝術純審美的維度看待海外華文文學是不能真切認識其價值與意義的，那種僅從藝術性角度貶低華文文學的做法，則是對海外華人生存及其創作的文化意義缺乏瞭解。

　　今天，新世代的海外華文作家越來越傾向於把華文寫作視為一種族性記憶的方式。現旅居香港的馬華作家林幸謙，就堅持把華文寫作定位在抵抗失語與建構集體記憶之間；北美華文女作家裴在美直接視寫作為記憶的方式，記憶的圖像，以及圍繞記憶的方式打轉的各種闡述或各種話語。一個族群也包括個人的文化身

份與屬性受制於歷史、文化與權力的持續角力，對過去歷史的挖掘將有助於穩固族群與個體自我的主體感。因此，文化記憶的重要性無論如何估計也不過分。記憶的書寫保留了族群與自我的歷史踪跡和歷史的詮釋權；族性記憶的喪失或文化失憶，事實上是把門我歷史的詮釋權拱手出讓，人們將不再擁有自我的歷史維度。在這個意義上，華文書寫不再是如朱大可所諷喻的可有可無的「盲腸」了。馬來西亞新世代女作家鍾怡雯的作品《可能的地圖》和《我的神州》等，就是一些典型的抵抗文化失憶的追憶文本，透過回溯、書寫和重構，使歷史的縫隙及斷裂處的真相浮出水面。這種細緻甚至有些瑣碎的追溯，如同普羅斯特尋找逝水流年，即個體綿延的生命之流。對於海外華人而言，寫作是想像「可能的地圖」的方式，具有建構自我認同之根源的意義。在文學性、審美性之外，人們有必要對華文文學此一向度給予更充分更細緻的關注。因此對大多數的海外華人而言，華文書寫顯然不只是一種操作工具，或者一種文學外部的表象。

三、關於「文化民族主義」

　　「吳文」對「語種的華文文學」另一個最尖銳的指責是「文化民族主義」。甚至認為所謂「語種的華文文學」，是「語言之種類與民族主義合謀的結果」。「吳文」怎樣把「語種」與「文化民族主義」劃起等號來的呢？大概是因為「這個概念的內涵是文化民族主義的基本內容和根本追求，而它的外延則是一個被幻想出來的廣大無邊的漢語世界。這個世界既是華文文學的外在形象，同時更重要的，也是一種唾手可得的民族主義輝煌。」這種未加論證的判斷，使我們想起幾年前引起外國文學界熱烈爭論的「外國文學研究是一種文化殖民主義」的觀點。二者的邏輯推論方法幾無二致：因為是外國的，所以是殖民主義的；因為是語種

的，所以是民族主義的。其感覺和演繹的成分，顯然多於理性與實證的分析。

民族主義是晚近學術研究的熱門話題之一，對這一問題的關注表明華文文學研究已經產生加入與學術思想界對話的意識。民族主義是二戰後的一股世界性的思潮，是對殖民時代西方霸權主義的反駁。它與民族性、民族意識存在著微妙的關係和區別。對民族主義，必須進行具體的實事求是地分析。狹隘的民族主義是不對的，但不能藉口反對狹隘的民族主義，就把民族性和民族意識一概否定。在前些年的華文文學研究中，確實存在著一部分研究過度強調海外華文文學繼承中華文化傳統的向度，這種傾向與部分海外華文作家大量的鄉愁書寫，和研究者過渡氾濫的鄉愁詮釋同步同構。但是這一不足，與那種狹隘的民族主義的文化自大病，排外的文化純潔化的自戀症，不可等同。何況這一傾向已有了明顯的改變。今日的華文文學研究，在多元文化交流、融合、發展、共存的歷史趨勢中，更多地認識到海外華文文學存在的獨特的性質和價值。對「世界華文文學」的重新命名，便包含著擺脫以往研究中部分存在的過分濃厚的意識形態影響的一種努力。因為「語種」是一個中性的概括，而非意識形態的想像，更與文化民族主義無涉。在這個基礎上，為華文文學研究的整合化和客觀化，提供了可能。

當然對於那種狹隘的文化民族主義，我們仍須保持警惕。因為狹隘的文化民族主義，「反映出一種認為本民族文化和歷史傳統高於別人的居高臨下的態度」，導致人們「自我滿足於追尋失落的本源、職是、血緣、性別、膚色、母語等不具選擇性權力的文化因數，遂成為民族主義者排外/懼外，以及打壓內部異已的方便藉口。」（莊坤良《想像/國家》）這種偏至的文化原教旨主義，對於海外華文文學的創作和研究，都是極其有害的。問題是我們的海外華文文學研究，並不存在這種排外/懼外以及打擊內部

異己的民族主義情緒。即使對鄉愁主題及其詮釋的過度信賴和偏愛，也不能推出這樣極端的結論。

　　但必須指出，警惕和反對華文文學中的狹隘的民族主義，並不等於否定華文文學的民族性向度，更不能把海外華文文學文化身份的追認，等同於狹隘的文化民族主義。這一分辨十分重要。因為海外華文文學所具有的中華文化因素，構成了一種鮮明的文化特色和美學特色，是海外華人建構自己族屬性的一種體現，是形成居住國文學文化多元構成與發展的元素之一。過渡強調傳統是不恰當的，那種文化原教旨主義有百害而無一利：但海外華文文學具有的文化屬性和漢語美學傳統視作文化民族主義而加以否定同樣不妥當。海外華文文學研究要拒絕狹隘的、排外的、自大的文化民族主義或族群主義，但卻不能徹底否定以文化認同為核心的開放的族群意識。海外華人移民社會或華人族群的存在是不爭的事實，以文化認同為核心的族群意識既是這種存在在事實的反映，它的生成又具有維繫「想像的社群」的功能。華文文學以其特有的想像與敘述形式參與了族群意識或族群認同的建構，它顯然具有形塑少數或弱勢族群自我的意義。以往的華文文學研究很少討論這一問題，而拘囿在純粹文學或審美領域的批評，不可能真正從社會學與歷史的真實層面理解華人的文化、現實和歷史處境。在清除了一相情願地把海外華文文學看作中華文學的海外支流的理念之後，許多研究者還把研究的重心自覺或不自覺地放在尋繹、證實與注解海外華文文學與中國文學的薪傳關係上，這只是前期研究的遺韻，是海外華文文學研究的一個維度。另一個越來越受到關注的更重要的維度，是要把海外華文文學放諸居住國的歷史脈絡中，探討「在客居國家意識與認同形成中，華人族群意識與認同又面臨如何的回應與調整」（蕭新煌語）。華人的族群意識是客居國家意識與認同結構關係中的一個鏈條。因此，作為族群意識與認同的符號表徵的華人文學與文化，是其國家多

元互動的文化結構關係的一個組成部分。若說「語種的華文文
學」概念存在著某些缺陷，主要是它的平面化，未能深刻地進入
這種縱向的結構關係的分析，僅僅停留在世界華文文學的橫向整
合的研究層面。但這也不同於「吳文」所指責的「不甚友好的族
群主義」。我們反對排外的封閉的族群主義，同時卻認為海外華
文文學研究應該關注海外華人的族群意識的生成、變化與調整。
對此問題的迴避、忽視，是海外華文文學研究幼稚、虛弱的表
現。如果說海外華文文學存在一種「花邊化」傾向，華文文學研
究同樣也暴露出這種「花邊化」的弊端。那種僅僅停留於對語
言、意象、意境乃至各種技巧鑒賞分析的所謂「花邊化」的操
作，不能真正抵達海外華文文學的內面世界，也難以真切認識海
外華文文學的價值。在這方面，海外華文文學研究遠遠落後於以
華僑華人歷史研究為基礎的華人學研究。華文文學研究有必要向
華人學學習。華人學相對成熟的理論與方法將有助於海外華文文
學研究一臂之力，改變這一領域研究缺乏學理性的弊端。近來，
熱衷於談論華文文學文化與身份認同的華文學界，很少有人注意
到研究華僑華人的著名學者王賡武的有關華人認同問題的精闢論
述，其成果本是華文文學研究可以信賴的理論支援，因為從中可
以在海外華人生存與發展的整體聯繫中，更準確地尋找到海外華
文文學的位置與意義，以及研究的理論資源和方法。

四、關於「文化的華文文學」

在否定了「語種的華文文學」之後，「吳文』」提出了一個
「全新的觀念」：「文化的華文文學」，作為一種研究策略，用
以代替「語種的華文文學」的語言學種族屬性和理論建構。從語
義學上看，「文化的」和「語言的」似乎很難完全界分並形成對
抗。文化是個相當寬泛的概念，語言也包含其中。不過細讀「吳

文」就會發現，其所說的「文化的華文文學」，指的是一種「生存形態」、「生命自我展開的形式」，或曰「人生形式」。這一立論自有其合理的內核。把文學視為一種生命的表現，這是文學的普遍本質，在這個意義上，把華文文學作為一種「獨立自足的存在」，也就有據可依。對於華文文學研究而言；這個命題的提出仍然富有意義。因為以往的研究，確實存在著忽視對個體生命存在形式進行探索的傾向。從早期「邊緣與中心」的爭論，到晚近「文化身份」的追尋，人們在熱衷某種具有普泛性和一體性的文學理念、概念系統和文學史視域時，相對而言，文學的生命的個體性反而被遮蔽了。因此，重新回到對文學普遍本質的生命關照與人文關懷，對推進海外華文文學研究的深入，無疑具有積極意義。但問題是，「文化的華文文學」立論的基礎是生命哲學，而不是文化哲學，實際上講的是「生命」，而不是「文化」，將其易名為「生命的華文文學」或許更為準確。它只揭示文學的普遍本質，而忽略了不同文學的特殊性。就華文文學而言，它只肯認了普遍的「文學」的生命意義，卻丟掉了特殊的「華文」的文化品性。儘管「吳文」在「生命表現」前面加上了「海外華人」的限定詞，但仍然還只留在海外華人的生命形態上，而不體現海外華文文學特殊的華文品性。以普遍性代替特殊性，不能不是「吳文」所界定的「文化的華文文學」的不足之處。

　　如果把強調文學本質的生命體現看作是回到到文學自身，而把文學的文化特殊品性看作是文學外部研究，那麼過往的華文文學研究，不僅對文學自身關注不足，對文學的外部研究也同樣欠缺。圈外甚至圈內的一些人士對海外華文文學有一個逐年形成的刻板印象，認為海外華文文學缺乏經典，藝術水準極為參差不齊。姑且不論這一印象準確與否，就晚近活躍的文化研究而言，其興趣更多地從形而上學的超驗、本體、永恆的普遍性話題中，轉向更微觀、具體的日常世俗生活。經典並非一定是文化研究的

前提，不是經典的各種文化現象，諸如電視肥皂劇、廣告、MTV以及種種可以納入時尚的身體書寫、美女書寫等等，以其更貼近大眾的世俗生活和更能體現大眾一個時候的文化趣味，成為文化研究更多關注的對象。海外華文文學本來就可以有多種讀法，它的文本價值也是多重的，可以作為一種歷史文本來讀，也可以作為一種文化文本來讀，當然它主要是一種文學文本，在審美的選擇中進入審美的分析。前幾年一些學者在海外華文文學研究中著意宣導的文化批評，正是這樣地拓展了海外華文文學研究的文化空間，也逐步逼進海外華文文學的精神內核。「吳文」把這類研究也視為「多半是文化民族主義心情滲透」，而予「徹底地否定和棄絕」，表示要在「文化的華文文學」的觀念下進行「修改」。不過「吳文」並沒有提出他們的「修改」方案，只要求「修改」以後的文化批評，「按照所屬理論範疇的內在要求，以華文文學的各種敘事學現象進行客觀、穩妥的理論描述」，這話等於沒說，除了潛在地表示對以往文化批評未能「按照所屬理論的內在要求」所以主觀、欠妥外，並未見任何「修改」的痕跡。實際上「文化批評」與「吳文」宣導的生命本義的華文文學研究恰恰相反。文化批評並不主張回到文學自身來研究文學，而更偏向於所謂的外部研究。在文化批評的視野中，文學從來就不是「獨立自足的存在」。文學只是一種社會文本，美學也只是一種特殊的意識形態。所以文化批評對意識形態、權力、種族、性別、族群、快感、政治、大眾傳播等等問題更感興趣。其實，從審美的文學批評到文化批評的轉換，為華文文學的學術化／學理化提供了一個嶄新的契機，華文文學研究將從那裡獲取更豐富的理論資源、學術方法和分析工具：人們也可能從對某些華文文學作品純粹鑒賞的審美尷尬中，獲取其作為社會文本蘊藏的豐富資訊和價值。我們相信，文化批評將打破華文文學研究的目前困局，為華文文學研究拓展一個新生面。果能如此，那麼，回到真

正意義上來的「文化的」華文文學研究，也就不再遙遠了。

注：本文引號中的話，除了已注出之外，皆引自吳奕錡、彭志恒、趙順宏、
　　劉俊峰的《華文文學是一種獨立自足的存在》，載文藝報 2002 年 2 月
　　26 口，「華馨版」。

（本文係與劉小新先生合作，2002 年）

北美華文文學的文化主題及與
二十世紀中國文學的關係

一

　　華文文學作為一個世界性語種文學的概念，雖然只是近些年才逐漸形成並給予學術界定，但卻是由來已久的一種世界性的文學存在。它反映出隨著中國的政治改革和經濟發展，華文國際地位的提高，和世界各地華文文學創作的繁榮。

　　中國文化的走向世界，其一個重要的管道是和歷代的中國人向海外播遷密不可分的。流寓或定居於海外的中國人，他們自身所承載的中華文化傳統，使他們的異邦人生，一直處於與當地不同民族文化的交會、碰撞和衝突之中。從空間上講，這是一個散落於世界各地的來自華夏民族的「漂泊的文化群落」；從時間上講，它又是一個在不斷融攝當地文化中使自己固有的民族文化（中華文化）在現代轉型中生長出新的特性的複雜的進程。文化是文學的土壤。在這一文化背景上生長起來的華文文學，便也交錯在這一繁複的「故園」—「新土」、民族性—本土性的人生境遇和精神歷程中。因此，語言媒介僅僅只是華文文學的外在形態，文化才是它更沉潛而深刻的精神內核。文化主題，實際上是

海外華文文學最普通也最重要的主題。

　　毫無疑問，在世界華文文學的地圖上，北美和東南亞是最重要的兩翼，它們都有著悠久的華人移居的歷史。東南亞可以遠溯至宋元時代，至明，隨著鄭和七下西洋海路的通達，南洋已出現初具形態的華僑社會。北美雖然略晚，十九世紀中葉，大批遠適重洋的華工的悲慘命運激起社會的強烈反響，使「反美華工禁約」的文學作品（其雖非都是旅美華人的創作，但真實地反映了旅美華工的血淚人生），成為二十世紀初期以反帝反封建為旗幟的新文學革命的思想準備之一。但是北美和東南亞的華文文學，又有較大的不同。相對於佔據社會主流地位的西方文化，中華文化在北美只是一種弱勢文化，華人只是一個少數民族，華文文學極少可能進入主流社會的文學圈。不像東南亞地區，華人在人口和經濟實力上都佔有重要地位，中華文化也以其精深博大成為東南亞社會多元文化的構成之一；在有些國家，華文文學已經成為國家文學的一部分。由於上述原因，無法進入西方主流社會的北美華文文學，只能回到東方來尋找讀者，在大陸、臺灣、香港出版作品。出於對讀者的考慮，北美華文作家便必須調整自己的視野和角度，關切故國母土的社會現實，傾訴漂泊異邦的不了情結和跌宕人生。雖然他們大多已入了外籍，但在潛意識裡還把自己當作海外的「中國作家」。不像東南亞地區的華文作家，在所在國有自己的讀者群和出版系統，他們不必回到故國來尋找讀者的支持，本土化是他們越來越重要的命題。也因此，在北美，從事華文創作的主要是第一代的旅美華人：留學生、學者或由學而商而士的其他從業人員。他們較高的學養，使他們能夠直接、從容地接觸、瞭解西方文化，並用來反思中華文化。這形成了他們作品在廣闊人生背景上的文化衝突和文化融攝的主題。在北美，很少有如東南亞地區那樣的第二代、第三代用華文寫作的華裔作家，北美華人的第二、三代，即使從事文學，也大都以英文寫

作。他們用驚奇的眼光打量從父祖輩那兒聽來的陳年往事，流瀉於他們筆下的遙遠的族群記憶，是寫給外國人看的那種經過解構和重新建構的故園記憶。他們構成了與華文文學相關的一個旁支：華裔文學。

正是這一切，使交錯或並行於二十世紀中國文學的北美華文文學，有著獨具的文化特徵，並對二十世紀中國文學發生著不容忽視的影響。

二

如果把旅美學人在遊學期間所創作的作品，都視作華文文學的一部分，本世紀北美華文文學有三個時期特別活躍而重要。這就是本世紀的二十年代前後，六十年代前後和九十年代前後。這三個時期的華文創作，從不同角度展現的文化主題，都對二十世紀中國文學的發展產生影響。

首先是二十年代前後的北美華文文學，這是對二十世紀中國文學影響最為深廣的一次來自海外的華文文學浪潮。庚子賠款把一批青年學子送到美國，開始了中國知識份子大量走向西方的歷史。這些初出國門的年青學子，大多懷抱從西方尋求真理的救國理想。當他們直接投身西方社會，接受西方文化的薰陶，他們便獲得了一個新的文化參照系，以此來回眸和反思古老中國包袱沉重的文化傳統，便是歷史的必然。這也形成了這一時期留學北美的中國學子文學創作中極具使命感的文化主題。五四新文學革命所受的外來影響，一自日本，一自美國，盜火者都是留學生。胡適是一方面的代表。1910 年去國、留學七載的胡適，很明白自己的「責任所在」：「乘風而來，張帆而渡，及於彼岸。乃採三山之神藥，乞醫國之金丹……以他人之所長，補我所不足。庶令吾國古文明，得新生機而益發揚光大，為神洲造一新舊泯合之太

陽。」（胡適：《非留學篇》）。他先聲奪人的《文學改良芻
議》（《新青年》1917 年 1 月號）和被尊為新詩革命《首難之勝
廣》的《嘗試集》（其中的第一編），都寫於留美時期。對古老
中國文學傳統的鼎革，不僅只是文學思潮的引進，更重要的還是
文學語言的更新的文體範式的重構。翻開中國新文學史的最初篇
章，這些名字是大家所熟悉的：陳衡哲、冰心、許地山、康白
情、陸志韋、方令儒、劉廷芳、聞一多、朱湘、孫大雨、梁實
秋、林語堂、洪深、孫瑜、熊佛西、王文顯、姚克……等。他們
都曾於二十年代前後留學美國，並以其在域外的文學創作構成了
這一時期北美華文文學的絢麗景觀。儘管他們政治傾向不同，藝
術選擇各異，成就也有大小，但都對草創時期的新文學，無論
詩、小說、散文或者戲劇諸種新文體的建設做出貢獻。對於北美
的華文文學（如果允許將他們納入這一範疇進行討論），這是一
個非常的和非凡的時期。

　　留學生在北美扮演的文化角色，不僅只是一個「盜火者」，
被動的對異質文化的引進和吸收。這是一個不同文化在交會和碰
撞中互動的過程。對傳統文化的反思，實際上也包含著對傳統文
化典籍的現代解讀和延播。林語堂留學歸來，在中國講授西方文
學，而後來寓居美國，則以翻譯和介紹中國文化為主，便是這種
不同文化互動的一種溝通方式。五六十年代寓居北美的華人學者
劉若愚、葉嘉瑩、葉維廉等，他們用西方的現代理論重新詮釋、
建構中國的傳統詩學，則是在兩種不同文化背景上對中國傳統的
一種重新發現與整理，理所當然地獲得國際學術界的崇高評價，
又反過來影響著國內的詩學研究和詩歌創作。

　　與二十年代前後迥然不同的是六十年代前後的北美華文文
學。這是東西兩大陣營對立的冷戰時期。國際環境的變化使大陸
基本上關閉了學子們的西方求學之路。這一時期的北美華文作家
主要來自臺灣（少量來自港澳和東南亞）的留學生。他們大多數

是因政權變遷漂落到臺灣的大陸人士的第二代，由於對臺灣政經環境的不滿而繼他們父輩「政治放逐」實行的「自我放逐」。他們既沒有二十年代留學生「官費」支持的經濟後盾，也無他們懷抱的「救國」理想。他們留學的潛在動機，就是離開臺灣。因此他們正如余光中所調侃的，是真正「留」下來不走的「學生」（於黎華《會場現形記》序）。然而，曾經對他們充滿誘惑力的這塊西方樂土，並不是他們容易植根的土地。除了沉重的經濟壓力外，還必須面對升學、就業、婚姻和居留等種種文化上的不適應。前無出路，後無歸途，這就使得這一代經過兩度「放逐」的留學生，充滿了一種無根的漂泊感、歷史的失落感和現實的疏離感，而把自己叫做「流浪的中國人」（白先勇語）。被稱為「留學生文學」的於黎華和叢甦在她們一系列留學生題材的小說中（如《傅家的兒女們》、《又見棕櫚、又見棕櫚》《中國人》等），十分典型地表現了這一代人失根的痛苦和文化的困境。二十年代北美留學生作家懷抱理想的尋求真理、反思傳統的文化主題，在六十年代北美華文作家筆下，變成一個在漂泊人生中尋求立足的文化困擾的主題，它無處不在地滲透在留學生的整個生活中。不僅是有鄉難回、有國難歸的望斷大洋，也不僅是競爭劇烈、謀生無著的創業維艱，更突出的是來自東方的倫理、價值觀念與西方文化的巨大差距，在無論升學、就業、婚戀、居留等各個層面上，造成的心理壓力。即如升學，儒家光宗耀祖的最高人生信條，與西方尊重個性與自我中心的人生態度格格不入，使域外學子不得不處於要麼違背祖訓、要麼放棄自我的心理矛盾之中。又如婚戀和兩性關系，傅如曼（《傅家的兒女們》）和勞倫斯最初的感情火花，是分別體現在他們身上的東方文化和西方文化互相傾慕和吸引的結果，但恰是偏於保守、封閉、崇重宗法倫理的東力精神，與激進、開放、強調個性自我的西方精神，埋下了他們悲劇的禍根，給他們帶來彼此的傷害。美籍華人學者黃秀

玲曾經通過對北美華文小說中最大量的異族婚戀為題材的作品進
行分析,概括出一個公式:

忠於中國精神=保持個人操守=獨身
背棄中國精神=出賣自己=結婚

這恰切地反映出這一時期北美華文文學的文化衝突主題,主
要聚焦在倫理層面上。

六十年代前後是北美華文文學最為繁榮的一個時期,我們可
以舉出不下數十位具有重要影響的作家,如聶華苓、於黎華、白
先勇、陳若曦、歐陽子、李歐梵、葉維廉、鄭愁予、張系國、曹
又方、李黎、張錯、非馬、許達然、杜國清……等等。他們大多
來自臺灣,作品也大多回饋於臺灣,構成了當代臺灣文學的重要
一章。在臺灣六十年代的現代主義文學浪潮中,他們不少都是風
雲一時的人物。到了西方社會之後,在異質文化的氛圍中重估傳
統,大都又有回歸東方的傾向。這以自稱為「回頭的浪子」的余
光中最為典型。因此他們的作品往往複合著東方──西方──東
方的轉換和更生,為中國文學留下一份可貴的經驗。既使到了80
年代初期,他們作為最早介紹到大陸的臺灣──海外華文作家,
對當時廣收博納各種主義、流派的剛剛復蘇的大陸文壇,也起著
某種催化和推動作用。

八十年代以後,北美華文文學又進入一個新的時期。造成這
一變化的,主要有三個方面原因:一、大陸的改革開放,恢復了
中斷三十年的留學西方之路,大批以留學為名而旅居北美的大陸
學人,改變了北美華文作家的原有構成;二、早期的臺灣留學生
大多已經定居從業,而臺灣經濟的發展,使後來湧至的留學生不
必再有謀求長期居留的艱難掙扎,它必然帶來文化主題的轉移。
三、香港「九七」使一些對前景抱有疑慮的香港文化人移居海

外，加拿大是他們的首選地之一；同樣的，臺灣島內氾濫的臺獨
思潮，促使一批文化人再次「自我放逐」，他們不少也選擇加拿
大定居。這使華人驟增的温哥華、多倫多，成為這一時期北美華
文創作的又一個中心。這一切，不僅使華文作家的構成，有著不
同的文化成長背景和複雜的意識形態因素，也使華文創作關注的
主題從倫理層面的文化衝突，轉向政治和經濟層面的文化衝突。

　　不同於六十年代的臺灣留學生，八十年代以後的大陸旅美學
人，是從一個有著嚴密組織系統和行為規則，重理想和道德教
化，視集體高於個人的社會，來到一個崇尚個人自由和創造性、
充滿機會和風險的國家，二者的文化差異，使大陸旅美學人往往
要在維持理想、秩序或者追求自由、發展之間重新確立自己的人
生目標。曾經一度暢銷的《曼哈頓的中國女人》和《北京人在紐
約》，就從正反兩面提供了兩種不同的例子。周勵（自傳體小說
《曼哈頓的中國女人》的作者和主人公）的成功，不僅來自於她
對於如尼克森就職演說所講的：「自由的精髓在於我們每個人都
能參加決定自己的命運」的西方文化的投入，這是她在大陸時所
難以獲得的一個自由、創造的契機，而且還來自於她在祖國教育
中所受到的「那種嚴謹篤厚的儒家傳統，那種深沉的克制力量和
對精神生活的開導和追求」。相反的例子，如《北京人在紐約》
中的甯寧，她所缺乏的正是周勵的那種人生曆煉和精神追求，而
最終陷落於失去精神內涵的「物質」和「自由」之中。文化衝突
和文化選擇的主題，在這裡同時潛在著對於不同社會和文化不足
一面的文化批判的主題。

　　來自臺灣的北美華文作家較少在這一層面展開他們的描寫和
思考。這可能與他們來自一個同屬資本主義範疇的社會有關。他
們創作中的政治關注往往更為直切。七十年代初期的海外「保
釣」運動，是臺灣留學生文學從關注自身的文化困境，轉向關注
社會、民族的政治矛盾的肇始。以描寫「保釣」運動的長篇小說

《昨日之怒》而知名文壇的張系國，也因此成為繼於黎華、叢甦
之後，第三波留學生文學的代表。小說描寫臺灣留美學生在「保
釣」運動前後從團結到分裂、從激情到消沉的過程，尋求一個能
夠把各個分散的「小磁場」，「指向一個方向，凝成一股力量」
的「大磁場」：「這就是大我。這就是民族精神的泉源。」這種
感情和思想指向，也為八十年以後的臺灣旅美作家所接受。保真
在他的小說集《邢家大少》中所描寫的海外中國人，一個個都是
背著沉重的感情包袱，如作家自己所言，他從未見過像美國的中
國人一樣，愛國愛得那麼痛苦（《邢家大少》十版後記）。他們
遠離中國，甚至拒斥中國，卻又不能忘懷於中國，為自己民族的
前途迷惘、痛苦和憂傷，是一群鬱積著複雜的中國情意結的海外
「浪子」和「赤子」。曾經一度回國、八十年代以多部長篇復出
於北美華文文壇的陳若曦，以更切身的觀察和體驗，把自己的創
作聚焦在以旅美華人作為仲介的兩岸關係的題材上。棘手的政治
問題在她小說裡往往轉化為人情倫理關係，從而在倫理層面的文
化衝突與化解中，寓蘊著政治的衝突與化解，寄託著作者彌合兩
岸矛盾的努力。這些作品不僅為陳若曦自己的創作別開生面，也
為海外華文文學提出了一個屬於他們的極具開拓價值的獨特視界
和領域。

　　九十年代前後北美華文文學更突出的另一個切入點是經濟層
面的文化衝突。求學路上的困鬱對於曾經磨難的大陸留學生，並
不像六十年代前後來自臺灣的那一代留學生看得那麼嚴重。倒是
謀生立足過程中對於西方商業文化從不知所措、難以適應到如魚
得水、暢遊其中的整個文化衝突進程，對他們說來更具新鮮感和
挑戰性。中國是個人情倫理社會，人情網路覆遍整個社會生活。
所謂商業關係，往往首先也是人際關係。而西方是個法治國家，
所謂商業關係首先是金錢關係，並且以法律的形式來加以規範和
制約，即使溫馨脈脈的人情，也是以並不溫馨的金錢為基礎和前

提。《北京人在紐約》和《曼哈頓的中國女人》所描寫的正是在商海翻騰中來自大陸的旅美華人，他們固有的文化習慣與西方的文化準則的衝突。他們的成功、失敗，往往都與如何處置這一文化衝突相關聯。郭燕（《北京人在紐約》）的悲劇就在於她懷有中國傳統的「一日夫妻百日恩」的綿綿舊情，向前夫王啟明透露經濟情報而導致麥卡錫的破產；而真誠愛著郭燕的麥卡錫最終在金錢和妻子二者之間天經地義地選擇了金錢，也是為郭燕們——接受中國文化哺育的人們所難以理解和接受的。其他諸如合同觀念、效率觀念、消費意識、危機意識等等，無不滲透在不同背景的文化行為的衝突之中，成為結構這類商海沉浮的異域小說的主要情節。它為我們今天實際上還是大量糾葛在人際關係中的所謂「商戰」小說，提供了另一種類型。

　　二十世紀的中國社會，是一個糾葛在複雜政治鬥爭中尋求擺脫封建殖民統治走向現代化的社會。在這一進程裡不同時期走向海外的華文作家，都背負著各自的歷史包袱和文化包袱。他們創作中文化主題的演化，既是他們真切的人生展現，也濃縮著社會發展的投影，感應不同時代海外中國人的心聲。當我們閱讀這些作品，我們彷彿在閱讀我們民族靈魂的另一半。他們或平行或介入於二十世紀中國文學進程的作品，既建塑了北美華文文學的形象，也為我們提供一份從作品內容到文體形式的鑒照。

1996

美華文學的歷史開篇

——重讀《苦社會》

　　中國的海外移民，使華僑和華人成為一種世界性的存在；而華僑和華人的世界性生存經驗，是世界華文文學的發生學基礎。因此，當我們追尋美國華文文學發生的歷史源頭時，不能不回溯到 19 世紀中葉最初進入美國的華人及其悲慘的生存遭遇，並由此揭開美國華文文學充滿血淚的開篇。

一

　　中國對美國的移民，始於 19 世紀中葉。雖然在此之前，已有零星的造船工人、船員和最早就讀於佈道學校的學生登陸美國，但數量極為有限。只有到了 1848 年美國加利福尼亞發現金礦以後，極需勞力開發，成批的中國人才以「招請」的名義進入美國。據美國官方移民紀錄：1850 年-1859 年，平均每年入境的華人 6638 人，扣除回國的人數，1860 年在美的華人人口，已達 34933 人。此後移民繼續增加，1868 年-1878 年十年間，入境華人 13 萬餘人，扣除這一期間回國的 6 萬人，移居美國的華人已達十餘萬人。

　　從 1850 年到 1882 年美國排華法案簽署通過，是歷史學家所謂的「自由移民時期」。由於西部需要開發，而東部人口和歐洲移民，都「憚其遼遠」，且移民成本遠較從中國「招請」廉價勞

力為高，所以對華人入境尚持允許態度。在這一期間，華人進入
美國，經歷了三次移民浪潮：第一次是 19 世紀 50 年代的加州淘
金熱；第二次是 19 世紀 60 年代，修建橫貫北美大陸的鐵路；第
三次是 19 世紀 70 年代美國加州的農業墾殖。三次浪潮，華人對
美國西部的建設，都作出了卓絕的貢獻。在淘金熱中，華人被迫
到白人採過的舊礦或認為不會有生息的礦穴裡，用最原始的工具
開採，以高於白人的執照費、水費和礦權費，向加州政府繳納稅
收。從 1850 年-1870 年，每年交稅平均高達 500 萬美元，相當於
加州政府年收入的一半。1862 年，美國國會通過法律，授權聯合
太平洋鐵路公司和中央太平洋鐵路公司修建橫貫東西大陸的太平
洋鐵路，負責西段的中央太平洋鐵路公司，多為險峻山區和沙
漠、高原，工程進度緩慢且雇不到足量的白人工人，便大量雇用
華人並派專人到廣州召募，最多時華工人數近萬。華人以低於白
人工資而高於白人工程進度的堅忍毅力，於 1869 年參與完成了這
條改變美國歷史的太平洋鐵路的修建；之後又以 7 年時間參與完
成了改變加州歷史的南太平洋鐵路的修建。儘管在太平洋鐵路東
西兩段接軌的盛大慶祝會上，沒有一名華工代表出席，但最先倡
議召募華工的克羅克爾卻提醒大家：「我們建造的這條鐵路能及
時完成，在很大程度上，要歸功於貧窮而受鄙視的，被稱為中國
的勞動階級——歸功於他們所表現的忠誠與勤勞。」然而，鐵路
修成之日，也是華工的失業之時。他們無奈轉入加州農業的墾
殖，以沼澤遍布、荊棘叢生的三藩市為中心，僅憑雙手和簡單的
工具開闢了 500 萬英畝的良田。美國參院的一份檔案也不得不承
認：「沒有華工就沒有西部的墾殖。華工使荒土變為良田，使整
個加利福利亞變成一座花園，一座果木園。」

　　然而就在這個華人做出巨大貢獻的所謂「自由移民時期」，
加州和西部各州的立法機構和法院卻制定了許多針對華人的歧視
性立法和苛律，讓華人從經濟上、政治上到文化上都蒙受許多不

平等、不公正的待遇;一些地方還出現了有組織的、大規模的加害華人的暴行。1882 年美國總統亞瑟簽署了聯邦參議院通過的《執行有關華人某些條約規定的法案》,1888 年又通過了《禁止華工來合眾國法案》,開始了此後長達 61 年(直至 1943 年宣佈廢除)的絕對排華時期。受害者不僅是華工,連已在美定居的華人和其他商人、教師、學生和旅行者等,都蒙受牽連,其地位甚至不如備受歧視的黑人和印弟安人。據統計,1888 年《禁止華工來合眾國法案》通過以後,有 2 萬回國探親的華工不能重返美國,600 名正在返美途中的華工被拒絕入境,到 1900 年,8 千多名已在美國的華工被驅逐出境。在從 1882 年到 1943 年美國宣佈取消所有排華法案的 61 年間,在美的華人人口降至 7.8 萬人。這是中國人最直接的海外生存體驗。一向以「王朝之民」自居的中國人,在國際生存空間中所遭受的剝削、歧視和侮辱,甚至明火執仗的焚燒和殺戮,為歷史上所罕遇。

1904 年(光緒三十年),正值中美《北京條約》——即所謂「浦安臣條約」期滿之時,美國再度要求續約。其時美國藉約設例對工人、商人、遊學者和其他華人入境的「禁例」,1884 年已達 17 項;1894 年第一次約滿續訂之時,更增至 61 項;1904 年乾脆做出了無限期禁止華工進入美國的規定。當時在美的華人聚集於三藩市的中華會館開會,要求中國政府拒絕續約。消息傳回國內,引起熱烈響應。1905 年由上海首先發起抵制美貨運動,並迅速擴大到廣州、福州、廈門、天津、南京、漢口、青島、煙臺,以及海外華人聚居的哈瓦拿、夏威夷、馬尼拉、蘇門答臘等城市。聲勢之大,前所罕有。其直接結果是致使美中貿易額迅劇下降,自 1905 年的 5700 萬美元,降至 1906 年的 4400 萬美元,1907 年更降至 2600 美元;美國輸入中國的棉花,也從 1905 年到 1906 年間減少了三分之二。[1]

在反美華工禁約的抵制運動中,報刊傳媒發揮了重要的輿論

推導作用。不僅有報導、社論，不少還以文藝的形式出現，包括
詩歌、小說、戲曲、報告文學和民間曲藝等，是一次持續多年的
浩大的文藝運動。1960 年，阿英搜集這一時期的作品編成《反美
華工禁約文學集》[2]，交由中華書局出版，共收有詩歌 14 篇、小
說 8 部、戲曲 2 本、事略 4 篇、散文（含政論）24 篇，以及由廣
東中山圖書館參考研究部提供作為「補編」收入的作品 19 件（其
中詩歌 6 篇，講唱 5 篇、戲曲 3 本、散文 5 篇），洋洋灑灑近 50
萬言。這些作品以中國人的海外生存體驗為中心，溝通內外，記
錄了 19 世紀下半葉以來華工赴美的血淚歷史和不平抗爭，揭發了
美國種族主義者的排華暴行，啟蒙了中國人民的民族意識和自強
自立的現代覺醒，是對晚清文學現代性轉化的一次有意義的推
動。

二

　　美國的華文文學始於何時，鑒於史料的淹沒，較難追尋。尹
曉煌在《美國華裔文學史》中提出 1854 年 4 月 22 日，北美第一
份中文報紙《三藩市新錄》即已創刊。隨後數十年，中文報刊在
美國各地唐人街陸續出現。它們大都載有不同體裁的文學作品，
用以擴大發行量。[3] 不過，這些作品今難看到。阿英編的《反美
華工禁約文學集》中，廣涉了此一時期赴美華工的生活。一般而
言，「美國華文文學」是指旅居於美國的華僑、華人用華文（漢
語）創作的文學作品。這是一個比較籠統、寬泛的界定。雖然

1　本節有關華工的情況和數位，均轉引自鄧蜀生著《世代悲歡「美國
　　夢」》，中國社會科學出版社 2001 年 6 月出版。特此向作者致謝。

2　阿英編《反美華工禁約文學集》，中華書局 1960 年 2 月第一版。

3　見尹曉煌 2005 年 5 月提交復旦大學舉辦的《中美文化視野下的美華文
　　學》學術會議的論文《美國華語文學之起源與發展》。

「旅居」可以有多種情況，或為長期定居，或為短暫的留學、講學、經商、旅遊等。但即使以這樣寬泛的標準，仍難將阿英編的《反美華工禁約文學集》中所有作品，都視為美華文學。因為其中絕大部分為國內文人所作，海外作者的作品只是少數例外。

首先引起我們關注的是黃遵憲的《逐客篇》。[4]

黃遵憲（1848~1905），字公度，廣東嘉應州人。1876 年順天鄉試入舉，次年被派駐日本任大清政府駐日參贊；先後曾出使日、美、英、法、意、比等國，是晚清才識卓具的優秀外交家，同時也是清末宣導「詩界革命」的重要詩人，有《日本國志》、《人境廬詩草》等著作傳世。《逐客篇》是其於 1882 年至 1885 年任大清政府駐三藩市第一任總領事時的作品。雖然在《逐客篇》之前，已有著名抗英詩篇《三元里》的作者張維屏於 1850 年-1854 年期間撰寫的最早反映華工赴美的詩歌《金山篇》出現[5]。但張維屏從未到過美國，其作是由歸客訴述的耳聞，與黃遵憲作《逐客篇》時任三藩市總領事，處於事件中心的親歷，有很大不同。張維屏《金山篇》作於淘金熱的初期，重點在於講述美國西部的富饒和土人的原始，閩人粵人前往淘金卻備受騷擾，因此建言自然之物，不分疆界，為政者應當「但令有利又不擾」，才能使民「聞風踴躍」，齊口稱賢。《逐客篇》寫於美國聯邦政府第一個排華法令產生之後的 1882 年-1885 年。其中心在於批評美國政府的排華政策，駁斥反華謬論，感慨清政府的腐敗無能和譏諷美國政府的虛假民主、平等。無論其對事件描述的真實性、評判的歷史深刻性，還是詩人世界性視野的開闊和境界的深邃，都

4　黃遵憲《逐客篇》，見《人境廬詩草》第四卷，上海古籍出版社 1979年出版；又見阿英編《反美華工禁約文學集》第 3-4 頁，中華書局 1960年 2 月第一版。

5　張維屏《金山篇》，見阿英編《反美華禁約文學集》第 1-2 頁。

遠在《金山篇》之上。鑒於《逐客篇》係黃遵憲在居美時期所作，有論者將其視為美華文學的開山之作，不無一定道理。[6]

《逐客篇》凡五言，140 行，詩前有序，云：「華人往美利堅，始於道咸間。初由招工，踵往者多，數至二十萬衆。土人以爭食故，譁然議逐之。光緒六年，合衆國乃遣使三人來商定限制華工之約。約成，至八年三月，議員遂籍約設例，禁止華工。感而賦此。」在這段僅 79 字的小序中，清晰地講述了華工赴美緣由和遭逐的過程。光緒六年，即 1880 年，黃遵憲時在日本任上，以其對西方政治的熟悉，知會朝廷，來華談約的三人中，一袒華人者，一中立者，一主張排華者，建議朝廷團結袒華者，爭取中立者，萬不可同意改約。然而，「誰知糊塗相，公然閉眼諾」，清政府的腐敗和無能，接受了美國政府的改約要求，終於鑄成歷史大錯。光緒八年，即 1882 年，美國參院通過排華法案，並由總統簽署成效，且藉約設例，強使禁止華工入境的條例無限擴展，殃及商人、學生、教師、旅行者等，甚至連堂堂執節的外交人員也受刁難和侮辱。時任三藩市總領事的黃遵憲，遭此變故，許多相關事務都由他躬親處理。序中所稱「感而賦此」，並非虛言，使這部最早反映華工禁約事件的作品，具有很強的親歷感和現實針對性。

《逐客篇》洋溢著詩人為華工請命的抗爭精神。華工的「初渡海」，係「初由招工」而來。其時美國西部的荒蕪，使東部白人和歐洲移民畏懼，便派人來華「招邀」。華工的到來，始如「鑿空鑿」，是其以「藍縷啟山林」的精神，才使荒漠的西部「丘墟變城郭」。待到金礦開，鐵路建，農田修，東部移民輕而

6　　見林澗、蓋建平 2005 年 5 月提交復旦大學舉辦的《中美文化視野下的美華文學》學術會議的論文《近代詩歌中華人的美國夢：從〈金山篇〉到〈逐客篇〉》。

易舉地大量西遷，華工的存在，便日益成為眼中釘。於是「土人
以爭食故」，而「譁然議逐」。這是排華浪潮逐日高潮的原因，
也是禁約事件的本質。辯明這點，對駁斥西方學者歪曲的歷史真
相有重要意義。作者一方面譴責反華者所有的造謠中傷：「或言
外來丐，只圖飽囊橐」，「或言彼無賴，……野蠻性嗜殺」；或
言性醒齷，「居同狗國穢，食等豕牢薄」，……正是這些對早期
華工形象的有意歪曲和由文化差異而來的衝突，成為他們反華的
藉口。另一方面，《逐客篇》也將批評的矛頭指向晚清政府的腐
敗無能：「誰知糊塗相，公然閉眼諾，噫嘻六州鐵，誰實鑄大
錯？」致使美國排華勢力進一步囂張。詩稱被迫遣返者：「去者
鵲繞樹」，僥倖留下來，也是「居者燕巢幕」；而受禍及者：
「關譏到過客，郊移及遊學」，甚至連「堂堂龍節來」的外交人
員，也受盡刁難與侮辱。正所謂「但是黃面人，無罪亦徬掠」。
兩國的正當交往，也由此受阻：「國典與鄰交，一切束高閣。」
這一方面緣於號稱「多民族大熔爐」的美國政府的「食言」和虛
假民主與平等。當年「頗具霸王略」的美國總統華盛頓為開發西
部曾檄告：「九夷及八蠻，一任通邛筰；黃白紅黑種，一律等土
著。」然而「逮今不百年，食言曾不怍。」對這一「傾倒四海
水，此恥難洗濯」的民族羞辱，詩人返身自問：「皇華與大
漢」，何以落到「第供異族謔」的地步？國家的衰敗是其另一方
面原因。所以長詩一開篇，詩人便感慨：「嗚呼民何辜，值此國
運剝。軒頊五千年，到今國極弱。鬼蜮實難測，魑魅乃不若。豈
謂人非人，竟作異類虐。」收篇時再一次聯想古時往來極地的禹
的使者大章、豎亥和漢代北擊匈奴的名將衛青、霍去病。彼時疆
土之廣大，與此時「無地容漂泊」，兩相對照便不能不追問「茫
茫問禹跡，何時版圖廓？」詩人身為外交官的海外人生經歷，使
之將華工禁約事件放在全球的語境中來認識，外譴和內審，其世
界性的視野和覺醒的民族意識，以及對事件分析的深刻性，均在

時人之上。

　　作為一首紀實性的長詩，《逐客篇》的語言平白、風格樸素，詩人的焦灼憤慨之情，蘊含在從容的訴說之中，具有很強的思辨色彩和記敍性的史詩特質，表現了晚清站在時代前端的知識份子對中國封建社會末落時期的腐敗與短見，對西方新興資本主義國家的持強凌弱和虛假民主、平等的清醒認識，充溢著對受害華工的同情和辯誣，對堂堂華夏國運剝落的焦慮與復興的期待。詩人處於禁約嚴峻時期的海外親身經歷，使其對華工禁約事件的真實記述，不僅具有藝術性，同時還具有文獻性，可以作為駁斥西方作家對早期華工極盡歪曲的刻板形象塑造，重寫早期華人移民美國歷史的一份重要的佐證。它典型地體現了海外華文文學具有的文學性和文獻性的雙重價值。雖然黃遵憲是晚清「詩界革命」的一位重要宣導者和實踐者，但《逐客篇》作為其在居美時期的作品，將這一作品視為美華文學的開篇之作，並非沒有道理；至少，它是一位海外親歷者對華工禁約事件的最早反映。

<h2 style="text-align:center">三</h2>

　　在黃遵憲之後，進一步引起我們注意的是 1905 年反美華工禁約運動中的一部五萬餘言的小說《苦社會》。

　　《苦社會》於光緒三十一年（1905 年）由上海圖書集成局以銅活字版排印，由上海申報館發行。原名《苦社會初集》，然而並未見有「續集」刊世，可見是一部未竟之作。全書採雙回目，共四十八回，無作者名，僅書前有漱石生的一篇《敍》，文曰：

　　　　小說之作，不難以詳敍事實，難以感發人心；不難以
　　感發人心，難以使感發之人讀其書不啻身歷其境，親見夫
　　抑鬱不平之事，流離無告之人，而為之掩卷長思，廢書浩

歎者也，是則此《苦社會》一書可以傳矣。夫是書作於旅
美華工，以旅美之人，述旅美之事，固宜情真語切，紙上
躍然，非憑空結撰者比。故書都四十八回，而自二十回以
後，幾於有字皆淚，有淚皆血，令人不忍卒讀，而又不可
不讀。良以稍有血氣，皆愛同胞；今同胞為貧所累，謀食
重洋，即使賓至如歸，已有家室仳離之慨；況復慘苦萬
狀，禁虐百端，思歸則遊子無從，欲留則楚囚飲泣。此中
進退維谷，在作者當有無量難言之隱，始能筆之於書，以
為後來之華工告，而更為欲來之華工警。是誠人人不忍卒
讀之書，而又人人不可不讀之書也。書既成，航海遞華。
痛其含毫邈然時不知揮盡幾升血淚也，因為著書者敘其大
致如此。光緒乙巳年七月漱石生敘。

　「敘」中除了對小說創作及該書的高度評價之外，引人注目
的是關於作者的介紹：「夫是書作於旅美華工，以旅美之人，述
旅美之事，固宜情真語切，紙上躍然，非憑空結撰者比。」又
云：「書既成，航海遞華。」可見，《苦社會》係一旅美華人所
作。對此，阿英在《關於反美華工禁約的文學》一文中，稱「此
書作者大概是一個熟習在美國的中國工人和商人生活的知識份
子。」並且認為，「作者似非真正的工人，這即就他所以用三個
窮途末路的教習做主人公一點上也可想見」。[7] 鑒於當時的語境，
阿英對作者的旅美身份並未予以強調。1985 年 2 月由毛德富編
校、中州古籍出版社出版的《苦社會　黃金世界》的《前言》
中，則更進一步推測：「作品中的主人公李心純很可能有作者的
影子或化身。」[8]

7　載阿英編《反美華工禁約文學集》第 3-25 頁。
8　《苦社會　黃金世界》，毛德富編校，中州古籍出版社 1985 年 2 月第
　　一版。

　　《苦社會》的確切作者為誰，今已難再考辨。不過有兩點，可以作為作者推測的參考。其一，《苦社會》不是作敘者漱石生的託名之作。漱石生即署名「古滬警夢癡仙」的《海上繁華夢》的作者，本名孫家振（1862-1937年），上海人，另有筆名江南煙雨客、玉玲瓏館主等，是上海新聞界的名人。曾創辦《笑林報》，又與後來大量介入反美華工禁約活動的《二十年目睹之怪現狀》的作者，著名晚清小說家吳趼人共為《采風報》主筆，光緒末年還擔任《新聞報》編輯。其《海上繁華夢》，胡適認為「只剛剛夠得上『嫖界指南』的資格」，「都没有文學值價，都没有深沉的見解與深刻的描寫。」其文風綺麗靡靡，與《苦社會》的沉鬱質樸，相去甚遠。漱石生雖無海外的生活閱歷和經驗，但以其在上海新聞界的從業背景，卻可能有一定的海外聯繫。他稱《苦社會》「書既成，航海遞華」，則可見其書的完成，並不在國內，而在海外，可能就是自己收到的一部海外來稿，或其他新聞界同仁收到的海外來稿轉他作敘出版。其敘稱《苦社會》為「旅美華人」所作，當無疑問。

　　其次，將《苦社會》與反美華工禁約文學中同類題材的小說，如《黃金世界》、《苦學生》、《劫餘灰》等相比較，則可以看出《苦社會》正面描寫華工赴美的海上遭遇和華商在禁約中的困境，其大量著墨的「豬仔船」和唐人街的生活環境，事件的完整性和細節的真實性，都為其他小說所難企及。若非親歷的生活體驗或目睹的事實，而僅聽受難者歸來的陳述加以想像，是極難做到的。

　　由此可以確認，《苦社會》是「旅美之人，述旅美之事」，書成之後「航海遞華」的一位旅美華人的作品。確定作者的這一身份，對我們追尋美華文學的歷史源頭有重要意義。如果說《逐客篇》是居美的外交官最早記錄的早期華工的海外遭遇，從而在某種意義上與美華文學的開篇有一定聯繫，那麼《苦社會》則毫

無疑問應是旅美華人執筆的美華文學的開山之作了。

　　《苦社會》採雙回目制，共 48 回（毛德富編選的《苦社會黃金世界》改雙回目為單回目，共 24 回），以一群落泊的江南知識份子為主線，勾連起全書故事。在結構上，明顯可分為三個部分：第一部分，前 22 回，描寫阮通甫、李心純、魯吉園、滕築卿、莊明卿等一群落泊的知識份子，在國內謀生無著的生存困境，折射出晚清社會的淪落不堪；第二部分，即自第 23 回至第 34 回，寫魯吉園、滕築卿、莊明卿南下廣東，無奈賣身出國，充當華工，船上邂逅阮通甫一家，展開了「豬仔船」上一系列非人遭遇，阮通甫一家三口慘死的悲慘故事。即如「敘」中所言：自二十回以後，幾於有字皆淚，有淚皆血，令人不忍卒讀，而又不可不讀；第三部分，即最後自 35 回至 48 回，寫滕築卿、莊明卿等一群倖留生命的華工進入秘魯；而得遇同鄉留在船上管賬的魯吉園，遇到欲赴美國經商的故友李心純，從而將敘述重心轉向三藩市商界，描寫在風聲鶴戾的禁約浪潮中，連正當商人也屢受迫害，不得不變賣財產返鄉回國的經歷。有意味的是第 48 回即全書的結尾處，當李心純賣盡家財返程回國船抵香港時，卻遇魯吉園領著萬劫餘生的滕築卿來訪，故事至此嘎然而止，留下了本來應當還有的「續集」的伏筆。滕築卿九死一生由秘魯回到香港的坎坷經歷，應當是「續集」的描寫重點。滕築卿的驟然到來，會不會改變李心純等的歸國計畫，或者更進一步展開了李心純等歸國後從事實業，以振中華的故事。所有這些，都謎一般地消失在我們無法看到的可能存在的「續集」裡，讓我們浮想聯翩。

　　小說的三段式結構，看似散漫，實際上有作者的深刻用意。其第一部分，由長隨上輩遠赴外省的世家之後阮通甫，在先父過世之後生活無著而返回蘇州原鄉，從而引出了一系列與他同樣落泊的江南秀士的故事。既有靠典當謀生的教習李心純，還有辦河運落入圈套輸得井底乾的滕築卿；其中還穿插了喪妻的古董商陸

賓秋和尼姑法緣的一段姻緣，賭輸了眼的黑道中人下太湖劫私
鹽、營官吃黑逼命等等情節。故事雖略顯散漫，但晚清社會的種
種腐敗、欺詐和底層人生的窮困潦倒，歷歷在目。其中頗有《官
場現形記》和《二十年目睹之怪狀》的寫實意蘊。這是「社會」
之「苦」的第一層喻意。然而以國內之苦和小說第二、三部分所
描述的身處異域，生不如死的欺壓和不堪相比，又遠在國內生活
的窮困之上。阮通甫一家三口慘死船上，就是最好的說明。而熟
知情況者更言：「船上不算苦，到地才是厲害。」以致眾人感
歎：「早曉得是這樣，我就做了叫化，也不死到這上天無路，入
地無門的所在地。」這才是所謂「苦」社會的更深寓意。看似散
漫的小說，結構的前後呼應和對比，就在於強化這一題意。

　　《苦社會》的寫作，如「敘」所言，「以為後來之華工告，
而更為欲來之華工警。」因此，其落筆著墨，不僅在故事人物，
更藉故事人物寫出華工之被迫漂洋過海，陷身於異邦虎狼之口而
備受欺騙、剝削、侮辱和虐待的種種不堪。小說具有晚清說部的
紀實風格。其寫海上船行萬里，盡如黑牢，所有華工，手扣腳
鏈，穿成一串，挨餓拷打，病者病，死者死，才抵秘魯港口，已
「陸續死了一百五十多人，連蘆蓆也沒一張，赤條條丟海裡去，
做魚族的供養」。好端端阮通甫一家三口，就這樣把命扔在了大
洋。其中上岸前的一段描寫，更讓人毛聳齒寒：

　　　　……落後有班人，一個壓一個，亂疊做一堆。水手看
　　見，喊道：「這成什麼樣子？快給我滾開些！」眾人低低
　　應了一聲「噢」，還賴著不動。水手們覺得形景詫異，又
　　聞一股惡臭，直從底下沖起，喉嚨裡都作噁心。便去通知
　　了洋人。洋人先用指蘸些藥水，搽在鼻子上，才走過來，
　　叫水手動手，把上面的拉開。不拉時，萬事全休，一拉
　　時，真叫鐵石心腸都要下淚！原來下面七八十個橫躺著，

滿面都是血污，身上也辨不出是衣裳，是皮肉，只見膿血堆裡，手上腳上鎖鏈子全然卸下。洋人附身一看，才曉得死的了，手腳的皮是脫了，骨是折了，不覺也泛出唾涎，嘔個不住。立刻叫水手到上面，拿來七八個大竹簍，用鐵鏟把這些腐屍鏟下，吩咐連簍丟下海去。水手連連三次才運清，都覺頭暈目眩，胸口隱隱又有些痛。

這是在船上的遭遇，到達目的地以後的狀況，小說未及細寫，但只從登岸的華工被關進工房的一段描寫，即可想見。那工房：「高處不到三尺深，闊處不到五尺，曲了身體進去，沒有一張床，一張桌子，只在地下鋪了一層稻草……每間要住四人，雖不算多，就只每人占地一尺二寸零。立哩，抬不起頭；睡哩，伸不直腳」。而且「押解的巡捕，袖子裡嘩喇喇取出一件怪物，把四人連扣住了頸項。低頭一看，才曉得是根鐵索，兩個頭鎖在屋面椽子上。動一動，房子先搖搖的，要倒下來。」這就把華工當成了囚犯。為「後來之華工告」更為「欲來之華工警」，小說細寫華工遭遇非人之苦的寓意，即在這裡。

三十五回之後，小說的筆墨轉向三藩市的唐人街社會。三藩市是早期旅美華人的活動中心，唐人街的形成，既是異族擠兌逼迫的結果，又是華人族群凝聚的產物。因此，相對於異文化的生存環境，唐人街在某種意義上可以視為是中華文化在異邦的一塊「飛地」。這裡的聚居，以其有正式手續進行正當經營的商人為多，且不少已經居住多年。小說以李心純和他赴美經商的搭檔王伯符，以及在美多年的商人顧子豐三人為線索，展開禁約中唐人街的故事。雖然條約只禁華工，但實際已大大擴展：「因為美國新定的條例：一條單指夥計講，從掌櫃、擋手、帳房到散夥學生意，都歸入工人一類；一條兼指東家講，開呂宋煙、紙煙、製靴、製帽、縫衣等廠，都不合商人資格，內中看得最輕的，是酒

樓、飯鋪，同洗衣作、賭館，都不計作正經行業。」這些大都是華人在唐人街所從事的傳統行業，其他行業往往不許華人指染。因此禁約所波及的是整個華人社會。還有另外一些苛律限定，使正當的商人及其親屬，也被迫遭遣。商人何錦棠因妻子回鄉返美過關時說岔了一句話，就不准上岸，弄得只好被迫棄產歸國；在美經營了二十多年的商人汪紫蘭，也因妻子說錯了街名的一個字，被關進小木屋，弄至神經失常，無奈也只得拋下幾十年的心血隨著妻子回國……此類例子不勝枚舉。禁約的苛律下，整個唐人街風聲鶴唳、惶恐不安。查冊的、捉人的、收人頭稅的，甚至打人行兇的，終日不斷。美國名為「禁約」，實在排華。其中緣由，如顧子豐初遇李心純時所一語道破：「那時金山一片荒土，要靠中國人種地築路，開礦淘金，替他成了市面，自然色色都從優待。如今地方一天熱鬧一天，人丁一天多似一天，又恨中國人占他的生意，沒事尋事的欺侮。告到官不拘是燒了房子，傷了人命，一概不理。」難怪當災難落到自己頭上時，顧子豐要拍案而起：「我們中國人給美國糟蹋的夠了。還有這許多條款！猜他的意思，不過說不出，要全權趕我們離開這裡，只好一層緊一層，逼得我們知難而退。我們怎麼也想一法去抵制他，才叫他曉得中國人並不是真正好欺侮的。」

華人的覺醒和崛起，是從「禁約」的屈辱開始的。其直接的原因，是經濟的剝削和政治的壓迫，而這政治的壓迫還包含著種族的歧視和文化的偏見。這對於識文弄墨的文人出身的商人、學生，更為敏感和難以忍受。其種族歧視，專門指向華人，即如登岸種痘這類小事，也是專為中國人設的。在船上當了水手的魯吉園說：「我兩回往返，雖同外國人沒有什麼交往，暗地窺探，覺得他們在種族的界限，極是分明。」居美多年有了更多閱歷的顧子豐，更清楚美國的作為：「美國是新開的地方，哪一國人沒有？……他不過明欺中國人，怎敢一樣的胡為呢？」黃遵憲說：

「但是黃面人,無罪亦傍掠。」可是同是「黃面人」的日本人、
高麗人,中國人也不如。「日本人的性格,也是個欺軟不怕硬,
過分蹧蹋了,真肯大眾都拼了命。他們的公使、領事,也不肯坐
在旁邊看本國人吃虧,所以一樣也受美國人的怨毒,究竟待的強
多了,你只消看今天醫生種痘時,不單種的中國人麼?」問題又
回到政治上來,中國人所遭到的經濟剝削和種族歧視,根本還是
國家的衰敗和政治的無能。民族意識的提升和政治意識的覺醒,
在《苦社會》這部小說中是由中國人在海外的生存經驗激發出來
的。這使小說的主題有了新的昇華,不僅停留在對現實的揭露和
批判上,還上升到對國家命運和民族前途的思考上。

　　20世紀初遍及全國的反美華工禁約運動是在這個思想基礎上
激發起來的。李心純、王伯符、顧子豐三人決定清盤回國,且有
一番打算。晚清的政治小說,常常借主人公的口,宣揚作者自己
的政見,以達到小說改造社會的目的。《苦社會》滲透了此一小
說精神。特別結尾兩回,李心純等三人在船上邂逅因且工且學而
被遣返的學生李鐵君等,慷慨陳辭,商議抵制之策。此時船出大
洋,橫波湧浪,四面海風,吹得衣飛發豎,情景相融,更顯得豪
情與悲慨。鐵君有三策,禁買賣美貨、禁用美物、禁工人為美貨
起卸。李心純更添兩計:一是「去美地」,即由商家、會館捐
錢,先工後商,撤離在美國的華人;二是「興實業」,又分兩
層:開墾和開工廠。而實現這一目標,一要有「決死的心腸」,
二要將從美國撤回的資本集中起來,「本國的資本家,也得有些
運動,互相協助,大業才能告成。」船上的宏議,立即付諸行
動。李心純等人到廣東做後策的預備,而李鐵君諸位則先赴上海
作前策的醞釀。個中雖然帶有空想主義的色彩,但中國資本主義
的誕生或多由這些有著複雜海外人生況味的中國人所推動。《苦
社會》初集以此告結,由於「續集」的未曾刊世,我們無從看到
這群激情澎湃的海外歸人,他們如何歷盡坎坷地在國內實現(或

破滅）自己的理想（或空想）。但從另一部同樣出現於反美華工禁約運動中的小說《黃金世界》（碧荷館主人著，1907 年《小說林》刊行）中，也寫及一個破產東歸的華僑振興民族工業的夢想，終因商學矛盾和得不到國內商人的支持而化作泡影，則可以想見其結果。中國封建社會的龐大陰影和新興資本主義的脆弱，釀就了帶有太多空想成分的海外歸人夢想的破滅。這是嚴酷的現實。但理想的存在，即使帶有空想色彩，也如火光一樣，燭照著深沉黑夜終將到來的黎明，其意義是不容低估的。

　　早期赴美的華人，常常是西方嘲弄的對象，它首先來自美國反華勢力的誣衊。1876 年 6 月，美國國會組織一個聯合委員會，調查沿太平洋各州「華人移民入境的性質、範圍和後果」，提出一份要求修改《蒲安臣條約》的報告，認為華人「心理和道德品質低下」，「有一切怪癖」，「惹人討厭」，對美國有「破壞性、助長等級制度，危及自由制度」。甚至引用「人種學家」的意見，說華人「思維能力太低，不能提供自治的動力，作為一個階級他們在道德上劣於亞利安人，」中國人是「劣等民族」，「天生的善於說謊、欺詐和謀殺的種族」，唐人街是「性欲和罪惡的中心」，等等。危言聳聽地揚言，若不禁止華人入境，「否則，我們太平洋沿岸地區和領土最終將完全依照異民族人的意向拱手交出，它將使這個地區成為中國的行省而不是美國聯邦的州。」百年來西方學者和作家就是依此來塑造華人，從而形成了對早期華人「醜陋」的刻板印象。然而事實相反，我們以和上述「報告」幾乎同時出現的小說《苦社會》作為對照，則可看出早期赴美華人的善良厚道、知書達禮、尊親重友，團結尚義、愛鄉愛國和富於同情心。所謂「衣衫藍縷」，是出於窮困的無奈；所謂「纏腳蓄辮」，係以文化的不同，這些都無關人種的優劣和道德的高下。只要看看號稱「人道國家」的極不人道的「豬仔船」上，為救無辜被困的阮通甫，莊明卿、滕築卿、魯吉園、夏海帆

等幾個人拿出自己的賣身錢的一半，連同旁邊不相識的難友共湊
足了三百餘元，這份慷慨尚義的同情心，豈是自許為「高尚」的
西方殖民者所能有。小說寫魯吉園的厚道、滕築卿的豪爽、莊明
卿的心細、李心純的膽識、顧子豐的練達，個個性格鮮明，其迥
異的個性背後又有中國文化人共同的仁人心境和愛憎準則，非但
毫無西方作家所誣稱的骯髒、自私、愚昧無知，而是閃爍著中華
文明的傳統美德和道德理想。患難見真情，全書的絕大部分章
節，都寫在海外華人無端遭受非人欺壓的患難之中，其洋溢的道
德理性，透過人物的一言一行，閃爍光芒。主人公以天下任的愛
國焦慮和救國激情，感人至深。《苦社會》的存在，不僅對西方
作家百年來歪曲中國早期赴美華人刻板印象的寫作，是有力的駁
斥，同時對於還原歷史真相，也是一份有力的佐證。

四

　　作為美華文學的開篇之作，《苦社會》存在的意義超越了它
的自身，也超越了它「為後來之華工告」和「欲來之華工警」的
「勸世」的價值，而潛隱地影響著美華文學後來的形態和發展。
簡言之，可以從以下四個方面來觀察：
　　一、《苦社會》開了以早期華工為描寫對象的先例。後來的
美華文學，以此為題材的創作，屢屢不斷。包括大量華裔英文寫
作和 20 世紀末以來的新移民文學，不少成名之作，都與描寫早期
來美華人的人生經歷密切相關。最典型的如湯婷婷的《女勇士》
和嚴歌苓的《扶桑》，它們已成為美國華裔文學史和美國華文文
學史的經典之作。同時，早期華人系列作品的頻頻出現，也拓展
了美華文學的一個重要的研究空間。系統地梳理華人形象的變化
及其與時代發展的關係，成為人們關注的一個重要的課題。
　　二、《苦社會》是「唐人街寫作」的發端之作。唐人街的存

在，提供了華人進入美國的一種生存方式，迥異於以留學或講學而定居於美國的另一種知識份子的生存方式。唐人街作為華人族群和文化的凝聚，有中華文化傳統在異邦積極弘揚的一面，也有抵禦西方文化的消極守成的一面。它來自底層的聲音，更深沉地傳遞著華人在美國的坎坷經歷和艱苦人生。因此「唐人街寫作」在某種意義上講，溝通著美國華文文學的「底層寫作」。近年以三藩市為中心的一群華文作家呼籲重視美國華人的「草根寫作」，其性質與「唐人街寫作」大致相近。所謂「草根作家」，大抵也是指在「唐人街生存方式」中成長起來的作家，它實際上構成了美華文學與來自中產階級的「知識份子寫作」並存的另外一翼。它的源頭，可以追尋到《苦社會》的生存方式、寫作方式及題材表現、人物塑造等種種特徵。

　　三、從題材上看，《苦社會》跨越了國內和海外的雙重人生經歷，實際上是海外華文作家的雙重人生經驗互相印證與衝撞的表現。這是海外華文文學創作的一個普遍規律，即雙重經驗的跨域書寫。只不過《苦社會》是以國內的「苦」來印證海外人生的「苦」，從而「為後來之華工告」和「為欲來之華工警」，包含著某種「勸世」和「警世」的意味。後來的美華文學創作，主題的指向或許有所轉移，更多地指向對國內人生和文化的重新認識。但雙重經驗的互相印證和書寫，則是普遍的。即使只是專寫國內事件，也無法逃脫書寫背景的海外人生經驗的映照和對國內人生體認的重構。

　　四、由於華文文學尚難以進入美國社會的主流文化圈，美國華文文學的創作——除華裔的英文寫作外，大都仍以華人，尤其是自己母土的同胞為主要消費對象。如《苦社會》，「書即成，航海遞華」；今日的美華文學，無論在臺灣出版、香港出版，還是祖國大陸出版，也是一種「書即成，航海遞華」的模式。這使得美國華文文學無論在題材選擇、主題表現還是書寫方式上，都

必須考慮華人讀者的審美需要和習慣。《苦社會》選擇章回形式，是百年前華人讀者的審美習慣。今天當然不必「章回」了，但中華文化傳統的審美指向，仍然是美國華文作家不能不考慮的因素。它同時也成為美國華文作家以自己民族文化傳統進入美國主流文化圈的一種「身份」。而同時，華文作家對西方文化的吸收，體現在他的創作上，也可能成為對中華文化的一種補充和豐富。在雙重文化的溝通和互補上，華文作家扮演著不可替代的角色。

百年前刊世的《苦社會》，對於我們重讀的意義，不在於作品的「當時值」，而更在於作品對後世的「未來值」。疏理百年美華文學的歷史進程，不能不從《苦社會》開始。

2006 年

精神漂泊與文化尋根
——菲華詩歌閱讀劄記

一

有葉
卻沒有莖
有莖
卻沒有根
有根
卻沒有泥土
那是一種野生植物
名字叫
華僑

　　雲鶴這首《野生植物》的另一種版本結尾兩字題作「遊子」。「華僑」也好，「遊子」也好，它都形象而準確地刻繪出今日寓居海外的華僑、華人和華裔的某種生存境況和心理狀態。這種境況和心態，也即是缺乏家園感和文化依憑的遊子的漂泊境遇和心態。

　　中華民族是一個安土重遷的民族。奠立在自然經濟基礎之上的漫長社會發展，使「家」成為社會結構最穩定的基本單位，以

「家」為核心的宗親血緣文化也成為社會關係構成的文化基礎。因此，在中國的傳統文化中，極為重視「家」和「鄉」的觀念。家是血統，鄉是血統所依附的土地。而血統是不能背叛的，非不得已，絕不輕言離鄉。而「離鄉」即意味著「別親」，是對血統所依附的土地的離棄。雖然，作為「家」的放大的「國」，需要它的子民為之獻身效力，於是在我們的文化傳統裡，既有「父母在，不遠遊」的庭訓，又有「盡忠報國」、「大丈夫志在四方」的銘教。但是這一弔詭的命題最終還是歸結到「落葉歸根」的鄉諺中，還是以鄉土為重。它形成了中國人獨特的以「家」為核心的文化價值體系。現實的不得已離鄉，和精神的日夜尋求歸根，孕育了中國歷代詩詞中許多動人的遊子的篇章。然而他們離鄉別親，浪跡江湖，或為功名，或為謀生，大多並不走出自己的國土，依然呼吸在自己民族的文化空氣中。遊子的吟唱實際上也是對自己民族這種具有弔詭意味的文化精神的吟唱，在幾分淒怨裡也有幾分矜持自得的瀟灑。

然而漂洋過海的華僑不同。他們是漂離自己的國土，遠適在異國他邦陌生的文化境遇裡。因此文志在散文詩《作客》中說：「我們是無根的一代」，「開始了漫長的無根生涯」。這種「無根」，不僅是失去土地，更重要的還是失文化的依憑。因此所謂「漂泊」，是在肉身漂泊之上更令人痛苦難忍的精神的漂泊。無莖、無根，也沒有泥土的「野生植物」，雲鶴對於華僑的吟唱便不能不是噙著眼淚的吟唱，絕沒有遊子在思鄉中依然可以炫耀的那份欣慰和瀟灑。這或許是今天海外華文詩歌中的遊子形象，與中國傳統詩歌遊子形象最深刻的區別之一。

悵然於「失根」的愴痛而發出的遊子的感喟，實質上是一種「尋根」的企望。

和權在《千島》中用明白的語言描述了海外遊子這一精神歷程：「為了尋找傳說中的桃花源」，祖先在「已然模糊的年月」

裡「揚帆出海」，而把「我們」遺落在「多風浪的千島」。「飲著椰汁／彈著吉他／裸著棕色皮膚」的「我們」，便不能不睜大眼尋找——

　　而祖先的帆呢？
　　而桃花源呢？

　　這裡發出的是透過詩歌的「冷冷的水聲」，「溯流而上」去尋找「那永不乾涸的／源頭」的呼籲。
　　這樣，和權的《千島》和雲鶴的《野生植物》一樣，所觸及的正是當代海外華文詩歌最重要的一個母題：精神漂泊與文化尋根。

二

　　文化尋根是本世紀下半葉來普受關注的一個世界性的文化主題。它反映了跨越殖民主義時代以後弱勢民族的一種文化自覺，也標示出在資訊時代世界重新整合的背景下，尋求文化價值仍然是在這個越來越淡化個性存在的資訊世界中確立自我身份和位置的生存基礎。當然，文化尋根在不同國家、地區和族群中的出現，有著各自特殊的背景和原因，它們共同構成了本世紀後半期一種煊赫的文化景觀，也必然地要昭示出未來世紀的某種文化走向。
　　就菲華文學而言，文化尋根是它積蓄已久的一種歷史情緒的憤發。
　　中國與菲律賓的交往，最早可遠朔至三國時代而盛於唐宋。當揚帆遠來的華商，從最初遊弋在部落紛立的菲律賓群島之間，以鳴鑼為市，邀集島民登船交易，到逐漸上岸設店，定居貿易和

從事開發，便同時也帶來了中華民族豐富的文化。在這漫長的數
百年發展中，菲律賓經歷了西班牙殖民統治、美國殖民統治和戰
後獨立的幾個歷史時期。出於對當時還堪稱強大的明清帝國的恐
懼與猜疑，西班牙殖民者對華僑一直採取扼制和壓殺的政策，限
額入境，劃區居住，甚至不惜以血腥手段進行鎮壓。從十七世紀
到十八世紀中葉，就曾連續發生過五次大規模屠殺華僑事件。英
奇在《過江猛龍癱瘓了》一詩中揭露了西班牙殖民者這種慘無人
道的血腥暴行：

> 祖先八世踩踏過的泥沙，
> 留下疤痕滿布
> 銘刻拓墾艱難苦痛的史頁；
> 何必查究流淚、流汗、流血的容量？
> 不如看青山塚壘累累的白骨深埋。

　　美治以後，雖然採取比較和緩、開明的政策，但對華僑的限
制依然。加之此時已日益貧弱的國勢，使迫於水旱兵災而漂洋過
海謀生的華僑，很難再從母國獲得強大的政治支持，而在海外陷
於孤懸無助的境地。僑民文化相對於所在國的主流文化，本來就
處於邊緣地位。而華僑的失助和屢遭迫害，更使他們的文化陷於
弱勢和墜失。這種情況，是全球華僑和華人共同的遭遇，菲律賓
的情況尤烈。現在菲律賓華人人口雖逾百萬，但在菲國總人口中
僅占 2%，是東南亞諸國華族人口所占比例最小的國家之一，不能
不說是歷史的悲劇遺留下來後果。
　　這是歷史的一面；歷史的另一面是壓迫越深，反彈越強，尤
其在文化層面，其所激起的文化自我保護意識便也越強烈。以閩
南華僑為主體的菲華族群，其急公尚義、團結互助的文化性格的
形成，便與這一特殊的人生遭遇密不可分。在華僑、華人刻苦經

營而取得的巨大經濟成功的支持下，菲律賓各種華人社團之多，可能也是東南亞諸國之冠。這些華人社團，在強化族群觀念的同時，也不斷與故園母土發生頻密聯繫，維繫和深化著海外華僑和華人對故鄉母土守望和期待的感情。當母國重新以一個東方巨人的歷史新形象，屹立在世界各民族之林，給海外遊子以巨大的精神關懷和支持時，華僑和華人對母國守望和期待的感情，便轉化為熱烈的追懷和讚頌。文化尋根便從潛在的精神追求，轉化成為湧動在菲華文學中一股強大不息的脈流。

明澈在 1993 年發表的一首短詩中寫道：

> 我們像一群迷失的海鷗
> 為要啄食五千年的文化
> 為要尋找一個新的名詞
> 才棲息在你的沙灘

這首詩雖是詩人在中國海南出席一個會議之後的感歎，卻不妨也看作是整個菲華文學界內心感情的一種走向。

「為了啄食五千年的文化」，這是今天菲華詩歌感情的焦點之一。

三

人是文化的創造者；同時，人又是文化的創造物。也即是說，人在創造文化的同時，又以文化塑造了人自己。因此，人的自身，就是文化最大的承載者。

當一輩輩華僑漂洋過海，來到異域他邦，他們的播遷，實質上也是一種文化的播遷；他們的存在，就是一種文化的存在。在異域他邦不同文化的映照下，才使他們從反觀自己中，更加強烈

地意識到自己所代表的文化身份和價值。

　　因此,當文化尋根意識湧動在今天華僑或華人的心中時,這種尋找,首先就從自己身上開始,是對自己整個生命所滲透其中的文化及其價值的重新認識和肯定。

　　月曲了的《自畫像》就是在「異鄉」這「一面畫布」上,對自己生命的解讀,交錯在他坎坷的生命個性中,是濃烈的中華民族的文化意蘊:

> 畫我坐著如一座假山
> 站著如一棵移植樹
> 若畫不出我善變的髮
> 就畫幾片流浪的白雲
> 畫風雨交加的路
> 我憂鬱的雙眉
> 畫我的眼睛
> 在遙遠的窗口看童年
> 畫我的耳朵在沙灘上
> 和千隻的貝殼聽海去
> 畫我的鼻
> 深深地吸著家鄉的泥香

　　「假山」、「移植樹」、「流浪的白雲」和「風雨交加的路」,這些象徵人生命運的自然意象,幅射出的人生漂泊,具有華僑獨特遭際的特徵和傾訴方式上的傳統意味。隨著作者深入展開,這種民族特徵便越加鮮明:

> 畫一塊東方古硯
> 讓黑夜深磨著深磨著

　　我做夢的臉容
　　畫我的心
　　不在屋內

　　不畫感情
　　只畫一瀉千年的飛瀑
　　不畫思想
　　只看畫中有沒有詩
　　然後讓毛筆記起我的鬍子
　　讓鬍子題上了我的名字

　　中國傳統的詩詞，有「不著一字，盡得風流」之說。「不畫感情」而畫千年飛瀑，是更為激越的感情；「不畫思想」只看畫中的詩，是更為幽隱深沉的思想。當東方的古硯和毛筆磨出臉容和記起鬍子，畢生坎坷的酸辛和蒼老便盡在其中。整首詩便是這樣以文化的形式凝聚生命的內容，或者說是將生命的內容透過文化的形式予以表達，潛隱著詩人對華僑和華人共有的漂泊人生的獨特文化體驗。猶如是用中國的毛筆和宣紙所完成的一幅作品，是別一民族所不可能如此表達的。這樣，月曲了便在自己的身上，畫出了自己民族的文化品性。他的「自畫像」，便也成為了海外華僑和華人的「共」畫像。

　　與生俱來的民族的魂和文化的根，既滲入生命，就很難改變。陳默在《水的傳奇》中描寫了海外華僑的某種尷尬：

　　兄弟啊兄弟
　　你水滴般地流
　　到大陸被稱為「番客」
　　到臺灣被稱為「華僑」

入了菲律賓籍的容器
卻被稱為「中國人」

　　儘管這尷尬裡含有幾許酸辛和苦澀，但它正說明了：水就是水，無論落自天上，流入河中，還是盛在什麼容器裡，形態可以變化，本質卻不會改變。正因為如此，當月曲了在南方千島間的芒果奇香中被烈日曬黑了皮膚，還是會被人就輕易追認出來，所依憑的只是「今夜木桌上的一壺茶／我在茶中／等江南的春曉」（《固定的方向》），同樣，曉陽以為自己「嘗慣了芒果與椰子的滋味」，「薰沐在茉莉花的馨香裡」，便「在這個可愛的國家紮下根」，但他內心深處不能忘卻的還是「在那北方，也有一個／日益茂盛的家園」（《思源》）。這是一種文化的凝聚和區分，也是對血緣和鄉土的一份永遠的牽念。漂泊異邦的遊子，都能從自己身上的秉性和牽念中，找到自己生命的根和文化的魂。
　　文化尋根的主題，便最先從自己生命裡展開它深長的意蘊。

四

　　當海外遊子強烈的尋根意欲，從自身向外輻射，便是懷鄉，一種攝魂奪魄的故國家園之戀。
　　懷鄉是遊子的專利。它的基本形態是與母土疏隔日久，而喚起對曾經生於斯、長於斯的故土家園的思念。這裡是親人聚居之地，骨肉親情的牽念是永遠割捨不斷的感情脈流，因而懷鄉的主題，往往同時還是親情的主題，尋求溫馨的人際關係；這裡也是曾經凝結自己一段人生記憶（大都是童年，或者青少年）的地方，時空的距離滌洗去一切不快的經歷而留下美好的憶念。當漂泊異鄉他邦的華僑無法排解不時湧來的孤獨感，流離感時，懷鄉便成了遊子精神的避難所，是一劑療治心靈創傷的良藥。因此懷

鄉的主題還是一個尋找精神家園的主題。這裡還是父祖之邦，祖
國的貧弱富強，縈繫在海外遊子的心頭。因此，懷鄉的主題不僅
僅只是一種鄉土感情，在更大的意義上是表達對祖國和民族摯愛
感情的主題。這是對一種美好人生境界的嚮往和對自己故土家園
美好的祝願和期待。當懷鄉從事實的層面進入到精神的層面，便
帶來了這一主題文化內涵的豐富性。

　　這是菲華詩歌表現得最為充沛而感人的一個方面。

　　在這個意義上我們來讀柯清淡的「返鄉詩」，便能深入一步
理解其中的蘊味。這位「少小離鄉老大還」的「番客」，自然含
有當年賀知章返鄉的感慨。但他不僅止於「兒童相見不相識」的
那種歲月悠忽的興歎，還有一份尋找自己靈魂歸宿的心靈悸動。
他渴想吃一頓「咱們田間收成來的番薯粥──用祖父盛過的粗花
碗」，「免再燙傷我童年的掌心」；希望能在家山的小徑上辨出
「童年的小腳印」，從村前的曬穀場找回「斷綫的小風箏」，在
皺紋布滿的臉上，認出當年輕步走出花轎「美得像朵紅花的慶
嬸」……這份對於生育過自己的鄉土銘骨刻心的愛，使他的心
「掉落在家園的番薯溝裡」，靈魂「困留於童伴的眼神中」，而
信誓旦旦地許願若有來生，還要轉世在這塊土地……（《歸心組
曲》）。作品感人的力量，首先來自詩人對於故土深刻的愛，這
是歷代海外遊子的一份感情積澱：從個我的鄉土之情，昇華為對
於祖邦的民族之情。因此他以出塞的王昭君為「我的新姓名」，
「要借長城的悲風」，將「一曲現代的《出漢關》」，「貫入神
州億萬耳朵」（《返塞曲》），擔心「過番」日久，「五千年的
炎黃史冊啊/能否容許我這「番客」／在冊角簽下中文姓名？」鄉
愁成病，只有一帖《靈藥》能解「海外華夏遺民」的心疾，當登
臨長城──這中華民族的象徵：

　　　雙手摟抱住──

　　　城頭的蒼石
　　　鼻孔嗅吸著——
　　　石苔的滋味
　　　我自幼身罹的相思痼疾
　　　竟
　　　霍
　　　然
　　　而
　　　愈！

　　柯清淡筆下這份淋漓酣暢的故國家園情結，在許多菲華詩人的篇章中，都有極為動人的體現。丁香山以一顆「遊子的心」守候「五月的夜空」，從那一陣緊接一陣的風聲雨聲裡，聆聽「母親的歎息」和「妻子的淚」（《五月的夜空》）；王勇「用孩子讀不大懂的／家書剪一輪滿月／貼在床頭的玻璃窗上」，竟能驚見，「淡黃的月光／把窗口的漢字／照活了起來」（《月下漢字》）；和權感歎「華僑的月／不是一輪滿月」，因為它「被窗外一條電話線／分割成兩半」（《中秋》）；面對鄭和遺下的一口三保井，月曲了說，「他們都有一條鄉愁／長長的／可以汲水」，唯他沒有，因為「我的已用於／捆紮沉重的行李／準備回家⋯⋯」（《三保井》），徬徨在「歸去」、「不能歸去」之間，江一涯擁有的「白髮他鄉」的焦慮，是羈旅天涯的遊子最難排解的一個心結，而相約「在故里百花怒放的春天」，便成為遊子心上朗照的一輪朝暾⋯⋯

　　多姿多采的懷鄉詩，最大能量地釋放出菲華詩人的才華與情志，是菲華詩卷上最為動人的一頁佳構疊出的篇章。

五

　　華僑和華人在菲律賓的定居，必然面臨著文化的承傳問題。美治時期曾經允許華人辦學，並自設課程、課本和延聘教師，促使本世紀上半葉有大批飽識之士過海任教，推動了中華文化在菲的衍播。戰後世界政治格局的變動和獨立後的菲律賓推行本土化政策，使五十年代至七十年代中菲傳統的歷史交往遭到阻隔，華文教育也受到挫傷，在這種情況下日益西化和菲化的華人第二代、第三代，對於母國文化的認識也逐漸淡漠下來。文化薪傳上出現的代溝使華僑和華人中的有識之士充滿了憂慮。在某種意義上也可以說，文化尋根在菲華社會的重新掀起，也緣此而來，

　　陳默的《出世仔的話》寫的是菲華通婚後的下一代對華族文化的接受問題：「妹妹初上幼稚園／爸爸考她認字／寫了個『人』／她說『TAO』／爸爸摟著她／親了又親」，然而到了「學期終／爸爸又寫了／『中國』／她茫然搖頭」，這不能不使做父親的深感憂慮——

　　　　爸爸雙手蒙住臉
　　　　喑啞著聲調：
　　　　「學『人』倒學得好
　　　　怎麼『中國』就學不來？」

　　未上學能懂漢字，上了學卻變得不懂了，顯然是教育問題。而父親的感慨裡語帶雙關，「怎麼『中國』就學不來」的「中國」，不僅是所指的漢字，也是能指中更具廣泛意義的中國文化。這種文化承傳上的隔膜在明澈的詩《紅柿》裡，同樣具有一欲說無言的悲慨：孩子把父親三番五次告訴他的「紅柿」的名

字，一再說成「甘馬的示」，這使父親感傷地想到：

> 出世仔的紅柿
> 不知是誰帶來的種子？
> 也不知他的親生父母是誰？
> 粉紅的皮膚，幼嫩的肌肉
> 真是一個漂亮的「混血兒」。

　　如果說作為血緣融合的「出世仔」，本身就是兩種文化交融的產物。忙於外務的華人父親往往只能將子女教育交給菲籍的妻子，其所帶來對中華文化承接的阻遏，還有其客觀原因，那麼這種情況出現在純粹的華人家庭，就更引起父母的憂慮和深思。月曲了在副題為「教兒子讀《滿江紅》」的詩篇《考試前夕》中，寫的就是父子兩代人文化承接的不同觀念。岳飛的《滿江紅》是老一輩華僑教育子女認識中華人文精神、培育愛國感情的一份傳統教材，然而到了現在，岳飛的凌烈壯懷已經很難引起後代的共鳴了。儘管有「喝熱茶的」父親盡職地「為兒子竟夕解釋／古人的豪情與壯語」，「喝冰凍汽水的」兒子卻「在書桌旁頑抗著」，讓「西洋壁鐘／一聲敲一聲／敲落滿室邊城的睡意」。詩人在沒有戰爭也非邊境的家中，描繪了一場不亞於戰爭的文化爭奪：

> 忽聞戶外蟲聲四野
> 漸似金兵又犯境
> 猛推窗
> 手在前塵裡
> 月在塞外
> 而門前的圍牆已朦朧

朦朧如國界
欄杆處
陌生草木擾人
盆盆的外國花窺探
風鈴搖痛著
寒露中的一則故事
憑窗望遠
山外無山
鉛筆短短指千里
兒子看不見
雨停當時
激烈的天色

「戶外蟲聲」、「陌生草木」、「外國花」等等意象所釀成的異質文化氛圍在詩人筆下，猶如當年金兵蠶食大宋江山，也在一點點在包圍和蠶食中華文化，而身處其境的兒子對這種文化對峙的「激烈天色」竟然「看不見」，就不能不讓詩人痛心疾首，憂慮滿懷。和權用南橘北枳的植物變異，來比喻這種文化承傳的潛在悲劇：

想到祖先
移植海外以前
原是甜蜜的
而今已然一代酸過一代
只不知
子孫們
將更酸澀
成啥味道

——《橘子的話》

對後代失卻文化自我指認的悲劇，在柯清淡的《居家猛驚》中，被提到這樣一個高度：當神洲傳來的鄉訊、國事，只換來兒女的茫然、冷漠，做父親的便不禁心寒自問：

黃帝的族譜上
還能有我一家人的名字

從反面提出的文化尋根的主題，在這一高度上生發開去，便更具有深刻的現實緊迫性和針對性。

六

和權在他的詩集《你是否觸摸到衣襟上被親吻的痕跡》的卷二《鄉愁，赫然在床上》前面，寫下這樣一段題辭：

你是一支習於孤單的狼毫，一支不折腰、不沾染塵垢、修挺硬朗的狼毫。一支心口肝肺，皆是儒家製造的狼毫，在亂焰裡，不為尋章摘句，卻是以測量山河有多深多長底苦難的狼毫。

一支為蒼生的安危而不眠，為流離的黎明而怨許，於天寶年間，草堂裡揮毫的狼毫。一支適足於驚風雨的狼毫。

不妨把這段「題辭」看作是詩人所繼承的文化傳統尊奉的文學價值觀和使命感的表白，是詩人對菲華文學積極參與社會人生的現實主義精神的概括。

這裡閃耀著的是中華民族傳統的人文精神的輝光。

以儒家思想為核心的中國文學傳統，十分強調文學對社稷、時代所承載的使命。「興觀群怨」的文學價值觀，哺育了一代代知識份子以天下為己任的憂患意識和剛直不阿的文化性格。這一文學精神和文化性格，同樣也潛移默化地成為海外知識份子的一面精神旗幟。

和權有一首詩《落日藥丸》表達他這種世界性的關懷：

> 憂思天下，或許
> 不是癌症一般的
> 難以治療
> 只要
> 伸手取來落日藥丸
> 就著洶湧的海
> 暢快地
> 送下喉嚨

詩人憂思於「一千年後」核子的災難、環境的惡化、愛滋病、肝硬化、香煙和酒精的消耗過量，以及「會不會還有晚霞任人仰望？夢鄉任人休憩？會不會還有月華？屋簷和炊煙？」等等人文精神的失落。憂思成病，而療治這雖「不是癌症一般的難以治療」的疑症，也只有把世界肩在心上。這種行天經地、掀海吞日的以天下為己任的浪漫主義氣慨，讓我們想起李白。而另一首詩《樹根與鮮鮑》，則讓我們記起「為蒼生的安危而不眠」的杜甫：

> 在遙遠的非洲
> 他們以皮包骨的手

　　在沙土裡翻找
　　樹根
　　在馬尼拉
　　我們以銀叉和銀匙
　　在碟子裡挑撿
　　鮮鮑

　　蒙太奇般的特寫鏡頭的組合，是杜甫名句「朱門酒肉臭，路
有凍死骨」的世界版和現代版。詩人立足海外，把中國傳統人文
精神的核心——感時憂世的憂患意識，擴大到整個世界和人類。
襟懷的博大，也如詩的意象之宏碩和聯想之廣闊。在這裡我們看
到，一方面是傳統哺育了詩人，另一方面又是詩人開闊了傳統。
文化尋根的主題不僅僅只是靜止的「根」文化的再現，還是能動
的「根」文化的拓展。
　　關懷現實的憂患意識是菲華詩歌最具社會價值的一部分。來
自坎坷人世的菲華詩人，總把他們的精神關懷投注在現實人生上
面，既表現為對現實弊端的針砭，也流露在對故國家園歷史遭遇
與未來發展的親切注視中。亞興智的《兩樣心情》，寫了同樣過
耶誕節，「有的歡樂盈盈／有的愁苦滿懷」的兩種不同景象，是
對現實貧富不均的抗議。而月曲了的《踏雪》，以詩人在富士山
的遊歷為背景，記下了一段複雜的情感：

　　富士山上踏雪
　　越踏越深入歷史裡
　　又見一隊日兵
　　在踐踏家鄉的雪
　　我把毛衣脫下
　　保護懷中妻小

　　讓自己的肩背
　　抵擋
　　寒風刺來
　　幾十年前的那排刺刀

　　詩人的聯想來自於對民族苦難的歷史記憶，表達的是他的一份至深至切的民族感情。面對軍國主義者妄圖篡改歷史的狂妄舉動，詩人充滿憂患的民族關懷和歷史提醒，對於國人和世人，當有深刻的警戒意義。

　　對傳統人文精神的繼承與弘揚，是在比懷鄉更深刻的精神層面上的文化尋根。它既是漫長年月文化哺育和積澱的自然流露，也是詩人對自己民族文化精神的執意呼喚，表現出菲華詩歌在精神血統上與中國文學深刻的聯繫。

　　當然這種深刻聯繫還表現在藝術層面上。中國詩歌歷史悠久的藝術傳統，從感受世界的審美認知特徵到傳達世界的審美體現方式，無不在菲華詩歌中留下深深的跡印。它既是在不同的文化碰撞中對民族文化本位的堅守和對它文化的吸收，同時也是在文化的歷史演進中「現代」對「傳統」的啟動。其藝術方式上的複雜的辯證關係，當是另外一篇文章的題目。

1997.6

論《過番歌》的版本、流傳及文化意蘊

一、《過番歌》的發現及其異本

　　《過番歌》是十九世紀末、二十世紀初流傳於閩南、臺灣及東南亞華人社區的一部閩南方言長篇說唱詩。六十年代初,原籍荷蘭、後在法國從事東方文化研究的施博爾教授,利用到臺灣考察道教科儀的機會,廣泛搜購流存於民間的俗曲唱本。1965 年 10 月,他在《臺灣風物》15 卷 4 期上發表了《五百舊本歌仔冊目錄》一文,記載他所搜集的部份俗曲唱本,引起文化界的極大關注。《過番歌》即為其目錄所開列的一種。

　　這部搜集自臺灣的《過番歌》唱本,全稱是《新刻過番歌》,為豎排木版刻印。封面右上角署有作者名字:「南安江湖客輯」,左下角是出版者:「廈門會文堂發行」,未署出版年份。全文 344 行,每行 7 字,用閩南方言撰寫。它敘述清末南安縣境一個窮困農民,為環境所迫,漂洋過海到「番平」(新加坡)謀生的艱難過程,是一部適宜用閩南俚曲小調演唱、帶有勸世意味的通俗唱本。

　　1989 年秋天,法國社會科學研究所的蘇爾夢教授帶著這部《過番歌》找到筆者,尋求閩南方言的注釋和翻譯。隨後筆者與蘇爾夢教授及其夫婿、法國遠東學院的著名漢學家龍巴爾先生一

道，前往《過番歌》產生和流傳的祖地廈門、泉州、漳州一帶調查，尋訪中發現與會文堂本《過番歌》不同的另外幾種刊本和抄本。其中較有代表性的有以下四種：

一、廈門博文齋於民國十一年（西元 1922 年）發行的石印本《特別最新過番歌》。

二、廈門周學輝搜集、校注，吳圭章編，安溪縣民間文學集成編輯委員會於 1987 年 9 月內部鉛印《過番歌》。

三、安溪吳圭章、楊世膺校正注釋，署名「安溪善壇鐘鑫著」，作為「善壇風物」材料之四，內部鉛印的「徵求意見稿」《過番歌》。

四、由新加坡林姓華僑於 1983 年帶回安溪，由縣僑聯陳克振收藏的手抄油印本《福建最新過番歌》。

以上四種刊本和抄本，廈門博文齋的《特別最新過番歌》與會文堂的《過番歌》幾乎完全相同，屬於同一類型；另外三種則與會文堂本有很大差異，為另一種類型。

説博文齋本與會文堂本「幾乎完全相同」，是因為兩種刊本雖一為木版，一為石印，但無論人物、故事、經歷、乃至唱詞都是一樣的。只是，一、會文堂本共 344 行，博文齋本只有 342 行。所少的兩行，係在第 63 行下脫落 3 行，而在第 89 行後增加一行。所增刪的這幾行，都不影響全文內容；二、博文齋本比起會文堂本有許多錯字，明顯是在抄版製作過程中的筆誤。此類訛誤數不勝數，僅第一頁 52 行中，就有 8 處錯字之多。如把「厝邊親堂勸不能」，錯成「厝乎親堂勸不通」，把「番平好趁咱無望」，錯成「番下好趣咱無望」等。根據筆者對閩南刻書歷史、會文堂和博文齋存在年代的調查，和對會文堂本與博文齋本的對比研究，可以判定，博文齋本的《特別最新過番歌》是在民國初年會文堂式微之後，將其先前刊行的《新刻過番歌》拿來重新抄寫石印的。目前發現的《過番歌》最早版本，仍為會文堂《新刊過番

歌》（參見拙作《過番歌及其異本》，載《福建學刊》1991 年第
6 期）。

　　尋訪中獲得的另外三個刊本和抄本，周學輝校注本和吳圭
章、楊世膺校注本完全一樣，它們實際上是一個本子，只是封面
署名不同。略有差異的是來自新加坡的手抄油印本。但這差異也
只在某些方言的用字上，而並無內容的不同。因此，這三個刊本
實際上是一個本子，或來自同一個母本。

　　值得注意的是周學輝先生在他的搜集校注本的「前言」中，
提到他曾將這首《過番歌》寄給新加坡鄉親，成為新加坡安溪會
館經常演唱的節目，後不脛而走，又為新加坡口述歷史館收藏，
並在電臺演播。據這段介紹，新加坡安溪會館演唱的《過番
歌》，和新加坡口述歷史館收錄的《過番歌》，就是周學輝先生
提供的這個搜集整理本。但是，新加坡手抄油印本的出現，又使
我們對這一推斷有所疑慮。據陳克振先生說，這一抄本是 1983 年
一位年逾花甲的新加坡林姓華僑回安溪探親時帶來的。比較這一
抄本和周學輝搜集校注本，只有少許差異：一、新加坡抄本比周
學輝搜集本多出 4 行無礙大局的唱詞；二、新加坡抄本一貫到底，
不加分節，周學輝搜集本則按內容分為「稟過父母」、「告別賢
妻」、「別家出門」、「渡海飄洋」、「到達實叻」、「往別州
府」、「返回唐山」七節，這顯然是搜集整理者後來所加。三、
新加坡抄本與周學輝搜集本的方言記錄方式有所不同。新加坡抄
本遇到某些與普通話意同音不同，且又無通用的方言字可以記
時，一般就用普通話的同義字來記。如第 14 行的」失志無面可見
人」的「可」字，在此處閩南方言讀作 Tang（「窗」的閩南話讀
音），新加坡抄本仍取其意記作「可」；而周學輝搜集本則記作
「失志無面窗見人」，用的是借用漢字的方言讀音法。類似的例
子還有許多。顯然，這一新加坡抄本不是周學輝先生提供給新加
坡鄉親和口述歷史館的那個搜集整理本，在時間上可能還要更早

一些。

　　吳圭章、楊世膺的校注本提出另一個重要線索，稱《過番歌》的作者為「安溪善壇鐘鑫」。楊世膺在附於唱本前面的《〈過番歌〉作者小考》一文中，對此作了專門考述。他的最重要而且直接的論據是：「土塘泰山保存的幾十年前《過番歌》的轉抄手稿，歌詞的末兩句是，『若問此歌誰人編，就是善壇鐘鑫仙』。」據此，他深入調查了善壇鐘鑫的後裔和鄉親，得知鐘鑫字文玉，1879年生，讀過六年私塾，22歲時迫於生計到實叻與檳榔嶼謀生，歷盡艱辛，兩三年後空手歸來。此後在家務農，常思過番時的辛酸，便編歌勸世。「每吟成一段，必向鄉親好友反覆吟唱，不斷修改」。至今善壇鄉親能唱《過番歌》的人還很多。對照《過番歌》，其主人公的經歷，出洋時沿途所經的路線、地名都與鐘鑫的經歷十分相似，由此進一步作出這一結論。遺憾的是，筆者在楊世膺先生的陪同下，曾到善壇尋訪，雖耳聆了善壇十數位五十歲以上老人吟唱的《過番歌》，卻未能看到土塘林泰山保留下來的那份寫有「若問此歌誰人編，就是善壇鐘鑫仙」的轉抄本和口碑中鐘鑫創作的另外一些山歌抄本，均被歲月淹沒而不得尋見。因此，鐘鑫是不是《過番歌》的最初創作者，目前尚缺少更有力的證據。

　　倒是會文堂本、博文齋本與另外發現的三種刊本和抄本有什麼不同，是我們所關心的。

　　無論會文堂、博文齋本還是新發現的三種刊本和抄本，所敘述的都是一個貧苦農民漂洋過海到番平謀生的艱難經歷，只不過前者的主人公是南安人氏，後者的主人公改為安溪人氏。因此可以依主人公的籍貫把會文堂和博文齋本稱為「南安本」，把後來發現的三種刊本稱為「安溪本」。比較兩者的差別，主要是：

　　一、在篇幅上，南安本344行（以會文堂本計），安溪本760行（以周學輝本計）。如果按照情節的發展，把全本分成「辭鄉

別親」、「過番途中」、「異邦謀生」、「返歸唐山」四個大段
落，可以看出，南安本描寫的重點在第三段「異邦謀生」上（157
行，占全文的 45%）；而安溪本描寫的重點在第一段「辭鄉別
親」上（276行，占全文的36%）。

　　二、南安本的主人公為南安縣人氏，因此唱詞中提到的地
名，是從南安離鄉出洋陸途所必經的路線。安溪本的主人公為安
溪人氏，唱詞所提及的，則是從安溪到廈門搭海輪途中的地名。
演唱者借助所經的每個地方來表現初離家門的漂泊者一步一回
頭、三步一感歎的離愁惜別情緒。兩類唱本的差別，不在於所表
現的主人公感情和命運的不同，而是由主人公籍貫的不同，而使
唱詞有了很大的變動。

　　三、在異域謀生的經歷上，南安本和安溪本主人公的遭遇也
有一些不同。南安本的主人公在初抵異邦後，過了一小段漂泊無
著的日子，在受盡工頭欺壓、老闆盤剝的苦力生涯中，小有積累
後受不住誘惑去看戲、嫖妓，甚至染上性病，幾至破產才有所收
斂，將辛苦累積的一點錢用來開店做生意，三年後積有數百元，
便把生意承盤返回唐山。他不算發跡的番客，但對比起出洋搭船
時的窮酸漢形象已是今非昔比了。相形之下，安溪本的主人謀生
異邦的境遇似乎更為不好。雖然他初出洋時，多少還有一點盤
纏。但抵達實叻後卻一直漂泊無著，先是去做「龜裡」扛炭背
米，沉重辛苦；繼而轉移到檳榔嶼，不幸又染上「船毒」。他是
被失望和鄉思所深深折磨而毅然決定返回唐山的。歸來時兩手空
空，充滿怨哎。兩種本子所反映的主人公在番平的生活經歷都是
真實的，具有不同的代表性。相比起來，南安本的主人公在番平
的生活經歷更長、更多樣，其所反映的彼時新加坡的社會生活和
經濟情況，要更豐富一些；而安溪本的唱詞大多在抒發個人的孤
獨、命運乖舛和強烈思鄉，其對彼時南洋社會生活狀況的反映，
就顯得較為單薄，但他從自己命運遭遇所流露的對過番的失望情

緒，則更濃烈。

四、南安本基本是演唱者的自述，行文比較簡潔緊湊，但也略嫌粗疏。安溪本受到戲曲的一些影響，則較為細膩，注意進行內心情感的抒寫和氛圍的渲染。

南安本和安溪本儘管有上述一些不同，但無論其主題、情節、結構到其勸世的創作和演唱的目的，基本上是一樣的，都從一個貧苦農民離鄉別親，遠涉重洋來到番平謀生寫起，再寫途中的思念和抵達番邦謀生的無著和失望，最後不堪鄉思的折磨而重返故里。其目的都在用「親身經見過」的事實，告訴人們：「番平好趁是無影」，「勸恁只厝若可度，番平千萬不通行」。因此，它們並非兩部獨立的作品，而只是流傳過程中出現的異本。

二、《過番歌》的產生背景及其流播

一部廣泛流傳的長篇民間說唱的產生，不可能是某個民間藝人偶然興至的才智噴發。作為社會生活和民眾文化心理的反映，它必然有著現實人生的社會基礎和逐步積累的藝術過程。

中國的海外移民史，可以遠推至唐以前。南宋以後，商品經濟的發展和造船航海技術的進步，以及沿海土地的大量開發帶來人口的遽增，移居海外已成為較為常見的現象。不過此時的中國，較之尚處於封建領主制或原始公社階段的東南亞諸國，居於政治、經濟和文化的強勢地位。最早的華僑大多是隨著宣揚王朝威儀和進行貿易的船隊，在途經地因種種原因留居下來的使臣、商人和水手。他們在留居國的社會地位，一般要優於當地的土著居民。

鴉片戰爭以後情況發生了很大變化。一方面是帝國主義的侵略，使中國陷入半封建半殖民地的黑暗時期；加之政治腐敗，戰亂不斷，災禍頻乃、農村破產，大量剩餘勞力四處漂流；而另一

方面,帝國主義對東南亞資源的掠奪性開發,使東南亞經濟獲得一定程度的發展。其開發所需的大批勞力,對中國沿海由於農村破產造成的失業大軍,具有很大的吸引力。中國大量的海外移民便出現於這一時期。其在僑居國的政治、經濟地位,當然與唐宋時期因宣威或經商而僑居的海外華僑,不可同日而語了。

在這一時期出國的華僑,主要來自廣東、福建兩省。據 1935 年的統計,閩粵兩省的人口合計 4400 萬人,而華僑達 780 萬人,約占兩省人口的 1/6;若再以兩省的僑鄉(廣東的四邑、潮汕、海南和福建的漳、泉、廈)人口對照,則要占 1/3 左右。再從新加坡的資料統計看,新加坡從十九世紀四十年代到二十世紀四十年代一百年間,華僑人口的增長在一百倍左右。以鴉片戰爭以後的二十年間(1840-1860)和辛亥革命以後的二十年間(1911-1931)這兩個時期增加速度最快。前二十年翻了三倍,從 1.7 萬增加至 5 萬;後二十年則以每年 1 萬人的絕對數字遞增(從 22 萬增至 41 萬)。這些華僑出國的原因,據著名社會學家陳達 1938 年在僑鄉對 905 戶華僑家庭的調查,由於經濟壓迫和天災而出國的,達 664 戶,占 73.38%;因原有的南洋關係而出國的 176 戶,占 19.45%,企望事業發展的 26 戶,占 2.87%,而由於行為不檢流亡海外的 17 戶,占 1.88%。新加坡華人學者楊松年在《戰前新馬文學作品描述的華工生活》一文中,借助文學作品描述主人公的經歷,對華僑南徒的原因作了七種歸納,其占首位的也是「家鄉兵匪騷亂,民不聊生,因此南來」。這些華僑的經濟基礎單薄,文化水準不高,謀生條件並不好。過番之後遭遇之坎坷,社會地位之低下,便也可想而知。據 1947 年馬來亞人口調查,260 餘萬華僑按其謀生手段劃分,90%以上是受薪者(工人)和個體勞動者,其所分布的職業大都在林場、橡膠種植園和礦山從事沉重的體力勞動,和一部分走鄉串戶的小商販及商店小夥計。他們常因為生活無著、謀生不易而失望返歸原鄉。這也是這一時期華僑流動較大的

原因之一。

　　這就是《過番歌》產生的那個迫使許多破產農民漂洋過海的背景，和大多數華僑漂落異邦之後困頓的人生境況。產生在這樣背景下的《過番歌》，便不能不含有太多的艱辛、酸苦和失望的人生慨歎，以至奉勸世人，「勸恁只厝若可度，番平千萬不通行。」

　　然而，從這樣的現實，到反映這一現實的長篇說唱的再現和流傳，其間有一個漫長的藝術積累的過程。在《過番歌》形成和流播過程中，以下幾方面的因素是十分重要的：

　　一、民間歌謠的影響。民歌作為民眾的情感寄託，是一種即興的、抒情的、因而也往往是比較短小的篇章。但由於浸透著人生的愛恨憂懼，便也成為時代和生命的記錄。一些與華僑生活有關的民間歌謠，從不同側面抒寫了漂洋過海謀生域外的這一族群的遭遇、感慨，和他們留居家鄉的眷屬悠長的思念。這些民歌以其抒情的特徵打動人心，但所有的抒情主人公同時也是敘事的主人公，因為在這些情感的抒發背後，都有一個基本的事件做背景。因此，這些只從某個局部和側面反映華僑及其眷屬生活的抒情短章，綜合起來，也可以看作是一首敘事的長詩，它們幾乎觸及了《過番歌》所有的生活內容和主題。大量反映過番題材的民歌的存在，是長篇《過番歌》產生的準備和基礎。因此也可以說，《過番歌》的最初作者，是眾多親歷異邦生活並深知其苦的「番客」，是僑鄉下層的人民群眾。

　　二、方言說唱的流行。閩南的民間方言說唱有兩種類型。一是專業藝人的說唱，如盲藝人的走唱，打拳賣藥的說唱，和沿街乞討的乞唱；二是群眾自娛性的演唱。由於專業藝人的演唱被視為不登大雅之堂，只能在下層群眾中進行；他們說唱的曲調，也大都來自民間的山歌、茶歌。因此他們對群眾自娛性的演唱，就有著直接的影響。從形式上看，這些來自民間的俚曲小調，經過

不同藝人的演唱，又發展成為他們有各自特色的「乞食調」（包括打響鼓、抽籤仔、搖錢樹、跳寶等）、賣藥仔説唱等，有時還揉合外來的民歌、曲牌如「蘇武牧羊調」、「孟姜女調」、「花鼓調」等，不僅為群衆樂於接受，還成為群衆自娛性演唱的方式。從內容上看，由於專業演唱的需要，民間藝人往往把四句一串的民歌連綴成為便於敍説故事的長篇説唱。依其內容劃分，大致有四類：

㈠根據小説、戲曲或民間故事改編的長篇説唱，如《昭君和番》、《陳三五娘》等；

㈡針對現實發生的事件編寫演唱的，有針對時事的，如《十九路軍抗日大戰歌》，有針對某個命案或災禍的，也有針對某些具有普遍性的人生際遇的（《過番歌》當屬於這一類型）；

㈢表現世俗風情，帶有勸世、諷喻或調侃的意味，如《戒煙歌》、《賭博歌》、《覽爛歌》、《打某歌》、《打尪歌》等；

㈣表現男女情愛的説唱。

這些故事通過專業藝人的演唱，和抄本、刊本在民間中流傳，便也成為民間自娛性演唱的內容。它自然也就會影響群衆性的民歌創作，逐漸由抒情短章過渡到長篇敍事説唱的創作。可以做這樣的推想，《過番歌》可能就是由某個熟悉僑鄉下層生活的民間説唱藝人，根據僑鄉有關的民歌和具體人的經歷整理編寫的；或者是由有著切身過番體驗的異邦歸來人，在有關民歌、民間説唱和唱本的影響和啟發下，依據自身經歷和周圍人的體驗編寫而成的。

三、刊本的印行。閩南的雕板刻書業，源自宋代。明弘治以後，蜚聲海內的建陽麻沙書坊，由於一場大火，所有典籍書板盡付一炬，自此一蹶不振，而閩南的刻書業卻異軍突起。彼時，刻書多與士途科舉結合在一起，大量刊行經、史、子、集、時務、策對以應讀書人士途之需。但因為閩南自南宋以來，經貿發達，

鴉片戰爭之後，廈門又闢為五口通商口岸，市井繁榮，居民眾多。書壇便同時刊印各種居家必備的醫書、曆書、風水、命相及話本小說、戲曲說唱等通俗小冊子，很受一般市井小民的歡迎。清末科舉廢除，供應士途之需的經史子集銷量驟減，書壇便轉向大量刊印各種話本小說、戲曲說唱和居家必備的通俗小冊子。刻書業的這一轉向，為民間方言說唱的創作和流行，提供了一個機會。彼時，書坊大都聘有一些文人，為他們捉刀編寫。這些隱姓埋名的落泊文人，或者根據傳統小說、戲曲編成唱本，或者從民間搜集已經流行的抄本整理加工，或許按照現實的需要自己創作。用今天的話說，他們是這些書坊的專業編輯和作者。廈門會文堂本《新刻過番歌》署名為「南安江湖客輯」，顯然是會文堂聘用的這個化名為「江湖客」的文人，從民間中或說唱藝人中流傳的《過番歌》輯錄而來，並加以整理定型，使這個僅具雛形的《過番歌》得以用刻本的形式，更廣泛地流傳。在《過番歌》產生、流播和異變的過程中，刻本的出現，是重要的一環。民間藝人的傳唱只在有限的地區流播，而刊印本的發行，則可以使它隨著刊印本所到之處流傳開來。同是閩南方言區的臺灣，自早就有這些書坊的發行處；而據廈門博文齋的後裔說，在博文齋的全盛時期，在馬尼拉、新加坡都設有分店，專售他們刊印的各種通俗小說和唱本等。因此，今天能在臺灣、新加坡找到《過番歌》的最早印本和抄本，便不奇怪了。

四、傳唱中的豐富和變異。刻本的刊行，擴大了原來依靠傳唱和手抄的說唱流傳的範圍。不同地區的演唱者和聽眾對明顯有著地區局限內容的不夠滿足，便會激起他們將自身經歷、體驗加入到唱本中去的創作衝動。異本便是在這種擴大流傳的過程中，由不同身份、經歷的演唱者、聽眾加入到創作中來的結果。有資料表明，清末民初，從廈門到南洋，要在海上漂行七八天。過番客便在上船之前，從街頭買一些通俗小說、唱本帶到船上閱讀、

演唱，以消磨時間。他們不僅把諸如《過番歌》等通俗唱本帶到
異邦，還從中體驗了來來的人生。後來，當他們經歷了《過番
歌》所描寫的那樣酸辛的異域人生之後，不僅感慨於《過番歌》
真實地表達了自己的不幸，還在不斷的演唱過程中，以自己的經
歷、體驗來補充、修正原本的不足，使之產生新的異本。安溪本
的《過番歌》可能就是這樣一次再創作的產物。如果楊世膺關於
安溪本《過番歌》的作者為鐘鑫的推斷大致可以成立，而安溪本
又較之南安本《過番歌》晚出，那麼，鐘鑫也只是在《過番歌》
流播和異變過程中，根據自己經歷、體驗，對原本《過番歌》進
行補充和修改，使之成為另一種異本的作者。如果這個推斷不能
成立，那麼，仍然會有另一個如鐘鑫那樣的有著異邦經歷的番
客，或者是民間說唱藝人，在這一異本的產生中發揮作用。這是
肯定的。

三、《過番歌》勸世主題的文化意蘊

對於辭鄉別親、漂泊異邦的華僑來說，從他過番的那一天
起，就注定要面對兩道人生難題：一、離鄉背井的親情疏隔和骨
肉離散；二、立足異邦的環境不適和謀生艱難。二者的背後，都
潛在著深刻的文化衝突。

具有一千多年歷史的中國海外移民，近代以來出現了一些深
刻變化。如果說，自唐至明的海外移民，主要是隨著宣揚天朝威
儀和進行海上貿易而出現的：那時客居異邦的使臣、商人或水
手，可以憑藉中國封建社會高度發達的生產力，而使自己無論在
政治、經濟或文化上，都比當時還處於封建領主時代的東南亞諸
國居於強勢地位。那時的文化衝突，雖然也存在著華僑自身所攜
本族文化與僑居國文化的差異和認同問題，但更多的還是表現建
立在先進生產力基礎之上的中華文化，對相對發展較為遲緩的東

南亞僑居國文化的影響。十八世紀以後，西方殖民勢力的東擴，
使這種文化對抗的強弱態勢發生了逆轉。十九世紀以來大批因生
活無著而被迫出洋的華僑——無論是被稱為「豬仔」的契約華
工，還是自由移民，相對於西方殖民勢力對東南亞的掠奪性開
發，己不代表先進的生產力。而大多出身於下層社會、以出賣勞
力作為過番謀生手段的華僑，也很難代表中華文化的精粹部分。
因此，體現在這一時期大部分貧苦華僑身上的，不僅在經濟上，
而且在文化上也處於僑居國的弱勢地位。為了謀生的需要和維護
自身的正當權益，初抵異邦的華僑大多投靠同族、同鄉而聚居一
處，慢慢形成了的以祖籍、方言、信仰為核心的華人聚居區。繼
而又從宗親鄉社的性質發展成為具有行業性或政治性的華人社
團。而許多小小的華人聚居區聚合一起，又形成了孤島般存在於
異域社會中的「唐人街」或「中國城」。在這些漸成規模的華人
地區中，保存著濃厚的中華文化傳統和生活習俗，把部分華僑一
定程度地與異邦文化隔離開來，減緩了與異質文化衝突和融合的
力度和速度。但從另一方面說，華人社區的存在也延伸著國內固
有的經濟矛盾和文化衝突，使謀生異邦的華僑，實際上處於更為
複雜的兩種文化衝突的交錯之中。既無可避免地要面對異邦環境
的文化包圍，又要面對來自華人社會傳統文化固有的種種矛盾。
二戰以後，掙脫了殖民勢力的東南亞諸國相繼獨立。最初只為謀
生而過番的華僑，相當一部分由於各種種原因而長期定居下來。
在雙重國籍問題得到妥善處理以後，獲得所在國國籍的中國移
民，便歷經了從「華僑」到「華人」或「華族」的歷史性變化。
本自中華文化的「華人」或「華族」文化，與所在國文化的差
異、衝突、認同和融合問題，便成為當代世界華人社會的一個普
遍性問題被尖銳地提了出來。
　　當然，產生和流傳於十九世紀末、二十世紀初的《過番
歌》，其所反映的文化矛盾，主要並不是中華文化與異域文化的

衝突和相融的問題（儘管它多少也包含了這一文化意蘊）。作為一個世紀前過番華僑的生活實錄，它主要是在表現離鄉背井的華僑所面臨的疏離親情的情感壓力，和謀生異邦的艱難不易來增強其固守故土的勸世主題。

中國是一個以儒學為道統的建立在自足經濟基礎上的宗法社會。自給自足的小農經濟，強調了人對土地的依賴；而以綱常倫理為核心的儒家傳統，又強調了對宗親血緣的歸附。它們共同地形成了中國人頑固的文化心理：安土重遷。中國的許多格言、俗諺，如「父母在，不遠遊」，「在家千日好，出門時時難」，「金窩銀窩，不如自家的草窩」等等，都從各個側面強調了這種固守家園的文化心理，甚至成為一種約定俗成的行為準則和規範。中國傳統的知識份子向來以「忠君」和「孝悌」作為自己人格完善的兩大目標，然而兼具濟世之懷的知識份子，常常不能忠孝兩全。為了忠於最高的「家長」——君，知識份子必須離鄉別親奉宦外省或戍守邊關。而強烈的「家園」意識使這些為謀求功名、建功立業而離鄉別親的知識份子創作了大量感人至深的「遊子詩」、「鄉愁詩」，成為中國文學的一個傳統的文化主題。它反過來又深深地影響著深化著一代代人的文化心理。產生於民間又經過文人加工整理的《過番歌》，自然也接受這一社會文化心理的渲染。

然而《過番歌》所表現的是另一種人生現實。番客的離鄉別親，不是傳統知識份子的謀求功名，而是生活的窮困所逼迫。「侵欠人債滿滿是，被人辱罵無了時；年年侵欠人錢米，咱無傢伙受人欺。那是不敢出外趁，欠債何時窗還人。」「幾年光景恰只歹，侵欠柴米獪得來。四面無處窗擺借，一暝獪困想東西。」（引自安溪周學輝注釋本，下同），這是《過番歌》主人公出洋前反覆向其父母和妻子秉告的理由。儘管父母和妻子以「如今二人年又老」和「但礙未有男女兒」等傳統大義，和「出外受風又

受寒，不如咱厝翻田土」的艱難，以及「甘心一日食二頓」「田螺含水過三冬」的自甘刻苦盡守的人生態度相規勸，但終於無法抵禦經濟壓迫的現實所造成對於傳統儒家道義的背離。《過番歌》主題文化衝突的蘊義首先表現在這裡。

傳統的「安土重遷」觀念是農耕文明背景下內陸型文化的產物，它和近代工業文明影響下向外拓展的海洋型文化構成了鮮明的文化差異。不能説《過番歌》的主題有著這一層文化衝突的意義，因為《過番歌》所詠唱的主人公的文化形象不足以代表十九世紀以來一批銳意向外發展的改革進取人物。但《過番歌》主人公所產生的這股浪峰疊起的海外移民潮，卻是釀造新型革新派人物的溫床。把《過番歌》作為這股海外移民潮的一種反映，不能不從中也體味到這一文化衝突的某些韻味。

值得深究的是《過番歌》雖然從經濟逼迫的現實角度，提出了無法安守傳統禮法觀念的文化衝突命題，但綜觀整部作品（或演唱者）都是站在維護傳統禮法的立場上，以「親歷」的現實對離鄉別親的過番行為提出規勸，從而形成了「勸恁只厝那可度，番平千萬不通行」的勸世的主題。這雖然有著現實的依據，因為對於絕大多數的華僑來説，人生地不熟的異邦文化環境的差異帶來的謀生的艱難，和異邦殖民地經濟的殘酷剝削和社會不平，使許多懷著改變生存境況的夢想而漂洋過海的華僑，不得不在歷經一番人生拼搏之後空著雙手失望而歸。這是絕大部分華僑用自己生命寫就的血淚史。然而當《過番歌》的作者（演唱者）演義這段歷史時，往往把它歸於命運，「富貴貧賤總由天，我今死心不欣羨，」並且透過謀生的重重艱難的描寫，以對故鄉和親人刻骨折磨的思念為招引，呼喚遠去的親人歸來，勸阻身邊的親人別再重蹈漂洋過海的覆轍，安心固守家園聽從命運的安排。《過番歌》以經濟逼迫突破觀念束縛的文化衝突的命題為開篇，又以對傳統觀念的固守化解了經濟造成了文化危機。《過番歌》文化主

題的提出及其無法解決的歷史局限性，都是那一時代的現實所使
然的。作為後來者的我們只能辨析其所寓蘊的文化意味，而無須
超越時代地去拔高它。

分流與整合：
二十世紀中國文學的整體視野

一、臺港澳文學的重新「發現」

　　八十年代以來的當代文學研究，其一個重要方面的收穫是注意到了在大陸之外，還有著另外一個無論在運動方式或表現形態上既與祖國文學有千絲萬縷的關係，又呈現出與大陸文學明顯不同的臺灣文學、香港文學和澳門文學的存在。

　　這是一個長期被我們忽略了的文學事實。

　　當然，臺灣文學、香港文學和澳門文學的存在，並不自八十年代始。它們都有著一個世紀以上的發展歷史。臺灣文學自十七世紀中葉明鄭時代開始，以因風自福建漂至臺灣受到鄭成功禮遇的沈光文為發端，與當時鄭氏麾下的一批文化人如盧若騰、徐孚遠、沈佺期、張煌言、許吉燝等結社酬酢，吟詠著述，播撒中華文化的種子，以傳統的詩文形式，為臺灣文學奠基。澳門文學也在明清交替之際的十七世紀中葉，以其逸出大陸政治渦漩的特殊社會環境，成為一批以遺民自處的明末文人避難與圖復再起的幽居之所。在普濟禪院以大汕和尚為核心，薈聚了跡刪、張穆、翁山、澹歸、獨漉等人，留下大量詩文，成為澳門文學最早的發祥

地。香港文學的出現雖略晚於臺灣、澳門,但在十九世紀中葉開
埠以後,隨著華文報刊的出現,載於副刊上的詩文政論、小品隨
筆、艷史粵謳,乃至鴛鴦蝴蝶派的小說,展示出香港文學最初的
形態。因此當五四新文學運動登高一呼,便很快就在臺灣、香港
(澳門略晚一些)得到回應,於20年代中期緊隨五四步武揭起新
文學革命的大旗。積年以來,與內地互通聲息,密切交往,甚至
在一個時期裡(如抗戰時期的香港),思潮文運,還互相延伸疊
合。大陸與臺港澳地區文學的疏隔,源於這些地區為外來殖民者
的割據和中國社會的局部碎裂,特別到五十年代以後,由於社會
發展的不同,而更趨明顯。其中複雜的政治與意識形態原因,自
是首要的。隨著這些政治因素的逐漸緩解,到了八十年代,臺港
澳文學才重新被注意,或者說才被重新「發現」,並且引起重
視,誘發了大陸當代文學研究的一系列思考。

　　這既是一種視野的擴大,也是一種觀念的改變,它帶給當代
中國文學研究的,並不簡單只是一個量的增加,而是一種結構性
的變化。一方面,我們以往數十年的現當代文學研究,只是對於
大陸文學的研究,嚴格說來不是全部的中國文學。臺港澳文學的
重新進入研究者的視野,它所提供的是逸出大陸文學發展軌跡之
外的另一種文學存在。忽略了這一部分文學存在,就不可能說是
對於中國文學的全面描述與研究。另一方面,臺港澳地區是中國
社會歷史發展中遺留下來的疏隔於大陸的「碎裂」的空間。它給
根植於中華文化傳統的臺港澳文學,是不完全相同於大陸社會的
另一種文學生成與發展的環境。異質文化的衝擊和滲透,現代都
市社會的出現與發展,文化工業的崛起與膨脹,文化消費觀念的
形成與普及,等等,都在改變著我們傳統的文學形態觀、價值觀
和功能觀。因此,當臺港澳文學進入現當代文學研究者視野的同
時,也必然地帶來研究者某些觀念的改變。正是在這樣的背景
下,臺港澳地區都出現了一批重要的作家和作品,是對中國文學

發展的豐富和補充。事實說明，只有整合包括臺港澳文學在內的
二十世紀中國文學研究，才可能描述和概括出二十世紀中國文學
發展的全貌：它的全部運動方式、存在形態和歷史經驗。

　　臺港澳文學重新進入研究視野，它還帶動了另一個觀念的形
成。由於臺港澳作家在世界各地的頻繁流動，使這一部分移居海
外的作家獲得了多重文化身份，既是中國的，又是臺灣或香港或
澳門的，還可能是移居國外的。由對他們的研究而關注到歷史上
隨同中國的海外移民而在世界各地廣泛存在著的海外華人及其文
學創作，由此而逐漸形成了一個相對於英語文學、德語文學、法
語文學、西班牙語文學、阿拉伯語文學的世界性的漢語語系文學
（或稱華文文學）的概念，並致力於將它作為一門獨立的學科來
建設。這一概念的設定，形成了一個梯次清晰的研究體系。這是
一個同心圓。它的圓周中心是中華文化，由圓心拓展開去，它的
最內一圈是中國文學，包括大陸和臺港澳文學；再外一圈是世界
各個國家和地區用中文作為表述工具的文學，如東南亞華文文
學、歐美華文文學等等。但值得注意的是作為最外一層文化圈的
海外華文文學，同時還疊合著另一個所居國的文化圈在他們的撞
擊和交融中，成了海外華文文學的獨特的文化存在。因此華文文
學在關注中文做為表述工具的語言形態同時，更其重視的是文字
符號所承載的中華文化內涵及其在世界範圍多種文化的不同語境
中，所出現的交會、衝突、融攝和變異。

　　在肯認這一梯次清晰的研究系統之後，我們便獲得了一個更
大的視野來為我們的研究對象定位，同時也必須對這多重空間複
合存在的世界華文文學和中國文學的諸種現象，給予合乎文學發
展規律和歷史實際的解釋。本文所嘗試的，就是企圖運用文學矛
盾運動的規律，對二十世紀中國不同空間的文學存在，作一初步
的說明。

二、文化命題和歷史命題的遇合

文學作為文化的象徵體系和形象載體，在潛隱的層次上寓蘊著文化變遷的內容和軌跡。因此，文學的發展也和文化一樣，不是單一的、線性的、遞進和替代的，而是如植物的分蘗那樣扇面地、多元地展開，體現著人類在認識世界和藝術地把握世界的方式，日趨豐富、複雜和多樣。因此，分化（或曰離析、分流）和整合，是文學存在和發展的一種普遍的生命形態和基本的運動方式。

從共時性的層面看，不同藝術個性、風格、傾向、流派的文學，他們彼此之間的分化和整合，在充分體現作家對文學這一精神產品的個性創造同時，又維繫著文學整體架構的均衡和張力，使文學始終處於活躍的生命狀態之中。而從歷時性的發展看，每一個時代的新的文學，或新的文學思潮，都是從舊有的文學母體、或舊有的文學思潮背景上，離析分化出來，又在融攝新的文化因素和體現新的時代精神的要求上，整合建構成適應這一時代發展需要的新的文學，從而保持文學傳統的延續和更新。它既是文學內部運動的結果，也受制於文學外部環境的推動。內因和外因交錯地作用於文學，便使文學在不斷的離析與整合中，呈現出繁富多彩的景觀。

這是我們用來考察文學運動的一個基本的理論出發點。

從文化哲學的角度看，分化和整合，是文化矛盾運動的兩極。不斷從主體文化分蘗出來的體現新生階層活動特點和精神訴求的次生文化，一方面給由傳統承襲而來的現實文化秩序，帶來衝擊和破壞，另一方面又在打破固有文化的一元格局，調整價值系統，擴展新的文化行為和文化方式等方面，給傳統文化的更新帶來新的可能和契機。在文化運動中，只合不分雖可帶來高度穩

定的秩序，卻可能失去變化的活力；而只分不合，次生文化在價值取向上對主體文化的抵牾和反叛，卻可能造成社會的長期震盪，也不能帶來文化的更新和繁榮。因此，分化和整合，是文化矛盾運動的完整過程。它們之間的孳生、對峙和轉化，構成了文化發展的張力和動力。

　　二十世紀中國文學的發展，在整體意義上體現著中國從傳統的農業社會向現代的工業社會轉型的文化精神。文學的現代性，實質上是文化的現代性——即從傳統的農業文明向現代的工業文明轉化的進程。二十世紀的文學發展，無不浸淫著這一文化變遷的靈魂與脈跡。這是文化變遷的文學體現，也是文學發展中一道揮之不去的文化命題。

　　然而，出現在祖國大陸和臺灣、香港、澳門百餘年來，特別是近半個世紀以來的文學的分流，主要不是由於文化的分化，而是社會的分割。這是近代以來中國歷史的特殊遭遇和曲折，留給一個統一完整的國家和民族的傷害。中國社會局部地區的分割和疏離，使秉承著共同文化／文學傳統的文學，在這些被分切的地區出現分流。這是歷史逼迫文學接受的一種事實，是與文學分化的文化命題相對應的另一個歷史的命題。

　　但事情的複雜性還在於，分割和疏離之後，文學生成和發展的社會文化環境，也呈現出不同的形態，並影響文學，使分流之後在不同地區發展的文學，雖然擁有共同的民族文化和文學傳統作為自己發展的基礎，卻因不同社會文化環境的影響而呈現出不同的形態和進程，有著各自不盡相同的新的文化內涵。這又使最初造成文學分流的歷史命題，重新成為一道文化命題。

　　二十世紀——特別是中葉後中國文學的發展，便是在這樣複雜的歷史的命題與文化命題的交錯遇合中，曲折進行，呈現出多元的形態和軌跡的。對於文學因社會外力的分割而帶來分流發展的歷史命題的考察，同時也應當是對於社會分割之後文學自身新

質發展的文化命題的考察,這是一個問題的兩面。是一分為二
(多),而又合二(多)而一的辯證過程。通過對於文學分流的
考察,旨在建立一個能夠整合所有分流地區文學創造和經驗的二
十世紀中國文學的整體視野和架構。

三、特殊的文學進程與形態

分流是脫離文學主體發展軌跡的一種特殊的運動。因此,我
們考察文學的分流,主要看其有沒有形成不同於主體的獨立的文
學進程和特殊的文學形態。在這個意義上,一方面來自外在因素
的社會割裂或疏隔,是造成文學的分流的原因之一;但另一方
面,社會的割裂或疏隔,也不一定就立即造成文學的分流,如果
母體文學在這一被分割或疏隔的地區,仍保有強大的影響力,並
依然主導著這一地區、這一時期文學的發展,使這一被割切或疏
隔地區的文學發展,基本上仍涵納在母體社會的文學運行軌跡之
中,而不呈現出自己獨特的進程和形態。那麼分流並不存在,或
者不成為這一時期文學發展的主導因素:整合仍是矛盾的主要方
面。逸出文學母體運行軌跡之外的獨特形態和進程,是我們考察
文學分流的主要標誌。

香港文學的發展,最能說明這一情況。

香港的割置,使中華文化在香港的發展,處於西方文化的衝
擊之中。不過,香港社會人口結構的主體是中國人,中華文化相
對於當時作為港英殖民當局文化象徵的西方文化,乃是香港社會
植根和發展的基礎。香港這一特殊的社會地位,使它往往既逸出
中國政治變動的中心,留出一隙邊緣的空間,成為在內地激烈政
治、文化鬥爭中一部分政治家和文化人的避居之所:又時刻從邊
緣的地位,對中心的政治、文化鬥爭,發出更為強勁的聲音,成
為政治家和文化人的重新發難之地。這一狀況使香港在二十世

前半葉幾乎完全糾葛在中國社會的政治、文化鬥爭之中。五四運動初期國粹派在香港出版的《文學研究錄》上的集結，和新文學藉報紙副刊在香港的傳播，可以看作是內地新文學革命在香港的延伸。因此這一時期，香港雖為英國殖民者所割據，但香港文學的發生和發展，依然涵納在中國文學的發展軌跡和整體框架之中，而不具有自己獨特的進程和形態。二十年代中期至三十年代上半期，一代香港本土的作家開始出現，並尋找以文學來表現香港社會的特質，但很快就由於三十年代後期抗戰的爆發和四十年代中期國內革命戰爭的開始而中斷。兩次內地作家南來，並主導著香港文壇的發展，使這一時期香港文學，幾乎完全融入或疊合在中國文學三四十年代的發展軌跡之中。因此，二十世紀的上半葉，香港雖然處於和自己母體社會分割的狀態，但並未造成香港文學脫逸出母體而走上分流的道路。香港文學的分流，主要是五十年代以後。不同的社會形態和政治意識，不僅使香港與內地政治、經濟的互動和文化交往大大減少，也使兩地文壇的互通凍結起來。五十年代以後的文壇，最初是由一批帶有較為鮮明政治傾向的，對新中國政權持反對或疑慮態度的作家所主導，實際上是四十年代所謂「國統區文學」和「解放區文學」的對峙在香港的延續。但六十年代後期以後，隨著內地來港的這批文化人影響力逐漸削弱，而在香港文化背景上與這座國際化的現代都市同步成長起來的一批青年作家進入文壇，他們肯認自己香港本土的文化身份，和刻意創造具有香港文化特性的文學追求，才使香港文學呈現出自己獨特的進程和形態。中國文學在香港的分流，在這一時期才軌跡清晰地逐漸發展成為一種自覺的文學浪潮。

臺灣文學的狀況相對要複雜一些。

從明鄭時期發端的臺灣文學，本來就一直在母體文學的運行軌跡之中。清統一臺灣之後在臺灣設立府學和開辦科考，進一步把臺灣的文化教育和選拔人才制度，納入中央的體制之中。嘉慶

以後，移民後裔的知識份子在臺灣成長起來，與這一時代宦遊臺
灣的大陸文人共同推導著臺灣文學的發展。甲午之後，臺灣割
讓，民衆連年不斷地從武裝鬥爭到文化抗爭，進一步在臺灣掀起
一個讀漢書、寫漢字、做漢詩的民族文化運動，使割讓初期二三
十年間的臺灣文學，並未完全脫離母體文學的軌跡發展。其間經
歷的五四新文學運動在臺灣的回應，也是緊步五四後塵，以五四
的理論旗幟、文體範式和語言策略，作爲向舊文學發起攻擊的武
器和建立新文學的支柱。但迥異的因素也同時存在。一是日本殖
民當局意識到血腥手段難以徹底征服臺灣民心，從武裝鎮壓轉向
文化懷柔，領臺的一批日本人士出於對漢詩的喜愛和對知識階層
的寵絡，參與了漢詩的酬酢和推廣，使一些臺灣詩人筆下傳統漢
詩所崇揚的民族精神開始變質。二是隨著日本侵華的步驟日益加
劇，對臺灣進行強制文化同化的「皇民化」政策也浮出水面，罷
竭漢學、取締漢文，迫使一批作家不得已使用日文寫作；也有一
些作家喪失民族人格爲「皇民文學」效力，使這一時期的臺灣文
學脫離了母體文學的軌道，呈現出另一種特殊形態。即使在這種
情況下，臺灣文學依然和母體文化和文學存在著割捨不斷的聯
繫。它提供了在異質文化強制同化的背景下，作家被迫用異國語
言來描寫母體文化，強調民族精神的一種特殊的文學情景。賴
和、楊逵、吳濁流等作家的文學存在，就是傑出的代表。他們依
然是中國文學，是中國文學在一種困逆情境下的存在和發展。

　　抗戰勝利以後，隨著臺灣重歸祖國懷抱，臺灣文學再度匯入
祖國文學的洪流。內地作家的參與使 1945-1949 這大約四年間的
臺灣文學，無論在實際創作或理論建設上，都呈現出與祖國文學
整合匯流的良好態勢。然而這只存在很短一段時間。1949 年國民
黨政權撤遷臺灣。臺灣文學進入另一個與祖國大陸隔絕、對峙的
時期。這是歷史發展的曲折造成中國社會的分立再次帶來臺灣文
學與祖國文學的分流。儘管五十年代初期，臺灣國民黨當局高唱

反共的「戰鬥文學」，仍是四十年代後期在大陸文藝政策的延續。但在五十年代興起的從詩到小說，從文學到藝術的現代主義運動，既有著屬於文學自身藝術發展的世界文化思潮的影響，也不無是對於這種極端政治化的文學八股的背棄與叛離，以走入內心的對現代人生存困境和心靈奧秘的籲請與探索，來規避現實政治對文學進行反共宣傳的教條規定。它延續和發展了五四文學中那一部分被五十年代以後大陸的文學發展所忽視和否定了的現代主義傳統，從而使臺灣文學以迥異於同期祖國大陸文學的形態，進入了一個重要的藝術發展時期。此後經過鄉土文學論爭的反正，現實主義文學以立足本土、關懷人生為基點，形成了具有本土特徵的文學發展；而隨著都市化進程和現代資訊的發展，新生的都市文學一躍擁有最大的都市文化消費人群和年輕一代讀者。這一切使五十年代以後的臺灣文學，以其肇始於社會分立所帶來的文化發展的特殊趨向而呈現出不同的進程和形態，成為中國文學發展上因歷史命題和文學命題的遇合而造成分流的典型例子。

　　澳門文學的發展有其特殊性。儘管澳門有著四百年葡萄牙管治的歷史，但除了在中國社會朝代更迭之際（如明末清初和清末民初），因內地文人寄居而使文壇熱鬧一時外，本土文學的發展始終沉寂。新文學在澳門的出現要遲至抗戰以後，且未形成大的浪潮。直到八十年代，才有所崛起。但一個特殊的文化現象是，葡萄牙四百年的管治，在澳門留下了一個自稱為「澳門之子」的「土生」階層。他們融合東西方不同民族的血緣和文化，使他們以葡文為書寫工具，卻以具有澳門本土特徵的「土生」文化為表述內容的文學創作，因他們「澳門永久性居民」的身份而成為澳門文學的一部分。這是澳門文學的一道特別的風景，也是中國文學在所有分流區域中的一個異數，留給了我們從人類學、民族學、文化學、民俗學等不同角度探索不同民族血緣與文化融合過程中種種問題的特殊空間。

臺灣、香港和澳門文學這些特殊的形態和進程，為二十世紀
中國文學提供了一份不同於大陸文學發展軌跡和表現形態的可貴
參照，整體性地擴大了我們研究的視野，也豐富了我們對於二十
世紀中國文學的經驗概括。

四、「同」中之「異」和「異」中之「同」

臺灣、香港、澳門與祖國大陸的文學分流，是奠立在共同文
化基礎之上的文學，處於不同社會背景下的各自發展。民族文化
的同一性，是分流的前提，也是整合的基礎。分流是文學發展的
「同」中之「異」，而整合則是尋求文學發展的「異」中之
「同」。「同」是基本的，基礎的。而「異」是在「同」的文化
基礎上呈露的不同形態和進程，而不是另一種新質的文化或文
學。強調這一點，對正確認識和處理文學的分流與整合，有著重
要的意義。

在臺港澳文學的分流過程中，有三方面的因素對其特殊形態
的形成有重要影響：

首先是對本土特徵的強調。無論臺灣、香港、澳門，所謂的
「本土文化」，其實質只是中華母體文化在這些地區延播時所形
成的地域特徵，或一種次生文化，而非另一種有自己獨立性質的
文化。對文化本土特徵的強調，有其歷史的合理性。它表現了本
土知識份子在文化傳承中對本土認同的一種文化自覺。特別當外
來異質文化的強大壓迫，對民族文化採取敵視和否定的態度時，
本土文化的強調，也即是對民族文化的強調，是民族文化以「本
土」的形態出現對異質文化的抗衡。例如臺灣在日據時期和五六
十年代「西風」氾濫時所興起的鄉土文學運動，都具有這種性
質。而就文化的發展來說，本土文化色彩是形成區域性文學特徵
的一個重要因素。當然對它的過分強調，以至以本土文化來對抗

民族文化,可能成為文化分離主義者的一種手段。近年臺灣有些
人由文學的「本土性」進而主張文學的「自主性」,便具有這種
性質。

其次,外來文化的影響。外來文化在臺港澳往往是伴隨殖民
政治、經濟的侵入洶湧而至,並成為體現他們統治意志的一種文
化手段。但同時,外來文化的異質性及其某些積極成分,又為民
族文化的演進和社會的發展提供契機和條件。因此外來文化在這
些地區往往具有兩重性。其實,對整個中國而言又何嘗不是如
此。只不過在異族直接統治下處於文化幾乎不設防的這些地區,
表現得尤為激烈,並且成為直接影響這些地區文學進程,形成這
些地區文學特殊形態的重要因素。長達半個世紀的日本文化對臺
灣文學潛在而深長的影響,有積極一面也有消極一面,並非因為
臺灣的回歸一朝就能洗淨;而五十年代以後隨著美國對臺灣政
治、經濟影響的擴大,「西化」的傾向直接釀成了影響臺灣文學
進程的一系列重要事件。同樣,以英國和葡萄牙為代表的西方文
化對香港文學和澳門文學的影響,也是正面負面並存,是我們分
析這兩個地區文學發展及特殊性的重要參數之一。

第三,社會的不同發展。臺灣、香港、澳門在脫離與母體社
會的同步進程之後,呈現出各自不同的發展形態,較早地實現了
社會的都市化。這是二十世紀中國走向現代化的一個重要標誌。
澳門和香港的殖民管治過程,就是從一座傳統的小漁村走向現代
的國際性都市的過程。臺灣本是一個有廣大農村腹地的傳統社
會,但六十年代中期以後,即已實現了都市人口過半的都市化轉
型。建立在現代經濟基礎之上的都市文化價值觀,相對於建立在
自然經濟和宗法社會背景上的傳統文化價值觀,是一次嚴峻的挑
戰。社會教育的普及,都市文化工業的膨脹,以及現代資訊手段
的提升,都為都市文學特質的形成和發展開拓了廣闊空間。從本
質上說,香港文學和澳門文學就是都市文學;臺灣文學近年的發

展，也呈現出強烈的都市文化色彩。傳統的「載道」文學觀的削弱，是和都市文化消費觀念的增強同步發生的。文化和文學的消費性——大眾的普及消費和「小眾」的自我消費，不僅為都市文學衍生了一個龐大的從作者到讀者的消費群——它是通俗文化／文學存在的根據，同時也為從現代到後現代的探索者的先鋒文學，提供了一個自得其樂、互享其成的存在的理由。我們在論述臺港澳文學時經常提出的三種同構互補的文學存在——消費性的通俗文學、先鋒性的探索文學和社會性的寫實文學，便是傳統的文學樣式與現代都市的文學樣式交構和過渡的一種共生的文學現象，都市文學便成為臺港澳文學特殊形態的重要表徵之一。

　　然而，在臺港澳文學的分流發展中，儘管在形態和進程上存在許多差異，並未逸出母體文學發展的文化基礎和邏輯軌跡。即使其發展過程中所面對的文化問題，許多也是母體文學發展所面對的共同的文化問題。它們從正面和反面都道出了文學分流中「異」中之「同」的根蒂。

　　比如文學與政治的複雜糾葛。中國傳統的文學價值觀是以儒家哲學為本元的具有教化功能的載道的價值觀。「五四」新文學在其鼎革之初就面臨著啟蒙與救亡的雙重使命，因此，在二十世紀中國社會從未間斷的政治跌宕中，文學觀念的更新並未完全建立在文學自身的藝術價值上，而被要求擔負起過多的社會功能。大陸文革期間圖解路線政策的文學，與臺灣五十年代的「戰鬥文學」以及近年隨著「臺獨」思潮而高湧的某些具有分離傾向的「政治文學」，都一樣是把文學作為社會政治的附庸。這是現實政治的需求，藉由傳統的文化慣性而導致文學墮入的誤區。當然，文學不能脫離社會，也無法完全離開政治。但文學是以自己獨立的藝術形態和價值，參與社會和政治的。新的文學價值體系的確立，仍是二十世紀中國文學在不同區域存在都面臨的共同問題之一。

　　又比如傳統與現代的轉型。這是如影隨形地在二十世紀中國文學發展中都時時遇到的另一個問題。中國社會的現代化發展需要對外來文化的某些積極成分有所吸收，這是一種性質的問題；外來政治勢力入侵帶來的異質文化的影響，這又是另一種性質的問題。二者的交錯使這一問題變得錯綜複雜。前者是基於社會發展要求主動展開的文化變革，後者則是外來政治勢力強制下被迫地接受。它在帶有民族自衛色彩的文化衝突中，一定程度地激發了文化保守主義。但是，外來文化在現代科技發展背景下的進步性，又提供了傳統文化進行現代變革的條件和契機，使被迫的文化接受在一定條件下轉化為主動的文化變革，並且形成東方和西方兩類不同質態的文化互相會通和重構的新的文化景觀。這是二十世紀中國文學的不同空間存在，在時間上雖有前後、程度上略有差別，但在性質上都是相同的文化遭遇。無論祖國大陸還是臺港澳的文學發展，都程度不同地經歷過從盲目吸收或全盤接受到在民族文化的本位上進行選擇、改造和吸收、更新的曲折過程。

　　再比如民族性、區域性和世界性的問題。文學的民族性指的是由歷史形成的民族的精神特徵和精神方式在文學上的投射。因此它歷來被舉為文學藝術的大纛。而區域性往往只是民族文化的一種亞文化形態，以地域的自然特色和個性特徵強化和博大了文化和文學的民族性存在。這一問題在臺灣文學的發展中顯得尤為突出。一方面是由於臺灣特殊的地理環境和歷史遭遇，使中華文化在臺灣的衍播和發展中，形成了較為鮮明的地域形態。另一方面也由於近年來「臺獨」論者的鼓吹，企圖使這一文化命題政治化而擴大影響。民族文化相容著地域文化，而地域文化的發展，豐富和博大了民族文化。這一問題兩岸皆同。在現代資訊發展的條件下，「地球村」觀念的形成和交流的活躍，使世界各個國家和地區的民族文化和文學，越來越多地投入到共同的世界性的關注上。但是，文學的世界性仍然是以文學的民族性為立足點和出

發點。在這一個問題上，兩岸都曾有過失誤。或者夜郎自大，鎖閉排斥，或者貶抑自我，崇洋媚外，實質都是一種失察的盲目性。

　　無論「同」中有「異」，還是「異」中有「同」，都表明一點，建立在民族文化同一性基礎上的祖國文學與臺港澳文學，無論其形態有多麼不同，其面臨的文化命題的挑戰和困惑都是一樣的。民族文化的同一性，是它們各自發展的基礎，也是它們得以整合的原因。

五、民族文化的整合約束

　　分流與整合作為文化矛盾運動的兩極，並不是截然分開的兩個過程。它們既發生於文學的發展進程，也共生於文學的同一存在；既是一種歷時性的轉折，也是一種共時性的同構：既互相矛盾對立，也互相制約轉化。

　　就臺港澳文學的具體情況而言，分流不是文學自身運動的結果，而是社會外力的強加。因此，當它在被迫脫離母體的發展軌跡時，共同的民族文化作為文學的精神核心和發展基礎，對於與母體的分離，會產生一種本能的反抗。這種反抗既來自於臺港澳文學與母體千絲萬縷聯繫的文化慣性，也來自於中華民族文化自身淵深博大所形成的凝聚力和穩固性。它作為整合的力量，同時從不同方面制約著呈現出異樣形態和進程的這一文學的走向。

　　首先是維繫民族文化的完整性。臺港澳社會雖然有著一個世紀以上與母體社會發展的脫軌，但割裂和疏離，並不造成文化的隔絕和傳統的斷層，臺港澳社會依然是在中華民族文化的基礎上發展，臺港澳文學也依然是承繼著祖國文學的傳統運行，而並不造成另一種新質的文化，或具有另一種文化新質的文學。其最根本的原因就是中華民族文化強大的凝聚力、融攝力和整合力，約

束著割裂和疏離的社會和文學，儘管有著形態和進程的不同，卻仍然固守著中華民族文化的本元，而不逸出中國文學的範疇，只是成為中國文學在這一分離地區的另一種形態的存在。

其次，對異質文化壓迫的抗衡。無論臺灣、香港或澳門，異質文化都是作為殖民統治者的意志體現和殖民手段，挾持其強大政治、軍事和經濟力量而強加於這些地區的。它以一種殖民統治者的主導文化姿態，與擁有這些地區人口最大多數而居於主體地位的民族文化形成對峙，構成了這些地區文化矛盾的基本模式和內容。日據時期臺灣曾經面臨日本文化的強制同化，從更服、改姓到禁絕漢文；但這一切同時也激起民族文化的激烈反抗。日據初期臺灣掀起的普及漢學運動，二十年代對五四新文學的響應，三十年代進行的「白話文」與「臺灣話文」的討論，乃至七十年代為反撥「西化」傾向而展開的「鄉土文學論戰」等等，都是典型的民族文化與異質文化抗衡的體現。同樣的情況也出現在香港文學和澳門文學的發展中。事實表明，越是面對異質文化的強大壓力，越表現出民族文化與之相抗衡的力量。

第三，對外來文化的融攝與改造。外來文化的進入造成對民族文化的壓迫，同時也帶來民族文化在與異質文化的交會、衝撞、融攝與更新的契機與條件。挾持強大政治力和經濟力的外來文化，依其殖民統治層的意志是企望以其作為主體對管治下的中華民族文化進行同化和替代。在歷史的這段曲折中，雖然不能排除異質文化的強力滲透對中華文化的某些變異，但從根本上說，並未使這些地區的文化改變性質。中華民族文化在與外來異質文化相抗衡的同時，以自身強大的融攝力和整合力，對異質文化的某些積極成份也進行消化吸收、和改造，使之在中華民族文化的發展邏輯上，作為一個外部因素而推動民族文化的豐富和更新。臺灣文學中的日本文化色彩、香港文學中的西方文化影響和澳門文學中的南歐文化風韻，都是這種長期滲透、融合、吸收所呈現

的特殊形態。五六十年代西方現代主義文學思潮在臺灣的盛行，是一個更為典型的過程。最初的流行既有文學自身發展的要求，也有臺灣對西方政治、經濟仰賴的社會原因，因此難免存在某些「全盤西化」的弊端，給臺灣文學的發展帶來窒礙。它激起民族文化的反彈，從而進入對現代主義文學的省思和調整，其結果是在強調文學的民族歸屬同時，推動了西方現代主義的「東方化」和「民族化」改造。在文化無法設防的臺港澳社會，外來文化的進入是必然的，也並非全是壞事，關健是要在民族文化基本規範的前提下，進行消化和改造，從而也促進民族文化在自身發展邏輯上的更新。這是在一個更大視域下不同文化的整合過程。

第四，推動文學走向新的整合。在臺港澳社會與母體社會長期的疏離中，民族文化作為共同的發展基礎，一直潛在著一股推動與母體社會、母體文學重新整合的力量，並且在某些特定時期，實現了這種整合。如抗日戰爭時期香港文學與祖國內地文學的互相疊合、延伸；抗戰勝利以後臺灣的回歸帶來文學的回歸，使臺灣文學在一個短暫時期裡以整合兩岸文學經驗共建臺灣新文學的目標獲得新的發展。這一時間雖然不長，但卻給我們啟示。只要民族文化存在並成為社會發展的共同基礎，走向新的整合便是不可阻擋的歷史的必然。

六、對二十世紀中國文學整合研究的期待

分化和整合，既是文化矛盾運動從無序到有序的普遍規律，它們都必然向各自的對立面轉化。一方面，離析以整合為前提，另一方面，整合又是離析的前瞻。二者的互相制約和轉化，構成了事物發展的必然。文學的分流與整合，也是這樣一個辯證的運動過程；它一方面受文學內部矛盾發展的驅動，另一方面也受社會環境變化的推演。長期疏離下的民眾文化心理的思歸和民族文

化發展的思合，是推動社會統一和文學整合的動力。然而，問題的複雜性在於，社會的統一是歷史留下來的一道政治命題，歷史的政治命題必須交由歷史和政治去解決；而文化的整合則是伴隨歷史遭遇而來的一道文化的命題。一方面，文化命題的解決必然受到政治的制約，但另一方面，文化是一種更為深入社會民心的普遍而穩定的因素，它既包含政治，也受制於政治；在許多情況下，又往往可能超越政治的圍限，而走在政治的前面，成為解決政治命題的前提和基礎。當然，也存在另一種情況，文化的惡性發展，也可能站到良性政治的對立面，成為拖住政治後腿的阻力。由歷史命題引發的文化命題的這種二重性，提醒我們：一、整合是可以期待的；二、整合是必須去爭取的。長期的社會阻隔造成了文化的不同生長點。但差異不是阻礙整合的理由，而是使新的整合變得更加豐富，成為文化提升的基礎。

　　面對這一逐漸被認識和強調的新的文學格局，開闊我們的視野，深化我們的思考，拓展二十世紀中國文學研究的整體性空間，已為許多有識的論者所熱切呼籲。

　　整合有兩重境界。一重是通過交往和交流，打破阻隔，形成一個共同享有的文化／文學空間。這一文學空間本來就是共有的，只不過由於長期的社會阻隔變得彼此生疏與隔膜。因此必須有一個互相認識、認同和調適的溝通過程。如果說二十世紀打通現代與當代的文學研究，是一種時間上的整合，那麼打通祖國大陸與臺港澳文學的研究，則是一種空間上整合。近二十年來臺港澳文學研究者所做的工作，基本上都是屬於這一範疇。這是最基本的整合。它不是取消差異，而是承認差異，是在尊重各自發展的文化個性上，謀求與主體文化價值取向和基本文化精神互相溝通的多元的整合。它與中國傳統文化所推崇的「和合」這一概念並不矛盾。「和合」是對多元文化和文學存在和諧關係的一種肯定和描述，整合則是對多元化文化和文學的和合存在的一種綜合

性的研究。

　　整合的更高一重境界是重構──在重構中整合。有著五千年
歷史積澱的中華民族文化，基本上是農業文明的產物。而進入現
代科技社會的工業文明和後工業文明，必然帶來對傳統文化的巨
大衝擊，這是無論大陸社會還是臺、港、澳社會都已發生，還將
繼續發生的尖銳事實。它把一個具有現代性意義的民族文化的現
代轉型，擺在了全體中國作家的面前。這是中華民族文化和文學
面臨轉折的一個重要歷史時期。因此，前瞻性地看，整合也是一
種重構，是在吸收世界優秀的文化同時，在現代科技進步的背景
下，尋找傳統文化在新的歷史條件下發揚光大的生長點，以期實
現傳統文化的創造性轉化。這是需要我們共同去創造的新的文化
空間，也是祖國大陸和臺港澳地區作家，都共同擁有的文化使
命。因此，超越政治和意識形態的隔閡，在實現民族文化現代化
轉代化轉型的重構中，走向中華民族文學的新整合，既是對於歷
史傷痕和裂紋的一種撫平和彌合，也是對於中華民族文化和文學
的一種提升。

臺港澳文學與中國當代文學史寫作
—— 再談 20 世紀中國文學的整體視野

一、「遭遇」臺港澳文學

　　面對越來越明顯的由市民休閒型閱讀逐漸進入學者研究型閱讀的臺港澳文學的升溫，相當一部分從事 20 世紀中國文學教學與研究的學者，難免有時會遭遇某種尷尬。對臺港澳文學的陌生，使他們無法面對學生或讀者的某些提問。這當然沒有什麼可奇怪的，因為對個人來說，學問不必什麼都做，有懂，也可以有不懂；但對一個學科而言，比如我們現在所講的「20 世紀中國文學」，那就是另一回事了。因為文學史的敘述，所需要的正是整體的觀照和全景的描述。因此，沒有臺港澳文學的「20 世紀中國文學」，就很難說是一個完整的 20 世紀中國文學的發展圖景和經驗總結了。

　　這一遺憾由來已久。事實上迄今我們出版的大多數文學史著作，對 20 世紀中國文學的敘述，基本上只是對大陸地區文學的敘述；這種情況，猶如已有學者指出的，我們對中國文學的研究，基本上只是對中國漢族文學的研究一樣，都是一種缺失。如果說，在中國文學的發展描述中，忽略了兄弟民族文學的存在，這可能與我們觀念中把中國文學看作是漢語（或曰華文）文學的傳統認識有關——這在我們這個多民族的國家，當然不應該；那

麼,對於同樣用漢語創作的大陸以外一再被我們強調屬於中國一部分的臺港澳地區文學的忽略,則恐怕有著更為複雜的原因了。

首先無可迴避的是政治和意識形態的原因。有很長一段時間,我們對文學的要求是革命的、無產階級的和社會主義的,這種觀念使能夠進入文學史視野的作家和作品越來越少。大陸地區如此,更何況臺港澳。臺灣自十九世紀末淪為日本的殖民地,戰後回歸,又在國民黨政權的統治下與社會主義的新中國對峙。政治的對立及其所造成的疏隔,使我們根本看不到臺灣有文學,即使有也是反動的、資產階級的。香港的情況稍有不同,抗戰期間及戰後不久,大批內地進步作家避難南來,使香港一度成為中國南方抗日和反蔣的文化中心之一。這一段歷史作為中國抗戰及戰後文學的延伸,被納入在文學史的敘述之中。但自新中國成立前夕進步作家北上以後,在政治上,香港成為冷戰時期西方世界對新中國和社會主義陣營包圍的一個鏈環,在文學上,與進步作家北上同時,是一批對新中國政權持懷疑或異議態度的作家南來,並主導了五、六十年代的香港文壇。因此,在以革命為定義的文學敘述中,作為西方「自由世界」櫥窗的香港,自然沒有文學,即使有也是資產階級的、頹廢的。

這種狀況隨著「文革」結束、中國開放、港澳回歸和兩岸關係走向和緩的進程,應當說已經基本改變了。但為什麼臺港澳文學仍遲遲難以進入中國文學的敘述範疇呢?其中必還有另外一些觀念和認識上的障礙。誠然,大陸地區的文學一直是20世紀中國文學發展的主體和中心,無論地域之廣,作家之多,讀者之眾,或者作品的經典價值,都是位處邊緣,而且在其發展之初,不同程度受到大陸文學影響和推動才成長起來的臺港澳文學所難以比擬的。但大和小、多和寡、中心和邊緣,是一對共容互補、在一定條件下互相顛覆和置換的範疇。對於文學來說,大和多並無絕對意義,只有作家和作品才是構成文學中心的要素;而在考察文

學的發展時,文學的運動方式,以及它所呈現的形態,是我們關注的兩個焦點。恰是在這個意義上,臺港澳文學——特別是它在20世紀下半葉的發展中所呈現出來的迥異於大陸文學的運動方式和文學形態,是20世紀中國文學在大陸地區以外的另一份經驗,理應受到20世紀中國文學敍述的重視與接受。承認了這點,就必須承認 20 世紀中國文學的發展——無論其運動方式還是文學形態,以及作家和作品的類型,都不是單一的,唯大陸式的,而是多樣的,包含著臺灣和港澳的方式。在這個認識上,不能說所有的文學敍述者,都是一致的。

當然還有一個雖然次要、但卻使我們無法操作的原因,這就是長期的疏隔,使我們對臺港澳文學缺乏瞭解;而缺少資料和對個案(思潮、論爭、流派、社團、作家和作品)深入的研究和學術積累,也有礙於我們對臺港澳文學作整體深入的把握,這使我們即便願意將臺港澳文學放在20世紀中國文學的發展中來敍述,也存在著一些實際困難。不過這一問題已在逐步解決之中。艱難走過20年的內地臺港澳文學的研究,有了一些初步的成果和資料積累。問題在於內地這些臺港澳文學的研究者,大多雖從現當代文學研究出身,但除少數外,目前已基本不再從事現當代文學研究了;而從事現當代文學的研究者,除少數外,也基本上不接觸臺港澳文學。二者之間存在的這道雖不算太深的鴻溝,卻實實在在地阻礙了我們對20世紀中國文學發展的全景性認識和多元化的總結。

我在一篇文章中曾經說過:「八十年代以來的當代文學研究,其一個重要方面的收穫是注意到了在大陸之外,還有著另外一個無論在運動方式和表現形態上,既與祖國文學有千絲萬縷關係,又呈現出明顯不同的臺灣文學、香港文學、澳門文學的存在。」並且認為,「這既是一種視野的擴大,也是一種觀念的改變。它帶給當代中國文學研究的,並不簡單只是一個量的增加,

而是一種結構性的變化。」[1] 我想這一估價應當不會過分。認識到問題的存在，也就是解決問題的開始。它已經把臺港澳文學擺到 20 世紀中國文學的研究者面前了。

二、多元化和多軌性

把臺港澳文學納入 20 世紀中國文學的敍述，視為是對當代中國文學研究的一種結構性改變，其理由，不僅因為在 20 世紀中國文學敍述中臺港澳文學的缺席，更重要的是因為臺港澳文學所提供的，是不同於大陸地區文學發展的另一種模式和形態。

這是一個歷史的命題，也是一個文化的命題。

近代以來的中國社會，在西方列強的侵略下，出現了局部的「碎裂」。1840 年鴉片戰爭造成英國對香港的割置；1895 年甲午戰爭又帶來日本對臺灣的殖民；而在此之前，澳門早於十六世紀中葉就為葡萄牙以租借的名義而長期佔領。臺灣、香港和澳門雖都只是大陸南部邊緣的島和半島，遠離中原大陸的中心，但卻是外來勢力進入中國的門戶和跳板。東西方殖民者挾其強大的軍事力量，在向中國內地擴張其政治、經濟、文化的同時，也極力按照他們的意願來改造這些被他們佔領了的地區，以適合他們的統治。這種改造是政治的，也是文化的，即不僅按照他們的政治模式來建立他們對這些地區的統治，也企圖按照他們的文化樣式，來改變這些地區的社情、民性。這就使臺港澳社會在殖民政治和文化的長期強媾下，出現了某種畸形和異態。一方面是占這些地區人口絕大多數的中國人，以及他們所代表的中華文化，構成臺港澳社會形成和發展的主體與基礎；另一方面卻是外來的殖民者

1　《分流與整合：20 世紀中國文學的分流與整合》，《文學評論》2001 年第四期。

及代表他們利益與意志的異質文化（東洋的、西方的），企望成為這些地區社會發展的主導。這種「主體」與「主導」的分離甚至背離，以及「主導」企圖對「主體」進行的改造，由此所引起的種種衝突、對抗，融攝和轉換，是構成這些地區社會發展的基本矛盾。它導致了這些被分割的地區，中斷與內地社會的同步發展，而有了自己滲透在殖民與反殖民歷史中的特殊進程。相對於中華傳統社會，這種異態，是近代以來中國歷史的遭遇，給一個完整統一的國家和民族留下的傷害。回到文學來說，中國局部社會的這種分割和疏離，也使秉承共同文化傳統的文學，在這些地區出現分流。這種分流，並非是文化發展的必然，而是一種歷史遭遇的偶然，是歷史逼迫文學接受的一種現實。因此，它是與文學分化的「文化命題」相對立的另一道「歷史的命題」。

然而問題的複雜和微妙還在這裡：社會的分割和疏離造成不同的文學生成和發展的文化環境，它使從主體分流出來的這些地區的文學，雖然與主體擁有共同的民族文化與文學傳統，卻因不同的社會文化環境的影響，而呈現出不同的文學進程與形態，並擁有某些新的的文化內涵。這就使最初因為社會的「碎裂」而造成文學分流的「歷史命題」，重新成為一道「文化命題」。臺港澳地區文學的發展，就是在這種複雜的「歷史命題」與「文化命題」的交錯遇合中，呈現出多元的形態與軌跡的。因此，如我曾談過的，對於文學因社會外力的分割而帶來分流發展的「歷史命題」的考察，同時也應當是對於社會分割之後文化環境變化和文學自身新質成長的「文化命題」的考察。這是一個問題的兩面。「歷史命題」和「文化命題」的遇合，既是臺港澳文學發展的一種客觀事實，也是我們研究的一種策略。它既深入了歷史源頭，也肯認了現實意義；既探索了臺港澳文學與中華文化母體和文學傳統的關係，也突出了它的獨特因素在 20 世紀中國文學發展中的地位和價值。

　　儘管 20 世紀中國社會的「碎裂」只是局部的、邊緣的，並不
影響中國社會發展的整體性。對文學而言，這局部的「碎裂」所
造成的文學分流，卻意味著 20 世紀中國文學發展的多元性、多軌
性。這是一個一分為二（多）而又合二（多）而一的辯證的矛盾
運動。作為一種思路和策略，分流與整合的研究，既是深入對分
流地區文學的探討所必須，更是旨在建立一個能夠整合所有分流
地區文學創造和經驗的 20 世紀中國文學的整體視野和架構。

　　在這裡，同一性是分流的前提。所謂臺港澳文學與祖國大陸
地區文學的分流，是擁有共同文化背景和文學傳統的文學，因不
同社會環境的影響而出現的同質殊相的現象。沒有這個「同質」
──民族文化的同一性，也就無所謂分流，而是另一種文學；同
樣，也是這個「同質」──民族文化的同一性，才有整合的基
礎。因此，所謂分流也就是文學發展的「同」中之「異」，而整
合，則是尋求文學發展的「異」中之「同」。當然這裡所說的
「同」中之「異」和「異」中之『同』，都不是在同一平面上低
層次的展開，而是在事物發展的螺旋式深入中，尋求民族文化和
文學更高一個層次的昇華。這是我們對分流的文學進行整合研究
的預期。

　　在臺港澳文學的發展中，有多方面因素對其特殊進程和形態
的形成具有重要影響。這些因素，不僅提出了臺港澳文學的某些
特殊性問題，也對 20 世紀中國文學發展中的某些共同性問題，作
出帶有它們特殊經驗的回答。我在前面提到的拙文中，曾對這些
影響臺港澳文學特殊性格的因素作了一點概略的分析，這裡不嫌
累贅，再作一點引申。我認為它主要來自三個方面：一是對文學
本土性格的強調；二是帶有殖民色彩的外來文化的影響；三是社
會發展的不同形態和進程。在這三者中，本土性格也即近年有關
臺港澳文學評論時常提到的文化身份，或文學的臺灣性、香港
性、澳門性。一方面，這種「本土性」，其實質只是中華文化母

體和文學傳統在這些地區延播時所形成的區域形態和性格，是一種次生文化或文學的地方特徵，而不是一種具有獨立性質的文化或文學；另一方面，在長期被迫疏隔於母體的情況下，對自身文化身份和文學性格的強調，對抵禦帶有殖民色彩的異質文化的浸蝕，發展民族文化和民族文學，有積極意義。它表現出文化人和寫作人的一種文化自覺和文學自覺。在臺港澳文學的進程中，尤其是日據時期的臺灣，都曾經發揮過重要作用。但是也應當看到，對它的過分強調，以致把「本土性」和「民族性」對立起來，則又可能成為分離主義者的一種藉口和手段，近年臺灣有些人由文學的「本土性」進而主張脫離母體的「自主性」，便具有這種性質，這是需要警惕的。其次，所謂帶有殖民色彩的外來文化，也是這樣一把「雙刃劍」。一方面它是伴隨殖民政治而來的體現殖民統治者意志的一種文化手段，對民族文化抱有歧視、敵對，甚至企圖替代的態度；另一方面，外來文化的異質性及其某些積極成份，又為社會的發展和民族文化的演進提供條件和契機。這種兩重性糾葛在臺港澳文學的歷史進程之中，如我們常說的臺灣文學的日本影響，香港文學的西方影響和澳門文學葡國影響，其正負兩面的價值和意義，都需要我們仔細地分析和清理。最值得重視的是第三方面，即臺港澳的社會不同於大陸社會的進程和形態，它所構成的殊異於大陸的文化環境，是孕育臺港澳文學特殊進程和形態的溫床。特別是 20 世紀下半葉以來，殖民鏈環的鬆馳和經濟建設的起飛，使臺港澳社會獲得了更多自主的發展空間，才使這種獨特形態與進程得以呈現。其突出的一個表現是較早實現了社會的都市化，這是 20 世紀中國走向現代化的一個目標。伴隨都市化而來的，是社會教育的普及，現代資訊手段的提升，文化工業的發展，以及文化消費觀念的形成，等等。在這一切表象背後，是奠基在現代經濟基礎之上的都市文化價值觀的確立，它相對於建立在自然經濟和宗法社會背景上的傳統文化價值

觀，是一次嚴峻的挑戰。臺港澳社會的現代化進程，直接為臺港澳文學的現代發展，提供了經濟基礎和技術手段，創造了讀者市場，培育了作者隊伍，並賦予了新的文學價值觀。這一切自然對臺港澳文學嶄新品格的形成，具有重大意義。

其實由上述這些因素所導致的臺港澳文學發展的「異」，並沒有脫離中國文學的歷史大框架。20世紀的中國文學的發展，在整體的意義上體現著中國從傳統的農業社會向現代工業社會轉型的歷史進程與文化精神。文學的現代化，實質上是文化的現代化——即從傳統的農業文明向現代的工業文明轉化的過程。20世紀中國文學的發展，無不浸淫著這一文化變遷的脈跡和靈魂。臺港澳文學的發展，或因歷史的波折而受到阻礙，或因客觀的機遇而獲得推動，無論是早是晚，是快是慢，都體現著這一歷史的走向和精神。這一文化變遷的文學體現，是20世紀中國文學發展的共同走向，也是我們文學得以整合的背景和基礎。

既然，中國社會局部的「碎裂」和走向統一，是歷史遺留下來的一道政治命題，便只有交由歷史和政治去解決；而文學的分流與整合則是伴隨歷史遭遇而來的一道文化的命題，一方面，它既來自政治，它的解決也必然受到政治的制約；但另一方面，文化是一種更為深入社會和民心的普遍而穩定的因素，它既包含著政治，也受制於政治，在許多情況下，又往往可能超越政治的圍限，而走在政治的前面，成為解決政治命題的前提和助力。由歷史命題而引發的文化命題的這種二重性，提示我們：整合雖然會有種種困難，但它是可以期待的。我們努力促進的文學的整合，是文學自身發展的必須和必然。把臺港澳文學擺進20世紀中國文學的發展中來敍述，正是這種「必須」和「必然」的體現。它的意義在文學自身，卻又可能超出文學之外。

三、「納入」和「融入」

　　如何把臺港澳文學擺進 20 世紀中國文學發展的敍述之中，這是一個隨著認識和研究的深入而漸進的過程。它大致經過三個階段：

　　首先是把臺港澳文學放在中國文學發展的歷史大框架中來定位和敍述。這主要是指對於臺港澳文學的研究。20 年來，大陸的臺港澳文學的研究者基本上都是這樣做的。無論是對於思潮、流派、社團、論爭、作家和作品的個案剖析，還是對於文學發展作整體性的歷史描述，如 80 年代後期以來陸續出版的多種臺灣文學史、香港文學史、澳門文學史，研究者都不把臺港澳文學作為偶然的、孤立的現象來對待，而是把它放在中國文學歷史進程的大背景中來透視和敍述，既揭示其與母體的文化精神與文學傳統的淵源關係，也肯認其在特殊環境中的發展對中國文學的價值和意義，並注意把它們與大陸文學進行對照和比較。論者所討論的對象雖是各別的，或臺灣、或香港、或澳門，但所持的立場和視野卻是全體的，是以整個中國文學在 20 世紀的發展作為背景的。筆者曾經把這樣的研究稱為具有開放性視野的整合式研究。「它既是對臺灣文學有了整體把握之後的一種研究，也是對在中國歷史大背景下中國文學分流的客觀事實，有了整合認識之後的一種研究。」[2]

　　其次是納入式的文學史書寫。或許是受到始自八十年代初期大陸的臺港澳文學研究的推動，八十年代末以來出版的若干現當代文學史，也嘗試把臺港澳文學擺進 20 世紀中國文學發展的敍述

2　參見筆者《走向學術語境——大陸臺灣文學研究二十年》載《臺灣研究輯刊》2000 年第 2 期，廈門大學臺灣研究所編。

之中。不過，也或許因為對臺港澳文學的不太熟悉和具體操作上
的困難，往往只是在講述了大陸文學之後，另闢一個或幾個章
節，來講述臺港澳文學的發展。最早的嘗試來自 1988 年張毓茂主
編的《二十世紀中國兩岸文學史》（遼寧大學出版社出版）。雖
然號稱「二十」世紀，其實只是傳統說法的現代文學部分。該書
在第一編（『五四』和第一次國內革命戰爭時期的文學）的第八
章，第二編（第二次革命戰爭時期的文學）的第十二章，和第三
編（抗日戰爭和解放戰爭時期的文學）的第十章，都以「淪陷區
文學」為題，來講述臺灣和東北地區的文學。此一作法雖表現出
作者「注意把我們的探索收穫……特別是關於臺灣文學、東北淪
陷區文學的研究成果，現在用文學史教材的形式把它們肯定下
來」[3] 的意圖，但並不成功，還只能算作一種嘗試。筆者與洪子
誠在 1995 年於人民文學出版社出版的《當代中國詩歌史》，也是
採取這種「納入」的辦法，在對當代大陸新詩發展的敘述之後
（卷一、卷二），以卷三的形式介紹了臺灣詩歌。較為全面和充
分地把臺港澳文學納入中國文學敘述的是 1997 年由華藝出版社出
版的張炯、鄧紹基、樊駿主編的《中華文學通史》，其在「清代
文學」中就有「臺灣明末遺民詩文和宦臺詩作」在專章；在「近
代文學」中也介紹了王韜（香港）、鄭觀應（澳門）和丘逢甲
（臺灣）等；至「現代文學」，在「淪陷區文學及其他」的標題
下有臺灣文學一節；到了「當代文學」部分，則分別在詩、小
說、散文、兒童文學和文學理論批評的文體敘述中，較為充分地
介紹了臺港澳文學的情況。儘管編者做了許多努力，但這種相對
游離於文學主體之外的「納入式」的敘述方式，立足的視點依然
只在大陸，其不足之處和編者的勉為其難，都為我們所理解。

---

3   張毓茂主編的《二十世紀中國兩岸文學史》前言，遼寧大學出版社，
     1988 年 8 月第一版。

　　我們期待的是一種把臺港澳文學真正「融入」20世紀中國文學敘述之中的整合。這首先需要立足點的轉變，即不站在某一地區而站在整個20世紀中國文學發展的更高立場。這樣做並不容易，因為：一、20世紀離我們太近，我們很難脫開具體的歷史事件的影響，拉開距離地用一種比較純粹的學術的或文體發展的眼光，來審視20世紀文學的歷史；二、臺港澳文學與大陸文學的分流本來就為不同社會文化環境所孕育，它導致20世紀中國文學發展的多元化和多軌性，其本身或許就很難做到一元化的敘述。在這個意義上，那種「納入式」的敘述方式也有其合理之處，至少在我們尚未找到更完善的敘述方式之前是如此。不過，我們仍然把「融入式」的文學敘述，作為我們新的一個階段研究的預期。

　　筆者雖然曾經與朋友們合作，主編過《臺灣文學史》、《香港文學史》和《澳門文學概觀》，但深知要把它們整合起來融入20世紀中國文學發展的敘述之中，實在不易。多年思索，並無結果。融入臺港澳文學的20世紀中國文學史的撰寫，目前或許時機尚未成熟，但這並不等於我們不必努力。1999年9月華東師範大學出版的由陳遼、曹惠民主編的《百年中華文學史論》，雖然不是文學史，但其在分區的描述的基礎上企望進行整合研究的意圖是明顯的。

　　該書在引論《逼近世紀末的思考》之後，分別從縱的歷史軌跡、橫的文學話題和綜合性的理論積澱三個方面，分列成編，來尋求建立整合兩岸（四地），相容雅俗的20世紀中國文學的整體架構。這一嘗試，雖在史論，對文學史的寫作，仍有啟發。如何建立一個包括臺港澳在內的20世紀中國文學的敘述框架，在我並無成熟思考，只有一個朦朧的意圖。這個粗略的想法包括：一、敘述者的立足點，是整個中國文學，而不在某一個地區。二、其關注的焦點，是文學運動展開的方式和由作家和作品所體現出來的文學存在的形態。文學史是文學發展的歷史，而不僅僅是經典

作家和作品研究的彙編。因此在文學史的敍述中，經典作家和經典作品的審美價值是重要的，但不應是唯一的。文學史包括文學運動發展方式，在體現各個發展時期特徵的創作中，其作品可能不那麼「經典」，卻代表著某種突破的特殊性，也應當是文學史關注的對象。三、其倚重的內涵是文化。這是一個廣義的文化概念包括社會和政治作用於文學，和文學反作用於社會和政治的文化關係，以及社會的轉型所帶來的傳統、現代、後現代的一系列衝突，等等。這實在是無論大陸，還是臺港澳文學都無法規避的問題。四、在時期的劃分上不必太細，既以文學自身的發展為主線索，也綜合考慮社會、政治、經濟、文化的各方面因素對文學發展的影響。大致的想法是分為四個時期：

一、「五四」到三十年代中後期；

二、抗日戰爭時期；

三、戰後──即新中國成立前後至七十年代；

四、八十年代以後。

在這個分期中，新中國的成立依然是劃分20世紀中國文學發展最重要的界石之一。因為無論在大陸還是在臺港澳，它所帶給文學的影響是廣泛而深刻的。既有政治權力通過各種形式對文學運動直接的左右和潛在的引導，還有文壇構成的變化，作品題材和主題帶有導向性的發展，以及社會風氣和經濟發展所培育出來的讀者閱讀習慣和市場消費需要與局限，等等。這一切都與20世紀中期中國社會的政治轉折息息相關，在這個意義上，把20世紀中國文學劃分為現代和當代兩個大的階段，並非毫無道理。在新中國成立之前，也即傳統分期的現代階段，從「五四」到30年代中期，是新文學從發生、發展到走向成熟的20年，臺港澳文學同樣受到「五四」新文學運動的影響，雖起步稍晚，但基本上與大陸文學同一姿態和步驟發展，這是一個階段。抗戰八年是文學發展的一個特殊時期。戰爭是當時文學面對的第一現實，無論在抗

日前線、敵後，還是淪陷區，戰爭的因素從根本上改變了文學的運動方式和存在形態，使包括臺港澳在內的中國文學，有了一個文化內涵比較一致的基調，或變調。戰後的半個世紀，以新中國誕生的前後為起點，也可以大致劃分為前後兩個時期。

前一個時期從 40 年代中後期到 70 年代中後塑，約 30 年，是大陸文學和臺港澳文學從政治的分野到文學的分流最為突出和尖銳的時期。對立和疏隔使本來互有往來與影響的文學，呈各自獨立發展的態勢。臺灣和香港尋找自己文化身份的文學自覺，也緣自這一時期。儘管大陸與臺港澳在文學運動方式和存在形態不盡一樣，但其所面臨的文學發展的一些深層問題，幾乎並無二致，比如政治與文學的糾葛，文化傳統的現代轉型，文學的民族性、區域性和世界性的關係，等等，都是大陸與臺港澳文學進程中所必須面對的。事實上它們也都以各自的經驗和教訓對這些問題做出回答。這也就潛在著 20 世紀下半葉一個新文學發展階段的到來。把 80 年代以後的文學，劃為另一個時期，即出於這個文學發展的實際。

這裡有政治方面的原因，也有經濟方面的原因，還有文學世代更替及其所帶來的觀念改變的原因，這自然要影響到文學發展進程及其表現形態。特別是在恢復與世界對話和溝通大陸與臺港澳的文學交往之後，疏隔的打破使分流的文學出現走向整合的跡象。在無論大陸還是臺港澳的這一批有著相近知識背景的年青文學世代中，他們的創作表現出某種趨近世界文化思潮的共同性，使我們有時候甚至對他們的身份難以辨分。我曾經提出整合有兩重境界，一是通過對於分流文學的整合，形成一個共用的文學空間，二是在重構中整合，這是更高境界的一種整合。新世代作家的某些共同性，表現的正是這種重構中整合的跡象。

對於上述分期，如此三言兩語是無法說清的，何況它還只是一個很粗略的構想。它只表明筆者將臺港澳文學融入 20 世紀中國

文學敍述的一種願望，更細緻的考慮還有待於另外的專文來進行
論析。

2001 年

臺灣文學：分合下的曲折與輝煌
——《臺灣文學史》總論

一、文學的母體淵源和歷史的特殊際遇
——臺灣文學在中國文學中的位置和意義

　　中國是一個幅員遼闊、歷史悠久的多民族的國家。文學作為民族生活和民族精神的反映，同樣地也呈現出極為繁富的面貌。以漢民族文學為主幹的中國文學，自先秦以來，由黃河流域發端，繁衍所及，澤遍九州，創造出豐富、燦爛的文化成果。而同時，構成中華民族這一整體的各個部分，由於自然的、社會的和民族的阻隔和差異，也呈現出明顯的區域特徵和民族色彩。正是這種由阻隔和差異所造成的區域的或民族的特殊性，帶來了中華民族文化千姿百態的博大景觀；它們以其各自鮮明的特色和創造，互補地表現出中華民族在不同時空條件下的生存境況和心理狀態，匯納成我們民族博大深厚的文學傳統。

　　文學研究的這一整體性觀念，要求我們在審察中國文學時，不能忽略它各個組成部分所可能具有的獨特形態和創造；同樣，當我們在剖示一個區域或民族的文學局部時，又不能忘卻它與整體的關係；淵源、流變和創造。即應當把局部文學放在整體文學的大格局中，考察其根源和發展，把握其共性和殊相，確定其在整體中的位置和意義。認同確定歸屬，是研究的前提與出發點；

而辨異則是在確認歸屬之後對現象的更深層分析，是研究的深入和對認同的進一步肯定。在這個意義上，對特殊性的辨析有著與對同一性的肯認同等重要、甚至更為深刻的意義。

　　這是我們從事臺灣文學研究和臺灣文學史編寫的一個認識前提。

　　毫無疑問，臺灣文學是中國文學的一個組成部分。這一為海峽兩岸所共識的命題，包含著兩層意思：一、臺灣文學是中國文學的一個分支，它們與祖國大陸文學、香港文學、澳門文學一樣都共同淵源於中華民族的文化母體；二、臺灣文學在其特殊歷史環境的發展中，有著自己某些特殊的形態和過程，以它衍自母體又異於母體的某些特點，匯入中國文學的長河大川，豐厚了中華民族的文學創造。

　　對於前一個問題，是個不爭的事實。

　　臺灣文學與中國文化母體的淵源關係，首先基於兩岸密切的地緣、血緣和史緣關係。地質考古證明，臺灣在 2.2 億萬年前的古生代晚期從海中褶曲隆起後，由於海浸和海退，曾數度以陸地和大陸連接。其時即有大批華南相動物群，和以狩獵、採集為生的古人類，經長途跋涉進入臺灣。臺灣近年在臺南縣左鎮菜寮鄉發現的「左鎮人」遺骨，經鑒定與北京周口店發現的「山頂洞人」同屬 1 萬至 3 萬年前舊石器時代後期的古人類，二者有著密切的親屬關係，有學者推測係於這一時期由大陸遷徙入臺的。[1] 至更新世後期，臺灣最後一次漂離大陸成為海島，也是最先由居住在大陸東南、華南一帶的新石器時代人，越海來到臺灣，與先後從不同方向進入臺灣的菲律賓尼格利陀種的矮黑人、古琉球人、馬來人等，共同構成臺灣原住民族的遠祖。臺灣新石器時代的七

1　參見陳碧笙著：《臺灣地方史》第 5 頁、15 頁，中國社會科學出版社，1982 年版。

個文化層中，其中四層文化源自華南，二層文化可能源自中南半島，而最晚的一層才是經由菲律賓諸島北上傳入臺灣。因此，史學界普遍認為，居住在中國南部大陸的古越族之一支，是臺灣原住民族的先祖之一[2]。

　　這種由地緣遷延而來的血緣和史緣關係，在進入文明史時期以後，有了更進一步的發展。臺灣最早見諸文獻記載的，是《三國志‧吳志》：「黃龍二年（230年），（吳）遣將軍衛溫、諸葛直將甲士萬人浮海求夷州（即臺灣）及亶州……」中央王朝對臺灣這種遣吏搜求和派兵巡弋，在此後歷代均有進行。至宋朝，已在澎湖列島派兵駐紮。元至正二十年（1360年）進一步在澎湖設置巡檢司，隸屬於福建省晉江縣。1661年鄭成功在臺灣建立了以政治發展為目標的軍事政權，定臺灣為東都明京。1683年清政府統一臺灣，設臺灣府。1727年改分巡臺廈道為臺灣道。1885年建臺灣省。其間雖經荷蘭殖民者的一度侵佔（1624-1662）和日本倭寇、西班牙殖民者的不斷騷擾，但臺灣始終在中國政治輿圖的統轄之內。

　　臺灣與大陸的交往，也早自三國時代就已存在。當時已有臺民「至會稽市布」，會稽東縣人也曾遇風漂流夷州。隋唐以後，便有零星漢族移民出現。至宋，澎湖列島上的福建泉州移民，已經「編戶甚繁」，建屋二百餘間。元在澎湖設巡檢司，即是為了向在島上煮鹽釀酒、半耕半漁的居民，徵收鹽課。南宋以來，政治、經濟重心南移，海上交通發達，大陸與臺灣的貿易更加繁盛。到明朝，已有頗具規模的海上商業武裝集團駐據臺灣。自此以後，大規模的漢族移民陸續遷往臺灣。從明到清，有過三次移

2　參見陳碧笙著：《臺灣地方史》第16-18頁；林惠祥著：《南洋馬來族與華南古民族的關係》，見《林惠祥人類學論著》，福建人民出版社，1981年《高山族史》第10頁-25頁，福建人民出版社，1982年。

民高潮。第一次是明天啟年間的顏思齊、鄭芝龍時期。鄭氏在臺設置佐謀、督造、主餉、監守、先鋒等官職，招引大陸居民渡臺。時福建大旱，巡檢熊文燦用鄭芝龍的船，載饑民渡海墾荒，每人給銀三兩，三人合領一牛，墾成納租鄭氏；流入菲律賓的華人忍受不了西班牙的殖民虐待，也相續來歸。第二次在 1661 年鄭成功逐荷復臺時期。此時入臺移民已不僅出於生計目的，而多是懷抱「反清復明」的政治理想，參與鄭氏政權的建設。移民中也包括了一部分儒士。據統計，此時的漢族移民已由荷據時期的五六萬人，增到十一二萬人。第三次在清政府統一臺灣以後的乾嘉年間。鄭氏政權結束後，為穩定臺灣局勢，清政府逼使隨鄭入臺的「各省難民」還籍，並對沿海實行「海禁」。臺灣的漢族人口銳減至六七萬人。但由於此時臺灣「人民稀少，地利有餘，又值雨水充足，連年大有」（《臺灣府志》），閩粵沿海出現了大規模的「偷渡」熱潮。自康熙後期到雍乾嘉年間，百餘載經久不衰。據嘉慶十六年（1811 年）編查戶口的統計，臺灣漢族移民已達 23.2443 萬戶，人口 190.1833 萬人。較之當時原住民族的 10 餘萬人，臺灣已成為漢族人口占絕對多數的社會。這種密切的地緣、血緣和史緣關係，不僅使臺灣自古就成為中國的一部分，而且也使臺灣的文化，完全納入中華民族的文化圈中。

其次，在臺灣漢族移民社會的形成過程中，建立了與中國大陸相一致的社會、政治、經濟和文化教育模式。臺灣的漢族移民，主要來自閩粵兩省，尤以「福佬人」為眾。據臺灣 1926 年的統計，臺灣漢族居民共 375.1 萬人，其中閩籍移民達 310 萬餘人，占 83% 強；次之為客家。占臺灣人口絕大多數的閩粵兩省移民，大都均是中原後裔。尤其福建移民，祖籍多出河南。據臺灣 1953 年的戶口統計，當時全島的總戶數為 82.8804 萬戶。其中戶數在 500 戶以上的 100 種姓中，有 63 姓的族譜材料說明其先祖是在晉末、唐初和唐末從河南入閩的。這 63 種姓計 67.0515 萬戶，占全

省總戶數的 80.9%。由此可見，經由福建入臺的漢族移民，與中原有著密切的關係。他們攜帶入臺的，從語言、文化、民俗、信仰和行為習慣，自然也保有唐以來衍自中原的純厚人文傳統。因此，在一定意義上可以說，臺灣文化乃是中原文化經由閩向沿海峽彼岸的延伸和發展。

漢族移民抵臺後，無論最早登岸的漁民，還是由墾首招募而來的農工，抑或隨鄭氏渡臺灣的士兵，乃至清代「偷渡」而來的沿海人民，所從事的主要是篳路藍縷、以啟山林的農業墾殖。雖然由於自然條件的優越和海上貿易的發達，臺灣的商品經濟遠較同期的大陸活躍，但臺灣仍始終是一個以農業生產為基本經濟結構的社會。在開發的過程中，某些與官府有關係的人或豪強之士，通過申請取得開墾大片土地的專利，成為業戶。而向業戶租地開墾、繳納田賦的移民，便成為佃戶。後來荒地漸少，新來的移民只得再向佃戶租種已開發的土地，稱耕佃人。於是出現了業戶──佃戶──耕佃人這樣「一田二主」（或稱「大小租制」）的生產關係，臺灣移民社會發展過程中形成的這種以農業為主的經濟結構和「地主──農民」的階級關係，與大陸封建社會的結構模式是一致的。

漢族移民抵臺後，由於墾殖需要和便於互相照顧，基本上都按原籍組合，形成地緣性的社會群落（不少還按原籍的村名來命名自己新的居住地），從而建立起與大陸相似的村社模式。鄭氏政權建立後，給臺灣帶來了一個具有較高文化水準的領導集團和仿照明制的「六官」皆備的「類中央政府」，奠立了臺灣與大陸相似的政治結構模式。清統一臺灣後，隨即設府置縣，均按中央王朝的地方政府建制，並且循例設置府學、縣學，倡興儒學，開科取士，使臺灣在政治結構和文教建制上，都納入中央王朝的體制之中。在統一的行政、法制和文化制約下，有著相同的價值取向和道德規範，大陸一整套宗族制度、鄉紳結構、文化思想、教

育體制等，便也很自然的移植進來，使臺灣無論在社會、政治、經濟、文化等都逐漸與大陸一體化了。臺灣文學對大陸文化母體的秉承，便也成為直接而必然的了。

第三，從文學的發生和發展看，無論古代還是現代，都直接衍源於中國文學。臺灣的原住民族，曾經創造出自己獨特形態的文學和藝術。但由於沒有自己的文字記載，大多還停留在口頭相傳的原始階段。嚴格意義的文學創作，要到晚近的當代才出現。臺灣最早的文學創作，如果不計早期那些史志上的記載，主要產生於第二次移民高潮的 17 世紀中葉以降，其作者，一類是不滿清朝統治、投身鄭氏政權的明末文士；另一類則是清統一臺灣初期來臺任職的宦游文士。他們或者結社，或者辦學，或者述異，或者修志，所有酬唱和撰述，基本上都屬於詠懷和問俗兩大類型。而無論詠懷還是問俗，所秉承的都是中國古代文學中的詩歌與散文傳統。臺灣文學的奠基，始之於這批來臺文士對中國傳統文化的香火傳承。直到 18 世紀後，臺灣漢族移民後裔中的知識份子成長起來，他們的創作仍然是以中國古代文學為典範和傳統，並將自己的創造納入到這一傳統之中。本世紀 20 年代，新文學在大陸發難，臺灣雖處於日本殖民統治的割據時期，但它仍然採取相同的姿態與步調，呼應大陸的新文學運動。臺灣新文學的興起，雖然受到日本進步文化思潮的影響，但無論是理論主張的提出，運動發展的步驟，文體範式的確立，還是語言形式的革命，等等，無一不是直接吸取了五四新文學運動的理論、經驗和範式，受大陸新文學革命的推動，並成為中國新文學運動的一翼。因此，臺灣評論家林曙光在評述臺灣新文學時說；「本質上它始終追求著五四以來的新文學的傾向，也可以說，它是發源於中國新文學運動的主流的一個光榮傳統與燦爛歷史的支流。」[3] 由此所形成的

---

3   林曙光：《臺灣的作家》，載《文藝春秋》七卷第四期。

臺灣文學的傳統，其基本內涵，也必然是中國文學的傳統。

　　第四，語言是文學的載體，它既是形式，也是內容。臺灣方言是由閩粵移民攜帶而來的閩南話和客家話。臺灣的文字是漢字。臺灣文學作品所使用的語言是漢語——文言文或白話文。這樣，文學作品的語言形態，以及潛藏在這一文學語碼之中的民族性格、心理、情感、思維方式，浮現於語言之上的道德規範，價值取向、民俗風情、宗教信仰等等，都納入於漢民族的文化系統之中。語言對這一系列文化意蘊的傳達，是一個漸進的積累的過程，也是整個民族歷時性的創造。以漢語為語言形式的臺灣文學，只能是對這一創造和積累的繼承。它的作品的存在方式，流播管道、描繪和接受對象、影響範圍，首先也在漢語文化圈裡；同時也作為漢語文學的一翼，屹立在世界各民族的文學之林。臺灣文學與中國文學淵源關係，是歷來臺灣作家、學者的共識。臺灣新文學運動的發難者張我軍，在《請合力拆下這座敗草叢中的破舊殿堂》中，就開宗明義指出：「臺灣文學乃中國文學的一支流。」臺灣著名文學評論家、《臺灣文學史綱》的作者葉石濤在為臺灣文學定位時，也一再強調：「它乃是屬於漢民族文化的一個支流，縱令在體制、藝術上表現出來濃厚、強烈的鄉土風格，但它仍是跟漢民族文化割裂不開的。」[4]臺灣另一著名作家陳映真則更明白地認為，臺灣文學即「在臺灣的中國文學」，「是中國文學的一個支脈」，「是以中國為民族歸屬之取向的政治、經濟、文化運動的一環」[5]。

　　這是我們評析臺灣文學的一個基本的出發點。

　　然而，臺灣文學在它數百年的發展中，有著與大陸不盡相同

4　葉石濤：《臺灣鄉土文學史導論》，《鄉土文學討論集》71 頁。臺灣
　　遠景出版事業公司，1978 年 4 月。
5　陳映真：《「鄉土文學」的盲點》、《鄉土文學討論集》。

的歷史際遇和文化機緣，從而形成了它歷史進程中某些特殊形態和特殊命題。正是這些特殊因素，才使我們有必要把它從中國衆多省區文學中分列出來，作為一個特殊的分支單獨進行研究。

影響臺灣文學進程和發展形態的，包括社會、歷史、政治、經濟等諸方面因素。我們特別注意到：

首先是臺灣社會的移民性質。自 17 世紀以來進入臺灣的漢族移民，大多數屬於兩種情況：一、迫於生計前來臺灣進行墾殖開發的經濟移民；二、由於政權更迭或其他政治原因而往海上避難或尋求待機發展的政治遺民。這使臺灣的移民社會從性質上區別於世界其他地區或國家——例如美洲新大陸的移民社會。1. 臺灣的移民是自己國家領土上從人口繁密、文化發達的地區，向人口曠疏、文化發展遲緩的地區的移民，而不是一個國家向別一個國家的移民，或殖民宗主國向被殖民國家的移民。2. 在西方移民國家，例如美洲新大陸，移民來自許多不同的國度和民族，他們不可能隸歸於原來的母國，必然造成移民地區與原來母國的疏離；而臺灣的移民則來自同一的母國和民族，移民的結果是進一步加深了與祖國和母族的聯繫，使臺灣更緊密地納入中國社會的統一體系之中。3. 在新大陸，出於政治和宗教原因而來的移民，目的是要擺脫本國的統治，因此，移民地區的領導者常常制定具有很強獨立性的法律，以擺脫和母國的關係；而臺灣移民，無論是為了生計漂海而來，還是為了政治流亡而來，都是以自己的祖國和家園為歸指的。這樣的移民社會的特點，形成了臺灣文學特殊的「移民性格」和「遺民性格」。長期離鄉背井流落他方篳路藍縷的不安定生活，和對故鄉親人的殷切思念，造成了臺灣社會普遍的漂泊的心態和懷鄉情緒；而困囿孤島、難以實現的政治意圖，又使那一部分「遺民」，懷有強烈的流亡意識和思舊情懷。這構成了臺灣文學繁衍不息的重要文學母題，是它迥異於內地文學的一個重要特徵。

　　其次，臺灣經歷了從移民社會向定居社會的發展。史學界一般界定這一社會轉變在 1860 年前後。其主要標誌是此時臺灣社會的人口增長，已由移民遷入的增長為主轉為移民定居後的自然增長為主。社會結構也從同一祖籍的地緣關係，逐漸讓位於以宗族為基礎的血緣關係。從 17 世紀中葉到 19 世紀中葉，經過 200 多年的移民，臺灣在以大陸為模式建構自己的社會同時，定居的移民後裔也逐漸轉化為土著居民。他們在定期返鄉祭祖、認同原籍的同時，對現居地的感情也日漸深摯；認同當地、紮根臺灣的傾向也日益增強；隨同他們先祖攜帶而來的祖籍文化，日漸顯出它的本土化色彩，而成為中原文化延播臺灣的一種亞文化形態。臺灣文學也逐漸由外省來臺文人的采風問俗、詠懷述異，轉向本土作家對自身社會、歷史和文化的關注。臺灣文學的這種本土化特點，無論在文學的進程或色彩上，都是中國內地其他省區文學所未曾碰到的一個特殊的課題。

　　第三是臺灣特殊的歷史遭遇。由於地理上的原因，地處祖國海疆一隅的臺灣，歷史上一直是封建王朝的中央勢力很難充分抵達的地方。直到 17 世紀，內地已進入高度發展的封建社會，臺灣仍處於原始發展的部族時期。由於這一客觀背景和臺灣位於海路交匯中心的地理條件，臺灣自 17 世紀以來，一直是日本、荷蘭、西班牙、英國、法國、美國等東西方殖民國家侵擾、掠奪的目標。其間還曾兩度淪為荷蘭（1624-1662）和日本（1895-1945）的直接殖民地。尤其是第二次淪陷是作為中日甲午戰爭的戰敗賠償，割讓給日本。在長達半個世紀的日本割據中，正是中國社會和世界政治急劇變動、發展的時期。殖民統治和壓迫的現實，中斷了剛剛進入定居社會的臺灣沿著和閩粵社會相似的道路發展的歷史進程。這種「被割讓」和「遭殖民」的境遇，使臺灣處於一個特殊的地位，給陷入「棄兒」兼「孤兒」困境的臺灣人民心靈，打下痛苦的精神烙印。它賦予臺灣文學固有的漂泊心態和流

亡意識的文學母題，以及鮮明的民族意識和反帝抗爭精神；也使從懷鄉和思舊中昇華起來的愛國主義情懷，有著愛怨交錯的複雜心理內涵。這份由特殊歷史際遇造成的文學情懷和文學母題的複雜變奏，在中國文學中是極為特殊的。

第四，由於海峽兩岸 40 年來的阻隔和對峙，當代臺灣無論在社會性質、政治制度、經濟結構和意識形態，都走上與祖國大陸不同的發展道路；由政治和經濟對西方仰賴所造成的文化不加設防，也使西方思潮得以大量湧入。在外來文化影響和自身經濟轉型這兩方面因素的作用下，當代臺灣文學的進程也呈現出與大陸文學不盡相同的形態的經歷。從 50 年代不滿「反共八股」的政治規避，而進入內心世界的現代探索，經過一段消化不良的異途迷津，重新走向對於傳統的省認和現實的關注，形成了 80 年代以來文學發展的多元態勢。臺灣文學的這段歷程，和大陸近 40 年文學最初對於政治的過多依附，和對一切外來思潮的一概排拒，在經過一段曲折之後，以政治和經濟的改革為前導，重新在走向開放中建構起當前文學多元發展的格局這一過程，有一種兩極對位的互補意味。臺灣文學這一歷程所提供的正負兩面經驗，對於中國文學的發展都是可貴的積累。尤其是臺灣近年社會發展的都市化趨向，造成了臺灣文學的社會消費性格，其所面臨的一切問題，對於日益走向現代化的中國大陸社會和文學發展，都具有某種正值或副值的啟悟性的意義。另外，文學的發展最終必須以作家和作品為其終極體現。臺灣 40 年來的文學發展，所造就的作家之多，流派之紛立，刊物之活躍，作品之層出不窮，題材之廣泛，風格之多樣，放在中國諸多省區中，當也是極為突出的。較之四五十年前臺灣文壇的清冷寂寞，其發展速度和繁盛景況，頗值得我們注意和探討。

以上諸方面的因素，形成臺灣文學在中國文學整體格局所占的特殊位置。一方面它是中國一個省區文學，平列於中國諸多省

區的文學之中；另一方面，又因其特殊歷史際遇所形成的與大陸各省區文學不同的進程、形態和積累，超出了一般省區文學的意義。尤其是近 40 年來，它作為一個與大陸性質不同的社會的文學，引起我們特殊的關注。它的特殊的文學進程和形態，也有了特殊的價值和意義。正是基於這一點，我們才有可能和必要把臺灣文學作為中國文學的一個特殊分支，以一個單獨的學科分列出來研究，臺灣文學史的編寫，也才有了特殊的價值和意義。

二、原住民族文化、中原文化和外來文化
——臺灣文學發展的文化基因和外來影響

臺灣是個經由原住民族和漢族移民相續開發而發展起來、並受到過多種外來文化衝擊的社會。由於臺灣歷史的這一特點，臺灣文學的發生和發展，具有著雙重的文化基因和比較複雜的文化背景。

臺灣的原住民族指的是最先居住在臺灣的兄弟民族。中國歷代文獻上，曾經分別把他們稱「山夷」（漢）、「琉求土人」（隋）、「毗舍耶」（宋）、「東番夷」（明）、「番族」或「土番」（清）等，日據時期稱「高砂族」，近年則有稱「山胞」的。所有這些指的都是 1950 年代大陸在民族認證中所稱的「高山族」，在臺灣則稱為「原住民」。關於高山族的族源，十分複雜。因此有把臺灣的原住民，分為九族或十族。但如上節所述，史學界普遍認為其中包含居住於中國南部大陸的古越族之一支。古越族來源於亞洲北部大陸的蒙古利亞種人。其一支沿東部海岸南下，廣泛分布於我國南部沿海大陸，古稱百越，分於越、楊越、東甌、閩越、南越、西甌、駱甌等種屬；另一支越長江上游南下，分布於五嶺以西的西南狹谷地區，稱百濮。其中一部分越人和濮人繼續溯江南下，經中印半島而至南洋群島，與來自印度

或高加索的古印度奈西安種人相融合，成為原馬來人。大部分原
馬來人留下與原住在那裡的尼格利陀種人相融合，成為後來的真
馬來人。大約在新石器時代中期或晚期，一支越族自大陸東南沿
海進入臺灣；另一支未與尼格利陀種人融合的原馬來人，也由菲
律賓群島移入臺灣。他們共同構成了臺灣高山族的遠祖[6]。因此，
著名歷史學家、《臺灣地方史》的作者陳碧笙說：「從我國出發
的兩支南亞蒙古人種，在經過不同的路線和長期迂迴的遷移之
後，最後仍然在臺灣會合，這是古代人類大遷移中一個很有趣的
現象。」[7]

　　古越族作為漢族的四大來源之一，在歷史的發展中，其文化
大都已融合在漢民族的文化之中。其融入臺灣原住民族部分，則
由於地處海中的相對鎖閉和較為緩慢的歷史發展，還保留著與古
越族相關聯的文化特徵，體現在他們的生產方式、社會組織、經
濟生活、圖騰信仰、祖靈崇拜、婚娶喪葬以及紋面涅齒、服飾器
具、鼻笛輪舞等生活習俗和技藝之中。17 世紀以後，臺灣雖經過
幾次漢族移民高潮，並逐漸發展成為以漢族為主的移民定居社
會。但漢族移民的東來，並未與原住民族發生尖銳的對立，更未
出現像美洲大陸對印弟安人那樣滅絕性的民族屠殺。相反，從明
鄭政權到統一臺灣之後的清朝政府，出於自身政治利害的考慮，
都嚴厲約束漢族移民和駐軍對原住民族的侵擾，並採取了一些
「保護番產」的政策。它在客觀上使臺灣的原住民族較好地保留
了自己部族的社會結構、生產方式、風俗習慣和文化傳承。即使

6　　參見林惠祥：《福建民族之由來》載《林惠祥人類學論著》，福建人民
　　　出版社，1981；陳碧笙：《臺灣地方史》，中國社會科學出版社，
　　　1982；陳國強、林嘉煌：《高山族文化》，學林出版社，1988。

7　　《臺灣地方史》，陳碧笙著，中國社會科學出版社，1982 年版，第 18
　　　頁。

是受漢族文化影響較大而基本上已融入漢族的平地原住民族（俗稱平埔族），也保留有自己的番祖等文化特徵。一直到今天，臺灣原住民族獨特的文化色彩，仍然是十分突出而鮮明的。

　　臺灣原住民族文化傳承上的這種保守性，一方面維護了自己民族文化的傳承；另一方面又不能不造成它在文化發展上的遲緩。高山族歷史上曾經創造出許多具有獨特民族文化蘊涵和形態的文學和藝術，特別是反映他們民族起源、生產鬥爭、風俗習慣和歷史發展的神話、傳說和民歌。但由於高山族沒有自己的文字記載，這些創作都還停留在口頭相傳的原始階段，和記錄於漢族或其他民族的文字之中，沒有能夠發展成為自己獨特的、嚴格意義的民族文學。因此，臺灣原住民族的文化，在臺灣文學的發展中，還只是作為一個潛在的文化基因，最初出現在大陸來臺文人采風問俗的史志筆記和詩歌之中，從而使臺灣文學從一開始，就彌漫著具有原住民族文化色彩的異域風情。直到近年，受到世界性的原住民族文化復興運動的影響，才開始出現一批自己民族的作家。如布農族的小說家田雅各，排灣族盲詩人莫那能，雅美族詩人施努來，泰雅族詩人、散文家柳翱，泰雅族散文家郭建平等。他們都以自己民族特有的文化內蘊、神話原型和生活體驗，描繪自己民族的歷史命運、生存狀況和呼籲抗爭，表現了現代生活與古老傳統的衝突所激起的巨大波瀾，成為臺灣文學發展的一個新興的支脈。與此同時，一批漢族作家也以關切高山族歷史命運和生存現實的態度，創作了一批反映高山族民族生活的作品。如鍾理和的《假黎婆》，鍾肇政的長篇《黑馬坡風雲》、《高山組曲》等，以及楊牧的四場詩劇《吳鳳》，楊青矗的小說《烏來的少女》、《外鄉來的流浪女》，吳錦發的小說《有月光的河》、《燕鳴街道》，古蒙仁的報告文學《黑色的部落》，黃春明的電影《我的名好叫蓮花》等。他們都從不同的側面描繪了高山族人民的歷史和現實，為他們在現代社會中所處的生存困境和文化危

機，發出了深切的人性的呼籲。臺灣原住民族文化對臺灣文學的潛在影響，才被逐漸釋放出來，成為一個顯性的因素，引起社會的關注。

對臺灣文學發生根本影響的，是中原文化。

隨同漢族移民攜帶進入臺灣的中原文化，較之當時還處於部族生活的原住民族文化，無疑是先進文化。因此，代表著先進生產力和生產關係的漢族移民，很快就成為推動臺灣社會發展的主要動力。漢族移民社會的確立，實際上就是以中原文化為代表的漢族文化傳統的確立。廣義地說，這一傳統包括中原當時已經進入高度發展的封建社會的生產方式和經濟關係，以及建立在這基礎之上的價值觀、倫理觀和政治體制、教育體制，還有因因相承的民族心理、思維特徵和行為方式。因此，中原文化既是漢族移民社會形成的存在方式，也是漢族移民的精神方式。為臺灣社會奠基的這一文化傳統，自然也就成為反映按照這一傳統建立起來的臺灣社會生活的文學生成和發展的基因。只有基於這一點，臺灣文學的最初開創者，才有可能按照中國古代文學的詩歌與散文的範式，來建立臺灣文學的文體模式，並把自己納入中國文學的博大傳統之中。即使到了現代，中國文學發生的一場從內容到形式的深刻革命時，臺灣文學也是呼應著大陸的文學運動，循著同一的方向發展的。中原文化的基因，在臺灣文學漫長的發展過程中，規範它的方向，確立它的形式，賦予它的精神內涵，奠定它的民族風格，把臺灣文學納入中國文學的傳統之中。

在臺灣的歷史發展過程中，還受到過多次外來文化的衝擊。主要是 17 世紀隨同荷蘭、西班牙殖民者而來的基督教、天主教文化；19 世紀末至 20 世紀上半葉隨同日本據臺而來的大和文化；20 世紀下半葉隨同西方政治、經濟的進入而來的西方文化。17 世紀初，荷蘭殖民者在據臺之後即派遣大批傳教士來到臺灣，傳教辦學，參與殖民統治和掠奪，成為東印度公司在臺的重要支柱。

但由於荷據時間不長，彼時漢族移民社會尚未成形，教會影響主要在部分土著居民之中，對臺灣社會的進程和文化的發展，尚未留下太深的痕跡。之後隨同西班牙殖民者而來的天主教文化，也只在局部地區不長的時間裡存在，同樣也未產生太大的影響。重要的是此後兩次日本文化和西方文化的進入。它們對臺灣社會和臺灣文學的發展，形成巨大的衝擊並留下深刻影響。

　　日據時期的日本文化，是作為日本帝國主義統治臺灣的一項殖民政策而進入臺灣的，目的是把臺灣從政治、經濟、軍事到文化，都納入日本體制。因此，在這一特定政治背景下，日本文化進入臺灣帶有明顯的侵略性質。特別是在日本侵華戰爭全面鋪開以後，其所推行的「皇民化」運動，包括取消漢文教育、取締漢文報刊，禁用漢字漢話，甚至更服改姓、封閉寺廟、廢除漢族神祇，禁絕一切與漢民族有關的宗教、民俗和演藝活動，以日本民族的語言、文字、服裝、姓氏、寺廟、神祇等等代替，更是一種赤裸裸的野蠻的文化滅絕主義。長達半個世紀的日本統治和強制性的文化同化，其在臺灣所產生的後果，是極為複雜的。

　　首先，它中斷了臺灣社會沿著的中原文化為基礎與內地社會同步發展的歷史進程。日據之前，臺灣已進入漢族移民的定居社會階段。循著這個軌跡，臺灣完全可能發展成為與閩粵相似，以中原文化為基礎的傳統社會。日本割治和日本文化的進入，改變了臺灣社會的發展方向，使之成為日本殖民政治和經濟的屬地和附庸；而異質文化的壓迫，又逼使大批不甘異族統治的文人內渡，使剛剛發展起來的以本土作家為主體的文學，被迫處於相對停滯的狀態。臺灣文學的發展，由於這一歷史變故而出現曲折。

　　其次，異族統治和異質文化的侵入，從反面激發了民族意識的覺醒和民族文學的抗衡。為抵禦日本文化的進入，臺灣在上世紀末本世紀初出現了一個幾乎遍及全島的漢學運動。《臺灣地方史》描述這一運動時寫道：「淪陷未久，許多地主、官僚出身的

上層知識份子迅速掀起一個聲勢不小的漢學運動。讀漢書，寫漢字，作漢詩，此仿彼效，蔚然成風。最初發軔於文化素稱先進的臺南，逐漸擴展至臺中、嘉義、高雄各地；北部的臺北、新竹聞風踴起，出現了第二中心；最後連邊僻如澎湖、臺東、花蓮也捲了進去。這是一個範圍遍及全島的群眾性運動，一直持續到三十年代初期。」[8]1871 年，臺灣有教授漢詩、漢文的書房 1127 所，學童 17066 人，一年之後激增至 1707 所，學童 29941 人。此外還有不收學費的義塾。書房和義塾，都成為傳播漢學的重要陣地；而結社吟詩擊鉢分箋，一唱百和，更成為漢學運動的主流。以「希延漢學於一線」，「維繫詩文於不墜」[9]為宗旨出版的詩刊、吟集、雜誌，也層出不窮。隨著詩社的蓬勃發展和詩刊吟集的發行。臺灣能詩者日見增多。據《瀛海詩集》所載，當時稍負盛名的詩人有 469 人，而《臺寧擊鉢吟集》所列能詩者，竟達 1200 餘人。此一盛況，實「為開創以來所未有」（連雅堂語）。這一切都說明臺灣在進行了長達 7 年的武裝抗日而屢遭血腥鎮壓之後，其文化抗爭，卻自始至終未曾停歇。新文學運動時期，臺灣在面臨遠比大陸複雜的政治鬥爭、民族鬥爭和文化鬥爭的背景下，繼承五四新文學反帝、反封建的精神，獨張文學「為人生」的理論旗幟，在創作實踐中把「為人生」的主張體現為表現臺灣人民備受殖民壓迫和封建剝削的痛苦，以及他們生生不息的抗爭精神，從而奠立了臺灣新文學的民族意識、反帝精神和關懷本土現實與底層人生的現實主義傳統。

第三，日本文化對臺灣的影響也是複雜的。一方面，當它作為日本殖民統治的一項政策，反映日本殖民擴張意識而進入臺灣時，具有侵略性的一面；另一方面，日本文化本身，在進入現代

---

8   陳碧笙：《臺灣地方史》，第 289 頁。

9   《臺灣省通志稿》卷六，《學黃志・文學篇》。

工業社會之後，其所接受的現代科技文明及各種世界性的文化思
潮，較之當時處於鎖閉、停滯狀態的傳統文化，又有著先進性的
另一面。特別在本世紀20年代前後，日本社會正處於「大正民主
時期」，為改善其統治體制，在引進世界先進科學技術同時，還
放寬對思想文化的統轄，思想文化界民主自由之風日盛，逐漸興
起民主主義和社會主義運動。與此同時，其對臺灣的殖民政策，
又由以「武治」為重點轉向「文治」，頒發《教育令》，遂使一
批臺灣學生有可能到日本留學。1916年，臺灣計有留日學生300
餘名，至1922年，已達2400餘名。這在客觀上推進了臺灣本島
的知識份子，透過日本文化接觸到當時西方世界的先進科學技術
和進步文化思潮，在推動臺灣文化和文學革命上起了積極的作
用。五四新文學時期，留學日本的臺灣學生就從日本的民主文化
思潮中接受積極影響，呼應祖國的運動，成為臺灣新文學運動的
另一個思潮來源，就是突出的例子之一。長達半個世紀的日本文
化的強制推行和潛移默化的影響，也使臺灣本土文化帶有某種程
度的日本色彩，從而也在一定程度上影響了臺灣文學的本土形
態。這也是歷史發展無庸迴避的客觀事實。

　　五六十年代大量湧入臺灣的西方文化，同樣也有一個政治前
提為背景。這是那個年代臺灣當局對西方國家從政治、軍事到經
濟全面仰賴所帶來的文化必然。因此，伴隨西方某些先進科學技
術和文化成果湧入臺灣的，還有從性到暴力的種種消極的文化因
素。60年代以後臺灣經濟的轉型和發展，又使最先作為西方文化
介紹進來的那一部分反映工業社會和後工業社會的現代文化意
識，成為臺灣社會發展本身的一種現實呼喚。這就使五六十年代
進入臺灣的西方文化，較之日據時期的日本文化，有著更為複雜
的性質和情況。

　　一方面，西方文化是作為西方政治、經濟對臺灣入侵的伴隨
物，它的湧入臺灣，和西方政治、經濟一樣，都帶有一定的殖民

侵入色彩，在事實上造成對臺灣民族文化的壓迫和侵擾。尤其是隨同西方政治經濟夾帶而來的那一部分負面的文化影響，其對傳統道德準則和民族文化的敗壞，更使人們憤懣於西方文化的消極作用。它自然再次激起傳統的民族文化對外來異質文化的抵禦和抗衡。六七十年代臺灣再度勃興的鄉土文學思潮，便包含有這種與異質文化抗衡的意味。

另一方面，五六十年代臺灣向西方看齊的社會風氣，也造成臺灣意識形態領域向西方文化的全面開放。19 世紀以來西方社會的各種現代哲學思潮和文化思潮，幾乎同時地都在臺灣登場。西方文化的這一部分積極性成果，也廣泛地為臺灣知識階層所接受，並影響著臺灣文學的進程和形態。而同時，60 年代臺灣的經濟轉型，又使反映工業和後工業時代的這些文化思潮，成為臺灣急劇發展的現代經濟和都市化進程所必需。50 年代初期在臺灣興起、60 年代形成高潮，至今仍延續不斷的現代主義文學浪潮，便是這兩方面因素先後發生作用的結果。

原住民族文化、中原文化和外來文化影響，是臺灣歷史發展上客觀存在的三種不同的文化現實，它們之間的互相衝撞、對峙、交融和吸收，構成了臺灣文學發展的宏闊文化背景。

中原文化和原住民族文化，都是中華民族文化的組成部分，並不存在對抗性質的矛盾。它們之間的衝撞，是中華民族文化內部的差異所帶來的。作為一種優勢文化，中原文化的先進性，帶動著原住民族文化的發展；而原住民族文化相對的穩定性和保守性，又使它保有自己獨異的地域和民族色彩。它們共同構成了臺灣的本土文化，並且成為臺灣文學生成和發展的兩個文化基因，既規定著臺灣文學發展的民族方向，又呈示出臺灣文學獨異的地域色彩和民族特徵。

中原文化和原住民族文化，即臺灣本土文化，與外來異質文化的關係，其衝突是主要的。這是因為外來文化進入臺灣，常常

都有政治或經濟侵入的背景。它激起臺灣本土文化與之相抗衡是必然的。在這個意義上說，異質文化的進入，也促進了臺灣本土文化內在凝聚力的增強。臺灣「鄉土文學」口號的特殊內涵和「鄉土文學運動」的幾度崛起，成為推動臺灣文學發展的重要思潮和力量，便是這樣一種特殊的政治、民族和文化鬥爭的結果。

　　從另一方面看，文化的演進，不僅依賴文化對自身傳統的繼承，更重要的是對於傳統的變革。而傳統的變革，取決於文化發展內外兩方面的條件。內部條件是：文化發展的停滯而產生突破傳統束縛的要求；外部條件則是異質文化的進入，並和傳統文化發生衝撞，從而形成傳統變革的外部環境。但並非任何不同形態的異質文化的衝撞，都可能引起傳統文化的變革。只有當這個帶來衝撞的異質文化，其層次文明於傳統文化，變革才可能發生。臺灣在近一個世紀來不斷受到異質文化的紛擾，使臺灣文學受到遠比內地更激烈的文化衝撞。但並非每次衝撞都帶來積極結果。從總的看來，從日據時期到五六十年代，異質文化的進入大多是從外部強加於臺灣的，而並非都是臺灣文化發展內在的要求。因此，在許多情況下，異質文化的進入，只造成對臺灣傳統文化的破壞，而不是演進。臺灣文學發展面臨的許多挫折，也大多由此而來。但在某些時期，當文化發展面臨突破傳統束縛的時候，進入臺灣的異質文化，就作為一個新的因素加入，而形成傳統變革的外部環境。例如五四新文學革命，透過日本所接受的世界進步文化思潮，曾經對臺灣新文學的誕生起過積極作用。又如六七十年代臺灣社會經濟的變化，使建立在封建自足經濟基礎上的某些傳統文化成分，明顯難以適應現代工業社會發展的要求，而最初作為異質文化強加於臺灣的那些反映工業社會發展的現代意識，在臺灣的現實發展中找到自己植根的土壤，從而形成對某些已呈僵腐了的傳統文化觀念產生猛烈衝擊，並引起了文化的變革。異質文化帶來的衝撞，在這裡又起著推動文化發展的積極作用。

　　從理論上說，變革是一種偏離自身發展方向的文化異化。因此，變革必然導致對於傳統的某種叛離。但是在文化演進的現實中，任何對於異質文化的吸收，從來不可能是一種簡單的模仿或全盤的移植；而必須使外來文化納入本土文化的發展邏輯之中，植根於民族文化的深厚土壤，才能使之成長為民族文化傳統中新的有機成分。這樣，對於異質文化的吸收，勢必要有一個揚棄的過程，剔除其不適合發展需要的那一部分；同時也會有一個新創的過程，使之既植根於民族傳統之中，又超越於民族傳統之上，成為一種新的文化創造物，一種新的傳統。臺灣文學近數十年來所有的論爭，幾乎都集中在「傳統」和「西化」這個焦點上，便反映了文化衝撞和演進中所必然遇到的這個問題。文學思潮存在的某些或此或彼的偏誤，往往也體現在如何處理這一組矛盾上。這不僅是一個抽象的認識過程，更重要的還是一個藝術實踐的過程。對於臺灣文學說來，這個過程並未完結。

　　面臨多重異質文化的衝擊，置身於世界文化大背景之中，不管是被迫的，還是自覺的，對於臺灣文學的發展，是一種麻煩，也是一件樂事。它使臺灣文學跌宕坎坷，也必將帶來臺灣文學對自身傳統的變革，其所遇到的問題，也是整個中國文學所面臨的問題。

三、中國情結和臺灣意識
——臺灣文學的歷史情結

　　中國情結——有時也稱中國情懷或中國意識，以及由此衍生的臺灣情結——有時也稱臺灣情懷或臺灣意識，是臺灣社會發展賦予臺灣文學的一個特殊命題。它的提出最先只在文學的領域中，但卻常常超出文學的範疇，進入政治的領域，成為社會躁動的一個情緒焦點，其本質是個社會問題，而非文學問題。它既是

社會發展留給臺灣文學的一段歷史情緣，也是社會心緒借助文學表現出來的一種政治情懷。近年來對此問題的討論，由文學到政治，又由政治到文學，牽涉範圍極廣，不僅關聯到臺灣文學的定位，也關聯到臺灣社會的定位。這不能不引起我們特別的關注。

　　歷史遺下的問題必須從歷史的考察入手，才能予以剖析清楚。

　　所謂「情懷」，一般指的是對於歷史和現實的體驗所形成的一種社會心緒；所謂「情結」，是這種社會心緒在歷史的積累和現實的壓抑中，所造成的一種定向的、執著的（有時甚至是偏執的）社會心態；而所謂「意識」，則是經過反省後的理性思考。它們在不同的層次上，反映出對同一個問題體驗和思考的不同深度。

　　如前面我們所曾分析的，臺灣移民社會的形成和後來的歷史遭遇，帶來了臺灣社會普遍存在的漂泊心態和孤兒心緒，它賦予了臺灣文學特殊的「移民性格」和「遺民性格」。這一特殊的社會情狀和情感形態，在兩個向度上發展了臺灣社會和臺灣文學的感情取向和文化紐結。一方面，以中原大陸為文化母體發展起來的臺灣移民社會，越是在漂離的情況下，越加深它對母體社會和母體文化的體認和歸依的感情。這種以「祖籍意識」為核心，以文化母體為歸宗的移民心緒，在歷史的發展中，逐漸昇華為割捨不斷的祖國情結和民族意識，亦即中國情結——中國意識。另一方面在長期與母體文化疏離的情況下，來自移民祖籍的中原文化，也經歷著它在臺灣播遷的本土化過程，形成了某些與母體文化迥異的本土屬性和本土形態。特別在異質文化進入的情況下，發生著某些變異和新質。它同時造就了一代代移民後裔的知識份子對本土文化自我體認的社會情緒。這種認同本土的社會情緒，便成為後來臺灣情結或臺灣意識的感情基礎。因此，在早期臺灣文學的發展中，雖然未曾明確提出中國情結或臺灣情結的問題，

但是作為不同的情感取向和文學情懷，它客觀地存在於臺灣文學的現實之中。不過這一時期從歷史文化層面提出、或客觀存在於臺灣文學之中的中國情懷或臺灣情懷，並不是相互對立的，而只是所強調的感情側面不同。因為從根本上說來，臺灣社會是中國社會的一部分，臺灣本土文化是中國文化的一個亞文化類型，是作為中原文化播遷臺灣的一種鄉土體現，統一在他們共同的文化母系統之中。

日據以後，臺灣面臨著異族文化的強制同化和壓迫。這種壓迫是全面地指向中原文化和臺灣本土文化的。因為相對於日本統治者的文化，中原文化和臺灣本土文化都是漢民族文化。而日本殖民統治的最終目的，就是要滅絕漢民族文化，將臺灣全面納入日本體制之中。因此，這一時期民族文化和異族文化的衝突，是一種本質的、主導的和對抗性的衝突；因為當時的政治情況不能講「民族」，只好講「鄉土」。而這個「鄉土」是臺灣，其背後的實質也是「中國」。這就是說，日本的統治造成了與日本殖民者所鼓吹的「皇民意識」相抗衡的「臺灣意識」的勃興。這時所謂的「臺灣意識」，是以民族文化為內涵、民族認同為指向、回歸祖國為目標、和「皇民意識」相對立的「民族意識」的同義語。所以，在日本割據的背景下，中國情結和臺灣情結共同存在於民族淪亡的政治憂患之中，在抵禦異族文化面前表現出很高的民族同質性。當時流傳民間的一首殯歌：「我頭不戴你天，腳不踩你地，三魂回唐山，七魄歸故里」，就很突出地表現出臺灣人民不與殖民者共戴天的民族回歸的社會情緒。日據時期「鄉土文學」口號的提出，從賴和到吳濁流一系列民族意識強烈的作品的產生，都鮮明地表現了這一時期「中國情結」與「臺灣情結」在民族文化層面上兩「結」同質的特點。

臺灣回歸以後，尤其國民黨政權遷臺，兩「結」問題越來越突出地作為一種政治文化的概念表現出來。這種寄寓著政治情緒

　的社會情懷，在歷史上也曾經出現過：明鄭時期，出於直接或間接政治原因流寓臺灣的移民中——特別是其中的上層人士和知識份子，不同程度地存在著遺民心態和流亡意識；而無論遺民或流亡，又都以故國家園的政權延續和回歸行為為目標和情感寄託。這必然使他們心目中的文化情結轉化為複雜的政治情結。鄭氏復臺後將荷蘭人築建的熱蘭遮城，以家鄉的「安平鎮」重新命名，又將這一帶地方定為「東都明京」，便是鄭氏政治情懷和理想的寄託。「中國情結」在這時主要地表現為實現自己遺民心願的政治情結。1949 年以後，遷臺的國民黨政權始終以「一個中國」的觀念來統一全島思想，也出於這樣一種政治信念。它包含兩個方面的內容：一、臺灣同胞是中國人，海峽兩岸有著共同的血緣和文化；二、臺灣是中國領土的一部分，不容獨立於中國之外。並反覆通過教育和大眾媒介，使社會心理緊扣在「中國情結」這兩個基本環節上，以在政治上維護自己飄零政權的「權威性」和「反攻復國」的「合法性」。中國情結的這種政治化的表現，客觀上仍是以民族文化為基礎的，在維護一個完整中國的觀念上，與歷史上曾經從歷史文化和民族文化層面上表現出來的中國情結，是相一致的。它們都從歷史、社會、政治、文化等方面，強化了臺灣與大陸母體社會的聯繫。

　　但是，由於國民黨政權自身存在的許多矛盾，例如，「反攻大陸」神話的破產和國際地位衰落所導致的憲政危機，專制獨權進一步加深省籍矛盾，海峽兩岸長期隔絕所造成的歷史斷裂，缺乏完整教育所帶來的文化認同危機，等等，加之在某些外來政治勢力的滲入和具有政治野心的少數政客的鼓噪下，「臺灣情結」也逐漸突出它的政治內涵，甚至惡變成為一種否認民族同根、文化同源，企圖製造政治離異和民族分裂的「臺獨意識」的行動口號。從上述的歷史回顧中，可以看到：

　　一、中國情結和臺灣情結，是與臺灣社會形成和發展並生的

一段歷史情結。臺灣與大陸的民族同根、文化同源，是兩「結」的歷史前提，在本質上具有同一性。

二、在不同的歷史時期和社會背景下，兩「結」問題有著不同的內涵，分別在歷史文化、民族文化和政治文化的層面上，表現出它們的一致性和差異性。當它們面對異質文化，同一性是主要的；而當它們回顧自身，差異性就被強調出來。

三、作為一種社會同構，中國情結和臺灣情結並不存在根本的對抗性衝突。它們在推動臺灣社會和臺灣文化的發展上，都有共同的建樹。前者著重對於母體文化的聯結和繼承，後者側重在母體文化之鄉土形態的發展。尤其在異質文化面前，發揮著維護民族文化的傳統，和把對異質文化優秀成分的吸收，納入民族文化發展邏輯之中的重要作用。

四、在特定的情況下，中國情結和臺灣情結都具有的兩重性。基於近代民族憂患而強化了的中國情結，蘊涵著偉大的民族感情和文化認同的趨向。但中國古代聖君大一統觀念下垂憐統治的政治理想，和臺灣現實政治缺乏道德張力的矛盾，減弱了它在實踐中的影響；強調對於「文化中國」的認同，在客觀上也形成了對事實上存在著的「文化臺灣」的忽略。另一方面，這種兩重性在臺灣情結上表現得尤為突出。出於歷史命運的波折和文化發展的要求而形成的臺灣情結，有著認同母體文化的民族性、抵禦異族同化的反抗性和尋求自身發展的自主性。但在特定的情況下也可能發展成為地方排他主義的區域意識和導致民族分裂的政治離異傾向。這是今日臺灣社會已經出現的一個不容忽視的現實。

兩「結」問題雖是一個社會問題，但它影響文學的發展，卻是深長的。首先，它構成了臺灣文學一個特殊的重要文學母題。臺灣作家，從古代、近代到當代，幾乎都無法跨越臺灣與大陸這段文化血緣，以及它特殊歷史命運所帶來的疏離事實和漂泊心態。從最早采風問俗的史志筆記和述懷明志的傳統漢詩，到新文

學以來各種現代形態的小說、詩歌、散文、戲劇，都在表現臺灣
歷史命運和社會心態中，使這一文學母題得到豐富的體現。日據
時期吳濁流的長篇《亞細亞的孤兒》成為臺灣文學的典型代表，
就因為它以生動的藝術形象刻畫了在漂泊與回歸中臺灣人民「孤
兒」兼「棄兒」的困惑處境與正確選擇。繼後鍾肇政的《臺灣人
三部曲》和李喬的《寒夜三部曲》，都繼續和擴展了吳濁流表現
臺灣人民歷史命運的「大河小說」傳統。50 年代以後，以白先勇
的《臺北人》和《紐約客》為代表的另一代作家，在描繪由另一
種政治歷史背景從大陸流寓臺灣，和再度越洋漂落海外的「流浪
的中國人」的心態上，使這一文學母題再度得到生動而豐富的體
現和發展。

　　其次，它促進了臺灣文學民族傳統的奠立和關懷民漠的現實
精神的弘揚。無論中國情結或表現它的鄉土情懷的臺灣情結，都
在民族文化的層面上，指向了在中原文化的香火傳承上建立臺灣
文學的民族傳統。此後波瀾迭生的兩「結」問題，都在整體趨向
上使這一文學的民族傳統，得到進一步的肯認。而同時，中國人
文傳統中的憂患意識和社會使命感，在臺灣社會屢遭不幸的民族
厄難中，發展成為關懷本土命運和民漠疾苦的文學精神。它作為
一個富於凝聚力的文學思潮，主導著臺灣文學的發展。從明鄭逐
荷復臺的詩詞，割讓初期臺灣知識份子的抗議詩文，到「鄉土文
學」口號的最初提出和再度勃興，都寓蘊著以關懷鄉土為表徵的
現實意識。所謂「鄉土」，即是臺灣。關懷鄉土，也就是關懷居
住在臺灣這塊土地上普通人的歷史命運和人生疾苦。臺灣文學的
現實意識和抗爭精神，便也在這種鄉土關懷中，獲得進一步的肯
定和發揚。

　　第三，它關係到臺灣文學的定位和方向。臺灣文學的定位本
來不是一個問題。無論從歷史淵源還是從現實考察，也無論從政
治、經濟或文化的各種因素進行分析，臺灣文學都是中國文學的

一部分，都是從中國文化母體中分支出來，並且在中國歷史大背景下和中國文學大格局中發生和發展的，它無疑地應當納入中國文學的體系並成為其一翼。但是近年來有關中國情結與臺灣情結的論爭，由文學緣起而越出文學的範疇，越來越政治化以後，又反轉過來影響到對臺灣文學自身定位問題的認識。這便不能不引起我們的注意和重加考察的必要。

這場論爭大約經過了三個發展階段。

最初的誘因是 70 年代後期的鄉土文學論爭。葉石濤在界定臺灣鄉土文學時最早提出「臺灣中心」和「臺灣意識」這一概念。他說：「臺灣的鄉土文學應該是以『臺灣為中心』寫出來的作品；換言之，它應該是站在臺灣的立場上來透視整個世界的作品。儘管臺灣作家作品的題材是自由、毫無限制的，作家可以自由地寫出他們感興趣及喜愛的事物，但是他們應具有根深蒂固的『臺灣意識』，否則臺灣鄉土文學豈不成為某種『流亡文學』？」他進一步解釋「臺灣意識」的含義：「既然整個臺灣的社會轉變的歷史是臺灣人民被壓迫、受摧殘的歷史，那麼所謂『臺灣意識』——即居住在臺灣的中國人的共通經驗，不外是被殖民的、受壓迫的共通經驗；換言之，在臺灣鄉土文學上所反映出來的，一定是『反帝、反封建』的共通經驗以及篳路藍縷以啟山林的，跟大自然搏鬥的共通紀錄，而絕不是站在統治者意識上寫出的，背叛廣大人民意願的任何作品。」[10] 葉石濤的「臺灣中心」和「臺灣意識」論，如果僅是作為對臺灣「鄉土」文學的一種審視角度和表現要求，是可以說得通的。綜觀葉氏全文及同一時期的其他有關論述，他曾一再強調「臺灣獨特的鄉土風格並非有別於漢民族文化的，足以獨樹一幟的文化，仍是屬於漢民族文

10　葉石濤：《臺灣鄉土文學史導論》，載《鄉土文學討論集》第 72-73 頁，臺灣遠景出版事業公司，1978 年版。

化的一支流。」[11] 而他所謂的「臺灣意識」，是「居住在臺灣的中國人的共通經驗」，實質上也是近代以來備受殖民侵略和封建壓迫的包括祖國大陸在內的所有中國人的「共通經驗」。這兩個概念的提出，或許可作如此解釋。但在後來的討論中，卻有了不同的引申和改變。

葉石濤文章發表之後，陳映真即以許南邨筆名在《鄉土文學的盲點》一文中，提出不同的看法和補充。他認為近代以來臺灣的民族、民主運動，以及受五四影響的新文學運動，無一不是「以中國為民族歸宿之取向的政治、文化、社會運動之一環。」因此，所謂「臺灣的立場」，也就是中國的立場；所謂「臺灣意識」，其基礎「正是堅毅磅礡的『中國意識』；而所謂臺灣鄉土文學的個性，便「在全中國近代反帝、反封建的個性中，統一在中國近代文學之中，成為它光輝的不可割切的一環。」因此，他主張臺灣文學只是「在臺灣的中國文學」，並且批判了那種想把臺灣分離於中國的「文化的民族主義」[12]。

在這些分歧中可以看出，葉石濤側重於立足臺灣本土的共通經驗即「臺灣意識」，來界定臺灣鄉土文學；而陳映真則是對這一界定中的「臺灣意識」和「中國意識」的關係，作必要而重要的補充和申明，並預見了關於「臺灣意識」的某些引申所潛隱的分離傾向。由於當時他們同是論戰一方的主將，他們之間的分歧還只限制在鄉土文學的釋義上並未深入展開。但是，鄉土文學的論爭是一場涉及到臺灣社會、歷史、政治、經濟的相當廣泛的文化運動。它不僅促使了對三百年來臺灣歷史和臺灣文化的發掘、整理，而且推動了對臺灣當代社會政治經濟的認識和批判；各種政治主張和派系則以「臺灣意識」與「中國意識」為題展開討

11　同上，第 71 頁。
12　見《鄉土文學討論集》第 93-99 頁。

論。這樣，隱藏在他們文章中的分歧和對立，也逐漸明朗化起來。

　　第二個階段的討論是以 1981 年 1 月詹志宏的《兩種文學心靈》為導火線。詹志宏在這篇對《聯合報》兩篇獲獎小說的評論中，在強調臺灣文學作為中國文學一部分的同時，又擔心它「遠離了中國的中心」，而可能被當作一種「邊疆文學」。他不無憂慮地說：「如果三百年後，有人在他中國文學史的末章，要以一百個字來描寫這三百年的我們，他將會怎樣形容？提及哪幾個名字？」因此他「杞憂我們三十年來的文學努力，會不會成為一種徒然的浪費？」[13] 這種憂慮使剛從論爭中確信自己樹立了主潮地位、正尋求從理論上進一步完善自己的鄉土文學，敏感地激動起來。《臺灣文藝》在革新 20 期上特闢「臺灣文學的方向專輯」，發表了壹闡提（李喬）、高天生和宋澤萊的文章進行討論，認為將臺灣文學「置放於整個中國文學史中去定位……是一種迷失歷史方向後的錯亂」，主張「去除臺灣文學的自卑」，「扛起文學的旗幟」。接著葉石濤在《文學界》1982 年創刊號上發表了《臺灣小說的遠景》一文，發展了他在《臺灣鄉土文學史導論》中的觀點。他認為「臺灣文學是居住在臺灣島上的中國人建立的文學。雖然同屬中國人創造的文學，但是臺灣海峽兩邊的中國人的社會制度、生活方式、思考型態都有明顯的不同」，因此，臺灣小說「應整合傳統的、本土的、外來的各種文化價值系統，發展富於自主性的小說」。這一「自立性」的觀念很快得到回應，並被作為文學「本土化」的理論基石。1982 年 4 月，彭瑞金在《文學界》第二期以《臺灣文學應以本土化為首要課題》為題著文，主張把「本土化」作為「臺灣文學建設的基石」，並認為「溯此而上，我們不僅可以以此檢視數十年的臺灣新文學運動，甚至可

13　載《書評書目》，1981 年 1 月號。

以檢視三百年來自荷鄭以降的所有臺灣文學作品，從這裡我們證明了臺灣文學自有其歷史的淵源和它獨特的精神傳統」。1984 年1 月，《臺灣文藝》發表宋冬陽帶有綜論性的文章《現階段臺灣文學本土化的問題》，把臺灣文學發展和論爭，概括為「孤兒意識」和「孤臣意識」，「民間文學」和「官方文學」兩種路線的對立和消長，強調臺灣本土文學論的基本態度是：「第一，臺灣文學的價值必須從臺灣本身的歷史與現實來評估；第二，臺灣文學不是隸屬於其他地區的文學，它本身早就有其自主性。」

針對上述的觀點，陳映真在 1982 年 2 月香港出版的《亞洲週刊》上回答記者的訪談時，提出了「第三世界文學論」」的觀點。同年 4 月在《益世》雜誌上發表《消費文化‧第三世界‧文學》一文中指出：「我總認為，與其強調臺灣文學對大陸中國文學的『自主性』，實在不若從臺灣文學、中國文學與第三世界文學的同一性中，主張臺灣文學——連帶地整個第三世界文學——對西歐和東洋富裕國家的『自主性』，在理論的發展上來得更正確些。」後來又在《大眾消費社會和當前臺灣文學的諸問題》、《中國文學和第三世界文學之比較》等文中，進一步闡述他的觀點。陳映真及主張「第三世界文學論」的作家，大多集結在《夏潮論壇》和《文季》兩個刊物上，而強調「臺灣本土文學論」的作家大致以《文學界》和《臺灣文藝》為中心，從而形成了社會上所說的「南北分派」的對立。

第三階段是 1983 年以後，兩「結」的論爭超出文學的範疇，進入更廣闊的社會領域，成為政治色彩濃烈的意識形態論爭。其一方仍然是以陳映真為代表的「中國意識論」者；另一方在主張「臺灣意識」和「本土化」、「自主化」中呈現出較為複雜的政治背景和觀點。葉石濤也逐步改變自己的觀點，而主張離異於中國的「臺灣民族論」和「臺灣文學論」。他們或者從臺灣社會的歷史去發掘獨特的精神傳統；或者由現實政治關係和經濟結構的

剖析來提出本土化的理論架構；或者以海峽兩岸的區別來標示臺灣未來的發展。特別是某些具有分離傾向的政治力量的介入，使這場被他們視作「臺灣黨外運動的里程碑」的論爭，確有導入歧途的可能。它反轉過來又影響到文學自身，給臺灣文學「本土化」的討論，投下某種政治陰影，妨害著臺灣文學的健康發展。

關於「中國情結」和「臺灣意識」的問題，既然是歷史留下的客觀現實，通過討論以進一步弄清它們的實質，擺正它們的關係，本來是有益的。但必須有一個前提，應當有利於國家的統一和文學的發展，而不能是為製造民族分裂尋找藉口。臺灣文化既然是中原文化在臺灣的鄉土形態，它就具有中原文化的原型和在臺灣的本土新質。這是一個完整的有機體，不能簡單地用中原文化來等同於臺灣文化，也不能以臺灣文化的本土性來否認它的中原文化的本源。這種辯證關係也存在於臺灣文學與中國文學的關係之中。這場由文學發端，而後蒙上太多政治色彩和陰影的論爭，最終還必須回到文學的範疇，才能解決文學自身的問題。1984 年臺灣旅美作家聚會座談文學的「本土化」問題，許多人的發言都努力將這一含有強烈政治意味的命題，回到文學自身予以化解，就是一種可貴的態度。當然，隨著臺灣政治形勢的變化，這一問題也可能導致另外一種後果，則也是為我們所十分關注的。

四、傳統、現代和鄉土

——臺灣文學思潮的更迭和互補

傳統、現代和鄉土，是臺灣文學發展上三種主要的文學思潮；它們彼此的消長更迭，構成了臺灣文學運動的基本形態。同時，傳統、現代和鄉土，作為三種互有聯繫又相區別的文學精神，又互補地建構成今日多姿多彩的臺灣文學。

　　傳統，一般指在歷史的發展中，為一個民族所共同創造並認同了的，體現民族精神和民族生活方式的那一部分古今相承的文化。一個民族的文學傳統，「包含著該民族的生產方式、生活方式、地理方式、文化背景，心理質素、民情風俗及由此決定的審美經驗和審美理想在內的一整套價值系統」[14]。臺灣文學最初的形成，是伴隨漢族移民而來的中原文化在新土所綻放的花朵，是以中國古代文學為藝術典範的。因此，傳統在臺灣文學裡，首先指的是它對母體文化的認同，同時也是對民族意識和民族精神的認同；其次，是指對中國文學這一整套接受中國傳統思想支配而形成的文學觀念體系的繼承。具體地說來，就是以儒家學說為正統的文學價值觀，以詩文為教化的文學功用觀，以中和之美為最高追求的文學審美觀；並輔以道、釋思想，相輔相成地構成與儒家學說互補的積極入世與消極出世、兼濟天下與獨善其身的人生態度，和藝術上「大音希聲」、「大象無形」以及「道法自然」的辯證把握方式，從而形成了中國文學重寫意輕寫實、長於抒情弱於敘事，和強調心靈外射的以「表現」為主的藝術傳統。在語言方式上，則由於漢語言文字以表意為主、單文獨義、單音詞豐富的特點，和長期在歷史發展中出現的「言文分離」的怪異現象，形成了以書寫的「文」凌駕於口說的「言」，「文」雅「言」鄙，和以「文」為中心的特殊觀念。這一突出民族本位的傳統文學思潮，在臺灣多難的歷史進程中，不僅對臺灣文學的形成、發展和定位，都具有根本的意義，而且對臺灣社會的形成、發展和定位，也起著巨大的作用。

　　從傳統到現代，是文學為適應時代發展和變化而出現的一場包容廣泛的革命。在中國，以「五四」為標誌的這場新文學運

14　《中國大百科全書・中國文學卷》「中國文學條」，中國大百科全書出版社，1986 年版。

動，首先是對以儒學為正統的文學價值觀的變革。在現代社會思
潮和文化思潮的激盪下，創作主體的個性化要求，和文學關切人
的命運、人民和民族命運的社會化趨向，相輔相成地使文學獲得
前所未有的自覺意識和社會使命感。它從根本上把文學「從一般
的文字文章以至於文化中分離出來，成為一種自覺的、獨立的、
同時又是面向整個社會的藝術」[15]。其次，從語言形式上看，這
場變革以提倡言文一致的白話文為突破口，指向中國古代文學
「言文分離」的怪異現象，從而產生了與傳統形式不同的新的詩
歌、小說、散文、戲劇等。語言形式的這一變革，從根本上改變
了中國古代文學以「文」為核心的哲學觀。「文」與「道」的關
係斷裂了，「文」雅「言」鄙的區分消失了。由語言形式出發的
革命，同樣導致了對傳統「宗經、徵聖、載道」的文學價值觀的
全面質疑和叛逆。現代思潮賦予文學新的價值體系和審美理想，
成為推動文學發展的主要動力。這一切都使五四新文學，不僅在
時間上屬於現代，而且在性質上也成為具有現代意義的新文學。
中國文學從古典向現代的轉變，同樣也發生在臺灣文學的同期進
程上。正如張我軍所說的：「臺灣文學乃…中國文學的一支流。
本流發生了什麼影響、變遷，則支流也自然而然的隨之影響、變
遷，這是必然的道理。」[16]隨著臺灣新文學緊步五四新文學運動
的發展，現代思潮也成為臺灣文學進入自己現代階段的最主要的
運動形式和發展動力。

　　中國文學的現代性進程，誠然是由中國社會的發展，和幾千
年文學的發展所必然決定的。但在它具體的進行中，又受到19世

15　《中國在百科全書・中國文學卷》「中國文學」條。

16　張我軍：《請合力拆下這座敗草叢中的破舊殿堂》，原載《臺灣民報》
　　三卷一號（1925年1月1日），見李南衡主編的：《日據下臺灣新文
　　學・文獻資料集》，明潭出版社，1979版。

紀末以來世界現代文化思潮的推動和影響。這一特點不僅從五四時期許多留學日本、美國的知識份子的變革主張中得以證明，在臺灣文學的發展中也表現得十分突出。本世紀20年代臺灣新文學運動發生時，臺灣正處於日本殖民統治時期。臺灣新文學首先不能不受到日本文化和日本文學的影響。這種影響的積極方面是，留學日本的臺灣學生大量從日本進步文化思潮和文學運動，並透過日本文化的介紹，接受了西方現代文化思潮中民主進步的成分。因此，當五四運動剛剛發生時，留日的臺灣學生在東京最先組織「聲應會」、「啟發會」、「新民會」等，出版《臺灣青年》，呼應祖國的新文化運動，並把這一運動的星火引回臺灣，和從祖國學習歸臺的青年一起，策動了臺灣新文學運動的發生。在此後臺灣文學的發展中，也曾接受日本文學的某些有益的成分，包括一部分臺灣作家，被迫不得不用日文寫作，和在日文刊物上發表作品。這雖然不能使僅具次等「國民」身份的臺灣作家真正進入日本文壇，但透過日文刊物卻向世界傳遞了臺灣人民抗爭的呼聲，在客觀上也使臺灣文學染上了某些日本文化的色彩。但是，就整體來看，日本文化對臺灣文學的發展起了阻滯作用。特別1937年日本侵華戰爭全面展開後，臺灣文學即遭到嚴格的限制和挫傷。因此，新文學在臺灣現代階段的發展，實際上只有10來年時間的醞釀、發生和拓展，較之內地是不夠充分和完備的。在嚴酷的民族壓迫前，以人為本位的具有現代意義的民主與個性發展的主題，很難獲得充分展開；一些綜合現代手段的藝術體裁，例如戲劇、電影等，極為薄弱或根本欠缺。在異族文化壓迫前，傳統文化突出了它的民族本位，作為與異族文化相抗衡得到加強與重視。但同時，在傳統文學形式的復萌中，其僵腐陳舊的成分也增加了新文學發展的阻力。這就使臺灣的新文學運動，一開始就處於比大陸更為複雜的文化鬥爭環境之中。外來的文化思潮（主要是日本文化），在臺灣含有兩重性質。一方面代表新興

社會的思潮，對不適應時代發展的某些傳統觀念和僵腐形式，具有鼎新革故的意義；另一方面它是異族文化對民族文化的殖民侵入。而傳統之於外來文化，在臺灣也同樣具有兩重性。一方面是傳統中的民族本位對異族殖民文化的積極抗衡；另一方面則表現出傳統的守舊性對於新生文化的阻滯。

真正具有現代工業社會和後工業社會特徵的現代主義文化思潮，是在50年代以後才對臺灣文學發生重要影響。它一方面是伴隨西方政治經濟湧入臺灣的文化產物，另一方面又是臺灣社會經濟變遷對文學發展的一種現代性的呼喚。因此，五六十年代以後相當深廣地影響臺灣文學發展的現代主義思潮，也具有政治的和藝術的、正面的和負面的兩重性。作為西方政治、經濟侵入的文化伴生物，它的某些不符合中華民族文化習慣和社情的異質色彩和消極成分，自然引起傳統民族文化的對峙、抗衡和批判。而同時，作為反映現代工業社會的文化思潮，它對於人的肯定和個性發展的張揚，以及與之相適應的現代藝術感覺方式和把握方式的發展，又對正向現代工商社會轉型的臺灣的文學，提供有益的借鑒和滋養。臺灣從50年代初期由詩發端，而波及整個文學，乃至音樂、美術、戲劇、電影等藝術領域的現代主義運動，在其30多年波瀾起伏的發展中，便一直在上述正面和負面兩種因素錯綜複雜的糾葛中，不斷地批判、調整、揚棄和更新。從50年代到70年代初期，它最初因其怪誕、晦澀和背棄傳統與脫離現實，而屢受來自傳統方面的文化思潮和以關切本土現實為使命的鄉土文化思潮的批判；但它那勇於變革的藝術創新精神，卻又以豐富多彩的藝術表現力，受到追求新變的詩人作家的歡迎；在最終爆發為一場鄉土文學的大論爭之後，現代主義文學思潮經過一番調整和分化，進入80年代，一部分走向尋求傳統的現代化和現代的民族化；另一部分則隨著臺灣社會向資訊階段的發展，提倡文學的後現代主義。現代主義作為一種反映現代工業社會的外來文化思

潮，在臺灣找到植根的土壤後，雖然屢遭曲折，卻始終婉蜒不絕
地存在著、發展著。

　　鄉土文學思潮的形成，以及其給予臺灣文學如此重要的影
響，是臺灣社會的特殊進程所決定的。隨著臺灣漢族移民向定居
社會的發展，中原文化產生了移入臺灣後的本土形態，改變了臺
灣文學最初主要是大陸宦遊文士的創作這一狀況。這過程正如丘
逢甲在《臺灣竹枝詞》中所描繪的：「唐山流寓話巢痕，潮惠漳
泉齒最繁；二百年來蕃衍後，寄生小草已深根。」已植深根的中
原文化，在臺灣本島知識份子的參與創建下，發展成為以關懷本
土——從歷史命運到風土鄉情為特色的因因相承的文學思潮，在
臺灣文學的發展上，佔據著重要地位。在這個意義上，「傳統」
和「鄉土」其本質是一致的。「鄉土」是「傳統」的本土形式，
「傳統」是「鄉土」的精神內涵。「傳統」規定了「鄉土」的民
族本性和對母體文化的承續；而「鄉土」則發展著「傳統」在新
土上的特殊體現。二者在許多情況下是互相包容的。「鄉土文
學」這一概念的內涵，也是不斷豐富和發展的。在不同的歷史背
景上，常有不同的涵指。最初它強調的是臺灣特殊的地域色彩。
近人陳香在《臺灣十二家詩抄》的「緒言」裡說：「清人奄臺，
修文偃武，氣候逐漸晴朗……但詩風為之一變，士君子念蠻花、
詠犭草，進而競雕詞琢句，賦滄洲逸興者有之，獵鯤海風光者有
之，人們固稱之為『鄉土文學』。」此時「鄉土文學」這一概
念，主要指的是文學取材和表現上的地域特色。這一風氣的形
成，當可更早追溯到明鄭以來內地去臺文人的採風問俗之作。

　　其次，「鄉土文學」指的是涵蓋在山川地域、民俗風情、人
文歷史下的民族意識。日據以後，針對殖民統治者的文化同化政
策而特別活躍起來的在文學中對本土方言、風物、山川、民俗和
人文歷史的強調，便具有強烈的文化抗爭的民族色彩。1920 年連
雅堂在關於臺灣「文學革命」的設想中，提出「整理鄉土語言」

入詩，用「臺灣山川之奇、物產之富、民族盛衰之起伏千變萬化」作「小說之絶好材料」，廣泛地從臺灣民歌、俚諺、故事、童話、燈謎、彈調、戲曲唱本等「取而用之」[17]。這些主張雖然明顯有著晚清梁啟超、黃遵憲等「詩界革命」、「文界革命」、「小説界革命」的影響並與之相呼應，但在臺灣特定的社會背景下，同時具有著包括中國「獨立之文化」，而與日本文化殖民政策相抗衡的積極含義。1930年黃石輝在《怎樣不提倡鄉土文學》一文中，公開揭出「鄉土文學」的旗幟，也是基於這個立場。他説：

> 你是臺灣人，你頭戴臺灣天，腳踏臺灣地，眼睛所看的是臺灣的狀況，耳孔裡所聽的是臺灣的消息，時間所歷的是臺灣的經驗，嘴裡所說的是臺灣的語言。所以你那支如椽健筆，生蕊的彩筆，亦應該去寫臺灣的文學了。[18]

文章雖然立足於臺灣話文的宣導，但在藝術與現實的關係上對鄉土文學的闡釋，卻包括了內容和形式的兩個方面。即用臺灣的語言，描寫臺灣的事物，表現臺灣的經驗，已從初期僅對地域特色的注意，深入到對現實社會的關注和精神的概括。在黃石輝定義中所包含的這三方面要素，語言是載體，對此雖有白話文與臺灣話文（即方言）之爭，但討論雙方都站在民族語言的共同立場上，反對殖民統治者的日語化；這一概念的核心是「時間所歷的臺灣的經驗」，即後來臺灣鄉土文學理論家所分析的，居住在

17　連雅堂：《雅言》。
18　原載《伍人報》第9-11號（1930年8月16日起），轉引自廖毓文：《臺灣文學改革運動史略》見李南衡主編：《日據下臺灣新文學·文獻資料集》，第488頁，臺灣明潭出版社，1979年版。

臺灣的中國人共通的「反帝、反封建」的經驗。而定義中提出的臺灣的天地風物，也是作為民族文化的客觀環境與現實存在來體現的。因此，這一時期「鄉土文學」的觀念，已由最初僅注意其外在的地域色彩，開始深入到民族意識與民族文化本位的精神內涵上來。其實質是與殖民統治者鼓吹的「皇民化文學」相對立的一個民族文學的口號。寓蘊在「鄉土」二字後面的是民族。正如後來的評論者所一語道破的，「因為日本的統治，不能講民族，所以就講鄉土」[19]。

　　在近年，「鄉土文學」的口號進一步表現出強烈的關注本土的現實意識。在黃石輝關於「鄉土文學」的闡釋裡，已包含有這種現實的關注傾向。現代以來臺灣的鄉土作家，從賴和到吳濁流，從鍾理和、鍾肇政到新一代的陳映真、黃春明等，無不是在強烈的關注本土的現實意識上，拓展著臺灣鄉土文學的傳統。70年代的鄉土文學論爭，是鄉土文學理論上的一次系統的總結和提高。它不僅從對本土現實的關注上，批判了現代文學的脫離現實傾向，而且以現實主義作為臺灣鄉土文學的理論座標，使鄉土文學成為一股自覺的文學思潮。王拓在他著名的論文《是「現實主義」文學，不是「鄉土文學」》中指出：「這種在文學上嚴厲批判過分洋化、過分盲目地仿效西方文學的墮落、頹敗和逃避現實的風氣，要求文學應該植根於現實生活，和民眾站在同一地位，去關心擁抱社會的痛苦和快樂的這些主張，和一九七○年後臺灣社會在國際重大事件衝擊下所導致的思想上的覺悟：反帝國主義的民族意識的高度覺醒、反對過分商業化的經濟體制，和關心社會大眾的現實生活的社會意識之普遍提高，都採取著一致的步

19　任卓宣：《三民主義與鄉土文學》，原載《夏潮》第 17 期（1977 年 8 月 1 日），見尉天驄編：《鄉土文學討論集》頁 295 頁。臺灣遠景出版事業公司，1978 年版。

調，而且正好與那股二十幾年來一直默默耕耘著的、以鄉土為背景、忠實地描寫個人的悲歡與民族的坎坷的作家和作品所表現的健康的、富有活力的現實主義的精神結合在一起了。[20] 這就使「鄉土文學」這一口號在現實主義精神的輝照下，成為涵蓋著歷史與現實、鄉村與城市、民族文化本位及其延伸的一體性的本土文學的口號了。

　　臺灣文學的整體進程，就是在上述傳統、現代與鄉土這三種文化思潮的更迭、消長與互補中發展的。作為從不同歷史環境和現實背景上產生的這互有區別的三種文學精神，它們並不是絕對對立或互相排斥，在一定條件下也是互相交錯和彼此滲透的。大體說來，近代以前，傳統的文學思潮起著推動臺灣文學發展的主導作用。但它對於本土風物的關注和表現，也萌生了鄉土文學的最初形態。新文學革命以後，現代文學思潮開始進入臺灣文學並逐漸佔據主導地位。但由於日本殖民統治的特殊背景，傳統文學中民族本位的因素得到強調。新文學革命在批判傳統文學某些僵腐陳舊的觀念和形式之後，也繼承並發展著傳統文學中的民族、民主精神，並以關懷本土現實的形態，發展為涵蓋面極為寬泛的鄉土文學運動。傳統的、現代的和鄉土的三種文學精神，幾乎都在民族文化的這一基點上，攜手成為與入侵的異族文化相抗衡的力量。40年代中期，臺灣回歸祖國以後，隨著與文化母體的重新接續，在臺灣人民重新學習祖國語文的熱潮中，傳統文學思潮再度活躍起來。但是，隨著50年代臺灣對西方政治、經濟的仰賴，和60年代臺灣自身經濟機制的轉型，各種西方現代主義的文學觀念伴隨西方文化大量湧入，並在延播中逐漸與臺灣社會經濟發展的某些機制相呼應，使現代主義成為深刻影響臺灣文學進程的一

20　原載《仙人掌》雜誌第二期（1977年4月1日），見尉天驄主編：《鄉土文學討論集》第114-115頁。

股重要文學思潮。它同時刺激了以民族文化為本位、以關懷本土現實為體現的鄉土文學思潮。在對「西化文學」的批判中，從創作到理論都發展成為一個自覺的文學運動。在傳統與鄉土的雙重批判下，現代主義文學思潮以重認傳統與關懷現實為目標，重新審思和調整自己，其一極走向尋求傳統現代化和現代民族化的道路，使傳統精神滲透到現代的藝術表現之中；其另一極則隨著向後工業社會的發展，進一步探索文學的「後現代」體現。現代主義文學思潮那具有時代特徵的現代感興，和異於傳統的藝術把握方式，以及不斷創新的前衛精神，也不同程度地為鄉土文學思潮所吸收，使鄉土文學在關懷都市社會的發展和現代人的生存狀況中，以及在藝術把握的內涵和方式上，都表現出相當突出的現代特色。臺灣文學發展上先後出現的三股文學思潮，或三種文學精神，在經過鄉土文學論爭這樣一場帶有總結意義的審思和調整之後，進入 80 年代，便出現了既沿著各自路向前發展，又在發展中互相滲透吸收的整合交錯的多元格局。但鄉土文學思潮的另一走向，由「鄉土」而「本土」，從而主張文化離異主義的「自主性」，企圖將臺灣文學從中國文學分離出去，這是應當注意的動向。可以預見，在文學的意義上，未來的發展中，臺灣文學還仍將在這三種思潮的消長、互補和滲透的基本框架中進行。而在政治的意義上，三種文化思潮的消長將轉化為「本土」和「外省」的對立。所謂「外省」者其矛頭指向是針對自己的祖國——中國。這是不能不警惕的。

五、文化的「轉型」和文學的多元構成
——臺灣文學的當代走向

1945 年，臺灣回歸祖國。此後 40 多年的文學進程，無論對於臺灣文學自身的發展，還是對於其在中國文學整體格局中的位

置和意義，都是極為重要的時期。

臺灣文學的這段進程，一方面是在被日本割據半個世紀以後，擺脫日本殖民統治，重新回到祖國的文化母體中發展的。母體文化，從寓蘊著深厚傳統的古代文學，到五四以來走上現代發展階段的新文學，給予臺灣文學的影響，又顯得這樣直接、親切和深廣。臺灣文學在當代的發展，是一度斷層的母體文化，重新接續和推動的結果；另一方面，臺灣文學的這段進程又是在與大陸再度疏離的另一種特定背景下發生的。由於海峽兩岸 40 年來的隔絕和對峙，臺灣成為一個無論政治制度、經濟結構還是意識形態都與大陸不同的社會；也使在這特定環境中發展的文學，具有與大陸文學的發展不盡相同的過程和形態。臺灣文學當代階段的這兩個背景，前者恢復了它與祖國文學發展的一致性，後者又形成了它與大陸文學不能同步的某些特殊性。

在臺灣文學當代階段的 40 多年中，有三個方面的因素深刻地影響著它的進程。

首先，大陸作家的參與改變了臺灣文壇的構成。

近代以來，臺灣文學主要是臺灣省籍作家的創作，尤其是新文學。由於日本的殖民割據，臺灣文學與祖國文學的交流受到阻撓，臺灣文壇幾乎都由臺灣本土作家組成。這種情況與大陸各省區文壇之間作家流動、交流頻繁的狀況迥然不同。臺灣光復以後，這一現象有了改變。抗戰勝利不久，即有一批內地作家渡海來臺，參與臺灣的文化建設。較著名的如臺靜農、許壽裳，黎烈文、李霽野、李何林、謝冰瑩、雷石榆等。這些新文學運動各個時期的風雲人物，以他們自身的文學風範，以及在新文學運動各個階段的經驗、成就和影響，直接推動了因日本殖民佔領而深受挫折的臺灣文學的復興。他們來到臺灣所參與的一系列文化活動，形成臺灣回歸後最初的民主氛圍和民族文化復興的高潮。1949 年以後，隨著國民黨政權遷臺，又有大批內地作家來到臺

灣。他們的到來，雖然由於當局「反共」文化政策的鉗制，造成
一個時期本土作家的壓抑。但在其後的發展中，尤其是第二、三
代外省籍作家成長起來，從根本上改變了臺灣文壇的構成。

　　從歷史上看，文壇的構成是影響文學發展的重要因素之一。
臺灣文學的幾次重大轉折，幾乎都與文壇結構的變化分不開。最
初是由大陸宦遊文人帶來中華文化的薪火，奠定了臺灣文學的傳
統。文壇構成的這一特徵，也形成了此一時期比較單一的採風問
俗、詠懷述異的文學風貌。19 世紀以後，本土作家成長起來，並
逐漸成為推動臺灣文學發展的主幹。文壇這一結構的變化，才使
具有本土文化特徵的文學逐步成熟起來。光復以後是臺灣文壇構
成的又一次重大變動。大陸作家的參與，不僅以他們緣自大陸的
文學經驗，豐富了臺灣文學的風格、流派和藝術積累，而且擴大
了臺灣文學的觀照視野。前此兩個時期，無論宦遊文人的採風問
俗，還是省籍作家的本土關注，文學觀照的視野除少數例外，大
多集中在本島的世界。這一時期來自大陸的作家，帶來了他們在
本島以外的社會經歷和人生經驗，文學的視野越出本島擴大到中
華民族生存的更大空間，乃至域外凡有華人居住的地方；文學所
關懷的不僅是臺灣的歷史，還有整個中華民族的命運。在這個意
義上，臺灣文學在一定程度上越出了先前它作為省區文學的地域
囿限，具有更為普遍的意義。同時，本土作家和外省籍作家構成
臺灣文壇的兩翼，他們之間的共性和差異，以文學社團、作家群
體和思潮流派的形式，在一定程度上形成的對峙、交錯和整合，
成為數十年來臺灣文學思潮、流派跌宕起伏、相互制衡和促進的
張力和動力，構成了臺灣文學豐富多元的景觀。可以說，40 年來
臺灣文學獲得優於前幾個時期的發展，文壇構成從單一走向多元
的變化是其重要原因之一。

　　其次，由於社會政治原因，臺灣對大陸文化的嚴加防範和對
西方文化的全面開放，形成臺灣文學發展既狹窄於傳統、又開闊

於西方的矛盾的文化背景。

從 50 年代開始，臺灣當局的文化政策，一方面對大陸嚴加防範，尤其是五四以來的文學，除了少數去臺的作家外，幾乎都在嚴禁之列，造成臺灣文學對五四新文學傳統的斷裂；另一方面則由於對西方的全面仰賴，導致社會普遍的「西化」趨向。隨著西方文化的大量湧進，20 世紀以來西方出現的種種現代主義思潮，也幾乎同時都在臺灣登場，客觀上使臺灣文學置於一個比較開闊的世界文化背景之中。由於新文學傳統的斷裂，新一代作家的創作無從借鑒，於是只好或者回頭到古代文學中去發掘傳統，或者朝外向西方文學中去尋找出路。這就形成了臺灣文學以古代為經典的傳統思潮，和以西方為準則的現代思潮同時增強；而對於五四以來新文學作家在處理傳統與現代關係的全部經驗和藝術積累，卻丟失殆盡。向西方全面開放的文化背景和文學觀念，使一代代富於先鋒意識的作家，十分注意域外文學發展的動向，並且嘗試著將別一背景下的文學新潮，引進到自己的創作中來。他們時有偏頗的藝術實驗，不斷給傳統思潮帶來新的刺激和衝擊，使二者形成一種兩極對峙。從 50 年代初期的現代詩，到近年新世代作家嘗試的後現代主義，在不斷的花樣翻新中，不僅給臺灣文學帶來難題，也帶來活力。而傳統思潮卻以其博大深厚所呈現的穩定性，牽制著脫疆野馬般的先鋒試驗。在互相的衝撞、制衡、調整和涵納中，整體性地提高著臺灣文學的藝術品位。

第三，由經濟轉型帶動的文化「轉型」，文學的都市化趨向，越來越成為臺灣文學發展的主導因素。

這是由臺灣社會內部形成的條件，也是 40 年來影響臺灣文學走向的一個最重要的因素。

臺灣自 50 年代中期開始，採取一系列經濟發展措施，至 60 年代中期基本實現了由農業社會向現代工商社會的過渡。這一經濟轉型，給臺灣社會帶來兩個明顯的結構性的變化：

　　一、臺灣社會都市化的程度急劇提高。據臺灣有關方面公佈的統計資料；臺灣 5 萬人口以上的市鎮，50 年代只有 9 個，到 60 年代初已增至 30 個，70 年代初達 50 個，80 年代初已至 60 餘個。城市人口占總人口的比例，由 1952 午的 47%，到 1960 年超過一半，至 1985 年已達 78.3%。而且城市人口的激增大多集中在少數一些在城市裡。以後北、高雄、臺中、臺南、基隆、新竹、嘉義七城市計，其面積只占全島 2.9%，人口卻占總人口的 31.4%。若以 5 萬人口以上的市鎮計，只占臺灣總面積十分一的地方，卻居住了三分之二的人口 [21]。這種畸形地集中在少數城市裡的都市人口，主要是農村人口的大量流入。因此，伴隨臺灣社會都市化進程的，還有傳統農村的瓦解和破產。可以說，臺灣社會的現代進程，最集中地體現在社會都市化程度的泛化、強化和深化上。

　　二、隨著都市化程度的提高，一個有較高文化層次的中智階層（或稱中產階級），在臺灣人口結構中所占的比重越來越大。據臺灣《中央》雜誌一篇署名文章的佔算，這個教育程度較高，重視資訊與知識，政治參與活躍，社會聯繫廣泛，具有多種社團資格的中智階層，約占總人口 40%。在他們身上，敏銳地表現出現代都市人的新理念和新品質，同時也強烈地感受著現代都市的物化和異化的壓迫。這個具有多重角色和複雜心態的現代都市人群的出現，和臺灣社會越來越普遍的都市化趨向，直接帶來了臺灣都市文化意識的活躍和都市文化消費性格的形成。它們都使越來越引起人們重視的都市文學的勃興，並在擺脫傳統的「鄉村文學」的模式中，成為臺灣文學具有前瞻意義的重要文學現象。

　　這個有人稱之為「都市化效應」的由社會經濟轉型而帶動的文化「轉型」，給予臺灣文學的影響是深刻而廣泛的。首先，以

21　以上統計資料轉引自李非：《論臺灣的城市化及其經濟發展的關係》，載《臺灣研究集刊》1987 年第 4 期。

現代都市經濟為背景的新型的都市文化意識，必然帶來對傳統文化意識的巨大衝擊。現代都市中心的出現，打破了傳統農業社會以家族血緣為本位的社會結構模式。從而帶來了對建立在自然經濟基礎上的宗法社會的價值觀、倫理觀、思維方式和行為規範的巨大挑戰。人從對於封建宗主關係的依附中解放出來，轉向對於商品經濟關係的依附。自由發展和激烈競爭的資本主義經濟，進一步肯定了人對自我價值的認識和個性發展的張揚。因此，相對於封建關係對人的貶抑和束縛，反映現代工業經濟發展的都市文化意識，表現出了對人的價值更充分的認識和肯定。但是，另一方面，以現代科技進步為後盾的都市工業經濟，在推動社會發展的同時，也帶來造成社會巨大困惑的諸如生態平衡破壞、人際關係阻隔、拜金主義氾濫、物化、異化乃至性和暴力等等一系列社會問題。為滿足社會經濟發展而建立起來的現代都市，又反轉過來成為壓迫人實現自己全面精神需求的異化物。因此，現代都市在肯定人的價值和刺激個性發展的另一極上，又表現出物質對於人的精神的困擾、限制和壓迫。現代人處於危機四伏的激烈競爭環境，和嘈雜、擁擠、骯髒、混亂的城市狹窄空間，所產生的難以完全協調的焦灼、狂亂、孤寂、絕望的心態，與傳統農村和傳統文化中那種空間廣闊、時間遲緩的生存環境，以及寧靜致遠、天人合一、相融於自然的人文心態，又形成反差強烈的對比。因此，既迷戀於、又受困於都市物質文明的現代人，都習慣於從傳統農村和傳統文化中，去尋找逃離城市物質壓迫的精神補償。而當他們漫遊在傳統農村或傳統文化的精神家園時，他們從來未曾、也不可能打算過真正脫離城市生活。這種物質迷戀而精神逃亡的現象，是都市文化意識的一個側面，也是都市文化尋找補償的一種自我調節和自我安慰。它們構成了現代都市人群迥異於傳統的複雜人文心態。臺灣都市文學正是在表現這一與傳統價值觀念斷裂的複雜人文心態上，呈現出新的特色。

　　其次，城市和鄉村作為人類生存的兩大空間，由此構成了兩種相對應的文學觀照圈。臺灣社會生活向都市一端的傾斜，從客觀上便規定了文學對於都市的仰賴和依戀。

　　這種仰賴首先表現在題材的轉移，即文學觀照圈由鄉村向都市的位移上。如果說，50 年代現代詩的推波逐浪者紀弦、覃子豪、余光中、瘂弦、洛夫、羅門等，已經把他們詩歌凝視的焦點聚集在現代都市生活情態及都市人的心態上，那麼，進入 60 年代，這種題材重心轉移的變化，同時也表現在新一代鄉土作家的創作裡。以陳映真、黃春明、王拓、王禎和、楊青矗等為代表的這一代鄉土作家，他們筆下的人物和世界，很少再是鍾理和時代那種典型的傳統農民和傳統農村的形象，而大多是一頭連結著鄉村、一頭伸向城市的小鎮，和由鄉村進入小鎮正經歷著破產和分化的農民。這是一個鄉村向城市轉移的中間世代。無論黃春明小說中的阿盛伯（《溺死一隻老貓》）和憨欽仔（《鑼》），還是王拓筆下漁鎮上的金水嬸（《金水嬸》），抑或宋澤萊充滿經濟學分析的瓜農笙子和貴仔兄弟（《打牛湳村》），他們共同面對的都是一個無法抗拒的現代都市經濟發展和現代科技進步對於傳統觀念和傳統技藝的「威脅」。這個猶如巨獸般的都市「魔影」，最終將吞噬掉他們祖輩以來賴以生存的田土園林和價值體系。這一代鄉土作家正是在表現這個無可抗拒的都市經濟發展現實和巨大科技進步必然帶來的舊有價值觀念殞亡的悲劇中，在悲憫傳統農民無法挽回的歷史失落感裡，來傾訴自己的「現代鄉愁」，從而形成他們區別於鍾理和以前那一世代的鄉土作家的審美特徵。事實上，他們也無法拒絕城市題材對自己創作的誘惑。70 年代以後，這一代鄉土作家也紛紛隨著他們筆下的人物，由小鎮進入城市，並把筆鋒指向對於城市資本主義經濟——尤其是帶有殖民色彩的跨國公司的批判，從而發展了他們前期創作中還只蘊藉在溫情的悲憫之中的凌厲的批判鋒芒和諷刺品格。鄉土派作

家對現代都市經濟和都市生活的批判取向，和現代派作家同樣具有批判意蘊的對於都市人群生存心態的剖析，在不同側面上表現出臺灣都市文學相當廣闊的景觀。

　　進入80年代以後，雖然經過一場鄉土文學的論爭，並以鄉土文學獲得進一步的肯定而結束。但是在創作表現上，真正意義的鄉土文學作品並未得到發展，反而是在理論的注釋上把「鄉土」這一概念衍化為「本土」，如王拓所說的，「它不是只以鄉村為背景來描寫鄉村人物的鄉村文學，它也是以都市為背景來描寫都市人的都市文學」，「所指的應該就是臺灣這個廣大的社會環境和這個環境下的人的生活現實」[22]，從而使傳統意義的「鄉土文學」轉化為一體性地涵蓋歷史與現實、城市與鄉村、傳統與現代的「本土文學」。臺灣新一代作家黃凡在評析這現象時說：「進入八十年代以後，鄉土小說甚為稀少，主要原因是城市化的普遍，能做為創作的鄉土題材也越來越難得。」

　　相反的，在80年代跨進文壇的新世代作家──無論他們是本省籍的還是外省的，都把自己的名字與城市文學聯在一起。他們是伴隨臺灣都市化進程成長起來的一個新的「都市世代」。他們把文學關注的目光，投注在自己生長其中的「都市叢林」，已屬必然。他們也不像早他們一個世代的作家那樣經歷過「鄉村──城市」的心路歷程。因此他們也較少有那種把傳統農村做為自己精神家園的逃亡心態。在他們的觀念裡，隨著社會資訊的發展以後，以城牆為劃分的傳統城鄉界限已經打破了。甚至，在大眾傳播媒界的視野裡，凡是現代科技、現代資訊網路籠罩的地方，都是都市的範圍。就這個意義來說，資訊發達的國家，事實上整個國家已經形成一個龐大的都市。因此，都市文學所描寫的已不一

22　王拓：《是「現實主義」文學，不是「鄉土文學」》，《仙人掌》雜誌第二期（1977年4月1日）。

定必須是摩天大樓、地下鐵路、股票中心、現代化工廠，而只要
是表現人類在新的都市結構和資訊網路控制下的生活。它的側重
點已不再是外在的都市景觀，而是人類在「廣義的都市」下的生
活情態，現代人文明化、都市化以後的思維方式、行為模式以及
它的多元性、複雜性、多變性，總之，是一種城市精神 23。這種
理解無論在性質、內容、主題意識，還是文體結構，語言形態
上，都賦予了都市文學新的涵義。因此，新世代的都市文學創作
者，往往能以比較冷靜的觀照心態，撥開城市表層喧囂漂浮的塵
霧，從文化的視角，揭示出深層的人的生存本相，以及他們的文
化根性與新型都市文化氣質衝撞的複雜心理結構；以各種前衛的
技巧，折射出複雜多元的都市生活情態和人文心態的奇光異彩。
這就不僅在題材轉移的外在變化上，而且在都市文化意識的內在
自覺上，使當代臺灣文學這一文學觀照系統的調整、變化，具有
新穎、深刻的意義。

　　第三，都市的發展，造成了社會的文化消費性格。面對商品
經濟的強大機制，傳統觀念中一向自詡清高的「貴族化」的文
學，也不能不把自己精神產品的生產納入社會大眾的文化消費軌
道。這種情況隨著臺灣後工業化程度的提高，也越來越顯得突
出。美國著名的馬克思主義理論家弗雷德里克‧詹姆遜在描述西
方後工業時代的文學藝術狀況時，認為其特徵是全然地摒棄美這
個不帶有商品化價值的純粹的東西，而把一切都打上商品化的特
徵。它促使戰後西方社會的文學藝術，走出現代主義時期自我表
現和個性化的實驗場所，面向兩個極致：一極朝著更為激進的方
向，更為激烈地反叛傳統文學和現代經典；另一極面對整個商品
化了的社會，更加通俗化，虛構和事實的界限被打破，小說和非

23　參見瘂弦為林耀德散文集《一座城市的身世》所作的序言：《在城市裡
　　成長》，時報文化出版公司，1987 年。

小説相混合，甚至加進了大眾播媒介的因素，追求某種更甚於現實主義的「真實主義」[24]。

臺灣雖不能説已經完全進入了後現代工業時期，但把文學這一美的精神創造打上商品印記的現象，則同樣是突出的。臺灣的社會文化形態，如新世代作家王幼華在他的長篇小説《廣澤地》中所蘊喻的，是相對於「海洋型文化」和「大陸型文化」之間的「沼澤型文化」。「外來文化（包括東洋、西洋文化）挾持先進物質文明長驅直入，成為滲透浸淫社會各細胞的強勢文化；而固有的本土文化卻仍根深蒂固，作為一種基礎因素發揮著不可磨滅的深遠作用」。在這兩種文化之間，「沼澤容百水而成淤，吸納、沉積、攪合多種成分，成為各種微小生命生殖、繁衍的場所」[25]。這種多元、變動的文化格局及相應的價值觀，造就了魚龍混雜、泥沙俱下的臺灣社會文化形態，也使臺灣出現類似西方後現代社會那種文學分流的兩極化趨勢。一方面，大多數作家必須面對整個社會商品化的現實，將自己的精神產品納入商品機制之中，從而使文學朝著為滿足社會文化消費需求和適應讀者閱讀口味的通俗化一極發展；另一方面，另一部分作家鄙薄這種商品化意識，放棄商品價值的目的，追求體現文學本體價值的各種求新、求變的試驗和探索。他們或者追蹤、認同世界最新的文化思潮，或者從傳統的反思中進行更新以溝通現代。二者都共同地使文學走向反叛傳統的先鋒試驗的另一極致。

這種文學分流的兩極化趨向，在臺灣「沼澤性」的文化背景中，造成了互有交錯的三種類型的作家和三種層次的文化消費。

24　參見王寧：《現代主義，後現代主義與中國文學》，載《中國社會科學》1988 年第 6 期。

25　朱雙一：《臺灣社會—文化變遷中的心理攝像——王幼華作品論》，載《臺灣研究集刊》1989 年第 4 期。

　　其最底下一層，是以精神刺激為主要職能的文化消費品，包括那些以性和暴力為內容來滿足官能刺激的低劣消費品，但主要還是一大批並不那麼低級、但也無多大積極社會內容的，純以情欲和懸念來調動讀者感情的言情、武俠、偵破小說。他們運用模式化的寫作方法和文字技巧，徒具文學的外殼，卻無文學的靈魂。創作者的出發點是商業價值，閱讀者的動機是生理需求，從中獲得暴力的代償，情欲和冒險欲的釋放。在商品化社會裡，這類作品往往成為頗為暢銷的「地攤讀物」。

　　其上面的一個層次，是探索人類生存本體和文學表現人類本體的價值和途徑。這些追求超拔於世俗商品世界之上的純粹的文學創造者，他們不肯服膺於既定規範的反叛意識和前衛色彩，使他們在不斷的否定與創新中，既反傳統也反已成「經典」的現代（新的傳統）。這就造成了先鋒文化的許多短期現象。他們帶有超前意味的實驗，與他們一時難以和整個社會溝通的探索，使他們形成了獨自狹小的文化圈。在許多情況下，他們實際上是對自己精神與智慧的自我消費和相互消費，並在這種消費中企望創造新的文化。他們的超凡脫俗──背棄傳統和脫離群眾，是他們的致命傷，也是他們所以存在的必要和特徵。並非他們所有的探索都能為社會的發展所肯定和接受，而只有當他們的創造體現社會發展和審美的進一步需求時，這些創造才以一種新的精神價值為社會所接納（這也是一種消費）。一旦這些創造成為「新的傳統」，後來者又棄之而別有他尋。因此，他們總是處於不斷的困惑之中。但在這一往復不斷的否定過程中，卻提高、拓寬和深化了社會的審美品味，為文學發展增添新的積累。

　　在這兩個層次之間，還有一個最大的創作群和文化消費層。一方面，他們無法背對社會商品化的現實；另方面，他們又極力尋求文學的創新意識、社會使命感與文學消費的溝通。為適應廣大文化消費者的閱讀口味，他們往往在傳統的審美意識和藝術規

範的創作中,帶進某些現代意識和前衛技巧,在相對穩定的主題情節模式中,表現在現實生活中尚具有生命活動的傳統精神和某些可以被接受的現代意識。這是一個相當寬泛的中間地帶。其主幹是使命意識較強的社會型作家,以及上述兩種類型作家向這一中間地帶的挫動。因此它也包含著一部分嚴肅而有一定社會文化內涵的言情、武俠、偵破小說,和一部分現實性較強,風格較平實的新潮作品。傳統的審美意識和藝術規範在這裡具有相當穩固的地位,又在這裡發生著新的衍化和更新。它既滿足社會文化消費的潮勢,又在一定程度上起著提高讀者閱讀品味的作用。這樣一個寬泛的審美地帶,使它擁有了包容較為廣闊的不同層次的讀者群。臺灣文學發展的成就,主要在這一部分。

臺灣文學的當代進程,就是在上述諸種因素的作用下發展的。它呈現出了從一個省區文學跨出它的地域圍限,以傳統深厚的民族文化面對繁複多變的現代思潮的衝擊而有所吸納和衍化,由相對單一、穩定的文學形態向紛紜交錯的多元結構發展這樣一個總的態勢。

如果要對臺灣當代這 40 年文學的發展,從時間進程上給予大致的劃分,它約略經過這樣三個階段:

一、50 年代初期是文學極端政治化和非政治化傾向對峙、衝突尖銳的時期。國民黨政權抵臺初期的政治背景和文化政策,使以「反共」為標籤的「戰鬥文藝」,幾乎覆蓋了整個文壇。文學的極端政治化傾向,其實質是封建性的極權政治在文學上的反映,它把文學逼臨到「非文學」的死角。50 年代初期臺灣的「反共文藝」便是這樣一種性質。與這一極端政治化傾向相對峙的,是本土作家的沉默抗爭和地下集結,以及一部分不滿這一狀況的作家規避現實、走入內心,和大量女性作家柔性作品的出現。它準備著 60 年代以社會批判為職志的鄉土文學的崛起,和 50 年代中期以來現代主義文學的初潮。它們共同醞釀了後一階段文學的

發展。

二、六七十年代民族文化與外來文化、傳統思潮與現代思潮對峙、轉化和互補的時期。以臺灣的經濟轉型為現實背景，50 年代由詩歌發端，到 60 年代初延伸向小說領域的現代主義文學，至這一時期才進入高潮，也在這一時期取得標誌性的成就和暴露出自身文化偏執的種種弊端。50 年代開始集結和醞釀的鄉土文學，在這一時期隨著新一代鄉土作家的登場，形成新的浪潮，以擁抱本土、針砭現實的傳統精神，均衡了自 50 年代以來臺灣文壇的傾斜。它以一場影響深廣的鄉土文學論爭，重新肯認了臺灣文學的民族精神和現實主義傳統，也促使了現代主義文學在重認傳統和關懷現實中進行新的審思和調整。

三、隨著鄉土文學論爭的塵埃落定，進入 80 年代以後，表面情緒化的對立逐漸淡去，臺灣文學呈現出多元並存的繁複結構，帶有分離傾向的「本土主義」文學開始抬頭。前兩個時期夾雜在思潮對峙中的本土作家和外省籍作家的區分，隨著這一時期在臺灣出生的新世代作家踏入文壇，變得更為複雜。鄉土文學的概念拓展為關懷本土的現實主義文學之後，也擴大著它現實關注的視野和社會參與意識，並把批判的鋒芒由文化、經濟延伸向政治領域，使一向忌諱的「政治小說」、「政治詩」成為這一時期文學題材發展的熱門話題之一，其一翼走向極端成為政治分離的文學代言。現代主義文學在經過審思和調整之後，出現了力圖溝通傳統與現代的「傳統現代化」和「現代民族化」的趨向。它曾被誤解為一種傳統的「回歸」。其實，傳統是一種既成的歷史或歷史精神。「回歸」到絕對的「歷史」裡去是不可能的。任何對傳統的重認，都是現代人的意識對傳統的反映，而非傳統自身。因而它同時也是現代文化的再造。現代主義文學的另一翼，是在吸收西方後現代文學的某些因素中更激烈的反判傳統，以現代都市為背景，從文化層面剖析人類的生存本相，從而形成新世代前衛作

家的特殊色彩。在這繁富多元的文學中，女性作家的崛起成為引人注目的現象。女性主義理論和女性作家的特殊敏感，以及她們對身體與政治的特別關注，成為與男性作家並立的一個女性文學世界。通俗文學也由言情、武俠、偵破向科幻發展，或與科幻結合起來，借助現代聲光手段，大量走向銀幕，呈示出了與現代科技相結合的「現代」特色。這一切都如葉石濤在這一個 10 年初始就展望過的，80 年代的臺灣文學是「邁向更自由、寬容、多元化」的文學。

　　發生在這一個 10 年末尾的，還有兩起勢必影響到臺灣文學發展的重大事件：1987 年的開放大陸探親和 1988 年宣佈解禁與實行多黨政治。前者使隔絕 30 多年的兩岸文學，在海峽關係的緩解中獲得交往的可能，在探親熱潮中彼岸作家對母體社會和母體文化的直接體驗，將使自己的文化視野和對傳統人文精神的體認，獲得更深沉的印證和擴展。它必將潛移默化地影響到每個作家未來的創作和發展。而解禁以後的政治活躍，也有利於文學的多元發展。但社會上存在的一股不容忽視的民族分裂和政治離異情緒，又勢必成為妨礙臺灣文學沿著民族方向健康發展的另一種逆向力量。不過這一切正面、負面因素所構成的複雜呈貌，將是臺灣文學當代進程的另外一頁。

六、現實制約和審美超越的統一
——臺灣文學的歷史分期和編寫原則

　　臺灣文學作為中國文學的一個獨特的支脈，已經越來越多地引起海內外學者和讀者的注意。不過，近年來對於臺灣文學的研究，多數都只集中在 1950 年以來它的變化和發展上，頂多延伸至 20 年代日本割據時期新文學最初的發軔，即我們通常所說的「現、當代文學」。但是，臺灣文學尚有其更深長的歷史淵源和

發展歷程，不僅可以上溯至明鄭時代，還應當遠溯至臺島最初的開發和文化最早的形成；只有弄清它發展的來龍去脈，才能更確切地把握臺灣文學作為中國文學的一部分，其與母體文學的淵源關係，在後來特殊的歷史際遇中所形成的共性與殊相，及其在中國文學中所佔據的特殊地位。我們這部文學史，旨在對臺灣文學從古至今的發展全過程進行初步的梳理，將這一區域性的文學放在歷史的大背景之下和中國文學的總體格局之中進行描述、詮釋和探討，以求取得在整體的觀照下，認識局部的特徵和變化，讓局部的經驗豐富整體的積累。

　　文學是人類歷史活動的產物。文學史在一定意義上可以說是人類精神活動的歷史。它一方面是現實的，和社會保持密切的聯繫，受到社會發展規律的制約；另一方面，它又是審美的，是對現實和歷史的審美的超越。現實雖是文學進行創造的根據，但文學只有將現實價值昇華為藝術價值，才能克服現實價值的有限性，獲得藝術的永恆魅力。因此，文學的發展不僅受制於社會現實的外部規律，還受制於文學自身內部審美的規律。描述文學的歷史，必須在現實與審美的兩個層面上體現出它們發展與超越的統一。

　　文學史的撰寫必須遵循這個現實與審美相統一的原則。從微觀上看，文學作為作家個人自由的精神創造，每一部作品的產生都可能帶有一定的偶然性、隨機性；但在宏觀上，總體上，文學的發展又不能不受社會的制約，呈現出與社會發展相符合的歷史規律。一定社會的政治、經濟、文化形態，制約著文學作出與它相適應的反映，同時也刺激著文學對一定社會的政治、經濟、文化進行審美的超越。日據時期殖民統治的文化壓制，目的在於滅絕漢民族文化，製造出為殖民統治服務的「皇民化」文學；它窒息了那一時期文學的自由發展。但在社會上掀起的漢學運動不僅強化了漢民族文化的影響，而且催生了從賴和到吳濁流的反抗殖

民統治的文學，並直接承接和發揚了五四新文學反帝反封建的精
神，表現出了對現實的超越。50 年代臺灣當局推行的反共政策，
人為地切斷了當代臺灣文學與五四以來新文學的聯繫，但繞道西
方現代主義思潮而重認傳統的文學歷程，又在實質上恢復和弘揚
了五四新文學廣收博納的創造精神和藝術傳統。文學對於現實的
審美超越，還更突出地表現在文體、流派和風格的創造中。30 年
代臺灣出現的風車詩社，50、60 年代蜂湧詩壇的現代詩，都是以
文學按照自身藝術規律的發展對當時現實政治的抗逆。這一切都
說明文學在受到客觀現實制約的同時，並未完全喪失它自由的本
性，在大的範疇上接受現實的制約，而在自身的發展中遵循審美
規律的使然，從而使文學在制約與超越的對立統一下，呈現出現
實的和超現實的豐富性和多元性。文學史必須在廣闊的歷史畫面
上，體現出文學發展的這種多元對立的豐富性。

　　根據這一認識，從臺灣文學發展的具體實際出發，我們在大
的歷史分期上，主要參照社會發展的歷史變化劃分；在具體章節
的安排上，則兼顧文學自身的審美發展和作家個人的藝術創造，
整部文學史，為取得與中國文學史的一致，劃分為四個大的歷史
階段，即：

　　第一篇　　古代文學。描述遠古到 1840 年臺灣文學的發展狀
況。中國古代社會經歷過漫長的發展時期，臺灣由於海域的偏
遠，遠離當時的中央王朝，在社會形態的發展上遲緩於大陸地
區。直至 16 世紀以後由於漢族移民的大量遷入，才逐漸形成與內
地相一致的封建社會形態。但中華文化的影響，卻自上古時期就
已存在。本篇從臺灣社會的形成和變遷，在介紹原住民族的神
話、傳說、歌謠同時，側重介紹中原文化在臺灣最初的傳播，和
明鄭以前歷代文人詠述臺灣的詩文作品，尋找臺灣文學的源頭。
重點描述明鄭時期臺灣文學的奠基，和清政府統一臺灣初期文學
的發展。這是臺灣文學發生和萌芽的時期。

　　第二篇　近代文學，描述 1840 年至本世紀 20 年代初期臺灣文學的發展狀況。由於鴉片戰爭對中國社會發展的影響，中國社會開始了一個新的歷史階段。「門戶開放」和列強的侵入，在臺灣更直接地表現為甲午戰爭之後的日本割據。它使臺灣的社會史、政治史、經濟史和文化史都進入了一個風雲跌蕩的年代。清政府統一臺灣之後府學的設置，使傳統文化在臺灣得到廣泛傳播，臺灣文學也逐漸由大陸來臺文人的採風問俗，轉入以本土文人為主的創作。詩鐘的傳入和「擊鉢吟」的興盛，發展成為臺灣詩文學的一個特殊的審美形態。日本據臺之後，臺灣人民從武裝鬥爭到非武裝的文化抗爭，民族意識的弘揚，促成了一次以漢學為中心的民族文化高潮。但中國封建社會整體的衰落，又使傳統文化面臨著新文化的猛烈衝擊。繁複多重的矛盾，構成了這一時期臺灣文學複雜的內涵。這是臺灣文學豐富、發展的時期，也是新舊文學激烈衝突的前奏。

　　第三篇　現代文學。描述本世紀 20 年代初至 1945 年臺灣回歸祖國的文學發展狀況。臺灣新文學的發生，是受到五四新文學運動的號召和推動，並直接以五四新文學的理論為旗幟，以新文學的作品為典範，經歷了與大陸類似的由文化運動走向文學革命的歷程。在這四分之一世紀的時間裡，臺灣文學從艱辛的開拓走向發展，出現了一個文學的社團林立、刊物紛湧、創作豐茂的短暫的繁盛時期。雖然隨後由於日本帝國主義的侵華戰爭，進一步加強對臺灣的政治、經濟、文化鉗制和推行「皇民化運動」，使文學發展受到嚴重挫傷，但臺灣新文學從發生開始就確立的回歸祖國的民族文化意識和反帝反封建的現實批判精神，卻奠定了臺灣新文學的光輝傳統。

　　第四篇　當代文學。描述 1945 年臺灣回歸祖國以來迄今 40 餘年的文學發展狀況。臺灣擺脫日本殖民統治重歸祖國，也是臺灣文學重返文化母體的一次重要歷史轉折。但隨著國民黨政權遷

臺，由於海峽兩岸長達 40 年的阻隔，又使臺灣文學隨著臺灣社會
走上與大陸無論在政治制度、經濟結構、還是意識形態都完全不
同的發展道路，而呈現出某些迥異於大陸的文學形態和歷程。在
這近半個世紀裡，臺灣文學有過一個極端政治化和政策化——即
反共的文化統制，與老一代文化人的鄉愁閨怨、新一輩作家走入
內心和本省籍作家普遍緘默的非政治化傾向相互對峙的困圍時
期；也有過一個傳統意識與現代意識、外來文化與本土文化互相
對峙、消長和互補的文學發展時期。政治曾經是影響臺灣文學發
展的重要因素；而經濟的轉型又成為導致臺灣文學走向多元結構
的基礎。文學的現代主義傾向從 50 年代萌生、發展到 60 年代達
臻高潮，在拓展文學的現代視野和藝術把握方式的同時，也表露
出它迷途上背離傳統和疏隔現實的弊端，因而受到急需文學關切
的臺灣現實社會的激烈批評；而從 50 年代醞釀，60 年代重新集
結出發的鄉土文學思潮，卻以其對現實的關懷和對傳統的弘揚，
受社會的重視，並由此釀成一場重大的論爭，促使不同文思潮的
審思和調整。它雖然也有著某些片面化的局限，但對臺灣文學的
整體發展發揮著重要的作用。進入 80 年代以後，隨著臺灣社會的
政治、經濟逐漸多元化，文學思潮的多元化趨向，也逐漸成為近
期文學發展的主要特徵。這 40 年是臺灣文學歷史最重要的一個發
展時期。它以自己某些特殊的經歷和藝術創造，使臺灣文學在中
國文學寬闊畫廊裡，佔據著特殊的地位。

　　在這四篇之前，設有《總論》一章，對臺灣文學發展的一些
普遍性問題，例如，臺灣文學與文化母體——中國文學的同一性
和特殊性關係，臺灣文學發展的內部文化基因和外來文化影響，
臺灣文學的歷史情結，臺灣文學思潮更迭的基本形態，臺灣文學
的都市化趨向等等，都企圖從歷史發展的角度，進行一些理論詮
釋和探究。將分散在各編各章之中的這些帶有史論性的問題，集
中在前面論述，不惟是將本書編寫的主導思想，提綱挈領地告訴

讀者，也希望不揣淺陋，對當前臺灣文學研究中一些重要問題，提出我們的看法，以引起有關學者的注意與討論，進一步加深臺灣文學研究的理論深度。

　　全書由於篇幅關係，總論及第一、二、三篇合為上卷出版，第四篇為下卷。

　　文學史的編寫是一項極為嚴肅的工作。它不僅需要全面佔有大量翔實的史料，進行剔偽存真，去粗取精的藝術鑒別和辨析，而且需要對前人所有的藝術創造，以及歷史發展上各種文學思潮、流派和現象，進行深入、細緻的個案研究；同時還必須對同期發展的政治、經濟、文化以及互有影響的相關地區、國家的文學，都有一定深度的把握，在此基礎上才可能撰寫出一部翔實可信，描述準確，分析得當的文學史。依此要求，以祖國大陸僅 10 年時間對這一領域的研究，尚難具備充分的條件。不過，歷來文學史的編寫，有兩種作用或性質。一種是為了幫助讀者瞭解我們尚屬陌生的文學狀況而編寫的文學史。它所作的只是對於龐雜的文學史料和現象進行初步的梳理和描述，對在各個歷史時期活動的作家予以初步的定位，從而為今後的研究提供一個整體觀照的視野和深入的基礎。這其實只是對文學發展概貌的一次初步的整理。另一種文學史則是在眾多深入研究（包括前人編寫的文學史）的基礎上，對文學發展做進一步的規律性的概括和理論闡釋，並反轉來影響後來的研究和創作。但即使這樣的文學史，它所達到的也不可能是歷史的終極。因為所有文學史，都是當代人的「文學史」，它所反映的只能是當代人對歷史的認識和評價，而非就是歷史本身，更不能代表未來發展的認識。這種當代人對歷史的認識與評價，必將隨著社會的發展不斷地有所更新和深入。因此，文學史的編寫只能有「最早的」一部，而沒有「最後的」一部。

　　我們獻給讀者的這部文學史，自然是屬於前一種類型。儘管

我們努力吸收海峽兩岸數 10 年來諸多的研究成果，但我們所做的基本上仍是對臺灣文學發展上諸多史料、作家、作品和現象的初步梳理、定位和評析。我們力求在整個編寫過程中，貫穿歷史唯物主義和辯證唯物主義的觀點，科學地、實事求是地來看待、分析和處置臺灣文學發展上出現的種種複雜情況，理出一條基本的脈絡，弘揚愛國的民主精神和民族傳統。在具體編撰中，我們力求做到：

一、把臺灣文學放在中國文學的整體格局中，並在與大陸文學發展狀況的相對照中進行描述和評析。臺灣文學是中國文學的一部分，是在中國歷史大背景下局部地區的特殊際遇所形成的一個有特色的文學支流。這是我們認識和評價臺灣文學的基本前提。因為孤立地就臺灣文學研究臺灣文學，或者忽視其與中國文學母體的淵源關係；或者看不到其特殊歷史際遇下的各種經驗和發展，都不可能準確把握臺灣文學的特質。把臺灣文學擺進中國文學發展的大格局中，在相互比較中予以審視和考察，將使我們獲得一個整體的歷史視角，有利於臺灣文學的定位和我們民族文學歷史經驗的總結，也有利於對臺灣文學做出實事求是的評價。

二、把對文學發展的社會、政治、經濟、文化背景的考察，與文學自身發展規律的探討結合起來。文學作為現實的反映，不能不受到現實政治、經濟、文化的制約。這一點在臺灣坎坷跌宕的歷史發展中表現得尤為突出。從社會政治、經濟、文化的考察入手，辨析其對文學發展的影響，是唯物史觀剖析文學的重要方法。但是文學同時服膺於自己的審美規律，對社會現實進行超越。辯證地將二者統一起來，探索文學在社會客觀規律和自身審美規律相互作用的制約與超越下的整體發展態勢，以便做出比較合乎實際的概括和描述。這是我們追求的目標之一。

三、把對一個時期文學思潮的評述和對具體作家、作品的論析結合起來。原則上說來，每個作家都是在一定的社會環境中，

也即在一定的社會思潮中生活和創造的。一定時期的社會思潮
（哲學的、政治的、文化的、文學的）深刻地影響著作家的創
作，造成這一時期特殊的文學現象。因此，重視對文學思潮的研
究，是我們藉以描述文學發展態勢的一個主要途徑。但是，每一
部作品的誕生都有自己特殊的命運。既可能受到這一時期思潮的
催生，也可能是對普遍社會思潮的悖逆。因而，在注意把作家放
在文學思潮背景下考察的同時，又充分尊重作家自主的藝術品格
和作品的獨立價值，進行具體問題具體分析，以求辯證地看待文
學發展過程中思潮、社團、流派、作家、作品之間的同一性和差
異性。這也是我們希望達到的目標之一。

　　四、翔實的史料和史論相結合。確鑿、豐富的史料是我們研
究的基礎。文學史的前提工作是對史料的開掘、鉤沉、辨偽、確
證和梳理。尤其我們這部文學史，首次將臺灣古代文學和近代文
學列為重要的組成部分，有關臺灣古代、近代文學的大量史料，
需要我們從浩如煙海的古籍文獻中從頭搜集、辨析、整理。我們
是把翔實、豐富的史料，做為第一位的工作來抓的。儘管我們孜
孜不倦、小心謹慎地進行鉤沉和梳理，但自知仍會有不少遺漏、
訛誤之處，等待有識之士的批評。鑒於這些史料的發掘，還較少
為社會一般讀者所熟知，因此在前兩編中，我們做了比較詳細的
介紹。當然，文學史畢竟不是文學史料的彙編。撰寫文學史的目
的在於從大量史料中，概括出文學發展的態勢，總結藝術發展的
規律。因此，史料與史論的結合，是每一部文學史所應當做到
的。這也是我們追求的目標。我們嘗試著從臺灣文學發展中，進
行一些規律性的概括；尤其是它的當代進程，提出某些觀點，並
以這些觀點來概括和描述文學的進展。見仁見智，我們等待著讀
者和同行的批評。

　　我們已經說過，這是一份力不從心的工作。無論從海峽兩岸
長期阻隔所造成的人文隔膜和資料短缺上看，還是從我們自身學

識、素養的某些不足看,我們都深知這份工作難免會有許多無法
跨越的困難和遺憾存在。尤其是一部由多人合作撰寫的文學史。
我們雖然努力在統一的構思下,在尊重並發揮每個合作者的專長
和才具的前提下,儘量做到觀念、體例和行文的一致。每個合作
者個人才具和專長的發揮,是我們的優勢,但同時也可能是我們
的缺陷。其中必然會有某些風格不夠一致,敍述不夠連貫,觀點
略有差異的缺點。這些都衹有等待今後的補正了。我們願意在聽
取海峽兩岸讀者和作家、學人的批評中,為後來者的研究起一塊
墊階石的作用。

1990 年

特殊心態的呈示和文學經驗的互補
——從當代中國文學的整體格局看臺灣文學

　　由於自然的、社會的、民族的阻隔和差異，人類文化的發展呈現出明顯的區域性。它障礙文化的交流和同步進行。然而，正由於這種阻隔和差異，才創造人類文化千姿百態的燦爛奇觀。它們互補地表現人類在不同時空環境中的心理狀態和精神需求。從整體角度來審視局部性文化，我們不僅注重其與整體的認同，還辨析其與整體的差異。認同確定歸屬，是研究的前提；而辨異是確定其在歸屬後於整體中的價值和位置，是研究的深入和對認同的進一步肯定。在這個意義上，特殊性的認識比普遍性更為重要。

　　臺灣文學的發展有著特殊的歷史背景。十七世紀中葉以來，臺灣一直成為外國殖民主義者騷擾、掠奪的目標。其間曾兩度淪為荷蘭殖民者（1624-1662）和日本帝國主義（1895-1945）的殖民地。尤其是後一次，為日本割據長達半個世紀之久，正值中國社會發展最急劇的轉折時期。它進一步擴大了臺灣與內地的差異。長期的殖民統治，不能不給臺灣人民打下恥辱與痛苦的精神印記，造成特殊的社會情態和心態。一九四五年抗戰勝利，臺灣終於回歸祖國。但隨著國民黨政府遷臺，臺灣再度與大陸分離，並長期處於嚴峻對峙之中。這種特殊的歷史命運，使今日臺灣，無論從社會性質、經濟結構、政治制度、意識形態等，都走上與大陸不同的發展道路。它必然要影響到文學的發展，使臺灣文學

呈現出和內地不同的形態與過程。

一、鄉土與現代：文化衝突的文學體現

鄉土文學與現代文學，是臺灣文壇最重要的兩種文學思潮和兩個時有交錯的文學流派，也是臺灣文學進程中兩種重要形態。尤其是鄉土文學，經歷了從二、三十年代到六、七十年代兩次勃興，幾乎貫穿了整部臺灣文學史；在某個時期，甚至涵蓋了那一階段的整個創作。這種情況，在中國新文學史上是極為少有的。而五，六十年代在臺灣出現並風靡起來的現代派文學，實際上又是中國新文學發展上那股時起時落，但始終未能成為大氣候的現代潮流，在祖國大陸隔海一隅的繼續。對於七十年代後期以來大陸走向開放的新時期文學，它又為中國文學在接受西方現代主義思潮留下可資借鑒的經驗和教訓。因此，如何看待這兩個文學思潮，必然成為認識和評價臺灣文學的關鍵。

二、三十年代臺灣的「鄉土文學」運動，不同於通常所說的「鄉土文學」，它實質上是一個民族文學的口號。一般概念的鄉土文學有著明顯的題材框限，即總是和描寫中國農民的歷史命運與中國農村的社會變遷聯繫在一起的，但臺灣「鄉土文學」的提出卻是另一種政治文化背景的產物。

臺灣的新文學是在日本殖民主義強制同化與臺灣民眾反同化的複雜文化鬥爭背景上發生和發展的。日本據臺以後，在殘酷軍事鎮壓和瘋狂經濟掠奪的同時，是在文化上推行強制同化政策。從最早赤裸裸的差別教育，到廢棄漢文教學、取締漢文報刊，以至更服改姓、禁止一切與漢族有關的宗教、民俗活動的「皇民化運動」，目的在於滅絕漢族文化，代之以殖民者的文化。作為與這一文化滅絕主義相抗衡的是，二十世紀初期臺灣掀起一個遍及全島的漢學運動。吟詩結社，設帳課徒；同時，傳統的宗教、民

俗活動異常活躍，使臺灣在七年武裝反抗失敗後進入一個非武裝的文化抗爭時期。這一運動發展到二十年代初期，雖然其末流與內地遺老一樣，走上吟弄風月，甚至媚事權貴的歧途，成為五四新文化運動的障礙；但另一方面，此時在臺灣出現的漢學運動，有力地標示著臺灣人民的鬥爭精神與民族文化意識的崛起。二十年代中期從大陸引來星火的新文學運動的傳播者，也因此處於比內地更為複雜的文化鬥爭環境之中。但他們正確地接過五四「反帝、反封建」的旗幟，把反對封建的鬥爭納入反對殖民主義侵略的鬥爭總目標之中。在文學主張上，把「為人生」具體化為表現備受殖民侵略屈辱和封建壓迫痛苦的臺灣社會現實的文學要求：在語言形式上，把提倡白話文導向關於「臺灣話文」的討論，並且從論爭中提出了「鄉土文學」這一口號。一九三〇年，黃石輝在《怎樣不提倡鄉土文學》一文中說：

> 你是臺灣人，你頭戴臺灣天，腳踏臺灣地，眼睛所看的是臺灣的狀況，耳孔裡所聽見的是臺灣的消息，時間所歷的是臺灣的經驗，嘴裡所說的是臺灣的語言。所以你的那支如椽健筆，生蕊的彩筆，亦應該去寫臺灣的文學了。[1]

這裡「鄉土文學」的概念，包括內容和形式兩個方面，即用臺灣的語言，描寫臺灣的事物，表現臺灣的經驗，三者都立足於臺灣的時空。因此，「鄉土」在它最初宣導者心中的含義亦即「本土」，「鄉土文學」即「本土文學」，即「臺灣的文學」、在這三個要素中，語言是載體，對此雖有「白話文」與「臺灣話文」之爭，但爭論雙方都站在民族語言的共同立場上，反對日語

---

[1] 轉引自廖毓文《臺灣文字改革運動史略》，見《日據下臺灣新文學・文獻資料選集》。

化（即殖民化）；核心是「臺灣的經驗」，對此並無明顯的分歧。所謂「臺灣的經驗」，著名的鄉土文學評論家葉石濤後來解釋說：「既然整個臺灣社會轉變的歷史是臺灣人民被壓迫、受摧殘的歷史，那麼所謂臺灣意識——即居住在臺灣的中國人的共通經驗，不外是被殖民、受壓迫的共通經驗，換言之，在臺灣鄉土文學所反映出來的，一定是『反帝、反封建』的共通經驗以及篳路藍縷以啟山林的跟大自然搏鬥的紀錄。」[2] 即使是描寫臺灣的事物，也是作為一種民族文化的存在來表現的。這樣，「鄉土文學」在臺灣，從它提出之始，就明顯具有如下特點：一、它是和日本殖民統治者鼓吹用日文寫作、體現統治者意志的「皇民文學」相對立的一個民族文學的鬥爭口號；二、它是一體性的本土文學，即城市和鄉村統一、歷史和現實統一、時間和空間統一的「臺灣的文學」。無論其內涵或外延，都應和一般意義上的鄉土文學區分開來。事實上，在臺灣新文學最初階段，從二十、三十年代至抗日戰爭時期，幾乎所有表現出鮮明民族、民主傾向的作品，無不涵蓋在「鄉土文學」這一寬泛的潮流裡。人們講「鄉土文學」，實際上講的是這一時期不甘屈服於殖民文化的「臺灣的文學」。正如後來一位評論者所說：「因為在日本統治下，不能講民族，所以就講鄉土。」[3]

　　這一性質的確認，對我們理解和評價臺灣文學有重要意義，新文學運動在大陸，主要是新舊文化之爭，在臺灣則同時表現為民族文化和殖民文化的抗爭。臺灣的「鄉土文學」是這種異常政治背景的產物，民族文化在外來文化的奴役面前表現出的強大凝聚力和排它性，就突出體現在「鄉土文學」這一民族文化的立場上。

2　　葉石濤《臺灣鄉土文學史導論》，見《鄉土文學討論集》。
3　　任卓宣《三民主義與鄉土文學》，見《鄉土文學討論集》。

　　六、七十年代是臺灣鄉土文學的第二次勃興。促成這次勃興的原因是多方面的，但從根本上說，仍然是這股民族文化思潮的繼續。只不過它所面對的是另一種新的，更為複雜的政治、經濟背景和外來文化現實。因此，第二次「鄉土文學」的勃興便有著比第一次更為多重的動因和內涵：

　　一方面，從五十年代開始，遷臺的國民黨政府對美國從政治、經濟到軍事的全面依賴，造成臺灣社會崇洋迷外的殖民地、半殖民地意識，文化上的「西風東漸」便是這種「西化」意識的反射的結果。二十世紀以來西方現代主義思潮的各種派別，幾乎都同時在臺灣登場。從民族文化的立場上看，它自然是伴隨政治、經濟和軍事入侵而來的異質文化的入侵。民族文化對於外來異質文化的抗禦與反撥，再度集中於「鄉土文學」的倡揚上，它使第二次勃興的「鄉土文學」繼續成為一個民族文學的口號。

　　另一方面，五、六十年代西方文化思潮的活躍，一定程度上又是為這一時期臺灣社會、經濟結構的變動所呼喚的。五十年代中期，臺灣開始進入由農業社會向現代工商社會過渡的經濟轉型期，至六十年代中期基本實現這一轉變。它帶來兩個結果：一、加劇臺灣社會城市化的進程；二、促使人口結構中一個處於較高文化層次的「中產階層」的誕生。伴隨城市化進程活躍起來的具有現代意義的城市文化意識，必然帶來對於傳統文化意識的猛烈衝擊。這種衝擊首先表現在，現代城市中心的出現打破了傳統農業社會以家族為本位的結構模式，從而帶來對建築在宗法自足經濟基礎上的價值觀、倫理觀、生活方式與行為規範的衝擊。人從對於封建宗主關係的依附中解放出來，轉向對於商品經濟關係的依附。自由發展和劇烈競爭的資本主義經濟，進一步鼓勵人對個性自由和自我擴張極度的追求。因此，相對於封建宗法關係下對人的貶抑，現代城市文化意識表現出對人的價值更充分的認識和肯定。其次，以現代科技進步為後盾的城市經濟，在推動社會發

展同時，也帶來造成社會極大困惑的諸如自然生態破壞、人性異化等等問題。尤其在臺灣、城市化的急劇進程包含著某種程度的殖民化色彩。伴隨外國政治、經濟勢力而來的，還有從性到暴力的種種西方文化的消極因素，它進一步造成人的焦慮、不安、孤獨、絕望的心態。現代城市文化意識在肯定人的價值的另一極上，又表現出人對於生存現狀的極大困惑與焦慮。這種與生活環境難以協調的焦躁不安心態，與傳統文化意識中寧靜、和諧、融情於自然的「天人合一」境界，又形成對比十分強烈的反差。這一切都構成了與傳統文化意識相背棄的新的城市文化意識。臺灣現代主義文學思潮，便是適應這一現實背景的心理需要出現的。它是現代科技進步與經濟發展使傳統文化失去固有的平衡之後，出現的另一種新的文化補償。

六十年代初期，當由於政治原因和語言障礙而處於抑制狀態的臺灣老一輩鄉土作家結束了自己的「休眠期」，並且和戰時出生的新一代初踏文壇的本省籍青年作家聯合起來，形成一個堪與現代派文學相抗衡的新的「鄉土作家群」時，他們面對的便是這樣一種經濟現實和文化現實。他們在創作實踐和理論批評中所表現出來的，對於含有殖民色彩的資本主義經濟與西方文化思潮的批判態度，以及對於「鄉土文學」內涵寬泛的理論概括，都表明他們重新揚起的「鄉土文學」旗幟，仍然具有第一代「鄉土作家」所主張的鮮明的民族文化立場與本土性的特點。

然而，歷史不可能只是簡單的重複。現代城市文化意識的活躍衝擊著傳統意識和傳統文化，它必然激起傳統文化在被取代的危機面前重新振奮起來，表現出對於往昔的緬懷和眷戀情緒。同時，現代城市為滿足經濟需要而建立起來的結構，又常常造成對於城市人的全面精神需求的壓迫；而傳統文化恰恰成為滿足這種精神需求的補充。因此，歷史上任何一次城市文化的勃興，都會伴隨著出現一個對於傳統文化的眷戀和回顧的熱潮。這兩方面的

作用，都成了臺灣第二次「鄉土文學」勃興的另一方面的動因；
使「鄉土文學」在反帝（反殖）的、民族的主題之外又出現了一
個對於傳統的農村文化回顧和眷戀的主題。黃春明六十年代的創
作正是在表現這種與城市生活相抗衡的「現代鄉愁」上，才被稱
為「標準的鄉土作家」的。他以充滿同情和眷戀、但又含有幾分
無可奈何的神情，描寫了現代科技進步和資本主義經濟發展，對
於傳統農村社會中的人際關係、自然關係以及價值觀念的破壞。
無論打鑼的憨欽仔（《鑼》）、廣告的坤樹（《兒子的大玩
偶》），還是為反對把祖輩的甜水泉闢成游泳池而自溺的阿盛伯
（《溺死一隻老貓》），他們困惑的悲劇，都來自於經濟的發展
和科技的進步。作者是在悲憫他們傳統價值觀念的丟失中，來創
造自己文學的審美價值的，這種對於傳統文化回顧、眷戀情緒，
在後來進一步發展成為文學的尋根趨向。包括現代主義文學在經
過鄉土文學論爭，省思自己背離傳統的某些偏誤之後，也表現出
對於民族文化重新認同。而同時鄉土文學在更廣泛地介入現代城
市題材之後，也吸取現代藝術的某些觀念和方法，從而使不同文
化的歷史性衝突，轉化為共時性膠著的狀態，構成臺灣多種文化
意識互相衝撞、流動、排斥，交融的社會景觀和文化景觀。

二、漂泊與尋根：社會心態的文學呈現

　　如果把鄉土文學和現代文學的先後出現與抗衡所蘊含的文化
背景的衝突，看作是臺灣文學外部進程的特徵；那麼，漂流意識
和尋根趨向，則是臺灣文學題材內涵的另一特徵。臺灣幾度漂離
祖國大陸的歷史，造成社會普遍的漂泊心態。無論鄉土派還是現
代派，都不能無視歷史這一精神負載，各以自己的感知方式和藝
術方式，使社會這一特殊情態和心態成為臺灣文學繁衍不息的母
題之一。

　　中國歷來就有鄉愁文學的傳統。特別在古代，以思鄉懷人為特徵的鄉愁文學，表現了儒家思想對和諧穩定的田園生活與人倫關係的眷戀與追求，是中國知識份子在離鄉背井、勞燕分飛的坎坷仕途和沉浮宦海中不斷生發的人生感遇。當這種感遇只和個人憂患聯繫在一起，它往往停留在個人本位上，表現為純樸的鄉土意識。而當歷史處於民族分裂或政治動盪的年代，個人憂患和國家、民族命運息息相關，這種基於個人感興的鄉愁便走向國家和民族的本位，表現出強烈的政治意識和民族意識。歷史賦予臺灣文學這一主題的是後一種時空條件。它基於兩個背景：一、遷徙臺灣的大陸移民對原鄉的懷念，其中，相當一部分移民是由於政治原因漂離故土的，他們的鄉愁不能不含著歷史的內容。二、歷史上不斷出現的殖民佔領和政治疏隔使臺灣數度脫離祖國或漂離大陸，造成國家的分裂和社會的對峙。前者是個人的遭遇，後者則是民族的不幸。二者交合在一起，這就使臺灣文學浸透著濃厚的漂泊意識和回歸意念。當一個嚴肅的作家，面對個人的經歷和具體的鄉土，他同時也面對著民族的悲劇和領土的分裂，他的個人憂患和際遇，同時也映射著時代和民族的內容。正是在這一點上，臺灣的鄉愁文學有別於歷史上的鄉愁文學，臺灣文學的尋根趨向，也不同於新時期來內地文學的「尋根」熱潮。

　　半個多世紀來，漂泊意識和尋根趨向成為臺灣文學的精神象徵。它經歷了兩個歷史階段，在不同的時期有著不同的內涵和形態。

　　日據時期，漂泊是異族侵略的結果。但異族侵略的實現，又與當時腐敗的政權漠視臺灣人民的命運不無關係。1895 年，臺灣是作為甲午戰敗的賠償割據給日本的，因此，滲透在老一代鄉土作家作品中的漂泊意識，突出地表現為一種處於狹縫之間的孤兒心態。對於當時滿目瘡痍的祖國，臺灣是腐敗統治者的一個「棄兒」，而對於異族殖民者的殘暴統治，臺灣又是一個失去母親、

倍受凌辱的孤兒。這種特殊的地位，反映了那個時代臺灣歷史悲劇的複雜原因，正如臺灣老一代詩人巫永福在《祖國》一詩中所寫的：

> 戰敗了就送我們去寄養
> 要我們負起這一罪惡
> 有祖國不能喚祖國的罪惡
> 祖國不覺得羞恥嗎
> 祖國在海那邊
> 祖國在眼眸裡

　　親與仇，愛與怨，感情的正面和負面交織在一起。早期臺灣文學在揭示這種「棄兒」兼「孤兒」的兩難窘境中，表現出可貴的民族意識和愛國思想。
　　最典型描繪這一社會心態的作品，是吳濁流的著名長篇《亞細亞的孤兒》。作者在小說中塑造了一個經過複雜感情歷程走向覺醒的臺灣青年知識份子吳太明的形象。造成這個出身世家望族的青年命運悲劇的是歷史，而促使他反抗性格最後完成的也是他無法拒絕的歷史。一方面，他從傳統家教中接受了濃厚的民族意識；另方面，殖民地現實的差別教育又使他只能在日本式的師範教育中完成最後的學歷。這使得他得以立足臺灣的知識社會，卻又使他加倍領略到「二等國民」的屈辱。他想逃避人生，但傳統文化中老莊哲學的超然態度卻無法排解現實的苦難。於是他毅然返回大陸尋求紮根；但黑暗的大陸政局，僅僅因為他是「臺灣人」就無端受到懷疑，身陷囹圄，不得已回到臺灣；卻又由於曾經回過大陸而受到殖民當局的跟蹤、監視。由於戰爭更加尖銳化和表面化了的「孤兒」兼「棄嬰」的尷尬困境，幾乎陷他於無可容身之地。但也正是這無可選擇的歷史，才逼使他做出人生最後

的選擇：在幾被逼瘋的情況下偷渡回到大陸，投身抗日戰爭的洪
流。他的性格也在這最後選擇中完成。這個故事框架所包含的歷
史內容和寄寓的民族意識，使這一形象成為臺灣青年的典型；也
使這部作品所表現的漂流心態與回歸意向，成為臺灣文學的象
徵。因此，這部曾先後用《胡志明》（小説主人公最初的名
字）、《被弄歪了的島》，《孤帆》、《孤帆遠影》等不同書名
出版的長篇，最終仍以最能概括臺灣心態的《亞細亞的孤兒》作
為書名載入史冊，並且承前啟後地影響著有關日據題材的創作。
五十年代以後，我們從鍾肇政的《臺灣人》三部曲、李喬的《寒
夜》三部曲等作品中，都可以看到吳濁流的影響。在這一系列作
品中，漂流是不甘屈服於異族統治的一種心態，而尋根則是漂泊
的必然發展。它不是個人對於鄉土的眷戀，而是被分裂的民族和
領土對於祖國的回歸。民族意識既是作家創作的動力，也是作品
從情節到性格構成的主要內涵。

　　1949 年以後，臺灣再度漂離大陸，不同於日據時代的民族矛
盾，這是國內革命局勢發展的結果。新中國的誕生，結束了國民
黨在大陸的統治，使遷臺的國民黨政權帶有政治流亡性質；同時
也使隨之流寓臺灣的數百萬大陸人員處於政治漂泊的動盪之中。
比起以往來到臺灣的大陸移民。他們的離鄉背井並非完全出於自
願，大多是無可奈何的政治選擇或政治裹挾的結果。三十多年海
峽兩岸的嚴峻對峙，彼島政治日趨黯淡的前景和難以拓展的經濟
格局，使他們日益意識到歸鄉無望而充滿必將終老他邑的惶惑。
這一切都使漂流意識再度成為臺灣文學的重要主題，並讓他們成
為漂流文學新的主人公。

　　五十年代以來，臺灣文學的漂流主題大致經過兩個階段的發
展。第一階段，主要表現大陸寓臺人員充滿歷史失落感的流亡心
態。其表層，是描寫這些滯臺人員「有家歸不得」的「大陸鄉
愁」。這些以思鄉懷舊為特徵的「鄉愁」作品，最初常常滲雜著

「追回失去的天堂」的政治意念。這種意念隨著國民黨「反攻大陸」政治幻夢的破滅而逐漸淡薄，日益為悲觀情緒和越來越濃烈的鄉土情思所代替。這是五十年代臺灣以「閨秀作家」為主的鄉愁文學興起的直接原因。其深層，則是通過這些去臺人員——從最高層的政治核心人物到最低層的士兵職員，揭示出蘊含在他們悲劇性格與悲劇命運之中的歷史必然性。正是在這一點上，白先勇的《臺北人》在當代中國文學中有著難以替代的價值和位置。他不僅觸及了當代作家不易涉及的那個步入政治末途，流落在海峽彼岸的特殊階層的人物世界，而且相當細緻真實地描繪了這些舊時顯貴積鬱半個世紀歷史興衰變化而倍感淒涼冷落的心靈困境，從而使小說成為一代歷史人物的衰落紀錄。被稱為「臺北人」的這一系列從將軍部長到士兵職員、歌姬舞女，沒有一個是真正的臺北人。這具有反諷意味的小說總題，揭示出一種無可奈何的歷史結局：他們都是為歷史浪潮沖涮並注定要終老在這海疆小島上的過時人物，這決定了作品總的情調：懷舊。而懷舊又是在黯淡現實的映照下對往昔顯赫的追索，它又使作品籠罩在一片悲涼無望的歷史衰亡感之中。儘管作者對這個舊時顯貴階層及其附麗者充滿同情，但也無法改變歷史的結論，只能唱一曲哀婉的悼歌。

　　臺灣文學漂流主題發展的第二階段，是從表現第一代「政治移民」的流亡感，延伸向他們的後輩，這就是「留學生文學」的出現。六十年代臺灣出現的「留學狂潮」有極為複雜的政治背景和心理背景。歷史上的留學生，不論他們出國的目的如何，或為求知，或為鍍金，留學都只是一種手段，回國才是實現目的的歸宿。這一時期臺灣的「留學熱」，卻大多以離開臺灣、移居國外為直接目標。其最初，是以出生在大陸，隨父母來到臺灣的第二代青年為主，逐漸擴大至臺灣省籍的青年。它一方面反映出臺灣社會普遍崇洋迷外的殖民地意識，另一方面更主要地表現出一代

知識份子對臺灣政治前途和經濟前景的不滿與失望；同時，這種「離去」情緒還積鬱著他們流寓臺灣的父輩渴望擺脫困厄孤島窘境的心理要求。因此，他們到了國外（主要是美國）大都成了「留」下不走的「學生」。有一個資料表明：從五十年代到八十年代，臺灣留美學生達七十餘萬人，學成返臺的只占 10.58%，尤其在六十年代，比例最低，僅占 3%左右。比起他們流寓臺灣的父輩，他們才是真正漂洋過海的「流浪的中國人」，是繼他們父輩「政治放逐」後的一種「自我放逐」。他們在國外，要經受重重政治上、經濟上、心理上、乃至文化認同上的壓力。無論讀書、就業、婚戀、社交都處於茫然無著的孤寂中。即使學有所成，狹窄的臺灣不願回，神往的大陸不敢回，而寄居的美國又是別人的，這種心理困境造成這代臺灣留學生迥異於前的漂流心態。他們成了漂流文學新的表現對象，從他們當中產生出一個卓有成就的「留學生作家群」。最先關注這一現象的於黎華，把留學生的困境概括為「失根的痛苦」，她主要通過留學生的生活艱辛，來表現他們身處異境的失落感、陌生感、孤寂感和幻滅感，使「無根的一代」成為典型的代名。在後來的留學生作家中，則更側重揭示留學生的精神困惑，即所謂處於「歷史的夾縫，文化的夾縫，時代的夾縫⋯⋯」（叢甦），而在白先勇後來結集為《紐約客》的一系列小說中，則幾乎都是絕望的，帶有他在《臺北人》中所描繪的那個舊時顯貴階層沉重的歷史包袱。無論「失根」、「夾縫」、還是「絕望」，都牽連著歷史。在這代臺灣留學生個人生存困境和命運曲折背後，潛在的是一個國家和民族分裂的不幸。從失根到尋根，這一個特定背景下出現的「留學生文學」的特殊意義，便也在這裡顯示出來。

　　七十年代末期以來，隨著中國形勢的變化，在海外定居下來的臺灣「留學生作家」，大都已不再局限於「留學生文學」的主題，也不再單純以臺灣作為自己作品的描寫對象和接受對象。特

別在近年，文學的尋根意識發展為海外作家直接的尋根活動，心理屏障的拆除和對大陸現實的重新瞭解，開始使他們的創作進入一個更廣闊的領域。事實上在於黎華、陳若曦等人的若干新作中，已看到這種變化。他們的人物活動在臺灣、大陸和海外的三重空間，作者視角和人物的心理情緒，也不再單純從臺灣出發。因此，這些作品也很難再納入臺灣文學的範疇。他們橫跨臺灣和大陸的文學活動，起著溝通海峽兩岸文學的橋樑作用；他們的創作，也將成為一個新的單獨的分支，引起人們的關注。

三、開放和回歸：文學兩極的互相挫動

前面我們側重於對臺灣文學的形態特點，從當代中國文學的角度作橫向對比的審察；如果我們再把臺灣文學近三十餘年來的發展：與中國當代文學的歷程作一個縱向的動態對比，則可以發現，海峽兩岸的文學都有一個重要的轉捩點：在大陸是七十年代後期以粉碎「四人幫」為標誌的「新時期文學」的開始；在臺灣，則是七十年代後期成為焦點的「鄉土文學論爭」的高潮。這個時間上的巧合，使「七十年代後期」成為我們透視海峽兩岸文學的一個支點。在此之前，臺灣文學經過一度「西化」的迷津，通過論爭的重新省認，走向對於傳統的回歸；而大陸文學則在極左思潮發展到極端之後，以政治和經濟的改革為先導，走向開放。一個復歸，一個開放，藝術兩極的這種方向相反的互相挫動，使海峽兩岸文學在走向世界的文化重建中，互相趨近了。

致使文學出現這種迂迴的原因是多方面的。但歸結到文學自身，核心是如何對待文學發展中的傳統繼承與外來借鑒，亦即「中化」或「西化」問題。這實在是影子一般糾纏中國新文學每一步發展的無可迴避的問題。它們在共時態的環境中互相排斥，卻又在歷時態的進程上，互相吸收和轉化。海峽兩岸文學的曲折

進程，無不交錯著這一軌跡。只不過由於問題提出的背景不同，也就有著不同的形態和特點。

　　五十年代臺灣文學接受西方現代主義思潮的影響，除了大的時代原因外，還有兩個具體的背景：一、與新文學傳統的斷裂。遷臺初期驚魂未定的國民黨政權，把五四以來幾乎所有進步的文化成果，都視為洪水猛獸。余光中說：「五四以來的新文學作品，除了徐志摩、朱自清等極少數例外和遷臺名作家的一些，幾乎完全成了禁書。……這種與昨日脫節的現象，在文學史上雖不乏前例，畢竟是罕見的。」[4] 當時走向文學的青年，要麼回頭從古典去找傳統，要麼朝外向西方文學去開眼界。而古典離現代太遠，西方文學則伴隨社會經濟的全面附庸潮水般湧來。在這一情況下，如陳映真所說的，斷裂了傳統的臺灣文學，「不向西方『一邊倒』，才是不可能的。」[5] 二、跟現實的背離。由於臺灣國民黨當局的「反共」政策，五十年代初期的文壇充斥著「反共」八股的宣傳。它引起作家和文學青年的極大厭惡；加之對於三十年代革命文學的戒心，「一般作家甚至對一切直接反映現實社會的文學，都起了反感，至少是懷疑。餘下來的一條路，似乎就只有向內走，走入個人的世界，感官經驗的世界，潛意識和夢的世界。」[6] 兩方面的因素，都促成臺灣文學的「西化」。

　　因此，西方現代主義文學思潮在臺灣最初的出現，並非一般情況下過於強大的傳統因襲，困圍了文學的發展，才促使對於外來文化的借鑒和吸收；恰恰相反，是由於傳統的過於稀薄乃至斷裂，導致對於西方現代文學的依憑。同時，也並非社會發展進入新的階段，要求文學相應出現具有現代意義的變革（六十年代以

4　余光中：《中國現代文學大系‧總序》。

5　陳映真：《文學來自社會反映社會》。

6　余光中：《中國現代文學大系‧總序》。

後臺灣社會經濟結構的轉型，使現代派文學適應這一要求，那是
稍後的事）；恰恰相反，是出於作家對現實規避的願望，導致文
學進入內心的領域。這些因素構成臺灣現代派文學的風貌。一方
面，對於五十年代初期沉腐、死寂的臺灣文壇，它無疑注入一股
新鮮的生命；在以後的發展中，伴隨社會經濟變動作為正在勃興
的現代城市文化形態受到現實的呼喚，確實給傳統文學帶來了更
具開放性的現代的眼光；無數作家的實踐，也從藝術把握方式的
更新上。為當代中國文學留下有益的積累。另一方面：毋庸諱
言，臺灣文學這一現代思潮，也帶著胎生的弱點。首先是傳統的
稀薄，使它缺少在民族基因上吸收和融匯異質文化的重構的力
量：從而創造出民族文學新的生命形式。其次是與現實脫節，使
它難以植根自己的土壤，結出更有自己特色的果實，而大多只能
如陳映真所批評的作為「西方現代主義的亞流」。停留在對西方
作品生吞活剝的過程中。這兩方面的不足，使臺灣的現代主義文
學運動，雖然具有形式和規模的完備，卻缺乏內涵上構成民族現
代文學新格局的能力。而且，從它興起之初，便以脫離現實和背
棄傳統為「西化」的兩大詬病，潛伏著鄉土文學再一次勃興的契
機。

　　較之臺灣文學的現代主義思潮，新時期文學開放觀念的提
出，有著不同的背景和內容。首先，開放是文學運動自身的要
求。建國以來的文學，極為強調的是五四革命文學的戰鬥傳統。
它在內容上表現為對現實（主要是它的政治層次）積極介入的戰
鬥精神，在形式上提倡民族化、大眾化和現實主義創作方法。因
此，與臺灣的「西化」不同，它不是傳統的稀薄，而是對傳統片
面的理解，相對貶抑了人的全面精神需求和藝術把握世界的多種
方式，進而發展為極左的文化禁錮，造成傳統的斷裂。開放是對
封閉性的文學八股的反叛，也是對傳統的重新認識與銜接。其
次，開放是作家深入把握現實的藝術要求。事實上，即使到了十

年後的今天，中國社會也未出現產生西方現代主義那樣典型的現實土壤。新時期最早一批接受西方現代文學影響的探索者，幾乎都是在表現中國當時現實的特殊需求上，對西方現代派作品作剝離其內容的藝術借鑒。它不是如臺灣的西方文學朝聖者那樣，為了對現實的規避，而是為了對現實的介入。

因此，新時期文學接受外來影響，有兩個特點：一、它是從對藝術形式、方法的借鑒與吸收開始，才進入具有現代意義的藝術觀念的更新；二、它是作為文化重建中諸種文化的選擇之一，加入了當代中國文學的多維結構之中的。作為一種外來的文化參照，許多作家都是在接觸西方的同時，重新認識和發現傳統，並且很快出現了藝術趨向上的分化。因此，被陳映真稱為「在臺灣繞了個小圈」的從「西化」到「回歸」，在新時期文學中雖然同樣出現，但其過程卻極為短暫，甚至幾乎是同時交錯出現的。當一批真正具有現代意識的作品剛剛出現，同時卻有另一批作家從西方文化的鑒照中回到傳統文化來「尋根」了。與現代意識幾乎同時出現的「尋根」熱潮，同樣是在建造中國現代文化的前提下，對於中國古代文化的一種選擇、認同和再創。「尋根」不是復古，而是從現代意識出發的對傳統的重認和更新。它們共同構成了新時期文學多種文化意識參照、流動、衝撞、溝通的多維格局。因此，從整體意義上看，對於新時期文學「西化」或者「復古」的擔心，似乎都不必要。尤其是新時期文學中的現代主義傾向，並不具備完整的形態和過程。具有現代意義的藝術觀念的覺醒，遲緩於對於西方現代藝術方法的借鑒，便說明這一過程的不足。

七十年代臺灣鄉土文學論爭中出現的文學思潮向傳統的回歸，是對五、六十年代臺灣文學「西化」的反撥，所針對的也是「西化」中背棄傳統和脫離現實的兩大弊端。因此，「回歸」便也主要包含這兩個層次的內容：文化傳統的重認和社會意識的加

強。二者在臺灣多事的七十年代政治、經濟背景上（這一時期臺灣由釣魚島事件為導火線爆發了涉及廣泛的反對美、日政治經濟侵略的群眾性運動），共同地體現為鮮明、強烈的民族意識的覺醒。所謂「傳統」，除了語言、形式等比較明確的民族因素外，還包含五四以來新文學（臺灣文學是其一部分）關懷人生、參予現實的積極精神。因此，社會意識和現實精神的高漲，實際上是這一「回歸」的核心。文學重心的這一轉移，帶來了文學創作在題材、人物、主題和藝術方法上的新變化。作家從狹小的個人空間跨入廣闊的社會領域，揭露社會矛盾和經濟大國資本入侵的批判性主題，關懷在社會壓迫與資本主義關係下掙扎、抗爭的中下層人物，緬懷已經破碎的傳統的農村社會，成了文學普遍關注的中心。它顯示了臺灣文學的歷史性的進步和現實主義的必然發展。但是，另一方面，鄉土文學思潮主要是作為前一階段文學運動缺陷的糾正與補充，在另一極上的崛起，是對於被忽略了的傳統的「回歸」。因此，它同時也流露出對前一階段文學運動所偏重的藝術探索的忽視，加之論爭中難免的情緒對立，使之對前階段藝術探索中積極的藝術經驗，表現出某種輕蔑（在詩歌中尤為明顯），從而使鄉土文學思潮陷入另一種偏頗之中。在這一點上，新時期文學的「尋根」，也不同於臺灣文學的「回歸」。「尋根」不是對文學開放的否定和替代，而是作為另一種文化的選擇和參照，互補地和其他文化選擇處於當代中國文學共建的多維結構中，其重心不在於回歸或認同，而在於從現代意識出發的再造。

　　不同環境下文學發展的差異性，都是它自身歷史的必然，同樣，也有它自身的文化成果和藝術積累。源於一個共同的文化母體，卻在政治制度，經濟結構、意識形態等等方面與大陸有著很大差別的海峽彼岸的文學，正是以自己獨特的過程、形態和積累，加入到當代中國文學的整體中來。忽視了它們的特殊性，也

就意味著忽略了它們的存在價值。因此,對於這一部分財富的認
識,應當喚起當代中國文學研究者的注意。

1987.3

香港文學：歷史交錯的絢麗畫卷
——《香港文學史》導論

香港文學是中國文學的一朵奇葩。

香港的開埠，是伴隨西方殖民主義侵略中國的一場罪惡的戰爭而出現的。這是中國近代歷史的開端。此後一百多年，直到新中國誕生，中國一直處於東西方帝國主義虎視眈眈的弱肉強食之中。這也是中國人民走向現代覺醒的開始。一百多年來，中國人民從未停止過尋求獨立和解放的鬥爭。而這一百多年，正是世界經濟從工業革命的完成走向後工業時代的飛速發展的時期，也是中國社會從封建主義經歷半封建、半殖民地社會邁向社會主義的急遽變革的年代。正是在這一廣闊的歷史背景下，香港由一個小漁村發展成為一座舉世矚目的國際性的大都市；也是在這一廣闊的歷史背景下，香港文學逐步形成了自己鮮明、獨特的都市文學形象和都市文化品格。

因此可以說，香港文學是近代以來隨著香港的開埠，中華民族文化和中國文學傳統在這一特定區域、特定時間裡，不斷與外來文化和外來文學思潮交會、衝撞、融攝，經歷了與內地文學的互相延伸到獨立品格的追尋，從而發展起來的一個具有現代都市文化特徵的中國文學的分支。

正是在這個意義上，香港文學確立了自己的價值和位置。

一、文化的制約和超越
——香港文學發生、發展的文化背景

　　廣義地說，文化是人類在歷史的實踐過程中一切創造的總和。馬克思主義哲學在關於文化的發生理論中，始終把「文化」同人類具體的歷史實踐相聯繫。因為只有這樣，「才能把人的現實的歷史的存在，辯證地理解為既是歷史劇的劇作者，也是歷史劇的劇中人」。換句話說，人既是文化的創造者，同時又是文化的創造物。這一弔詭的辯證命題啟示我們：人在創造文化的同時，也把自己的所有創造活動，置諸一定的文化結構之中，既受著一定文化的制約，也超越這一制約，豐富和提升一定的文化。

　　文學亦然。文化是文學發生和發展的溫床與動力，不僅影響著文學的存在形態、運動方式，還賦予文學一定的文化內涵。但文學作為人的精神創造物，是文化的一部分。文學自身的發展，也提升著文化的精神，推動文化的進步。因此，當我們考察和描述一定地區的文學狀貌時，不能不首先關注這一地區文學發生和發展的文化環境，以及文化所給予文學的影響，和文學的超越對文化發展的意義。

　　在中國文學的整體視野中，香港文學所以引起我們特別的關注，恰正是它迥異於內地特殊的文化環境賦予它特殊的形態和內涵，以及它的存在和發展，對中國文學整體格局的意義。

　　遠在六千年以前，現在的香港地區（含本島、九龍和新界）就有先民活動。這可從近年考古發掘獲得的石環、石玦、印紋陶器、夔紋硬陶器、彩陶器及青銅器等大量分屬新石器中晚期和青銅時代的遺物中找到證明。嬴秦時代，香港屬南海郡番禺縣管轄，為畬、猺、蛋等土著聚居之所。至漢，改隸博羅縣，其時已有中原人士遷入居住。此後兩千年間，在中原內地時有戰亂的朝

代更迭中，避難南遷者益多，尤以東晉末年和南宋末年為著。至
唐，已設屯門鎮、管轄從今寶安、屯門到浙江永嘉一帶沿海地域
的海防軍務。北宋年間，開闢鹽場，增設鹽官專管。至元，改置
屯門巡檢司；到了宋、元、明時期，煮鹽、捕魚、種香、植稻，
以及利用蠣殼燒灰，經濟已有了很大發展。至清代中葉，香港淪
為英國殖民地之前，人口已達七千以上。其位於珠江口外側，與
廣州僅距 130 公里的特殊地理位置，自唐以來，就為歷代統治者
清醒意識到是溝通東西方交通和入粵的重要孔道。十五世紀末葡
萄牙航海家加馬繞過好望角，發現溝通東西方的新航線，珠江口
外的屯門便成為麇集西方商人、冒險家和殖民者的最早貿易港
口。[1]

　　這樣的時空環境，決定古代香港的發展，不可能是孤立的。
它是中國南部省份廣東的一個部分，納入在中國歷史發展的框架
之中；也說明古代的香港文化，不可能是一種獨立的文化，而只
能是中華文化在五嶺之南的分支──嶺南文化的一翼。

　　所謂「嶺南文化」，是原生於五嶺之南的百越先民，在秦漢
之後接受中原文化的融合，經過長期的歷史實踐逐步形成的漢民
族文化的一個區域文化類型。它既是一種感性、自然的原生型文
化，也是一種包容廣泛的移民文化。相對於中原內地穩固在農耕
文明基礎上的內陸型文化，它又是一種面對廣闊域外世界的海洋
型文化；相對於以達官顯貴、豪紳地主、文人學士為自己主要文
化形象的貴族文化、士人文化，它還是以市井社會的城市平民為
自己主要文化形象的市民文化、世俗文化。嶺南文化的本根性，
使它在接受中原正統文化的融合和外來文化的衝撞中，能夠吸收
各種養分豐富發展自己而又不失自己的本根形態與「土」味。它
遠離儒家文化中心的邊緣性，又使它較少受到儒家正統文化的規

1　　參見簫國健《香港古代史》，中華書局 1995 年出版。

範和約束,表現出更多非正統、非規範的叛逆性格和銳意開拓、進取的革新精神。而得益於背山面海的地理環境,率先與域外的交往,又形成了它文化的開放性和相容不同文化的多元性,使原先比較單一的文化形態呈現出豐富的色彩和多元的內涵。自漢唐以來就成為海上絲綢之路起點的域外經貿活動,和在明清之季就率先發展的商品經濟,激發了與傳統農業社會重農抑商思想相抵牾的商品意識和新的價值觀,同時也發展了迥異於玄學清流的經世致用作風,和區別於禁欲主義的講求實惠的享樂精神。這一切並不以理性見長地存在於儒家經典之中,卻以實際行為滲透在市井小民感性的世俗生活裡的文化特徵,無不在近代以來香港社會的發展中,獲得充分的發揮。這是香港文化最基本的內核;也是香港文學孕育和發展的文化基礎。香港各種次文化、次文學現象的發生和存在,幾乎都可以從中找到它潛在的基因。

鴉片戰爭之後,香港為英國殖民者佔領,導致了一個半世紀以來西方文化的長驅直入。如果我們把文化廣義地理解為包括物質文化、精神文化和制度文化三個互相依存和制約的層次,那麼,以西方文化作為自己文化意識代表的英國殖民者,通過自己派出的殖民政府,首先推行的是承襲自西方的政治制度和法律制度,同時在經濟的發展中建立資本主義的生產關係(經濟制度),繼而便挾持其在政治上和經濟上的威勢,通過教育(例如大量英文書院和專上學院所奉行的英式教育制度和英語教學)和其他文化措施(例如舉辦英國文學講座和資助交響樂、芭蕾舞、現代劇等西方藝術表演團體的演出),擴展其精神文化的影響,企望以西方文化來主導香港社會的發展。這樣,近代以來的香港,便一直處於西方文化的強大壓力之中。

然而,就香港占90%以上的華人人口而言,華人是構成香港社會的主體;以嶺南文化為主要形態的中華民族文化,是香港社會的文化基礎。於是,代表殖民地統治者文化意識而企望主導香

港社會發展的西方文化，與構成香港人口主體和社會基礎的中華民族文化，二者之間的差異所引起的衝撞、融攝、共處和反彈，便形成了近代以來香港社會獨特的文化格局。前者以殖民主義為背景有著強大的政治和經濟的助力；後者則以其博大、深厚的歷史穩固性和源源不絕的內地支援而難以動搖。這種不可調和和退讓，使兩種文化在各據一方的同時又呈現出互相滲透的膠著糾葛狀態。一方面，西方文化帶來先進科學技術和現代經濟觀念，推動了香港經濟的發展，使香港建成為一座以世界經濟為背景的現代化的國際性經貿都市。然而，在香港的經濟飛躍中，大量華資企業閃耀中華民族文化精神的刻苦經營，對香港經濟的提升起了重要作用。另一方面，在外來異質文化面前，中華民族文化在固守自身傳統的穩定性與對異質文化的衝擊和抗爭的同時，也表現出對異質文化某些成分的吸收和衍化。在這一點上突出表現出嶺南文化的本根性融攝其他文化以豐富發展自己的自主性精神，和相容其他文化的開放性和多元性特點。

這就是近代以來發展著的香港。它既不是一個完全西方化了的現代都市，也不是一個中國傳統的封建城郭；而是一個華洋雜處，東西並存，各守一方，也互相交會，在溝通中國與世界上發揮橋樑作用的遭受殖民統治長達一個多世紀的中國城市。東西兩種不同文化既層次分明地互相區別，也界限模糊地互相滲透。在這裡，既存在著一個完全西方化的以洋人為核心的上層社會，也存在著一個依然保持中國文化傳統，卻又接受某些西方觀念和文化習俗的中下層社會；既可以看到完全西方化的生括方式，和逐漸浸入到香港市民生活中的西方文化習俗；也可以看到仍然保存著中國古老文化傳統的世俗生活，乃至一個多世紀來，幾無多少變化地沉潛於社會底層的某些陳舊的陋習，和逐漸為西方人士所接受的某些中國文化傳統。當你在一家跨國經營的現代大公司裡發現敬奉著觀音佛祖財神爺，和你在最古老的占卜跳神風水命相

館中，看見用最新的電腦幫助測算一樣，都不必奇怪；猶如在港
英政府的大型建築施工之前要先找地理先生看風水，和中國普通
的老百姓習以為常地過著西方的節日一樣，都是很正常的。香港
在飄散西方現代文化的空氣中，也嬝繞著陣陣中國的線香燭火。
它出神入化地把二者彌合在一起，使這塊既是西方政治、經濟、
文化侵入古老中國的橋頭跳板，也是中國傳統文化最先迎受現代
衝擊的敏銳前沿，典型地體現出兩種文化的交會、衝突、融攝和
嶺南文化的開放性、相容性和多元性特徵。

　　這就是香港文學所植根的文化土壤和存在與發展的文化環
境。一個世紀來，香港文學的發生和發展，幾乎都可以從這具有
深刻歷史蘊涵的文化環境中，找到它發生的深層文化基因和發展
的現實機緣。

　　如果說，在政治、經濟領域和大專以上學校教育，香港較多
地接受英國的殖民影響，以西方模式為主導；那麼在包括生活習
俗、宗教信仰、基礎教育和文學藝術等狹義的文化上，佔據香港
人口絕大多數的中下層社會，仍然以中華民族文化為基礎和主
導。因此，從整體上看，更多固守東方傳統的香港文化，並未逸
出近代以來中國傳統文化艱難向現代化過渡的歷史框架。而在文
學，西方的文化影響和文學思潮，使在香港的傳統文化和文學受
到猛烈的衝擊，促使傳統文化和傳統的文學觀發生適應時代發展
的某些變革，培育了一批力圖與西方文學思潮同步和以西方文學
觀念和方法回眸中國文學的作家和批評家。但就整體而言，西方
的文學傳統，並沒有成為大多是從中下層社會中成長起來的香港
作家唯一信奉的傳統，更何況香港文壇還活躍著一大批在內地接
受文學教育後南來的作家。相反的，倒是在幾乎所有的香港作家
身上（不論他來自何方），都可以找到深層的中國人文傳統，成
為他們文學創作的基因和精神。

　　文化是人類社會實踐的產物。人的社會實踐不止，文化便也

在不斷的實踐中流動和發展。一方面是人對環境的改造，使這一改變了的環境成為新的制約因素推動文化的變革；另一方面是文化的交流，外來文化的介入也構成一種新的文化環境，推動著本土文化的變革。文學作為人的實踐活動之一，也參與著對環境的改造。因此，在這個意義上，文化與文學的關係，既有著制約的一面，也有著超越的一面。泰納在描述影響一個民族文學發展的三要素：時代、環境和種族時，著眼的是文化對文學的制約。他說：「作品的產生取決於時代精神和周圍的風俗」，「群眾思想和社會風氣的壓力，給藝術家定下一條發展的道路，不是壓制藝術家，就是逼它改弦易轍。」[2] 但是，當固有的文化成為社會發展的障礙，或者不能表現正在變化中的時代精神時，文學便率先對固有的舊文化進行反叛和揚棄，為新的文化催生。一個世紀來香港文學的發展，無不體現出這種制約與超越的辯證精神。本世紀二十年代舊文學在香港的最後堅持，和二十年代末期新文學終於在香港的勃生，都反映出香港這個游離於中國政治、文化中心的邊緣地帶歷來收容避難而來的遺老遺少所形成的文化氛圍對文學發展的制約，和為適應時代變革，撲面而來的新文學浪潮對於舊有文化和文學的揚棄。同樣的，五十年代香港文壇界限分明的對峙和創作中強烈的政治傾向和意識形態化，是當時在內地已經決出勝負了的政治鬥爭和軍事鬥爭在香港的延續所構成的政治氛圍的輻射。而從五十年代後期開始勃興至七十年代形成浪潮的關注文學自身藝術方式的現代主義藝術思潮，和為滿足大眾愉悅與休閒的文化消費需要而流行的通俗文學，均可視作是對五十年代過分意識形態化的政治文學的一種疏離、叛逆或超越。從更深的層次看，走向現代與後現代的「游離」和走向大眾消費的「黏著」，都是文學在高度經濟發展和進入資訊時代的一種都市文化

2　泰納：《藝術哲學》，人民文學出版社 1983 年出版。

形態，其與前此殖民時期和工業革命時期的文化形態有著很大的不同。香港文學正是在這一新舊交替的縫隙與層面上走向自覺和自立。尋求以自己都市文化的獨特內涵和形態，在中國文學的大格局中構建自己的份值和位置。

　　文化的積澱和文化的融攝與變革，既奠立了作家創作的文化心理與精神傾向，提供作家經過歷史積累而豐富成熟的藝術模式，為作家創作的文化屬性定位；也提供給了作家超越固有文化的廣闊創造天地。近半個世紀來香港文學的發展，都在香港這一特定的文化環境裡，既有深刻的歷史聯繫，為香港文學定位；又面對敏銳變化的前景為香港文學拓展創造的新值。

二、從延伸、互補到分流與整合
——香港文學與中國內地文學的分合關係

　　無論從地緣轄屬——香港是中國領土的一部分，還是從文緣的承傳——香港文學秉承著中國文學的文化傳統、文體範式和文學精神等方面看，香港文學都是中國文學的一部分，這是毋庸多論的。然而，作為中國文學整體格局的一部分，並納入在中國文學發展框架之中的香港文學，並不能簡單地等同於中國內地其他省區——例如上海市或廣東省的文學，也迥異於中國另一個曾處於異族統治長達半個世紀而後又分隔至今近半個世紀的文學分支——臺灣文學，這也是人所共知的。一個世紀來，香港文學所歷經的進程，既有著與中國內地文學互相疊合與印證的階段，也有著逸出中國內地文學的軌跡而呈現出獨特形態的發展。香港文學與中國內地文學這種分合之緣，是我們認識香港文學與中國內地文學的同一性和差異性的前提和基礎。

　　香港的傳統文學，是中國近代文學在香港的移入或植入。所謂「移入」或「植入」，指的是此時的香港文人，大多不是從本

土根生的，而是由內地移來；他們移來之後，便努力在香港這塊
逸出中國主流社會之外的幽隱之地植入傳統文學。因此，就整個
地域而言，香港的舊文學傳統並不深厚，歷史也稱不上久遠。然
而就創作者介入而言，其根柢卻是深厚的，所接受的文學傳統的
影響，也是久遠的。特別是在辛亥革命之際，避居而來的一批自
詡為「前清遺老」的舊文人，大抵都有著較深的國學根基。1921
年由香港文學研究社主辦、羅五洲主編的《文學研究錄》，旗下
的作者包括了章太炎、章行嚴、鄭孝胥、林琴南等著名的國粹
派。正因為如此，香港才可能到了本世紀二十年代尚能集結起堪
稱龐大的舊學隊伍，對抗新文化運動，致使這一曾是辛亥革命海
外醞釀基地之一、且多受西方文化影響的香港，新文學的發展遲
緩於內地長達十年以上。

　　上述現象說明，即使到了本世紀二十年代，香港仍然在中國
政治、文化劇烈變動的中心之外。從一方面看，香港殖民政府標
榜不直接干預華人社會的「間接」統治原則，使香港相對地游離
於中國社會政治變動的中心，留出了一隙邊緣的空間，成為不同
政治、文化勢力的活動場所。但另一方面，香港當局實際上並不
希望中國社會發生不利於它繼續殖民統治的進步的變革。因而時
時表現出與舊文化、舊傳統和舊的政治勢力苟合、勾結而形成盤
根錯節的互相支持。香港這種具有雙重意味的複雜的「邊緣
性」，使之往往成為抗拒內地政治變動的另一方政治、文化力量
集結的中心，以另一種方式延續著內地的政治、文化鬥爭。這一
特點幾乎延續至今，成為本世紀中國文學史上多次出現的內地作
家南下的條件和原因之一。

　　上述現象也說明，香港新文學的發生，主要不是根生於香港
的傳統文學，無法適應時代的發展而出現的合乎邏輯的內在的變
革；而是在內地已經如火如荼了的新文學運動，對於珠江口外這
一雖為彈丸之地，卻具有重要地位的小島文學發展的催生與推

動。如果說 1921 年創刊的《文學研究錄》主要表現出國粹派對於舊文學頑固的堅持；那麼同年由《大光報》主辦的《雙聲》雜誌的創刊，在思想較為新潮的黃崑崙和黃天石主編下，吸收了上海曾是「鴛鴦蝴蝶」派作者的徐枕亞、周瘦鵑、徐天嘯等人和本地青年作者的加入，便開始出現了「放腳式」的白話文。而此時一些報紙如《大同日報》、《大光報》、《迴圈時報》、《南華日報》《華僑日報》等也效法內地，開闢副刊發表新文學作品，在介紹內地新文學的同時，也培育本地年輕的新文學作者。到了1927 年 2 月，魯迅以廣州中山大學中文系主任的名義赴港作了題為《無聲的中國》和《老調子已經唱完》兩次著名的演講，其對黑暗壓抑下「無聲的中國」和「老調子」依然不絕的香港舊文壇的抨擊，無疑給了香港新文學以極大支持和鼓舞。1928 年隨著北伐的勝利而逆轉的政治局勢，使代表舊勢力的國粹派也漸漸收斂在香港堅持的營壘；而同年由香港青年作者創辦的第一本新文學雜誌《伴侶》和 1929 年香港第一個文學社團「島上社」的成立，標誌著香港文學終於在二十年代末期登上歷史的舞臺。因此可以說香港新文學從一開始，無論舊文學的僵持，還是新文學的突破，都是與國內政治局勢的發展和文學浪潮的推動分不開的。

　　三十年代是香港新文學從孕育走向拓展的重要時期。繼 1928年的《伴侶》和 1929 年島上社創辦的《鐵馬》之後，新文學刊物或以文集形式，或以期刊形式蜂湧而出，不少雖是旋辦旋停，但卻前赴後繼。粗略統計有《島上》（1930）、《繽紛集》（1932）、《新命》（1932）、《晨光》（1932）、《小齒輪》（1933）、《紅豆》（1933）、《今日詩歌》（1934）、《時代風景》（1935）、《南風》（1937）等。這些刊物或結集都以香港本地作者為主幹，同時發表內地作家如沈從文、郁達夫、穆木天、張資平、胡也頻、王獨清、陳學昭等人的稿件。在刊登創作的同時，也評介西方的文藝理論，介紹西方文學，初步呈現了香港文學在發展本地

創作的同時，也和內地新文學密切聯繫和向西方文學吸取營養的最初狀態。

1937 年以後抗日戰爭的爆發和「八一三」上海事變，逼使大批內地文化人和文學家避難南下，或借道香港轉赴大後方，或駐足香港從事抗日文化活動。局勢的急劇變化，打亂了香港文學發展的正常步驟。事實上當時整個中國新文學，也在抗戰的新形勢下改變了文學發展的進程。納入於中國文學發展框架之中的香港文學，自然也無法完全逸出這個歷史軌跡。它成了在半壁江山淪入日寇戰火之後，與西南大後方並立的一個抗日的文化運動中心。香港新文學的發展便疊合在中國抗戰文學的發展軌跡之中。

與此一時期文學發展情況相類似的，還有抗戰勝利以後國內戰爭的重新爆發，促使在國民黨統治區內的作家再度南來。其規模之大，時間之長，還在抗戰時期之上。在大致從 1946 年到 1949 年新中國成立前後的四年時間裡，南來作家再一次主導了香港的文壇，使香港成為這一時期反對國民黨獨裁統治的又一個重要的文化陣地。

如何看待兩次內地作家的南來，是在香港文學研究中常被提起且略有歧見的一個問題。肯定者認為，南來作家在香港的文化活動和文學創作，活躍了香港文壇，提升了香港文學的水準，把香港文學和內地文學進一步一體化地聯繫起來，對香港文學的發展是有力的推動。異議者則認為，「國內知名作家的湧至，迫使香港文學驟然回歸中國文學的母體，在母體內，這個新生嬰兒還在成長階段，當然無權參與正常事務的操作。不過這個新生嬰兒，肯定是在成長階段中，並沒有受到很好的撫育」[3]。

上述兩種不同評價，反映了對香港文學兩種不同的觀念。首

3　黃康顯：《從文學期刊看戰前的香港文學》，收入作者論文集《香港文學發展與評價》，香港秋海棠文化企業 1996 年 4 月版。

先，香港文學本來就是中國文學的一部分，並不是在內地作家南
來之後，才「驟然回歸中國文學的母體」的。因此，不能僅僅把
香港文學看成只是香港本地作家的文學，而應當更廣闊地看作是
中國文學（當然也包括香港本地的作家）在香港這一地域的體
現。而在中國文學的發展中，地域的囿限和對作家省籍的匡定並
不明顯，也不重要。即使在交通並不發達的古代，作家的流動也
是十分頻繁和平常的。我們根本無法也無須判定，李白或杜甫，
是哪個省的文學。李白既出生於四川，也歌吟於長安，青年時代
出蜀東遊，足跡遍及長江、黃河中下游，晚年流落在江南，老死
於當塗。他是屬於全民族全國家的。到了交通和資訊都十分發達
的現代社會，情況更加明顯。誰也不能把魯迅、茅盾或郭沫若，
僅僅看成是浙江作家或四川作家。作家的省籍身份，往往也只以
其地域文化色彩，來豐富整個民族的文學。他們同樣也是屬於全
民族和全國家的。其次，南來作家推動了香港文壇的活躍和水準
的提高，從根本上說，對本地作家的創作及其水準的提高，也是
一種帶動。事實也正是如此，抗戰期間南來作家推動成立的「文
協」香港分會設置的「文藝通訊部」，以及戰後第二次作家南
來，創辦的「中國新聞學院」、「達德學院」和「南方學院」，
就意在培養年輕的本地作家。因此，不能因為某些尚未成熟的本
地作家由於種種原因一時間較少發表作品或離開文壇而將罪責推
在作家南來上面。從中國文學的整體視野出發去看待三四十年代
兩度作家的南來，應當肯定它對香港文學發展的意義。它進一步
地將香港文學與中國內地文學發展一體化地聯繫起來。香港文學
不僅只是一個「香港」的文學，而是在非常時期裡一個具有全局
意義的文化中心和文學陣地。

　　與內地作家南來的同時，香港文壇還存在著一個逆反的進
程：香港作家對內地文學活動的參與。本來，香港與廣州或上海
的聯繫就十分密切。新文學運動初期，不僅內地作家參與香港新

文學的初創，香港作家也將自己的作品寄到內地發表。抗戰期間，既有內地作家南來，也有香港作家北上。舒巷城就是一個例子。他於 1941 年太平洋戰爭爆發後離開香港赴桂林，在湘桂大撤退中徒步穿過貴州抵達昆明。抗戰勝利後又到過上海、南京、北京、瀋陽，1948 年才重返香港。他創作的發展和走向成熟，便是在參與內地的文學活動中成長起來的。

因此可以把從二十年代到四十年代的香港文學，看作是內地與香港文學的互相延伸與互補的時期。此時的香港文學，基本上疊合在中國新文學的發展軌跡之中，至五十年代香港文學逸出內地文學的發展軌跡構成兩個不同的文學時期，成為劃分香港文學的現代階段與當代階段的重要標誌之一。

五十年代以後，香港文學發展的社會環境發生了很大變化。首先是新中國的成立和世界冷戰格局的形成，使殖民統治下的香港成為西方世界包圍新生共和國的橋頭堡之一。東西兩大陣營的對峙迫使新生的共和國也採取了相應的鎖閉政策。歷來與內地經濟文化往來十分頻密的香港，在政治的對峙中也進入與內地相對的隔絕時期。其次，新中國誕生後，一批對新政權持反對或疑慮態度的文化人避入香港，填補了隨著新中國成立左翼作家北返後留下的文壇的「真空」，成為此一時期香港文壇最為活躍的力量。他們與繼續堅持留在香港的一批左翼文化人形成五六十年代壁壘分明的文壇格局。其實質是在內地以新中國的成立為標誌的已經決出勝負了的政治鬥爭和軍事鬥爭，在香港更廣闊的冷戰背景下以文化的形式重新展開的角力。第三，七十年代以來香港經濟起飛的奇跡，迅速把香港建成一個以世界經濟發展為背景的國際性的金融和商貿中心。現代都市的出現，推動了新的都市文化形態的發展。它逐步地模糊和消解著五六十年代文化上緊張的政治對峙和分野，吸引來更多的香港作家（無論是南來的還是本土的），在關注香港社會正在發生多種變化的現實自身中，走向相

容並立的多元發展。這是香港文學走向自覺和自立的重要發展時期。

　　八十年代是香港文學發展的又一個重要轉折期。首先是內地政局的變化，結束了十年極左的「文革」災難，走向改革與開放。香港與內地的交往以經濟為龍頭，迅速延及文化及其他領域。疏隔將近四十年的文緣重續，使兩地的讀者和文化人，既有互相發現的喜悅，也有彼此不識的陌生和不慣。這構成了八十年代初期對香港文學眾說紛紜的話題。其次是七十年代中後期以來內地對香港的大量移民，夾湧而至的一批文化人，形成了南來作家的第四波。他們與前此三次作家南來略有不同的是，他們大多並非因為直接的政治原因而南渡，因而他們並不負有直接的政治使命或政治情結，來香港開闢政治色彩強烈的文化「戰場」。相反，這些後來被稱為「南來作家」的大陸移民，大多是在艱難的謀生中先熟悉香港的中下層社會人生，而後才進入創作的。他們帶著自己從內地到香港的兩份坎坷的人生經歷和體驗，提供香港文學對香港社會一份獨特的觀照。以來自內地文化背景下形成的文學價值觀和現實精神，與在香港本土教育文化背景下成長起來的本土作家的創作形成對照，豐富了香港文學的內涵。第三，1984 年《中英聯合聲明》的簽定，香港的回歸進入倒數計時。這一即將結束英國在香港殖民統治的重大政治事件，不僅使香港社會各個階層受到極大震撼，激起社會情緒的不同反響與變化；而且也加大了內地與香港交流的力度。政治的回歸必然會帶來在百年殖民統治背景下出現許多差異的文化的重新整合。文學亦然，也面臨著回歸之後與母體文學的重新整合。這個已可預見的明天，對正處於過渡期的香港文學的影響，也是昭然可見的。

　　因此，可以將從五十年代迄今的香港文學發展，視作是香港文學與內地文學的分流與整合時期。分流是中國歷史發展賦予文化的一道特殊的命題。香港文學的分流，其最主要的特徵是自五

十年代以後，香港文學基本上逸出內地文學的發展軌跡，呈現獨特的形態。它既是由於整體的中國社會的分割與疏離所造成文學各自的發展，也是在分割與疏離的社會背景下文學各自形態的形成。前者是受制於社會的文學的被動，後者則是在社會分割之後文學發展的主動。因此，對於文學分流的考察，既是一種社會造成文學歧異的歷史命題的考察，也是社會分割之後文學自身發展的文化命題的考察。當代香港文學迥異於前此的現代階段，其根本在此；當代香港文學在中國文學整體格局中價值與位置的確立，也以此為前提。

從另一方面說，分流與整合不是截然分開的兩個過程，而是共生於同一文學進程之中。從共同母體上離析出來的文學，便同時有著來自母體的基本質素與後來分割後新異質素的共同存在。二者之間的對立統一和轉化，貫穿著文學發展的全過程。當後來出現的新異質素主導著文學的發展，並呈現為新的文學形態，分流便成為文學發展的主導傾向；而當來自母體的基本質素融合分流以後的新異質素，主導著文學回歸母體的框架而進入新的發展流程時，整合便成為文學發展的主導傾向。因此，整合不是復舊或回歸，而是在更高層次上以母體文化為主導傾向的發展，是母體文化對新異文化的涵括與尊重，也是新異文化對母體文化的豐富與提升。

當代香港文學的發展，便在分流與整合這一合乎邏輯的發展進程中，既承受社會的影響——五十年代的分割和八十年代的回歸，也在這一社會進程中發展完善了自己獨特的文化形態——都市文學的現代文化形態，並以這一獨特的文化形態，豐富和啟示中國當代文學在未來世紀的發展。

三、走向文學的自覺和自立
—— 香港文學的價值確立

　　文學是人類藝術地把握世界的一種精神方式。對文學這一藝術本質的確認和完善，是文學走向自覺的一種體現。

　　五十年代初期，國內外局勢的變化，使香港成為世界冷戰格局中敏銳的前沿。反映到文化領域上來，一方面是新中國誕生前後，一批對新政權持有異議和疑慮的文化人，隨著舊政權從大陸的撤退，湧至香港。在困囿香港的落難生涯中，得到冷戰格局中來自西方陣營的政治鼓舞和美元的經濟支援，重新活躍起來，成為此時香港文壇影響很大的一股力量。而退踞臺灣的國民黨政權，並不願放棄香港這塊可以窺視和進入大陸的橋頭堡，不斷從政治、經濟、文化施加影響，使這群被視為「落難」的文化人，在政治上不同程度地傾向於臺灣。另一方面，新中國的誕生，吸引了大部分左翼文化人北返參加新生共和國的建設，使自三十年代後期以來一直受到左翼文化力量主導的香港文壇，一時變得空寂起來；但新中國的建設成就和國際地位的提高，以及新政權對香港政治、經濟、文化的投入，都不斷地鼓舞和加強香港左翼文化的力量和影響，使香港成為伸向西方陣營展示新中國形象的一個視窗和通道。在這樣的背景下，香港這塊英國殖民政權統治下的中國人的土地，便成為同時容納海峽兩岸不同政治勢力對峙和鬥爭的共同空間。這實際上是大陸已經決出勝負了的國共兩黨的政治鬥爭和軍事鬥爭，憑藉香港的特殊環境，以經濟和文化的形式繼續展開的政治角力。以往被認為游離於中國社會變革中心之外的香港的「邊緣性」，轉而成為以中國新政權為焦點的海外的政治文化鬥爭的另一個中心。而一向標榜「不介入華人社會事務」的港英殖民政府，其政治砝碼實際上傾向於右翼一邊，對左

翼文化人及其文化活動多加限制，從禁止、取締，直至解遞出
境。

這樣，從五十年代開始，香港文壇便籠罩在相當濃厚的政治
對抗的氛圍之中。它構成了此一時期香港文學複雜且多變的政治
環境，影響著香港文學的文化構成和價值取向。

從一方面說，香港較少政治禁忌和文化設防的相對自由、開
放的社會環境，對香港文學開闊自己的文化視野，有著積極的影
響。不同政派勢力在香港這一共同空間的並存，也以各自的文化
優勢和偏失影響香港文壇；就整體而言，形成了一種互補。當大
陸極左的文藝政策，將國門之外大部分西方文化和西方文學，都
視為洪水猛獸和文化垃圾，香港則可能從中借鑒和吸取營養，尋
求與世界文學潮流的同步。當臺灣當局出於恐懼和偏見，將代表
「五四」新文學成就的一大批左翼作家和留在大陸的作家作品統
統列為禁書，從而造成當代臺灣文學發展與「五四」新文學傳統
的斷裂；香港則可能較全面地接受這份豐厚的文學遺產，既有為
臺灣查禁的魯迅、郭沫若、茅盾、巴金、老舍、曹禺、冰心、艾
青、丁玲等人的作品，也有在大陸受到批判或冷遇的胡適、周作
人、林語堂、梁實秋、徐志摩、沈從文、張愛玲等人的作品。而
新中國所宣導的文學的現實主義精神和民族化、大眾化道路，和
臺灣在五六十年代沸揚一時的現代主義文學浪潮，都在香港留下
影響。這使香港文學無論對於「五四」新文學傳統的繼承，還是
對於世界文學思潮的吸收，形成文壇的多元結構，都有較之大陸
和臺灣更大的優勢。

但是另一方面，在尖銳對抗的政治背景下，政治過多地侵入
文學，使服膺於政治的文學愈演愈烈地成為政治的附庸，從而削
弱了文學自身的價值，又成為此一時期香港文學深重的內傷。首
先是強烈的政治對抗意識，按照不同的政治態度來給作家劃線和
定性。只要你寫作、發表和出版，不管你是或不是，願意還是不

願意，你都難逃這種非「左」即「右」（或基本上劃入「右」的「中」）的政治劃分。這種以政治代替藝術，把十分複雜的藝術現象，簡單地納入二元對立的政治框架之中的風氣，惡化了香港文壇的生態環境，造成此後較長一段時間香港作家的對立和隔閡。其次，創作的泛政治化和意識形態化，把文學變成政治鬥爭的工具，削弱了文學自身的價值。作為五十年代香港文壇的親歷者，劉以鬯在述及當時的創作時曾説：「政治不斷蠶食文學，文學幾乎變成政治的一部分了。在那個時期，即使張愛玲那樣有才華的作家，從上海來到香港後，也寫了《秧歌》與《赤地之戀》……在『綠背浪潮』的衝擊下，作家們不但失去獨立的思考能力，甚至失去創作的衝動，寫出來的作品，多因過分重視思想性而缺乏藝術魅力。」[4] 此種現象在兩方面作家的創作中都存在。第三，文學批評的強烈政治意識，往往以政治批判代替藝術論爭，使五十年代以來的香港文壇，文學批評一直是較為薄弱的環節，既缺少純粹的藝術討論，也缺乏影響全局的不同流派的藝術運動。並非香港作家沒有鮮明的流派意識和藝術追求，五十年代香港對現代詩的介紹和實驗，並不遲於和遜於臺灣，但卻未能出現如臺灣那樣由現代詩開始而波及整個文學藝術領域的現代主義運動。究其原因，雖然多種，但與當時文學批評的泛政治化有關。當時不同背景下的刊物和作家，程度不同地表現出各自對藝術方式和流派的選擇傾向。如左翼刊物和社團，大多標舉現實主義；而美元支持下的刊物和社團，更多注重對西方現代主義的宣導。個中雖有一定的政治因素，但並不都是政治的原因。不過，在當時政治意識強烈的對抗下，往往把這一複雜的藝術現象，簡單地與其政治背景聯繫起來，歸結為政治態度，致使有關藝術流

4　劉以鬯：《五十年代初期的香港文學》，收入陳炳良編的論文集《香港文學探賞》，三聯書店（香港）有限公司 1991 年 12 月出版。

派的論爭都賦予濃厚的政治色彩而轉移了它自身的文學意義。久
而久之，為迴避政治論爭便也只好迴避藝術論爭。這種無奈的心
態，造成了香港文學流派未能充分發展的缺憾。香港雖然有著廣
泛接受外來藝術思潮的優勢，卻又一定程度地為這種過分強化的
政治意識所消解。外來藝術影響往往只及於個人，而較難形成集
團性的藝術流派運動。

　　政治對文學的牽制，是五六十年代香港文壇的重要現象；但
與之同時存在的，還有文學對政治的超越。它們構成了香港文學
發展的辯證關係。例如不同政派背景下報紙、刊物的創辦，其直
接的目的當然是為了政治角力的需要；但它提供的文學空間，客
觀上則使冷寂的香港文壇熱鬧起來，從而推動了文學的發展。又
如當時不同政治背景支持的刊物如《中國學生週報》和《青年樂
園》，都重視對青年作者的培養；但從這兩個刊物成長起來的青
年作者，並不全部捲入政治鬥爭。在客觀上，它們共同地為香港
文壇培育了一個年輕的文學世代。再如不同政治傾向的報刊對現
實主義和現代主義各有側重的宣導，都使不同的藝術方式在香港
有著各自存在和發展的空間與助力。在這個意義上，文學超越政
治的牽制，是文學走向肯認自身價值的自覺化的體現。

　　如果說，在五六十年代這種文學的自覺，還只是朦朧的和被
動的，是對政治制約的反射和反彈；那麼到了七八十年代以後，
隨著客觀環境的變化，則成為一種主動的、自覺的追求了。誠
然，政治是經濟的集中反映，滲透在人類社會生活的許多重要方
面。因此文學不可能完全脫離政治，也不必完全拒絕政治。但政
治並不是人類社會生活的全部。人類社會生活有著比政治更為廣
闊、豐富和幽微的領域，同樣需要文學去參與和反映。而文學對
人類社會生活——當然也包括政治生活和經濟生活——的反映，
並不是一種政治化的赤裸直白的說明，而是兼具作家強烈主觀精
神特徵和個性色彩的以「藝術的」方式去把握，滲透著不同作家

各自對現實的主觀參與和藝術創造。因此，對於香港文學説來，走向文學的自覺，首先是擺脱政治對文學的掌控，走向藝術的自覺。這是從五六十年代香港的文學現實出發所呈現的文學發展趨勢。其所體現的，既是文學觀念的變化——走出二元對立的政治分野對文學的籠罩，尋找文學自身獨立的社會身份和價值；也是藝術實踐的突破——走出文學對政治的直接説明，尋找文學與社會現實之間以作家個性創造為仲介的不同的藝術把握方式。二者共同地提升著香港文學的品質，成為當代香港文學重要轉折的標誌之一。

　　其次，走向文學的自覺，同時意味著香港文學對香港社會及其所蘊藉的文化內涵更廣泛和深入的鍥進。

　　毫無疑問，香港新文學的最初萌發，是在內地新文學運動的影響和推動下，從香港的社會土壤中成長起來的。與中國所有區域文學一樣，香港文學也兼具著與中國文學一體的共同文化品格，和自己地域文化特徵的雙重特點。正是這一深深植入在各自現實土壤中的文化色彩和韻味，才豐富和繁麗了祖國的文學大花園。但是，自三十年代後期以來，內地作家數度南來，改變了香港文學最初的發展軌跡。內地作家迥異於香港本土作家的人生經歷和更多成熟的藝術經驗，一方面開闊了香港文學輻射的生活面和提升了香港文學的藝術品質，密切了香港文學與內地文學一體化的發展；但另一方面，也使文學對香港本地社會人生的鍥入，相對地疏淡了一些。較長一段時間裡，主導香港文壇的南來作家，難免存在的「過客」心態，使他們文學創作的關注點，是他們較為熟悉且為當時社會矛盾集中的內地社會和人生。這種情況在三十年代後期、四十年代後期、五十年代和七八十年代先後抵港的幾個世代的南來作家中，都不同程度地存在著。五十年代初抵港的內地作家，除了少部分轉至臺灣或海外，大部分在香港定居下來。但即使這樣，他們在長期定居之後，仍然存在著從「文

化過客」到把香港當作自己新的最後「家園」所必經的心態轉
變。這就使香港文學所輻射的社會人生的側重點，在六七十年代
南來作家歷經心態轉變以後，發生了意味深長的轉移。文學更多
地回到對香港自身的關注上來，使香港文學有著更多的屬於香港
自身的文化蘊藉、特徵和品味。

　　造成香港文學這種變化的，一方面，如上所述，是南來作家
從「過客」到以香港為新的「家園」的心態變化，使他們關注已
定居下來的自己身邊的社會和人生，並以自己的創作參與到香港
的文化建設和文化批判中來；另一方面，是一批在香港本土文化
教育背景下成長起來的作家，成為香港文壇新的中堅力量。他們
或許是早期內地移民的第二代、第三代，或許自己就是新的移
民，有過一段大陸的童年生活經驗。但他們都同樣地在自己人生
成長最重要的青少年時代，是在與祖國內地疏離了的五十年代以
後，接受香港的文化薰陶和完整教育（從小學、中學到大學）。
雖然他們仍然有根遠遠地或長長地深入在祖國內地，但他們從未
有過他們先輩那種「過客」的或僅僅將香港作為「新」的家園
（仍有一個揮之不去的「故園」的夢影）的心態。香港就是他們
生長與生存的本土，有著與生俱來的認同感。當他們進入文壇
後，關注香港的社會人生，發掘香港的文化意蘊，使自己的創作
成為真正的「香港的」作品，便成為他們強烈意識到了的文學自
覺。

　　七十年代以來，香港經濟的起飛，使香港發展成為一個現代
化的國際性大都市。現代都市經濟的發展，帶動了香港都市文化
的發育，使香港在文化形態和文化精神上，都不同程度地迥異於
同樣在中華文化基礎上發育起來的內地文化，有了自己更鮮明的
個性風貌。從文化形態上看，滿足都市文化消費需要的大眾文化
的普及，使通俗文學的流行獲得了廣闊的讀者市場，成為香港文
壇極為醒目的現象；而與大眾文化相對應的精英文化對人在滿足

基本生存需求之後的精神探求，又使探索性文學有了可能深入發展的前提，成為香港文壇尋求與世界文化新潮同步的先鋒。二者的互相對應和滲透在滿足不同層次的文化消費需要和整體性地提升文化消費品質上，互補地構成了香港文壇的兩翼，使香港文學獲得了屬於自己生命的獨特形態。從文化精神上看，資本主義經濟的自由競爭和跨國發展，對人的個性主義的張揚和開放，相對於建立在封建宗法社會的自然經濟對人的個性的壓抑和鎖閉，是很大的改變。兩種截然相反的文化精神，不僅在文學價值觀上，而且在作品所呈現的精神內質上，都帶給了文學不同的品貌。而當人從傳統倫理道德的制約中解脫出來，重新依附於現代經濟的商品關係的制約之中，人的複雜的本性便也掙破溫良恭儉讓的面紗（儘管有時是虛偽的），更赤裸裸地在商場的競爭與廝殺中暴露出來。當政治逐漸不再以顯在的方式直接支配文學時，經濟的發展實際上正不露聲色地以潛在的方式替代政治影響文學。香港文學便這樣在香港現代都市經濟和現代都市文化基礎上，形成自己的面貌。我們說尋求鍥入香港社會現實是香港文學走向自覺的標誌之一，並不僅僅是在文學與現實關係的一般意義上來論述這一命題，更重要的是指香港文學對自己存在的這一現代都市經濟和文化現實的認知和體現。而這恰是中國內地文學所較為缺乏的。只有在這一點上，香港文學才可能在中華民族的文學大格局中，建立自己獨特的形象，做出自己的貢獻。

　　這是香港文學的價值所在。一方面在藝術的把握方式上超越政治的牽制進入個性化的藝術創造的境界，另方面在精神上鍥入香港獨特的社會現實而揭示出香港文學的現代文化品蘊。近年香港文學的發展，正是在這樣的文學的自覺基礎上，才逐漸於中華民族文學的大家庭中獲得自立的地位。

四、都市文化背景下的文學風景
——當代香港文學的多元構成

如同 20 個世紀下半葉——特別七十年代以來，香港經濟的轉型，對於香港作為一個現代化國際城市的建成具有重要的意義一樣，近半個世紀——特別七十年代以來，香港文學的發展，在整部香港文學史上，也是最重要的一個時期。雖然不一定所有香港最重要的文學作品，都產生於這一時期，但這一時期所奠定的香港文學的架構和性格，卻標示出香港文學典型的特徵和未來的走向。

從根本上說，香港文學是一種都市文學。

香港從一個落後的小島，發展成為今天交通和資訊都十分發達的現代化國際都市，有著地理的、歷史的、政治的和經濟的多方面條件。在一個多世紀之前，香港以其瀕臨大陸的天然港口的優越條件，為英國殖民者從腐敗的清朝統治者手中所佔領。在其管治期間，實施資本主義的經濟政策和城市建設規劃，在戰後的經濟復蘇和冷戰格局中，又以其特殊地位吸引了東西方兩個世界大量的政治和文化投入，從六十年代的經濟起飛到七十年代以後的進一步經濟轉型，才逐漸從一個轉口貿易港經過工業化階段建成的輕紡工業製造中心，發展成為今天資訊化和經濟多元化的國際城市。而伴隨經濟成長的是都市文化工業（如影視、報刊、出版等）的繁榮和一個龐大的市民階層的發育和成熟。香港都市發展的這一過程提示我們：一、香港都市文化的發展相應地也經歷著不同的階段，從早期的轉口貿易港到輕紡工業製造中心再到資訊化和現代化程度較高的國際商貿都會，社會文化形態在潛質上也相應地發生一些變化。二、香港都市文化的形成有著多元的文化背景和影響。它既不是西方文化的照搬，也不是對傳統母體文

化的守成，在某種意義上說，是在繼承和汲取的基礎上，對這些不同文化的超越，從而形成了屬於它自己的「香港性」。

中國傳統的文化價值觀，和在此基礎上形成的中國古代文學傳統，是在以家族血親關係為依託的宗法社會自然經濟基礎上發展起來的。無論其文化內涵，還是文學形態，都反映著這一自給自足的農耕文明時代的特徵。中國古代城郭的形成，大都是圍繞諸侯的割據和帝王的建都出現的。其作為政治中心和軍事中心的意義，要先於和大於隨著人口聚集的生活需要而產生交換才逐漸形成經濟中心的意義。這和西方古代城邦最先出於互市的需要而成為經濟中心，然後才發展為政治中心和軍事中心的情況，有很大不同。因此，中國的市井文化和市井文學的發育，相對地要遲緩和薄弱得多。成形於民間的市井文學，往往由於文人的介入——加工和改造，被納入了傳統文化的價值體系之中，而缺乏作為都市文學的獨立的經濟基礎和生命形態。起源於民間說書和講唱的話本和戲曲，都經歷了這樣的過程。近代以來西方殖民主義的侵入，使沿海通商口岸的都市經濟有了較大的發展。但由於其經濟的半封建和半殖民地性質，其文化和文學形態，也就難以完全擺脫封建的和殖民地的色彩，而具有自己獨立的地位。「五四」新文化運動從本質意義上說，是以都市為中心的新文化向封建舊文化展開的一次文化革新運動。它所推導的傳統文化的現代化變革，是以現代工業文明為背景和前導的。如果把現代都市的發展作為工業文明進步的象徵，「五四」新文學最先從北京發難，而後在上海深入發展，並首先在其他一些大城市中獲得反響，有它深刻的必然原因。儘管此時的作家，未必全部以都市生活作為自己的創作題材，但他們回首審視封閉、落後的鄉村生活時，其文化批判的立場和眼光則來自現代的工業文明。這是一個十分漫長的過程。中國從農耕文明向現代工業文明的轉化，是伴隨著一場歷時長久的社會革命進行的。當中國新文學運動從最初

十年的「文學革命」轉入「革命文學」之後，承載重大社會使命的文學也伴隨著中國革命由城市轉入農村，並且經歷了一場歷時八年的民族解放戰爭和隨後發生的國內革命戰爭。而在新中國成立後，雖然把現代化作為建國目標提出來，但層出不窮的政治運動總是干擾和推遲了這一現代化的進程。現代都市經濟發展的不足，也使現代都市文化得不到充分的發育，缺乏自覺的意識和獨立的形態。因此，在八十年代以前，都市文學總是一個不斷有人提起，又不斷有所忌諱，既缺乏理論探討，也缺少藝術實踐的命題。正是這樣背景下，香港都市文化的發育和都市文學的發展，便特別引人注目，成為八十年代對內地產生最大衝擊力的一股文化浪潮。

　　都市的發展究竟怎樣影響文學的存在，這是人們所關心的。賀維（I．Howe）在《文學中的城市》曾經提出兩個思考方向：「一是文學反映城市的什麼？二是城市影響文學的什麼？」[5] 梁秉鈞用另一種語言表述了自己對二者關係的認識：「城市是書本的背景，影響了書本的產生，成為書緣的空白，串連的標點，形成節奏，渲染感性。書本探測城市的秘密，發掘城市的精髓，抗衡城市的偏側，反省城市的局限。」[6] 按照城市社會學的分析，二十世紀城市的發展，是與工業化和現代化這兩個過程密切關聯的。「所謂工業化，是一種生產方式的轉變，以機械代替人力，以集體操作代替個人運作；而現代化，則是一個文化演變的過程，這種演變的結果就是一個高度統一、劇烈分化和技術複雜的社會。」[7] 二者最終的結果都將落實於「人」。這樣，受孕於二十

5　　轉引自陳少紅《香港詩人的城市觀照》，載香港三聯書店出版的《香港文學探賞》（陳炳良編，1991 年 12 月出版）。

6　　梁秉鈞：《書與城市‧代序》，香港香江出版社 1985 年 10 月出版。

7　　陳少紅：《香港詩人的城市觀照》，陳炳良編《香港文學探賞》，香港三聯書店 1991 年 12 月出版。

世紀工業化和現代化發展的都市文學，其「生產」和「消費」便
決定於兩個環節，一方面，以作家為「仲介」，要求作家順應現
代生活的發展和要求，反映伴隨工業化和現代化而來的社會政治
和經濟的變革，以及傳統生活模式和人際關係的瓦解，和人在高
度密集、分工細微的都市社會結構中的生存情況和精神需求。它
不僅帶來文學題材與主題關注焦點的都市轉移，同時也表現為精
神探求上認知內涵的深入和審美方式的創新。因此香港詩人和評
論家陳少紅在引述上面的分析之後說：「現代主義興起於城市，
一方面是指這種個體與環境互相滲透的哲學關係，也進一步說明
了現代城市對現代藝術在孕育、培養、衝擊、精磨等各方面，提
供了特有的條件，二十世紀的都市模式與前衛藝術的創作有不可
分割的關係。」[8] 另一方面，以讀者的閱讀「仲介」，要求將文
學的「生產」與文學「消費」打通起來。這種以龐大的文化工業
為前提和成熟的市民階層為依託的文學「生產」與「消費」的打
通，其結果是推動了消費性文類——通俗文學的大大勃興。

　　於是，在都市文化背景下，香港文學呈現出多樣的存在形
態。一方面，以現代經濟增長和現代科技進步為背景的現代社會
發展，提供了現代人更深刻和廣闊地來認識和反省自己與自己的
生存境況的可能，同時也為改變源之於農耕文明時代的分割所造
成的思維的封閉性和單一性，以更多樣的藝術把握方式來拓展人
的精神空間準備了新的物質基礎。近幾十年來，一批以學院和學
院培育出來的知識人為代表的前衛性作家的探索性作品，便是在
這樣的背景下出現的。它構成了香港文壇的一個精英層，賦予了
香港文學現代性和先鋒性的色彩。另一方面，現代工商社會的發
展，將大多數市民都捲入到城市機器的快速運轉之中。在緊張的

8　　陳少紅：《香港詩人的城市觀照》，陳炳良編《香港文學探賞》，香港
　　三聯書店 1991 年 12 月出版。

工作之餘需要休閒文化來調節；而在充滿機會和誘惑的經濟轉型中，被激發起來卻難以實現的欲望和夢想，也需要紓解的管道來宣洩。這樣，通俗性文學便在不斷膨脹的文化工業的催生之下，大大盛行起來。它成為近幾十年來香港文壇伴隨經濟發展出現的一個最為令人矚目的文化現象。流行文化和通俗文學的盛行，在滿足大眾文化消費需要的同時，也成為我們瞭解社會文化心理和大眾審美趣味變化的一個視窗。再一方面，香港一百多年來備受屈辱的被殖民的歷史，和香港資本主義經濟導致的種種社會矛盾，使「五四」以來新文學參與社會變革的現實主義精神和傳統，在香港文學的發展中一直佔有重要的地位。尤其是一批有著內地文化背景的南來作家，從自己初抵香港時謀生維艱的切身體驗中看到香港社會的複雜矛盾，以現實主義的文學武器來解剖香港社會，紓解來自底層生活的不平呼聲，從而增強了香港文學現實性和社會性的批判色彩。來自不同方向的探索性文學、社會性文學和通俗性文學，也從不同的側面在滿足人的精神需要、改善人的生存境況和提升人的精神品質鼎足而立地構成了當代香港文壇的三重結構。香港文學的多元化存在，雖不以顯在的思潮、流派和社團的分野、對立的形式表現出來，卻潛在地以文學價值取向的不同呈現為多樣的文學存在形態。

在這鼎足而三的文學存在形態中，尤其值得我們注意的是通俗性文學對傳統文學價值觀的顛覆。

中國傳統的文學觀念，是建立在封建宗法秩序基礎上的以儒家學說為道統的文學價值觀。它提倡「宗經、徵聖、載道」，認為文章是「經國之大業；不朽之盛事」，賦予了文學以極為隆重的社會使命意識。作為傳統文學觀核心的「載道」、「言志」和「教化」，分別從文學的目標、內容和功能上對文學作了規範。雖然，在傳統文論裡，對文學的審美、愉悅功能，也有所闡述，但所有審美和愉悅，都從屬於「載道」和「教化」。這是建立在

農耕文明基礎上的中國宗法社會,從維護固有秩序出發對文學價值的認定。工業文明的發展,打破了傳統農業社會的自足經濟體系和宗法結構,把人從封建宗法關係中解放出來,使之重新依附於現代工商社會的商品關係之中。商品的交換和消費特徵,使具有消費品格的現代都市人,成為「消費人」和「買賣人」。包括物質的消費和精神的消費,都可以由交換獲得。這就形成了與傳統文學觀迥異的另一種文學價值觀。在傳統的文學觀裡,「載道」和「教化」都是一種宣傳,是人處於高度精神亢奮狀態的一種政治、道德傳播和接受,被歸為崇高的精神追求。而具有崇高精神追求本質的宣傳是不能講等價交換的。而現代人為滿足精神愉悅需要的文化消費,不一定都有崇高的目的,卻是可以作為商品來求售的。既然「需要」,就存在供求關係而產生商品價值。這樣,在進入了現代商品社會之後,文學的價值觀便逐漸地要由傳統的自上而下灌輸的「載道」第一,讓位於為滿足人的精神休閒需要、允許自由選擇的「消費」第一了。通俗性文學是一種「消費」,探索性文學在某種意義上也可以說是探索者的一種「自我消費」。因此可以說,從「載道」的文學觀向「消費」的文學觀轉變,是現代工商社會向傳統農業社會在文學上提出的最嚴重的挑戰之一。

當然,在探索性文學、社會性文學和通俗性文學的三者關係中,並不是涇渭分明地互相隔絕。從總體上看,它們在滿足社會不同的精神需要上,各有自己的作用、意義和地位。一方面,它們互相對立和抵牾,首先是通俗文學的過度膨脹和低俗化傾向,刺激了探索性文學和社會性文學對它的批評和反撥。對於具有前衛意識的探索性作家來說,所謂的「前衛」或「先鋒」,在藝術上,是對一切已經進入了經典的藝術審美方式的不滿和反叛,努力去尋找和創造新的審美經驗和藝術傳達方式。而通俗文學的審美特徵恰恰與此相反,是利用讀者對於藝術方式的審美慣性,在

不需要多少閱讀思考就能輕鬆地接受中，讓成為慣性的審美經驗（例如相似的故事框架、不斷重複的主題、同一個模子複製出來的人物形象，以及老掉牙了的感傷、溫情和煽情等），在不斷地重複中愈加老化和低俗化。「前衛」藝術的探索性和創造性，自然扮演了反對這種老調子重彈的「通俗」的先鋒角色——雖然先鋒往往是孤獨的，在孤獨的探索中失敗和在孤獨的失敗中探索，只有經過不斷往復的努力，使新的審美經驗為人們所接受，便為人類文化的發展提供了新的有益的積累。對通俗文學低俗化的批評和反撥，也來自傳統深厚的社會性文學。通俗文學的缺乏歷史深度和嚴肅感，乃至為求輕鬆而顯庸俗和無聊，都為自詡負有著莊嚴使命感的社會性文學所不取。它們以自己的更堅實的現實批判態度和對文學社會功能的肯認，成為通俗文學的抵制者和批判者。在探索性文學和社會性文學之間也存在著一定的齟齬。探索性文學對人性及人的生存境況的哲理性探討和藝術把握方式上對具體生活事件和人物、情節、主題的超越，和社會性文學對現實具體事件與矛盾的關注和在藝術把握方式上對事件、情節、細節和人物形象一系列現實主義典型化原則的遵循，都在對主題的追求、題材的處理和藝術的傳達方式上存在著很大的差異。前者往往以後者的太過泥實和意識形態化為詬病，而後者則以前者的太過超脫、空靈和賣弄而不取。正是這些差異和矛盾，才構成香港文學充滿張力的豐富的現實。實際上，通俗性文學、探索性文學和社會性文學都是在不同的層面和層次上表現出人的不同精神訴求和審美需要，它們既分別地形成各自的藝術群落和擁有各自的讀者群，但也交融和互補地形成了當代香港文壇的真實整體。

另一方面，在現實的發展中，通俗性文學、探索性文學和社會性文學三者的界限正在變得越來越模糊，彼此之間的互相滲透和轉化，使香港文壇發生了一些喜劇性的變化。首先，以「載道」為使命的社會性文學，面對越來越豐富的現實發展和審美趣

味正在發生變化的讀者的流失，也嘗試借用通俗文學的某些形式，和吸收探索性文學的藝術精神和某些技巧，努力創作出既有嚴肅社會使命感又有較大可讀性，既貼近現實又能超越其上的現實主義作品，以開放的嶄新面目重新參與對讀者的爭取。這一變化也促進了傳統的文學從價值觀念到藝術方式的更新。其次，在寂寞中探索的前衛作家，也意識到了要使自己的審美發現，轉化成有價值的文化積累，必須獲得多數讀者的認同。特別當後現代文化思潮出現以後，一反現代主義害怕大眾文化污染的顧慮，嘗試將大眾文化融入自己作品之中。因此，時有前衛性的作家把他們探索性的藝術實驗，以通俗的形式表現出來，一些作家把探索性的文學與音樂、戲劇、影視、攝影甚至廣告相結合，一些學院派的作家撰寫通俗性的報紙專欄等等，都是這一背景下的有益嘗試。它既使原本高踞在一般讀者之上的探索性的藝術實驗，在接近和面對廣大讀者中，接受檢驗，更新自己，和成為更多讀者共用的藝術財富，也使通俗性的各種文類，提高了自己的藝術品質。第三，在通俗文學中，本來就有低俗與高雅、粗糙與精緻、庸俗與嚴肅、即食與長效之分。創作態度嚴肅的通俗文學作家，在抵禦作品低俗化的努力中，也注意吸收具有創新意識的藝術表達方式，和賦予通俗作品一定的歷史精神、現實內涵和文化品位，從而來扭轉通俗文學可能出現的庸俗化和低俗化現象，創作出通俗文學的精粹之作。

　　這是香港都市文化背景下呈現的一幅絢爛多彩的文學風景。探索性文學、社會性文學和通俗性文學，是「五四」新文學在啟蒙與救亡的雙重使命中形成的文學傳統，進入新的科技與經濟發展時代所出現的多元發展。它既打破了以往文壇比較單一的結構，也改變了以往文壇以政治為尺規的二元對立的劃分。多元並存的文學在各自不同的層次和側面上，滿足社會精神訴求和文學消費需要；也在各自不同的藝術探索和發展中，擁有不同類型和

層次的讀者。不以互相排斥和壓制為前提的不同類型的文學，在並存、共處和滲透、交融中，形成了這一時期香港文壇富有特色的文學生態環境。

　　當然，都市發展對文學更深刻的影響，是作品所蘊涵的文化心理的變化。它不僅僅只是題材，即作者所關注的世界——從農村向城市轉移的變化。相對説來，香港的都市化進程所引起的城鄉對立和矛盾，並不如在中國內地和臺灣那樣尖鋭。在早期，香港的城市化進程即是香港的殖民化過程。城市對農村的入侵和互解所引起的對抗和矛盾，很大程度消解在對殖民侵入的民族主義的反抗上。因此，在香港文學的發展上，並未出現具有典型意義的鄉村文學或如臺灣七十年代那樣的鄉土文學浪潮。當代香港作家對城鄉對立題材或主題的表現，大多是一種文化的省思或文化心態的反映。首先是對於都市文明負面的道德批判。相對於作為「自然」象徵的農村（或田園），「文明」的都市被視為是物欲的、擁擠的、污穢的、壓抑人性和破壞生態的罪惡場所，這是多數作家站在道德批判立場對城市最初的觀照；然而，從功利的現實出發，對城市持批判態度的作家也如大多數的「都市人」一樣，又須臾離不開物質化的都市生活。這就形成了都市文學批判主題的另一面，從對於農村和自然的緬懷中來彌補都市生活的欠缺，所反映的還是一種對都市的物質投入和精神「逃離」的都市人的典型心態。其次，相對於農耕文明時代那種小農生產的個體運作方式和龐大的封建宗法體系對個性消融的社會群體性，工業化生產的集體操作和資本主義生產關係中對個性和個人主義的肯定與張揚，使香港的都市文學往往呈現出另一種複雜而尷尬的境界。一方面是塑造出一批弄潮商海的成功者的強人形象，這類形象甚至成為近年言情小説突出的代表；另一方面又宣染都市的陌生、疏離、隔閡和都市人的孤立、無助、茫然和落寞，其實質是一個游離於都市邊緣的精神漂泊者的形象。隨著生產方式和生活

方式的變化所帶來的都市文化心態的這種複雜性，豐富了香港都
市文學的文化主題，是城市發展從內在層次上影響文學形態的最
為深刻之處。近年來後現代文化思潮的興起，一定程度地改變了
作家與城市相對疏離的關係，在接納和認同都市現實的前提下，
對城市的文明及其惡果採取一種新的思考的態度，既把城市作為
「正文」來閱讀，又把自己關於都市的創作，作為都市「正文」
的一部分來看待。因此，作者具有既是都市「正文」的閱讀者，
又是「正文」中都市的創造者的雙重身份。這一伴隨資訊社會發
展而來的新的文學觀念、思考方式和審美經驗，正越來越多地引
起人們眾說紛紜的關注。

　　香港文壇的多元構成，是香港社會在經濟多元化的背景下，
精神多元化的反映，它既交錯在不同的作家群落和刊物、社團的
聚合之中，也反映在不同藝術風格的追求和探索中，卻又往往超
越了這些群落、社團和刊物，在互有交錯和不斷變化中，使香港
文壇呈現出複雜、多變的格局，從無序走向有序，又從有序向無
序分化，似可以歸納分析，又難以用線性分切的方法一言以蔽
之，這就是今天的香港文壇。

五、香港作家、香港文學和香港文學史
——關於香港文學史若干範疇的釐定

　　在通常的意義上，文學史指的是文學發展的歷史。一方面，
它是對文學整體，或者某一專門文學體裁、類型或形式發展狀況
的敘述性描述，即所謂文學「內部」的歷史。但另一方面，文學
又不僅僅只是一種自足的文化活動，它還與「作為寫作集體的文
學和作為事件系列的歷史之間」9 存在著密切的關係。即與文學
同期存在的社會，如何形成、支配、佔有文學，或為文學的文本
所表達，以及社會對文學實施這種影響的途徑。這是文學的「外

部」研究。派特遜所表述的這一形成於十九世紀的關於文學史的歷史主義概念，曾經為後來的形式主義學派和解構主義所質疑和反對。既然歷史和文學一樣，其文本都與事實存在著距離，帶著敍述者主觀意圖所陳述的對象的特性，並不就是世界本來的特性，而只是陳述的特性。那麼文學史就應當回到對文學文本的自身關注上來，以文學形式的衰竭更替為動力；來敍述文學的發展。這一認識雖然顛覆了歷史與文學簡單對應關係的傳統觀念，但也並未能妥善處理文學發展的內部與外部關係。它推動文學史家進一步地把文學理解為社會多種文化生產形式中的一種。「它自身便是社會實踐的一種形式；文本不僅反映社會現實，而且創造現實。」[10] 在這種本質上是人類學的視覺的影響下，近來文學史家力圖把文學文本重新置於一個更大的文化結構之中，因為他們本來就是其中一部分。不能不說，這是在經過兩次反正之後，重新將文學置於社會之中的一種更高層次的認識。

　　香港文學作為一個區域性文學的類型，有著不同於一般文學發展的特殊性。首先香港這一「區域」的出現和存在，是近代以來中國歷史發展的特殊遭遇所帶來的。香港社會的形成、發展和文化的構成，不能不和造成這一特殊歷史遭遇的各個方面的力量緊密聯繫起來。這些來自不同方面的力量形成了文學也涵括其中的香港社會的文化結構。因此，瞭解、分析和描述香港文學及其發展，根本無法完全脫離於文學所依存並參與創造的香港的社會及其發展。其次，從某種意義上說，香港文學不是一種「根生」的文學。就其文學源頭來說，相對於內地發展較為遲緩的香港社

9　派特遜：《文學史》，收入《文學批評術語》，張京媛譯，牛津大學出版社 1994 年出版。

10　派特遜：《文學史》，收入《文學批評術語》，張京媛譯，牛津大學出版社 1994 年出版。

會，最初的文學是由內地的移民植入的。這種文學的「草根性」的不足，還表現在香港新文學發展的幾個重要時期，如抗戰期間和戰後及五十年代初期等。由內地南來香港的作家主導香港文壇，使香港文學在這些時期的發展受到內地文學很深的影響，甚至成為這一時期內地文學的延伸，互補地構成了這一時期中國文學的圖景。而內地作家的南來又往往與該一時期社會政治的變動密不可分。這種狀況的改變是在六七十年代以後，隨著在本土文化教育背景下成長起來的一批青年作家在文壇發揮重要作用，和南來作家轉變其「過客」心態獲得「家園」意識之後出現的。而這一狀況的產生也同香港作為國際性都市的獨立身份的取得分不開的。因此，無論敍述香港前期文學的發展，還是闡述香港獨立文學身份的取得，都不能無視文學內部存在的形態與文學外部的社會變遷的關係。將文學作為文化大結構中的一部分，從探討文化結構的變遷來敍述文學，和從文學的變化來分析其所參與的文化創造，仍不失為我們現在認識到的一種可行的文學史敍述策略。第三，在香港文學的發展中，政治的影響有著不可低估的力量。其正面的意義和負面的影響，都無法拒絕地存在於香港漫長的文學實踐中。因此很難如形式主義學派那樣，把香港文學也看成是「一個自我組成的社會現象」。即使是現在，文學超越了政治的框限，走向藝術的自覺，尋求對自身的更多關注和創造，但仍然不能夠説今天的香港文學，已經是一個「自足」的文化體。第四，在深厚的中華民族文化母體上奠基和發展的香港文學，儘管處於八面來風的異質文化的衝擊前沿，但從未脫離母體而去；而是在異質文化的差異襯照中，更密切了與母體文化傳統的親緣關係。而在中國傳統的文學價值觀中，從來不將文學孤立於社會之外。其對文學社會功能的強調，意味著在中國的文化傳統中，從來是將文學視為文化的一部分參與著社會的實踐和創造的。

　　因此，把香港文學置於一個大的文化結構之中，來敍述其作

為文化的一部分所參與的對社會現實的反映和創造，這一文學史
的敍述策略的選擇，不是由於某些外來文學理論的空穴來風，而
是香港文學自身的性質和狀態所要求和決定的。因此如何界定香
港文學史的研究對象——「香港作家」和「香港文學」便是我們
首先要面對的問題。

　　近年來關於「香港作家」的身份界定，曾經引起香港文化界
的眾多爭論。它一方面反映了香港文壇上文化交往頻密、作家流
動性大的實際情況；另一方面也意味著香港文學逐漸成為一種獨
立的文化力量之後，開始重視重新整理和建構自己的自覺意識。
1994 年，被邀任香港市政局「作家留駐計畫」首任作家的劉以
鬯，為編輯《香港作家小傳》和創建「香港作家資料庫」時，曾
提出對「香港作家」的一個界定標準，即必須是持有香港居民身
份證或在香港居住七年以上的「曾出版文學作品或經常在報刊雜
誌發表文學作品，包括評論和翻譯著作」的作家。前半段是對作
家「香港」身份的認定，後半段才是對「作家」資格的要求。顯
而易見，這一討論的重點不在於對「作家」資格的要求，而在於
對作家的「香港」身份的認定。出於某個具體事件（例如編輯一
部作家小傳）的需要而提出對「香港」作家身份確認的標準，自
有其必要性，也有其難以周全之處，均不必厚非。問題是如果將
此一「身份」確認的標準普遍推及，則可能帶來諸多偏頗和缺
失。例如將之作為香港文學史敍述對象的選擇標準，則必然不能
反映香港文學發展的實際情況而減色大半。眾所周知，1938 年至
1948 年，茅盾曾經三次居停香港，前後時間累計不及四年。但其
在香港的文學活動，從主編《立報》副刊《言林》、《文學陣
地》、《筆談》半月刊，《文匯報》副刊《文藝週刊》等到長篇
小說《你往哪裡跑》（後改名《第一階段的故事》）、《腐
蝕》、《鍛煉》以及許多短篇、雜文、散文、評論的創作和發
表，都對香港文學的發展深具影響；又如 1940 年底來到香港的蕭

紅,在她生命的最後兩年間,創作了她畢生最重要的長篇作品
《呼蘭河傳》,以及其他一些小說和紀念魯迅誕辰六十周年的默
劇《民族魂》等;類似的作家還有戴望舒等一大批。他們都夠不
上必須持有香港身份證或居住達七年以上的「香港」作家的標
準,他們在中國文學史上的地位也不必一定是「香港」作家才能
奠立,但香港文學史缺失了對他們在香港時期的文學活動和創作
影響的敍述,則必然不能反映那一時期裡香港文壇的真實,對香
港文學史當然也是一種損失。因此,出於某種需要對香港作家地
區身份的認定如果是必須的,但不必同時也成為香港文學研究和
香港文學史撰寫的選擇標準。香港文學研究和香港文學史的撰
寫,應當更有符合香港文壇實際情況的更寬泛的標準,其側重點
應當是在香港文壇發生實質性影響的文學活動和創作,而不僅僅
是作家的「身份」。因此,對香港文學史所將面對的敍述對象,
即我們一般所說的「香港文學」,指的是發生在香港文壇上所有
對香港文學發展具有重要意義的文學現象──文學活動和文學創
作。它既包括狹義的「香港」作家的文學活動和創作;也包括廣
義的並無「香港」身份的一切來自中國內地、臺灣、澳門和東南
亞、歐美等地的外來華文作家,居住香港期間具有影響的文學活
動和創作。當然這一涵括廣泛的界定也有一個前提,由於我們敍
述的是作為中國文學一部分和作為世界華文文學一翼的香港文
學,因此,所有外國人用外國文字在香港創作和發表的文學作
品,將不列入我們敍述的範圍──雖然在香港也可能存在一個在
外國人生活圈中流行的「文壇」。同樣,對於在香港的中國作家
於香港和海外發表的以外文書寫的文學作品,如果不譯成中文並
在香港和其他華人世界中產生影響,我們也將不予論述,而只在
論及其華文著作時簡單提及。
　　香港作為國際性都市的文化背景,使近年異常活躍的世界華
文文學,十分重視香港這塊與華文母語基地──中國大陸相毗鄰

的視窗與橋樑的重要作用。一些已取得外籍的華人作家移居香港，並在香港發表作品；而一些香港作家因種種原因移居海外並取得所在國的國籍後，又重返香港從事文學活動和發表作品，他們對香港文學發展的實際影響，使得對香港文學發展的描述不能無視他們的存在。這使得香港文學在敘述對象的選擇上，出現了一個與比作為「中國文學一部分」的香港文學，更寬泛一點的，作為「世界華文文學」一翼的香港文學二者互相交疊的模糊的界區。這是從香港文學實際出發所作出的一種抉擇，它同時也體現出了香港文學的國際空間廣闊的特殊色彩。香港文學在推動世界華文文學的形成與發展上，的確發揮了重要作用。

從目下對香港文學研究的資料準備和成果積累上看，撰寫香港文學史的時機並未成熟。儘管「九七」回歸將掀開香港歷史新的一頁，由此所激發的政治熱情輻射到文化上，推動了許多重要文化舉措的實施。以「九七」為界的前此一百多年的香港文學歷程，的確值得認真思考與總結，但認真的思考與總結往往需要時間的沉澱和歷史的檢驗。然而事情總要有人最先去做，即使明知是不成熟的文學史的撰寫亦然。

歷來對於一個地區或一個時代的文學發展狀貌的概括，可以有兩種不同的出發點和要求，因此可能存在兩種不同類型的文學史。一種是對前人創造的文學經典及其文學發展規律的總結。這樣的文學史，必須建立在一代代研究者對文學史料、規律以及經典作家和作品的充分研究基礎上，既是前人研究成果的累積，也是撰寫者在消化、吸收前人研究成果基礎上，以新的歷史眼光和價值系統對過往文學重新進行的分析、歸納和總結。這樣的文學史本身，也具有一定的經典性。另一種類型的文學史——或者更嚴格地說尚稱不上「史」，只是一種「概述」，它只是為了幫助讀者瞭解我們尚屬陌生的文學狀況，面對於龐雜的文學史料和現象所進行的初步梳理和描述，對在各個時期活動的作家和作品，

給以初步的定位和評析，從而為讀者和研究者提供一份整體觀照
的圖像，成為他們更深入瞭解和研究的基礎。這樣的文學史，只
是我們深入進行研究的中間過程，是我們研究尚未成熟的標誌，
也是我們研究走向成熟的必經途徑。兩種類型的文學史，出現在
研究過程的不同階段之中，各有自己不可替代的意義、作用和承
續關係。嚴格說來，目前出版的《臺灣文學史》、《香港文學
史》、乃至大陸的《當代文學史》，基本上都屬於後一種類型的
文學史，是為提供人們對自己尚屬陌生，且未經梳理的龐雜文學
現象瞭解的需要，而做的初步整理。它還有待時間的檢驗，不僅
是文學史的描述和概括需要時間驗證，文學史所論析的對象——
作家和作品，也有待歷史的淘洗。中國三千年的文學發展，在各
個朝代和地區所湧現的作家和作品，繁如星河。經過歷史的選擇
和一代代文學史家的重新撿拾，餘下的可入經典的作家和作品，
肯定遠非當年繁富，也肯定比當年的蕪雜要精粹。相對於我們所
敘述的香港文學，這個漫長的選擇和淘洗的過程，才剛剛開始。

　　這種今天的敘述與歷史後來的選擇所可能產生的落差，與我
們描述的時代越接近將越明顯。在以當代為主要對象，頂多延及
一個世紀的香港文學史，這種今天的選擇很可能相當大部分要為
後來的歷史所淘汰的危險性，是我們在撰寫的同時就清醒意識到
的。學術界曾有過「當代」能否寫「史」的爭論，其背後對當代
人記「史」的擔心，是可以理解的。文學的社會學研究也認為，
文學教科書或文學史研究著作在對待「文學人口」時，被列入名
單的作者越接近該著作的成書日期，比例就越大；假如該著作一
直寫到與他同期存在的作者，往往會像一張不經選擇的機械的人
名表。這一狀況，也是我們難以完全避免的。不過我們所以明知
不可為而為之，除了我們相信提供一幅讀者陌生的文學圖景，對
讀者和後來的研究者會有所裨益外，還相信，當代人描述當代的
文學現象，做出哪怕後來認為是偏頗或謬誤的評價，事實上也為

後來的研究者提供一份同代人認識的參照，成為瞭解和剖析那一時期文化現象的材料之一。

　　香港文學和臺灣文學、澳門文學一樣，都是我們民族一百多年來坎坷多難的一份文化見證。歷史不幸的原因，使它們從中國文學中分流出去；歷史的有幸結局，又使他們在不離中華民族文化的母體懷抱中隨著時代的發展走向新的整合。香港已經實現回歸，澳門的回歸也指日可待，臺灣與大陸的統一也將是歷史的必然。這是中華民族的大統一、大團結，也是中華民族文化的大整合。沒有香港文學的中國文學，不是完整的中國文學；沒有臺灣文學和澳門文學的中國文學，也不是完整的中國文學。香港文學的價值，和臺灣文學、澳門文學一樣，都存在於它們植根在中華民族文化母體上的文學發展軌跡和文本中，只有涵納這一切，才能構成一座沒有遺憾的、豐富而完備的中華民族文學的寶庫。

　　這是中國文學大團圓的節日！

1997 年

香港文學的文化身份
——關於香港文學的本土性、中國性和世界性

一

　　什麼是香港文學？這是一個看似明白、實卻難以回答周全的問題。關於「香港文學」的定義，曾經有過許多討論，或從地域上予以圈定，認為凡是發生在香港的文學現象和文學創作，都是香港文學 [1]；或從作家身份予以限定，認為只有香港作家的創作才能叫做香港文學，然而何為「香港作家」，亦是眾說紛紜 [2]；還有從文化內涵上給予界定，認為只有表現出「香港性」的作

[1]　見劉登翰主編《香港文學史》，香港作家出版社 1997 年出版。

[2]　關於香港作家的定義，黃維梁的論文《香港文學研究》曾劃分為四種類型：一、土生土長，在本港寫作、本港成名的；二、外地生本土長，在本港寫作、本港成名的；三、外地生外地長，在本港寫作、本港成名的；四、外地生外地長，在外地已開始寫作，甚至成名，然後旅居本港，繼續寫作的。認為一、二、三類均為香港作家，第四類則有的是，有的不是。（見《香港文學初探》，1985 年，香港華漢文化事業公司第一版）。劉以鬯在主編《香港文學作家傳略》時提出一個香港作家的界定：「持有香港身份證或居港七年以上，曾經出版最少一冊文學作品或經常在報刊發表文學作品，包括評論與翻譯」，作為入選香港作家傳略的標準（《香港文學作家傳略》，香港市政局公共圖書館 1996 年出版）。

品，才能稱為「香港文學」，同樣，何謂「香港性」，更是見仁見智。問題的難以一言蔽之，恰恰説明問題的複雜性和豐富性。無論從地域圈定、以作家身份限定，還是由文化內涵界定，都只能是從某一側面或層面對這一問題在不同語境中的一種回答。全面的香港文學的定義，將是一個包括從語義學到地理學，從政治身份到文化身份，從作家創作主體的個人身份到文壇形成的歷史傳統的多元綜合的論題。本文不是對這一問題的全面探討，只是想從香港社會的歷史背景出發，在確立香港文學在中國文學整體架構中的位置基礎上，來討論具有區域特徵的香港文學的特殊性——即所謂「本土性」[3]或「香港性」的問題。

二十多年前（1979），香港曾經有過「香港有沒有文學」的討論。那年剛剛創刊的《八方》文學叢刊以「筆談會」的形式，在這一充滿刺激性的論題下，集中發表了十幾位活躍於當時文壇的作家和學者的不同意見[4]。當然這一問題的提出並非空穴來風。事實上，一直到八十年代中期，把香港視同「文學沙漠」的「沒有文學」論，仍是不時遮蔽在香港文壇上空的一個揮之不去的陰影[5]。因此，1985 年黃維梁出版他被稱為「當作香港文學史上最

3　所謂「本土性」其本義是相對於「外來性」而言。但「本土」也可以作為一種「地域」的自謂，是以局部相對於整體的特殊性。本文所談的香港文學的「本土性」，指的是後一種意義。

4　於 1979 年 9 月創辦的《八方》，最初由黃繼持、鄭臻、林年同、金炳興、鍾玲、古蒼梧（執行）等為編委，聘戴天、胡菊人、文樓等為顧問，後成為以戴天、文樓為正副會長的香港文學藝術協會的刊物，由黃繼持任總編輯。創刊號上「香港有沒有文學」的專欄，發表了胡菊人、何達、羅卡、黃俊東、張君默、林年同、蔡炎培、淮遠、何福仁、黃子程、泉王君、澄雨、鍾玲玲等人的筆談文章。

5　1985 年 4 月香港《明報月刊》發表余英時《臺灣、香港、大陸的文化危機與趣味取向》的文章，認為香港如有文化，「大約『聲色犬馬』四字足以盡其『文化』特色。」在此期間於內地和香港舉辦的有兩地作

早一本以香港文學為評論對象的專著」6《香港文學初探》時，就
特地把他寫於 1982 年的一篇短論《香港絕非文化沙漠》選作代
序，以示對這一「不實之詞」的回應。

　　從「香港有沒有文學」到「什麼是香港文學」，兩個問題有
某種共同性，都是在同一時間軸上對不同時段文學發展的詢問，
其間跨越了一個雖然不長但卻十分重要的進程。七十年代是香港
經濟起飛的重要時期。迅速發展的經濟引發的過度消費，使大量
通俗乃至庸俗的文化氾濫成災。它一方面「逼良為娼」地誘使文
化人為了謀生而投身其中，另一方面又使他們內心產生強烈的不
滿和妄自菲薄的複雜心態，「文化沙漠」論便由此而生。然而，
經濟起飛在推動文化消費市場形成的同時，也帶動了教育、科
技、文化的發展，為香港的精英文化提供了新的生存與成長空
間。因此六七十年代又是香港文學發展的一個重要時期。一大批
戰後出生，在香港教育文化背景下與香港城市發展一道成長起來
的年青作家進入文壇。他們的到來改變了自五十年代以來香港文
壇基本上糾葛在自內地延伸而來的左右對峙的政治結構，使植根
於香港自身社會發展土壤中的都市文化意識和文學自主意識，有
了新的萌醒。要說「聲色犬馬」、「文化沙漠」，並不唯八十年
代才有，但卻在八十年代才引起強烈的不滿和反駁，恰說明了這
一時期香港文化人的強大和自覺，以及對於自己參與其中的都市
文化發展的自尊與摯愛。同樣，由一個聚合起一批戰後出生的精
英知識份子而在文壇深具影響的純文學刊物，來提出「香港有沒
有文學」的問題，其本身就是對這一問題最有力的肯定的回答。

　　其實「香港有沒有文學」並不是個問題，「什麼是香港文

　　家、學者參加的各種文學研討會，都把「文化沙漠」作為一個重要論題
　　討論。
6　見古遠清《香港當代文學批評史》，湖北教育出版社，1997 年出版。

學」才是個值得深入的問題。當年香港文化人在回答前一個問題時實際上已經涵蓋了後一個問題的提出和討論。黃維樑的「初探」發人深省的關注點是，他把一向為研究者所不屑的通俗文學──包括小說類的武俠、愛情、科幻以及擁有大量傳媒讀者的「框框雜文」，都從香港都市文化背景出發，納入香港文學的研究範疇，在辯證地論析「通俗」與「高雅」的相對關係中，實事求是地給予通俗文學正面的肯定評價。而《八方》則在其數年的編輯實績中，重視高品味的純文學作品的發表和對世界前衛文學思潮的評介，同時發揮香港特殊的地域或優勢，把大陸、臺灣、香港都納入一個統一的中國文學的架構之中。一方面在作品的發表上匯通兩岸三地的優秀之作，使刊物成為超越政治疏隔的兩岸三地共用的文學空間；另一方面在理論的闡發上，通過對一批曾被歪曲和忽略的作家的評論，參與了撥亂反正中的中國現代文學史的重寫和當代中國文壇的重建；又通過一些富有見地的評析文章，介入了當代臺灣文壇的思潮論爭，並引諸反觀香港自身。編者的這種魄力與識見，實際上體現了後來一些學者才提出的整合包括大陸、臺灣和港澳的「大中國文學觀」和語系性的「世界華文文學」的概念。這些由回答「香港有沒有文學」而引向深入的討論和實踐，或從都市文學的文化定位，或從大中國架構中的區域定位，都對「什麼是香港文學」作出了雖然未及深入卻帶有實質性的回答。

　　因此，今天我們重新面對這一問題，既是對往昔討論的繼續和深入，也是更深認識今日香港文學發展所必須。把香港文學放在中國文學和世界文學的背景上，來認識香港文學的文化身份和地位，它所涉及的將包括：作為中國文學一部分的香港文學的中國性問題，在中國文學的整體架構中香港文學的特殊性、「本土性」問題，以及其有特殊色彩的中國文學的香港一翼，在世界文學──首先是世界華文文學中的價值與位置問題。

二

特殊性是相對於普啟遍性而言的；没有普遍性的前提作為基礎和參照，也就無所謂特殊性。香港文學也是如此。它的特殊性指的是相對於多元化的中國文學普遍的民族性特徵，而獨具自己特定地域和歷史的文化內蘊與存在形態的那一部分元素。因此，特殊性的討論，只有放在普遍性的背景上才能透析清楚。

香港文學首先是中國的文學，這是它普遍性的前提。一方面，六千年前就有大量文化遺存留下的新石器中晚期的先民活動，和自嬴秦以來便劃入版圖而為歷朝所逐代開發的歷史，使古代香港的發展不是孤立的，它是中國南方省份廣東的一部分，納入在中國歷史發展的大框架之中；古代香港的文化，也不是一種獨立的文化，而是中華文化在五嶺之南的一個分支——嶺南文化的一翼。儘管鴉片戰爭之後，香港遭受外來殖民者長達一個半世紀的侵佔，但並沒有從根本上改變香港這一納入在中國歷史框架和中華文化系統之中的客觀現實。正是這一歷史環境，孕育和產生了香港的文學。另一方面，香港文學的育孕和發展，是以中國古代和現代文學為精神傳統和文體範式，在和內地作家與文學的互相流動與延伸中，匯入在中國文學的歷史進程之中的。特別是三十年代和四十年代，在抗日戰爭和解放戰爭的歷史背景下，兩次內地文化人的大規模南來，極大地影響和提升了香港文學的發展和地位，使發生在香港的文學運動疊印在中國新文學發展的軌跡之中而具有著全國性的意義，同時也成為此後香港文學發展的一個深厚的基礎。因此，作為中國文學之一部分的香港文學，便程度不同地具有了中國文學一些普遍的基本的特質。比如以儒家學說為正統的文學價值觀，以詩文為教化的文學功用觀，以中和之美為最高追求的文學審美觀，和藝術上「大音希聲」、「大象

無形」、「中師心源，外師造化」等一系列辯證把握方式等等，
還有更深層地沉澱在漢語這一獨特文學語碼之中的民族心理、性
格、情感、思維方式，以及浮現在語言塑造之上的道德規範、價
值系統、民情風俗、宗教信仰等等。正是這些體現出中華文化特
質的美學內涵，才使香港文學在世界文學之林，具有了自己特定
的民族形態，而不被不時洶湧襲來的西方文化浪潮所完全吞噬。

　　當然，香港文學畢竟不能簡單等同於完全在中國文學發展軌
跡之中的內地其他省區文學；香港文學保有自己文化內蘊和外在
形態上的某些特殊性，其根源來自它的地域的、歷史的和現實發
展的三個方面因素。

　　首先是地域的因素。如前所述，香港在中國大陸南部的邊
緣，屬於嶺南文化區的一翼。而嶺南文化是原生於五嶺之南的百
越先民，在秦漢之後接受中原文化的融合、涵化，經過長期發展
逐步形成的漢民族文化的一個區域文化類型。它既是一種感性、
自然的原生型文化，也是一種包容廣泛的移民文化。相對於中原
內地穩固在農耕文明基礎上的內陸型文化，它又是一個面對廣闊
域外世界的海洋型文化；相對於以達官顯貴、豪紳地主、文人學
士為自己主要文化形象的貴族文化、士人文化，它還是以市井社
會的城市平民為自己主要文化形象的市民文化、世俗文化。嶺南
文化的本根性，使它在接受中原以儒家為正統文化的融合和與外
來文化的衝擊中，能夠吸收各種養份來豐富和發展自己而又不失
自己的本根形態和「土」味；它遠離儒家文化中心的邊緣性，又
使它較少受到儒家正統文化的規範和約束，表現出更多非正統、
非規範的判逆性格和銳意開拓、進取革新精神；而得益於背陸面
海的地理環境，率先與域外的交往，又形成了它文化的開放性和
相容不同文化的多元性，使原先比較單一的文化形態，呈現出豐
富的色彩和多元的文化內涵。自漢唐就成為海上絲綢之路的起點
而到宋明時期達致高潮的域外商貿活動，和在明清之季就率先發

展的商品經濟，激發了與傳統農業社會重農抑商相抵牾的商品意識和新的價值觀，同時也發展了迥異於玄學清流的經世致用作風，和區別於禁欲主義的講求實惠的享樂精神。這一切不以理性見長地存在於儒家經典之中，卻以實際行為滲透在市井小民感性的世俗生活裡的文化精神，無不在近代以來的香港社會中，獲得充分的發揮。這是香港文化最基本的內核，是香港文學發展具有特徵性的文化基礎與動力。它使香港這一處於中心文化邊際和外來文化前沿的文學，在傳統的農耕文明向現代的都市文明急遽轉換之中，既有著守本的堅韌性，又有著應變的靈活性，從而呈現出從形態到內蘊的多元化特徵。香港文學的特殊性，以及香港各種次文化、次文學現象的發生與存在，幾乎都可以從它邊緣性的地域文化中找到潛在的基因和必然。

　　其次是歷史的因素。鴉片戰爭之後，香港為英國殖民者所佔領。這一特殊的歷史遭遇，使一個多世紀來西方文化的長驅直入，成為伴隨香港社會從一個傳統小漁村發展成為現代國際大都市這一曲折進程中所無法拒絕的現實。西方文化——首先是它的政治制度，經濟制度和教育制度，成為西方殖民者企望用來主導香港社會發展的一種體現殖民者意志和形象的文化力量。然而，在香港的社會結構中，百分之九十以上的華人人口成為香港社會的主體，同時也使以嶺南文化為主要形態的中華文化，成為香港社會發展的文化基礎。這樣，代表殖民統治者文化意志的企望主導香港社會的西方文化，和構成香港人口主體與社會基礎的中華文化，二者的差異所引起的衝撞、反彈、融攝和共處，便形成了近代以來香港社會獨特的文化格局。前者以殖民主義為背景有著強大的政治和經濟的助力，後者則以其深厚、博大的歷史穩固性和源源不絕的內地支援而難以動搖。這種不可調和與退讓，使兩種文化在各據一端同時也呈現出互相滲透的糾葛狀態。這也是香港文學所植根的社會土壤和生存與發展的客觀文化環境。一個世

紀來香港文學的發生與發展幾乎都可以從這具有深刻歷史蘊含的文化環境中，找到它發生的深層文化原因和發展的現實機緣。傳統的文學影響，賦予了香港文學固守東方的人文傳統，而西方文化思潮的沖激，又推導著傳統文學的現代轉化。香港文學便在這中西文化的激烈碰撞，突出了自己富於現代特徵的特殊性。

第三是現實的發展因素。香港由一個傳統的小漁村，經歷了一個多世紀的發展，成為今天交通和資訊都十分發達的經濟多元化的現代化國際性大都市。伴隨經濟的發展，也催生了一個龐大的都市文化工業體系（從新聞出版、影視製作、播映到各種休閒娛樂機制等），和一個日益發育成熟的同樣龐大的市民階層。都市現實的這一發展，使原本建立在宗法社會自然經濟基礎之上，反映農耕文明時代特徵的中國傳統文化和傳統文學，在香港的延播中衍生出一種新的植根於香港自身發展土壤之中的都市文化意識和都市文學形態。正是六七十年代的經濟飛躍發展和國際大都市的地位確立，才使香港從冷戰格局中的被動地位擺脫出來，找到了獨立發展的自我價值，也使香港文學從五六十年代左右對峙的政治糾葛中，萌醒了植根於自身都市發展現實的自覺意識，並以其都市文學的文化內蘊和多樣形態，樹立了自己獨特的文學形象，對八十年代以後處於轉型之中的中國文化和文學，產生了一定的衝擊。

普遍性是對事物一般本質的規定，而特殊性則是對事物具體個性的更深入認識。「同」（普遍性）是討論的基礎和出發點，而「異」（特殊性）則是在認同的背景上對事物個性的進一步分析，因此也是對「同」的進一步肯定。當事物突顯個性而引起普遍關注的時候，也就是該事物發育成熟的時候。「什麼是香港文學」這一論題的提出和對於香港文學特性的深入探討，實際上也意味著香港文學的發展進入了一個自覺地建構自身形象的成熟階段。

三

　　那麼，什麼是香港文學？或者說什麼是香港文學的特殊性和「本土性」即所謂「香港性」呢？

　　其實，這是幾個範疇並不完全等同的概念。香港文學有著更寬泛的外延。特別從香港特定的歷史背景出發，在描述香港文學的發展時，我曾主張，凡是發生在香港的文學現象與文學創作，都應當納入香港文學的範疇來予以敘述。這是由於香港在某些重要的歷史時期，曾經匯納了來自內地和海外的一批作家，從而不僅對香港文學的發展自身，同時也對中國文學的發展，都具有重要意義。它事實上也成為香港文學的一個重要特點。當然這一寬泛的外延，仍有兩個限定，一是必須是中國作家，二是以中文作為語言媒介。而所謂香港文學的特殊性，是指在上述界定基礎上能表現出香港文學迥異於內地文學、臺灣文學，乃至海外華文文學的那一部分具有香港特徵的作品，即具有「香港性」的作品。當然，同樣表現香港特徵的作品還有視角和立場的細微差別，即從香港之「內」，還是從香港之「外」來表現香港特殊性的問題，因此更狹義的「本土性」的概念，是指由香港「本土」作家創作的具有香港「本土」特徵的作品。因此，廣義的香港文學，不一定是具有香港特徵的作品，當然更不一定是具有香港「本土性」的作品。但具有香港「本土性」的作品，則一定是具有香港特徵的香港文學。「本土性」實際上是香港文學定義的狹小的內核，對其內涵的分析不可能不與另外兩個外延更大一點的概念相重疊。因此很難，也沒有十分必要一定得把這三個概念完全區分清楚。它們的關係就像中國傳統的八寶盒，互相包容地層層相疊而逐步放大。我們的分析也就從那最細小的「內核」開始。

　　首先什麼是香港「本土」作家？一般對「本土」的定義是

「土生土長」。但香港是一個移民城市，香港居民大都有根或遠
或近地紮在祖國內地。因此從香港文壇的實際出發，大量作家並
非「土生」──在香港本土出生，更難得的是世代「土生」；更
多的只是「土長」，即在香港文化教育背景下成長起來。雖然根
在內地，卻在與這座城市一道成長的過程中，認同了這座城市，
並以之作為自己的最終家園，從而獲得了一種「本土」意識和身
份。這裡還涉及到一批在不同時期進入香港的「南來」或「外
來」（從海外來的）作家。早期的「南來」或「外來」作家，大
多把香港作為短期過渡的暫時駐足之地，具有著比較明顯的「過
客」意識。他們暫居香港時期的作品，或者回味自己在內地或海
外的人生（典型的如蕭紅的《生死場》和司馬文森的《南洋淘金
記》等），即或對香港的描寫，也大多以一個外來者的身份對香
港提供一份域外的觀察和思考。但近期「南來」的作家，或早期
「南來」由於各種原因在香港長期居留下來的作家，他們謀生於
此，娶妻生子於此，甚或將要終老於此。為了生存的需要，他們
必須融入這個城市，認同這個城市，與這個城市共命運，以之作
為自己新的「家園」。雖然還有一個逐漸淡漠了的「故園」的影
子不時牽掛心頭，但他們已經不同於昔日的「過客」，在融入這
個城市的過程中逐漸獲得一種「本土」的意識和情感。他們中的
一部分將會壯大「本土」作家的隊伍。

其次，什麼是香港特徵或「香港性」？這可以從歷史和現實
的兩個方面來認識。一方面是作品的深層所蘊寓的香港的歷史和
命運。香港是中國近代歷史的發端，也是中國現代社會變革的先
聲，雖然在這變革中有著特殊的殖民侵入的背景。因此，迂迴在
中國近代以來歷史夾縫中的香港百年滄桑，便交錯著中國社會近
代發展中諸如本族與外族、東方與西方、殖民與被殖民、傳統與
現代、發展與窒礙等等一系列重大命題。從香港滄桑命運的描繪
中所獲得的歷史感：歷史的觀照意識、歷史精神或歷史感慨與啟

悟，必然成為獨具的香港特色，使香港文學迥異於中國其他區域文學。另一方面是作品所表現的香港現實生活特徵。經過百年坎坷而發展至今的香港是一座現代化的國際性大都市，與都市經濟發展孿生的是都市文化的發育，它使香港文學以一種開放多元的都市文學的形貌，突顯在中國文學的廣大沃野上。都市文學的種種特色，包括其深層所蘊含的文化衝突和其表層所呈現的多樣形態，諸如從傳統文學價值觀的「宗經」、「征聖」、「載道」，到現代都市文化消費觀的「休閒」與「娛樂」，從作家創作主體日趨「小眾化」的精英意識，到讀者接受客體日益通俗化的大眾趣味，從拒絕都市的浪漫情懷和現實批判，到認同城市的現代無奈與後現代的思考，等等，都在香港這一既非中國傳統的封建城郭，也不是典型的西方現代城市，而是夾雜著東西交匯、華洋並處、既有深厚的人文傳統的承續，又背負一個多世紀西方殖民歷史的都市現實中表現出來，成為香港文學的最具特色的一個符征。

　　因此，香港文學的「本土性」和特殊性，便對以下三個方面給予特別強調：

　　一、題材的關注點。題材的選擇在很大程度上是作家人生經歷和情感傾向的結果。「本土」作家「土生」或「土長」的人生經驗和他對自己植根與認同的這塊土地的情愛，使他往往首先選擇他曾與之共過命運的「本土」的題材。而香港的歷史與現實題材所包容的廣闊空間，蘊寄著深厚的歷史價值和人文價值，是足以讓作家馳騁自己人生經驗和思想情懷的領域。因此，具有香港「本土」特徵的作品，往往都是在題材上是具有香港特色的作品。

　　二、文化精神的弘揚。題材雖然重要，但題材並不是唯一決定香港特色的因素。與題材具有同等意義的還有滲透在作家整個創作之中的文化觀念、視角和精神。如果說題材是影響香港文學

特殊性的外在和顯性的因素，那麼文化觀念、視角和精神則是決
定香港文學特殊性的內在和潛質的因素。一直處於東西文化交會
中心和衝突前沿的香港，其所形成的奠基東方、而又博納西方的
文化價值觀，往往成為香港作家在處理和發掘題材的一種文化立
場、視角和精神。它既固本，但不守舊，雖開放，卻不忘宗，具
有一種通脫、靈活、顯示東方色彩的現代意識。即使面對非香港
的題材，仍能以這種具有香港特色的文化精神，成為香港文學的
特殊性標誌。

　　三、活潑多樣的存在形態。香港經濟的發展和基礎教育的普
及，一方面培育了一批留學西方的精英知識份子，另一方面又形
成了一個以市民為主體的廣大讀者層。前者發展了力圖與世界文
化思潮同步的香港的精英文化，具有前衛色彩的香港探索性文
學，基本上就產生於這個精英文化圈裡。後者則為大眾化的通俗
文學準備了一個廣闊的文化消費市場，使從武俠、言情、科幻到
香港獨有的佔據大量傳媒「販文許可區」中的專欄文章，在香港
大為風行。而與此同時，五四以來關懷社會人生的文學精神，在
香港曲折複雜的滄桑現實面前也有著深厚的承傳和影響。於是，
相對於很長時間來內地一元化的文學存在，多元化便成為香港文
學的一種特殊景觀。奇詭遠思、特立獨行是香港，通俗媚眾、遊
戲人生也是香港，嚴峻凝重、直面社會還是香港。它們之間並立
相容而不互相排斥，卻時有交錯地擁有彼此的讀者。文學存在的
這種，多元化的生態環境，不僅為各種不同類型的香港作家提供
了讓他們遊弋其中的生存空間和創造空間，同時也反映出文壇背
後較為寬鬆的文化環境，成為香港文學存在形態上的一種特殊性
標誌。

　　香港文學的「本土性」和「特殊性」，存在於千人千面的作
家的具體創作之中。從作家的藝術個性到作品的藝術體現，具體
作品的具體分析，才是回答這一問題的根本。上述提出的幾個方

面，只是作為考察這一問題的一些思考方向，並不是這一問題的
完善解答，或有輕重，或有疏漏，都有待回到具體作品的分析中
去彌補。

四

　　香港的國際性大都市的地位，也把香港文學推到世界文學的
背景上。

　　文學的走向世界，或者說區域性文學的世界意義的獲得，是
本來疏隔的世界各民族之間交往日益頻繁的結果。正是在這個意
義上，歌德才敏銳地發現，打破各民族疏隔的全球性世界文學即
將出現[7]；馬克思和恩格斯也才在他們的學說中，強調世界市場
形成對於精神生產的影響：各民族之間的經濟交往，打破自給自
足的封閉狀態，它們之間的精神交流必將為世界文學的再現掃除
障礙[8]。香港是地處東方海路要衝的金融與商貿中心，也是中國
開向世界的視窗與通道，這一客觀的國際地位使頻繁的經濟、政
治和文化交往，也把香港文學帶到一個八面受風的世界文學的浪
潮中來。什麼是香港文學的世界性，便成為生活在這一背景下時
時感受到世界文學風潮來襲的香港作家從現實出發的必然追問。

　　然而，感受到「世界」向我走來是一回事，而真正「走向」
世界又是一回事。文學的「世界性」意義的獲得，是以作品所產
生的世界性影響為基礎的。在這一點上，包括香港文學在內的中
國文學還有待努力與機遇。這個「有待」是雙方的，一方面是中
國作家的努力，為世界文學奉獻出有廣泛意義和藝術價值的作
品；另一方面是以「歐洲中心主義」為主導的目前的世界文學格

7　　參見歌德《世界文學雜論》，見上海《文藝理論研究》1988 年第 6 期。
8　　參見馬克思、恩格斯合著的《共產黨宣言》。

局，摒棄偏見和跨越語言障礙，真正進入中國的文學世界。包括香港文學在內的中國文學走向世界，並非遙遠的夢想，已是當下的一種現實。比如金庸的小說，在全世界擁有的讀者就其數量而言，絕不下於西方任何一位重要作家。當然今天讀金庸，主要還是全球各地的華人，西方讀者對於金庸小說的接受還略有障礙，除了語言的原因，主要是對金庸所創造的那個有著濃厚中國文化積澱的「武林社會」的陌生。因此這種障礙，主要是文化的障礙。但它的價值，首先也是文化的價值。隨著中國文化的世界性影響的進一步擴大，金庸的影響，也必將隨同《水滸》、《紅樓夢》、魯迅、巴金等一起，為世界所接受。

這也提示我們，香港文學的走向世界，首先是以它中國文化的獨特性，亦即民族性，或曰「中國性」，凸顯在世界文學的大背景上的。文化價值的不同才使不同民族的文學各以獨特的個性——民族性，匯成了世界文學的宏大圖景。當然，文學走向世界還有另一個方面的命題：文學的人性意識或人類意識。不同民族的人都有一個基本的人的共性，才使人類成為一個整體而可以彼此理解。香港作家在描寫他所熟悉的香港的——中國的情事時，完全可以超越自身和地域的圍限，把自己作為人類的一份子，把香港的——中國的情事作為世界進程的一部分，從而表現出一種人類的或世界的眼光。香港特殊的歷史背景、地理環境和文化氛圍，有條件使香港作家更自覺地擁有這種世界意識，從而使香港文學進入世界。

如果說這還是一個可能的現實，那麼，香港文學在全球華人世界中的影響和地位，則是一個已經存在了的不容忽視的現實。香港龐大的出版工業，極大地支撐著香港文學，使它成為與內地、臺灣並立的世界最大的三個華文出版中心之一；而香港的特殊地位，又使它能夠匯通大陸和臺灣，將包括兩岸三地的優秀之作，輸往世界各地，同時也將自己的創作，打入戒備森嚴的內地

和臺灣。這一出版優勢,使香港的作家比較容易地進入世界各地
的華人社會。不僅是最初的通俗類作品,還包括稍後的探索性文
學和社會意識較強的寫實主義作品。從金庸、梁羽生的武俠,亦
舒、林燕妮、李碧華的言情,衛斯理、張君默的科幻,到劉以
鬯、西西、也斯等的現代和後現代,董橋和學院派的散文,以及
舒巷城、侶倫、海辛和南來作家群的寫實之作,都已逐漸為包括
內地、臺灣和海外的華人世界所熟知。香港文學對於世界的影
響,正逐漸由華人世界拓展開去。另一方面,香港特殊地位,使
它成為溝通兩岸三地和世界華文學的一個重要的仲介。這是二十
多年前創辦的《八方》文學叢刊就開始實踐,而又為後來如《香
港文學》等許多刊物共同努力的一個方向。香港提供給了我們目
前尚存一些阻隔的中華民族一個共用的文學空間,以推動了剛剛
興起的整合全球華人文學創作的語系性的世界華文文學運動。香
港文學就從創作和運動兩方面,體現出了它的「世界性」意義。

1998 年

香港新詩發展的歷史脈胳

一、香港新詩發展的社會文化環境

　　1840 年鴉片戰爭之後，香港淪入英國殖民者的統治之中。一百多年的歷史滄桑，香港由一個小小漁村成為一座被譽為「東方之珠」的國際性大都市。歷史的變遷給香港文學／香港詩歌提供了一個既承傳自祖國內地，又迥異於祖國內地的社會、文化環境，也為香港文學／香港詩歌的發展，賦予了不完全相同於祖國內地的歷史進程和發展形態。

　　這些差異性的變化，有著多方面的社會、政治、經濟、文化的原因。

　　首先是香港社會的都市化發展。僅只彈丸之地的香港，不同於祖國內地的城市，淹没在茫茫的廣大農村和傳統農業生產方式的包圍之中。雖然後來陸續被租借的九龍和新界，相對於香港本島，是較遲開發的「鄉下」。但「都市化」是香港唯一的社會走向，迅疾由本島而延及全境。不同於祖國內地文學，香港文學和香港詩歌都沒有太多的鄉村敍事，少量表現「農村／都市」衝突或身份轉換的母題，也大多呈現為香港急速的都市化進程對根基並不深厚的鄉鎮的迅疾瓦解和都市的建構中對傳統農業社會的轉變。都市工業的發展，都市商貿的繁榮，以及最能體現都市國際

化的跨國金融的建立，帶動了香港都市文化產業的提升。這一切
建構了香港居民的都市生活方式和都市文化消費觀念。面對香港
的都市文化環境和都市生存實際，從總體上說，香港文學或香港
詩歌，是一種都市文學或都市詩歌。在現代性的進程中，無論現
代主義對都市罪惡的批判，還是後現代思潮對都市的認同與書
寫，都體現出香港詩歌的都市特質。這一特殊性別開生面地豐富
了祖國內地文學和內地詩歌的內涵，也為內地較為遲後發展的都
市文化和都市文學、都市詩歌，提供了有益的經驗。

　　其次，在文化生態上，中華文化和以英國殖民當局為代表的
西方文化，處於一種既互相對峙又互相包容、融攝的多元和開放
狀態。一方面，作為殖民者統治意志的體現，以英國文化為代表
的西方文化，一百多年來，通過殖民當局所推行的政治制度、經
濟制度、法律制度和文化政策，成為香港社會的主導文化。然
而，香港畢竟是一個以華人人口占絕大多數（90%以上）的中國
社會，中華文化是香港社會建構和發展的基礎。因此，中華文化
也必然成為香港社會的主體文化。於是，代表殖民當局統治意志
的西方文化主導，和體現社會絕大多數人口意識的中華文化主
體，二者之間的分離、對峙、衝突、融攝和共處，既構成了香港
社會文化矛盾的基本形態，也形成了香港社會特殊的文化生態環
境。前者以其殖民背景獲得政治和經濟的巨大支持，後者則以其
廣大群眾基礎和源源不斷的內地支援而從不退讓。它使香港這樣
一個華洋雜處的社會，東方文化和西方文化既相峙又相容，還一
定程度上互相吸收和融合，從而形成香港社會特殊的文化環境。
隨著香港日益國際化，這一文化的多元化和包容性呈更加開放的
狀態。不僅以英國文化作為西方文化的代表，戰後湧入的美國文
化對香港有著越來越大的影響。而伴隨貿易的國際化和國際人口
的頻繁流動，西方其他文化和東方的日本文化、東南亞文化、印
度文化和阿拉伯文化，也相續湧入香港。而早期中華文化在香港

是以嶺南文化的地域形態為代表，香港社會的開放也帶來了中華文化各具特徵的其他地域形態，如江浙文化、北方文化、八閩文化等的進入。文化的多元性、開放性和包容性，開闊了香港的文化空間，使孕育其中的文學——新詩，呈現出多種樣貌和多元發展的可能。

第三，與文化生態多元化密切相關的是政治生態的多極化。香港作為英國政府的海外殖民地和按照西方文化建構起來的政治制度，在不危及殖民當局的根本利益前提下，有著相對自由和民主的寬容度。而香港緊連祖國內地，卻又逸出中國政治中心的邊緣地理區位和政治區位，使香港在中國歷史轉折時期常常成為接納內地不同政派力量的一個相對自由的空間。不僅辛亥革命時期的先行者曾以香港作為推翻清朝統治的據點；五四時期不滿新文化運動的一批守舊的文化人，也曾聚集香港進行反擊；抗日戰爭和解放戰爭期間內地進步文化人大量轉移香港避難抗爭；而新中國成立前後也有一批對新政權持反對和疑慮態度的文化人退居香港，在當時冷戰格局中，隨著美國反華勢力和國民黨遷臺政治勢力的介入，使香港在一段時間裡，成為在中國大陸已經決出勝負了的國共鬥爭，在香港延續的一個新的政治和文化的角力場所。上世紀五、六十年代香港文壇的左、中、右劃分，便是這一政治背景下的產物。

香港文化生態的多元化和政治生態的多極化，在一定程度上，給香港文學帶來了一個相對寬鬆、自由的發展空間。首先，逸出中國政治和文化軌跡的香港文學，呈現出與中國文學既建立在共同的中華文化基礎之上，又有著不同形態的發展進程。一方面香港新文學（新詩是其首要實績）的發生是五四新文學的影響和推動，在某些時期（例如抗日戰爭期間）香港文學曾經疊合在中國文學的發展軌跡之中；另一方面，香港特殊的地域政治和文化形態，又使香港文學逐漸脫離中國文學的軌跡，發展出自己獨

特的文學形態和文學運動方式。特別是隨著都市的發展而形成自
覺的都市文學品格,豐富了20世紀中國文學的都市經驗,成為中
國文學整體格局中的一個特殊部分。其次,文化的多元存在,特
別是西方文化在香港擁有的地位,使近半個世紀來的香港文學,
在祖國內地文學處於文化閉鎖的狀態時,廣泛接觸外來文化,吸
收和借鑒,在表現香港的都市經驗中,形成了多樣的風格。香港
詩歌對現實的關注和批判,是祖國內地詩歌寫實與浪漫傳統的延
續;而意象超拔、語言靈變的都市想像和書寫,卻受到從現代主
義到後現代的世界藝術思潮的影響。它們共同構成了香港詩歌的
豐富性。第三,文化的多元性與政治的多極化,使戰後香港文壇
出現了不同政治背景的分野和對立,給香港文學的發展帶來不利
的因素;但不同傾向和派別的文學分野,也為不同風格的藝術提
供了各自展示的舞臺。政治生態上的包容性,客觀上也為文學的
發展提供了一個相對寬鬆的生存與發展的環境。

二、香港新詩發展的歷史脈跡

20世紀香港詩歌的發展,無論從詩歌的社會內涵,還是詩歌
的藝術形態,抑或是詩人的構成和變化,都呈現出了以五十年代
為分界的兩個大的發展階段;而1950年代以後的詩歌又可劃分為
前期和近期。

1920-1940 年代:香港詩歌的前期發展

香港新詩的發端,肇始於20世紀20年代後期。彼時受到五
四新文學運動的推動,香港新文學開始呈現勃發之勢,新詩為其
最早的實績之一。從20年代末到30年代初,較為活躍的詩人如
靈谷、華胥、隱郎、侯汝華、陳江帆、劉火子、李育中、鷗外
鷗、侶倫、易椿年、張弓、柳木下等,他們的作品既發表於當時

開始刊登新文學作品的香港報紙副刊和香港文學青年自己創辦的
雜誌和輯集的書刊，如：《伴侶》、《島上》、《鐵馬》、《繽
紛集》、《小齒輪》、《時代風景》、《詩頁》、《今日詩
歌》、《紅豆》等；也投稿於內地的刊物，如上海的《現代》、
北京的《水星》、南京的《橄欖》等。從 20 年代後期出發的香港
新詩，表現出三個特點：一、接受了五四新詩寫實、浪漫和現代
的多種影響，呈現出向不同風格發展的走向。既有五四時期白話
詩清新、抒情的寫實作風，還有早期印象派如李金發等帶有朦
朧、感傷的情緒；特別是 30 年代初期，香港青年詩人不斷在上海
戴望舒等主持的《現代》雜誌上發表詩作，表現出對中國新詩流
脈中現代走向的情有獨鍾。二、與內地詩歌的密切聯繫。香港新
文學的發展，本來就在中國文學的框架和五四新文學的軌跡上運
行。不僅在文學潮流的溝通上，融為一體，而且在作家隊伍的構
成上，常常互有交雜。尤其是「省、港」本為一體，不少詩人往
返於穗、港之間，在兩地居住，也在香港和內地同時發表作品，
以致有的詩人連他們的身份也難以區分。三、表現出對都市的特
別關注。香港的都市文化環境，使成長於斯、歌哭於斯的早期香
港詩人，筆觸所及，離不開都市時空。他們關於都市想像和都市
書寫的嘗試，是五四新詩並不多見的一份積累；這也是香港詩人
接近《現代》的原因。尤其是當時居停於香港的鷗外鷗，其從形
式到內容都充滿都市精神的開創與探索之作，無論對於香港還是
對於中國新詩，都是重要的收穫。這些都深長地影響了香港詩歌
後來的發展。

　　30 年代後期以來，形勢的變化，使香港文學的發展經歷了兩
次特殊的時期。

　　第一次是 1937 年抗日戰爭爆發。日寇的殘暴入侵，迫使大批
內地人士避難香港，其中包括許多著名作家、詩人和文化人士，
如蔡元培、陶行知、郭沫若、茅盾、巴金、鄒韜奮、范長江、夏

衍、薩空了、金仲華、戴望舒、林語堂、歐陽予倩、蔡楚生、蕭紅、端木蕻良、施蟄存、郁達夫、葉靈鳳、徐遲、陳殘雲、司馬文森等。他們或借道香港，轉入西南大後方，或駐足堅持，利用香港的特殊環境，宣傳抗日。他們的到來，使香港文壇活躍起來，成為重要的抗日文化中心。從 1937 年到 1941 年，四年間在香港出版的各種文化／文學雜誌達 22 種之多，報紙也不斷增闢新的副刊。直到 1941 年 12 月 24 日香港淪陷，這批文化人士才撤離香港，轉入西南後方或流入南洋。少數滯留下來的，也堅持抗爭。正是在日寇佔領的血腥歲月中，戴望舒在香港寫下了《獄中題壁》、《我用殘損的手指》、《等待》等著名詩篇，預示著詩人思想和藝術的轉變。

第二次在解放戰爭時期。生活在國統區白色恐怖下的進步文化人再度南來，其中有郭沫若、茅盾、馮乃超、葉聖陶、鄭振鐸、夏衍、鍾敬文、邵荃麟、臧克家、胡風、黃藥眠、袁水拍、吳祖光、徐遲、鄒荻帆、呂劍、黃秋耘、周鋼鳴、司馬文森、陳殘雲、秦牧、沙鷗、樓棲、章泯、韓北屏等。他們的到港，使戰後香港沉寂的文壇再度活躍起來。直到 1949 年新中國成立前後，這批文化人在有關部門的安排下，陸續離港北上，參加新中國的文化建設。

兩次南來的文化人中，都不乏著名的詩人，詩歌創作和活動也成為南來文化人創作和活動的重要部分。

這是香港文學發展的兩個特殊時期，對香港文學有著特殊的意義。一方面，它密切了香港文學與祖國文學的關係。南來文人在香港的創作，不僅活躍了這一時期的香港文壇和詩壇，整體地提升了香港文學的水準和地位，同時也使這一時期的香港文學，疊印在祖國文學的發展軌跡之中；另一方面，兩次內地文人南來，都在特殊的歷史時期。無論抗日戰爭中的河山淪落、國難當頭，還是解放戰爭中的階級對抗、民主訴求，都使香港文學的主

題和重心發生變化。它客觀上中斷了三十年代前期正在形成的香港詩歌的都市特徵和發展軌跡；面對龐大的內地文人成為香港文壇的主導，難以比肩的本土作家和詩人只能退居其次，甚而停止創作。而當形勢變化，南來文人的相繼離去，又導致香港文壇一時的空疏和沉寂。

　　五十年代香港的新詩，就是在這樣一個曾經輝煌然卻現狀沉寂的背景上出發。

1950-1970：香港詩壇的沉寂和重組

　　二十世紀五十年代，香港詩壇也和整個香港文學一樣，面臨沉寂和重組。這主要是四十年代後期曾經活躍在香港的南來詩人，如戴望舒、臧克家、力揚、呂劍、沙鷗、鄒荻帆、袁水柏、林林、韓北屏、陳敬容、金帆、陳殘雲、黃嬰甯、樓棲、蘆荻等，均陸續返回內地。薛汕主編的《新詩歌》（叢刊）和黃嬰甯主編的《中國詩壇》也已停刊或遷回內地。左翼文化人創辦的報紙刊物和社團也多被停刊或取締，培養香港文學青年的達德學院已被關閉。香港文壇和詩壇，頓時空寂下來。

　　與左翼文化人北返的同時，一批對中國新政權持反對或疑慮的文化人由內地轉入來香港，他們作為第三波南來的內地作家，填補了香港文壇這一空疏。朝鮮戰爭爆發後，美國加大了對亞洲的控制，在美援主導的亞洲基金會的經濟支持下，成立人人出版社和友誼出版社，先後創辦了《人人文學》、《中國學生周報》、《海瀾》等刊物。而左翼文化人在《大公報》、《文匯報》和新創辦的《新晚報》副刊也重新活躍起來，使五十年代的香港文壇和詩壇，形成左右對峙的局面。儘管五十年代的第三波南來詩人，其創作水準和藝術影響，遠不能與四十年代後期南來的這批詩人相比，但這一時期的香港詩歌，仍然獲得多元的發展。

　　這一時期香港的詩壇，主要由 1950 年前後從內地來港的詩人和香港本土背景下成長起來的詩人兩部分組成。前者在五十年代前期起著主導作用，後者則從五十年代後期逐漸成長為香港詩壇的中堅。從藝術傾向上看，南來詩人以其在內的人生經歷和文學經驗，較多地承續著「五四」以來新詩寫實和浪漫的傳統；而本土詩人在香港開放的文學環境中，受到西方現代文學思潮的沖激，較多地表現出對現代主義詩歌藝術的鍾愛和探索。當然這種劃分只是大致而言，不能一概而論。比如曾經主編《文藝新潮》而被視為這一時期香港現代主義文學主要宣導者的馬朗，是 1950 年才從上海移居香港的，亦屬南下作家之列。而曾經以犀利的現實批判鋒芒，剖析香港都市社會的舒巷城，則從小在香港長大，三十年代後期就開始在香港寫詩，是典型的本土作家。這種交錯說明了香港詩壇多元化的藝術，存在著複雜的社會文化背景和詩人精神個性的原因。

　　五十年代初期南來的詩人中，以力匡、何達、馬朗的成就和影響最大。力匡以及曾經受到冰心扶植的女詩人李素，和以寫小說為主兼及詩的徐訏、徐速、夏侯無忌（孫述憲）等，圍繞《人人文學》和《海瀾》等刊物，形成了五十年代初期香港詩壇最早的一個詩人群落。1955 年 8 月由林仁超、慕容羽軍、盧幹之、吳灞陵等成立的「新蕾詩壇」，曾藉《華僑日報》副刊編輯「新蕾詩壇」專頁，並以「雅集」形式舉辦了多次新詩講座，也是以南來詩人為主的較早的一個詩歌團體。這群南來詩人在時代大潮衝擊下漂落香港的歷史失落感，和充滿「重門關鎖」的懷舊、思鄉的纏綣情緒，使他們的詩籠罩著一種悲慨鬱結的氛圍；與這一抒情格調相一致的是在形式上大多選取「五四」新詩較流行的四行一節，隔行押韻，帶有宣敘意味的「半格律體」

　　代表另一傾向的是何達和舒巷城。何達從新中國的革命和建設中汲取詩情，以歡快、高昂的激情和明朗、自由的節奏，延續

著抗戰以來自由詩的傳統。他把自己作為一個時代音符,「傾瀉著我的響亮的生命」的朗健詩風,與新中國詩歌所倡揚的革命英雄主義和革命浪漫主義有著更多直接的聯繫。舒巷城則借助抗戰期間,在祖國內地輾轉流浪的豐富人生經歷和文學經驗,在戰後返回香港後目睹香港都市社會日益尖銳的兩極分化,以冷峻的現實主義批判精神,剝析著都市繁榮背後的貧富不均、物欲橫流、擁擠污穢和人際冷淡與隔膜,以及都市發展對傳統農業社會與大自然的瓦解與破壞。從思想傾向看,作為五十年代香港詩壇代表的力匡、何達和舒巷城,他們的身份、立場和關注點各不相同,但在藝術上都延續著五四詩歌寫實與浪漫的傳統,是五四詩風在香港的承繼和發揚。

　　1955 年 8 月,王無邪、昆南、葉維廉等合辦的《詩朵》出版,其主要作者還包括剛在詩壇嶄露頭角的杜紅(蔡炎培)、盧因、藍子(西西)等。這是香港本地第一個現代詩刊,也是香港本土詩人第一次帶有流派性質的集結。半年之後馬朗主編的《文藝新潮》創刊。這本堅持了三年多、出版 15 期的綜合性的文學雜誌,在詩人馬朗的主持下,「以詩的收穫最大」。連同隨後出現《新思潮》、《好望角》、《香港時報》副刊「淺水灣」以及《中國學生周報》所編的《詩之頁》等,從理論到創作,在更為廣闊的背景上推動了香港現代詩的發展。其中除了馬朗、李維陵和貝娜苔(楊際光)等稍為年長,是曾經有過一段內地的人生經驗和創作經歷外,王無邪、昆南、葉維廉、盧因、蔡炎培、金炳興、西西、溫健騮、李英豪等,都是在香港文化教育背景下成長起來的二十歲左右的文學青年。以這些充滿創造活力和藝術潛質的現代主義探索者構成香港現代主義詩人的基本陣容。他們接續了香港三十年代初期的現代主義流脈,極具潛力地把香港的現代文學運動的藝術實踐和理性思考,從香港與臺灣不同歷史與經驗中,較早地對於現代詩存在的不足進行審思。它奠定了香港現代

詩的基礎，也深長地影響著香港現代詩的後來發展，對推動香港
文學走向藝術的自覺，都具有重要的意義。

在這個現代浪潮中，馬朗是至為重要的一個代表。原籍廣東
中山的馬朗，四十年代後期畢業於上海聖約瑟大學，彼時就與新
月詩人邵洵美和後來馳騁臺灣現代詩壇的紀弦（路易士）結為忘
年交。他的一些重要的作品，實際上寫於上海時期。面對中國歷
史的巨大轉折，由上海來到香港的他，希望在這個「熱辣辣」時
代的「悲劇階段」，尋求屬於自己的「第三島嶼」。他創辦《文
藝新潮》，便是在「彷徨迷失」的「黑暗年代」和物欲橫流的世
界裡，以現代主義的文學理想來拯救心靈。他在《文藝新潮》的
發刊詞，以及創刊號上發表的兩首長詩《焚琴的浪子》和《國殤
祭》，都體現了自己這一追求、失落、彷徨和矛盾的心態，以及
靈魂救贖的寄託。儘管馬朗的經歷和主張，不一定都為香港現代
詩人完全認同，但在他的宣導下，香港現代主義詩歌，還是表現
出對時代和社會的鮮明介入傾向。

在香港現代詩的浪潮中，還有一股影響是由在臺灣讀書的香
港學生所帶來。他們以葉維廉、戴天、蔡炎培、溫健騮等為代
表。葉維廉和戴天，都是五十年代白先勇創辦《現代文學》時的
成員。原籍香港的葉維廉還加入「創世紀」詩社，並被遴選為臺
灣「十大詩人」。雖然臺灣畢業後到美國留學並滯美任教，但仍
不時短暫返回香港，並時有作品寄回香港發表。曾經是毛里求斯
僑生的戴天，於 1960 年代初來港定居。他們和本港成長的蔡炎培
和溫健騮等，在臺灣讀書時都參與過 1950—1960 年代的現代詩運
動，將處身香港，切身體驗中國歷史變遷的複雜感受，融入在帶
有象徵主義感傷和超現實主義空靈超拔的精神之中，以鮮明的中
華文化元素，既吸取了臺灣的現代主義藝術經驗，又迥異於臺灣
現代詩某些背棄傳統和脫離現實的弊端，表現出港、臺兩地現代
主義運動的互動、影響和差異。

1970 年代後期以來：香港詩壇的多元發展

1970 年代後期以來，香港社會經歷了許多變化。首先是中國終於結束了長達十年的「文革」動盪，走上改革開放的新的發展時期；其次，香港從六十年代開始的經濟起飛，帶動了香港教育和文化事業的發展，使香港確立了作為國際性大都市的重要地位；第三，香港進入「九七」回歸的過渡期，百餘年來的殖民恥辱終將雪清，在香港各種不同傾向的社會人群中，引起十分複雜的反應。這一切都對香港詩壇發生影響，無論在詩人群體的構成、詩歌表現的重心、藝術風格的變化、還是詩對香港現實的鍥入程度等方面，都表現出它自覺地建構都市文學品格的一個新的發展階段。

首先是詩壇的構成發生了變化。隨著主導五六十年代詩壇發展的那批跨越現代和當代兩個時期的詩人，因年齡關係逐漸淡出，這一時期詩壇的主體由三方面組成。

一是隨著六十年代香港學校「文社潮」的發展，一群在香港文化、教育背景下成長起來的青年詩人成為詩壇的中堅。這個新的詩歌世代包括六十年代中期開始出現，主要於七十年代活躍詩壇的西西、也斯、羈魂、黃國彬、古蒼梧、陸健鴻、何福仁、關夢南、李國威、淮遠、馬若、葉輝、康夫、葉辭等，八十年代的王偉明、胡燕青、溫明、凌至江、鄭鏡明、陳德錦、陳昌敏、秀實、鍾偉民、王良和、羅貴祥、洛楓、吳美筠等，還有九十年代更年輕的一批作者，如樊善標、劉偉成、杜家祁、蔡志峰、梁志華等，數量之多，為以往香港文壇所未見。他們大都在戰後出生，隨同香港社會的發展一起成長，普遍在香港、臺灣或國外受過較為完整的高等教育，有著比較開闊的藝術視野和對世界藝術思潮的瞭解，因此在創作上更多地表現對香港現實的熱切關注和藝術實驗的前衛精神。

　　二是從內地新移民中脫穎而出的詩人。他們除少數在內地有過一小段創作經歷外，大部分是抵港後才進入創作的。少數如藍海文、陳浩泉、施友朋等六十年代即已來港，大量是在七、八十年代以後才進入香港的，如碧沛、黃河浪、傅天虹、張詩劍、王一桃、曉帆、秦嶺雪、舒非、王心果、夢如、盼耕、李剪藕、路羽、孫重貴、譚帝森、夏智定、林子等。數量之衆，堪與本土詩人相比。他們內地的文化教育背景和從內地到香港的雙重人生經驗，使他們更多地以社會批判的眼光鍥入香港的現實，抒寫自己複雜的人生感喟，表現出對新詩寫實傳統的繼承和與內地詩壇更密切的聯繫。

　　三是在這期間自臺灣、澳門或海外移居或客居香港的詩人。如來自臺灣的余光中、鍾玲，來自澳門的韓牧，來自新加坡的原甸，來自印尼的犁青和來自越南的陶里等。他們不同的文化背景和異地色彩，不僅豐富了香港詩歌的內涵，而且擴大了香港詩壇的空間。余光中對港臺詩壇的溝通，犁青利用自身特殊地位對華文詩歌的推動，以及後來返回新加坡的原甸、移民加拿大的韓牧和定居澳門再移居加拿大的陶里等，在促進香港與澳門、東南亞和北美的詩歌聯繫，都發揮了重要的作用。

　　這種詩壇的分野，在九十年代後期更年青一輩的詩人，如來自內地的黃燦然、來自馬來西亞的林幸謙等，與香港本土的青年詩人打成一片，已無太多隔閡。

　　其次，隨著詩人自覺的藝術追求和群體意識的加強，這一時期詩歌社團和刊物顯得特別活躍，成為聯結詩人群體的重要平臺。進入七十年代以來，較為重要的詩歌刊物有延續自「文社潮」的《焚風》（1970-1978）和《秋螢》（1970-1978 其間曾幾度停刊或改換版式），黃國彬、羈魂等創辦的《詩風》（1972-1984），陳德錦等青年詩人創辦的《新穗》（1981-1982，1985-1986），藍海文創辦的《世界中國詩刊》（1985-），在原來《詩

風》部分成員基礎上由羈魂、王偉明等創辦的《詩雙月刊》（1989-1995，1997年復刊，2002年改為《詩網路》），由更年輕一輩的詩人吳美筠、洛楓等創辦的《九分一》（1986-1992），傅天虹主編的《當代詩壇》（1987-），劉偉成等創辦的《呼吸詩刊》（1996-），我們詩社編輯的《我們》（1996-），秀實等創辦的《圓桌》（2003-）等。此外，這期間先後出現的一些重要文學刊物也經常刊發詩歌作品。這些刊物雖歷經周折，或辦或停，此起彼伏，傾向不同，風格各異，但從總體上都給香港詩歌一個比較充分地展示各自面貌的舞臺。

第三，香港詩歌都市文化性格逐漸成熟。香港近百年的歷史發展，作為一個國際性的大都會，已漸趨成熟，特別是上世紀六十年代以來的經濟起飛，迅速使香港的都市化程度獲得很大提升。在這一背景下，一方面是詩對香港自身關注的加強，成為這一時期香港詩壇的重要特徵。本土詩人的「草根性」，使他們以自己的香港身份，來觀察、思考和抒寫自己文化視野中的香港經驗；而另一部分以香港作為自己新的「家園」的南來詩人，也在雙重人生經歷的對比和映照下，把關注的重心逐漸落在自己生活其中的香港現實，抒寫由此新的生存環境所獲得的認知和感興。二者共同地構成了這一時期詩歌日益鮮明的「香港性」。另一方面，香港在與大陸、臺灣、澳門以及其他各地華文詩壇的交往與對比中，擁有著一種獨立性格和地域上的仲介地位，增強了香港詩人建設自己獨特的文化性格的藝術自覺，也使香港成為華文詩壇的構通橋樑。所謂香港詩歌的獨特文化性格，包含著香港承自母體文化的深厚傳統和伴隨經濟發展所出現的香港的都市品格，以及敏銳感應現代精神的廣蓄博納的藝術開放系統。這些都共同建構了香港詩歌獨特的都市文化性格和藝術探索精神。

在香港本土詩人中，從1970年代出發而延入21世紀的也斯、羈魂、黃國彬等，具有重要的代表性。也斯寫小說、散文，還從

事理論研究，但詩仍是他重要的業績。他的詩體現了從現代主義向後現代主義過渡的脈跡，面對錯雜繁複的香港都市社會，他既不控訴咀咒，也不盲目擁抱歌頌，而是在理解與認同中，深入其裡，去發現生活本身的韻味，冷峻中保持熱烈的關注和思考，體現了自己區別於浪漫、寫實和現代詩人書寫都市的立場和姿態。在留學美國和後來浪遊世界的創作中，離開香港這一固定視點，進入人類生存更廣闊的空間，也超越純文字的媒介，進入圖像和光影等更多樣的藝術空間。在感覺差異和尋求融通的藝術實踐中，整合全球性的文化空間和多媒體的藝術經驗，借助蒙太奇的綜合手段，剪接灑落在不同文化時空中的光斑和影像，在具有後現代的平面世界的逡巡中，將傳統與現代、東方與西方互相轉化和組接，力圖超越「平面感」走向歷史的深度。不同於也斯的羈魂，更為典型地表現了現代主義詩歌在香港的實踐和成績。早期留有洛夫等超現實主義詩歌的痕跡，而後來深受余光中的影響，走向更接近傳統的「新古典主義」。黃國彬的創作，則是在對現代詩「意象支離，晦澀而不可解」的批評中，強調詩與現實的關係。他把寫實分為狹義和廣義的兩種，狹義指藝術方法，即客觀世界「透過作者想像成為藝術」的創作過程；廣義則指詩的藝術精神。他認為「描寫民間疾苦、社會黑暗固然是『實』，反映個人心態、宇宙萬象何嘗不是『實』。」他的創作大體包容在這一認識之中，一部分表現時代、歷史、國家、民族的宏大敘事，如追悼周恩來的兩首長詩《丙辰清明》、《星誄》，紀念唐山大地震的《地劫》等。另一部分則描寫個人感情生活中的鄉情、親情、友情和人情，語言樸素而感情真摯，於恬淡中見神采。同為香港本土詩人，也斯、羈魂、黃國彬分別代表了三種不同的藝術傾向。

　　在內地南來的詩人中，犁青是受到較多評介的一位。嚴格說來，犁青並非「南來詩人」。他雖於上世紀四十年代來從家鄉福

建來到香港,不久即移居印尼,1980 年代初才重返香港。他因往
內地投資而與內地詩壇及香港南來詩人關係密切,而被視為其中
一員。他自稱「我大部分的詩都是跟自然風光或跟時事政治有
關」。他的「跟自然風光」有關的「山水詩」,並非傳統的吟詠
自然;比起大自然,他更鍾情於人化的「山水」,即作為工業化
時代瑰麗景觀的「新山水」。他影響較大的是國際題材的「政治
詩」。他把目光凝注在我們這個多事之秋的星球的各個角落,從
柏林牆倒塌前的柏林,到海灣戰爭中的開羅,從解體之前的南斯
拉夫,到以色列戰火燃起前夕的耶路撒冷……他都親臨實地,目
睹事件的醞釀、發生和變化,以開闊的國際視野和充滿人性關懷
的巨大熱情,關注人類的歷史命運。曾被譯成多種文字,在不同
場合上朗誦過的長詩《石頭》,是作者為 1992 年出席以色列世界
詩人大會而作。這塊在以色列土地上隨處可見的「石頭」,承載
著六百萬慘遭法西斯屠殺的猶太人的記憶,也迸發著他們對土
地、獨立、和平、繁榮的人性呼籲。因此,滲透著詩人主體意識
的「石頭」,既是歷史的、政治的,也是文化的。作者以審美方
式表達內心對世界的關切時,也力圖傳達出這些地域和民族的文
化精神與心態。與犁青略有不同的是,大量南來詩人,以其內地
成長和教育的文化背景,及自身新移民艱辛的人生經歷,形成了
對香港一個特殊觀照的角度。雙重不同的生存體驗和文化差異,
使他們詩歌情感和理性的焦點,大多集中對百味人生的現實關注
上,詩歌的藝術傾向上也更多接續來自內地的現實主義風格。較
突出的如傅天虹,以人生逆旅的坎坷經歷和不屈於命運自強精
神,使作品不僅成為抗逆命運的個體生命體驗精神紀錄,也成為
一個夾雜著從內地到香港雙重人生體驗的這一艱難時代的歷史見
證。經歷了「初到貴境」艱辛人生的南來詩人,在由「客寓」逐
漸獲得「定居」的身份認同之後,也將抒寫的重心由個人的生存
境況轉向對於香港的都市觀照,或者繼續以犀利的批判鋒芒鍥入

香港的都市現實，或者在雙重的人生體驗中重新審視內地的人生經歷和文化經驗，抑或更多樣地展示詩人豐富的內心，如以「複眼觀照世界」的女詩人夢如那樣，在抒寫詩人心靈複雜的體驗中，「以詩的完美抗衡人生的不完美，以詩的真實抵換現實的荒謬」。

　　在境外客寓香港的詩人中，余光中無疑是影響最大的一位。不僅以其自身的創作，成為香港詩壇的一道特殊的風景線，而且以自己的影響，帶動了香港一種詩風（有人稱為「余風」）和一群青年詩人（有人稱為「余派」）的成長。蒞港之前，余光中正經歷自己詩觀的轉變，尋求在縱的歷史感和橫的地域感，以及縱橫交錯的現實感所形成的三度空間中，拓展新的藝術境界。而香港毗近祖國大陸的地理區位和心理區位，進一步推動了他這一詩觀的完成和實踐，使香港十二年成為余光中詩歌歷程中具有重大意義的一個時期。在香港創作出版的《與永恆拔河》、《隔水觀音》、《紫荊賦》三部詩集中，表現出新的特點：一是對祖國大陸的關注。無論是對「文革」的批判，還是「浩劫」結束之後對「新時期」的期盼，都表現出詩人關切祖國的一顆殷望之心。二是為中國文化造像。雖身鄰祖國大陸，卻不得其門而入，拳拳的戀國之心便轉化為對中國文化的歷史孺慕，通過歷史文化的造像來表達自己精神上的文化歸依。三是對香港前途的關懷。余光中客居香港，正是香港回歸的過渡期。儘管其對回歸後的香港前景，尚存某些難免的猶豫，潛在著的依然是一顆摯愛和關懷的心靈，是這一時期一部分港人普遍的情緒。

　　進入二十一世紀以後，香港詩壇在延續上一世紀的傳統基礎上，在新人的出現和新的詩風的發展上，留給了我們許多新的期待。

三、關於本書的編選

　　香港雖然不大，但積近百年之久，新詩創作數量仍然浩如煙海。如何從這數以萬計的詩歌作品中，遴選出堪以代表香港的佳作，是件頗費躊躇的事。作為詩歌選本，一般有兩種選法，一為少而精，再是兼顧面略廣一些。考慮再三，我們在重視品質的前提下，略為偏向後者。香港地域和政治的特殊性，使香港開放的文學空間，呈現為多元包容的狀態。不僅詩歌的藝術流派，還包括不同社會政治背景的詩人及詩人群體，在這片號稱「東方之珠」的廣袤的詩歌原野上，都有各自不同的貢獻。我們希望這部詩選，入選的詩人和作品適當地多一點，以俾能夠體現香港文壇的多元性和包容性。在這一指導思想之下，我們從近百年來香港的詩歌運動中，首先確定入選的詩人，然而循著詩人，遴選他們的代表性作品。限於篇幅，只選短詩，長篇詩作只能割愛。由於各人的藝術傾向不同，水準也略有高低，作品發表的早晚和歷史背景也各有差異，這些複雜的情況使不同的作品很難完全放在同一平面上去比較。每一作品都有它特定的創作背景和影響，不能純以藝術表現為唯一選項。面對香港詩壇曾經存在過的種種狀況，我們希望能更多地為香港詩壇保留一點記錄。

　　本書的選編，因種種原因，歷時數年。我們曾經向部分詩人發出邀稿信，承他們熱情支持寄來詩集，或自己挑出部分作品供我們選擇，對詩人們的熱情支持我們表示衷心的感謝。在選編過程中，我們還參考了鄭樹森、黃繼持、盧瑋鑾三位教授編選的《早期香港新文學作品選（1927-1941）》和《香港新詩選（1948-1969）》，本書早期香港新詩的作品，大部分選自這裡；此外還有陳智德編的《三、四十年代香港詩選》、錢雅婷編的《十人詩選》，姚學禮、陳德錦編的《香港當代詩選》等等，都給我們的

選編工作，提供許多方便和幫助，對此我們一併表示衷心感謝！
對於我們在選編過程中所有不盡如人意和欠缺之處，謹以十分誠
摯的心情表達我們深深的歉意！

2006 年

文化視野中的澳門及其文學
——《澳門文學概觀》緒論

一、澳門文學研究的文化視角

澳門文學正越來越多地引起人們的關注。

在中國的區域文學研究中，或許沒有哪個區域的文學發展如澳門文學那樣，其興衰起落存在著如此急劇而強烈的反差；也沒有哪個區域的文學如澳門文學那樣，有著如此複雜而多元的文化背景和內涵。它提供我們的思考，不只是澳門文學自身，更重要的或許還是文學興衰起落背後的歷史和文化。澳門文學能夠自成一種景觀，超越它的自身，引起世人的興趣，首先恐怕也在這裡。

這就提示我們，研究澳門文學較之研究其他區域文學更為必要的一個視角：文化的視角。

西方的文化發生理論，往往更重視地理環境對文化形成的決定意義。美國著名的文化人類學家克萊德，克魯克洪說：「人類的生態和自然環境為文化的形成提供物質基礎。文化正是這一過程的歷史凝聚。」[1] 這一理論對人類文化模式的解讀，自有十分重

1　克萊德‧克魯克洪：《文化的研究》，見〈文化與個人〉，浙江人民出版社，1986 年第 1 版。

要的意義。然而，文化不僅是空間的物質的凝聚，還是時間的精神的衍化；不僅是單一的原生的發展，還是複雜、多元的交撞和會合所呈現出的過程。因此，馬克思在論及文化時，十分強調它的「實踐性」。他在《關於費爾巴哈的論綱》中批評 18 世紀的唯物主義僅僅看到人是環境和教育的產物，而忘記了環境是由人來改變的。唯有實踐，才是人與客觀世界幾重現實的對象關係的仲介，人也才在歷史的發展中。既作為文化的創造者，又成為文化的產物。本書即將面對的澳門——澳門文化和澳門文學，歷史的流動尤其對其特質的形成，有著特殊的重大影響。因此，從這個意義上說，研究澳門文學的文化視角，也應當是一種歷史的視角。

二、從古老的澳門到現代的澳門

澳門見諸文獻的記載，至少可以追溯到西元前 3 世紀。當秦始皇統一中國時，澳門就已繪入版圖，成為南海郡蕃禺縣的一部分。

然而比起中華文化發祥之地和發展中心的黃河流域，南海郡不過是一片「化外之地」；而澳門更是這片「化外之地」幾被遺忘的邊緣角落。據史家研究，澳門定居村落的出現，要遲至 13 世紀的南宋末年。在此之前，它只是閩粵商船和漁民隨季風而來的臨時寄泊之地。據云，南宋末代皇帝端宗趙昰率領十幾萬軍民泛海南下避難時，曾途遇颱風而臨時駐紮澳門，取淡水、尋食物，憑藉媽閣山的高峻地形抗禦追擊的元兵，爾後又從這裡入海渺茫。這段史載給尚未在歷史上正式登場的澳門，增添了一重神秘色彩。因此，澳門的最早定居者，便有當時隨趙氏南來而流落在此的一部分南宋遺民。其有力的物證便是現存於沙梨頭的土地廟「永福古社」，據考證始建於南宋末年，相傳是隨趙氏避難於這

蠻荒之地的遺民，為祈求福祉所建。人是文化的最大承載者。無
論寄泊還是定居，最先進入澳門的閩粵行船人和南宋遺民所帶來
的都是中原文化或中原文化向南延伸的閩粵文化。至明朝，澳門
村落已漸繁盛。望廈、濠鏡，乃至半島南部的南灣一帶和今日的
灰爐頭等地，都有人聚居，中華文化在澳門的延播便也更加深
切。據清代舉人趙允菁《重修澳門望廈村普濟禪院碑記》自稱，
趙氏先祖趙彥方，原籍浙扛省，「家自閩宦」，明洪武十九年
（1387年）「改官之香山」，卒於任上。後人遷入望廈村，「遂
世居澳地」。這可能是史載最早入居澳門的官宦之家或文人之
家。如果說，最早進入澳門的中原或閩粵移民，帶來的主要是平
民的常俗文化，那麼，至少到這時，作為中華文化另一層面的士
族文化，便也進入澳門。望廈村原多為閩人所居。相傳閩人初來
時媽祖化身一老嫗，登舟隨行，夜馳千里，安抵澳門後即渺無蹤
跡。此後閩人往來澳門，舟楫多賴聖母保佑。為感念神靈聖恩，
便在媽祖登岸的「娘媽角」建媽祖閣，奉祀發祥於福建省莆田縣
的海上保護神媽祖，初名海覺寺，又名正覺禪林，俗稱天后廟。
其半山的弘仁殿，有碑可考，始建於明孝宗弘治元年（1488
年），由此推論媽祖閣的初建，當還在此之前。在民族文化的發
展中，信仰文化是一個民族凝聚力的核心，深刻地影響著民族的
行為方式和思維方式。媽祖信仰在澳門的確立，連同引祀媽祖入
澳門的閩粵移民所攜帶來的中原人文習俗，都說明中華文化在澳
門正式開埠之前，就已有了悠長時間的承傳。

因此，當1553年葡萄牙船隊從「娘媽角」涉岸登陸，迎面看
到一座香火氤氳的媽祖廟，以其諧音「MACAU」寫入後來的西
方史籍時，這片隸籍於廣東香山縣的臨海半島，已經繪入中國版
圖一千八百多年，並且有了數百年中華文化傳統的香火延續了。

這是一個古老的澳門。

然而，澳門的歷史畢竟從這一個時期才開始發生劇變。15世

紀末,當葡萄牙航海家華古士・達・加馬率領船隊經過好望角抵達印度的果亞,從而開闢了溝通東西方的歐亞新航線之後,東方的古老、博大、富饒和神秘,便不斷吸引著西方的冒險家。於是紛至沓來的西方殖民者都千方百計尋找他們進入東方的據點。歐維士是第一個來到中國的葡萄牙人,不過他並未涉足澳門。其時,葡國商人主要在廣東的屯門、浙江的雙嶼、福建漳州的月港和泉州的浯嶼等地進行臨時貿易,企望在這裡建立據點。然而鑒於葡萄牙殖民者進入東方以來的行徑,明朝政府始終保持高度的警惕,並對葡萄牙企望在中國南部沿海建立貿易據點予以「禁市」的驅逐。直到 1525 年,葡國商人在屢屢受挫後才賄買當時的廣東前山都指揮,將市舶提舉司遷往澳門,允許各國商船寄泊和互市。葡國商船也才藉此詭報國籍進入澳門,於 1553 年(嘉靖三十二年)托言舟觸風濤,水漬貢物需借地晾曬為名,以重金行賄入踞澳門,並憑藉其海上的強大武力,「築室建城,雄踞海畔,若一國然」[2],實現了以澳門為基地對歐洲、東亞包括中國和日本的貿易壟斷。

澳門歷史的改寫,便從這個時候開始。

首先,澳門由一個默默無聞的小漁村,一躍而成為東西方交通和貿易的世界性大港。《明史》描繪當時的澳門,「商棟飛甍,比鄰相望,閩粵商人,趨之若鶩。久之,其來益衆」。至萬曆年間,「廣通貿易,至萬餘人」。而葡國商人以澳門為基地,在與中國做生意的同時,還北聯日本長崎,東聯菲律賓和拉丁美洲,南聯印尼,經麻六甲和果亞通往歐洲,進行轉口貿易。他們帶來西方的毛織品、玻璃製品、鐘錶和葡萄酒,運回東方的絲

2　張維華:《明史歐洲四國傳注釋》,轉引自劉重日《明清之季的澳門是東西文化交流的橋樑》,見《東西方文化交流》,澳門基金會出版,1994 年 3 月。

絹、瓷器、漆器、糖、紙、麝香、珍珠、象牙等，形成了十六七
世紀以澳門為中心的東西方貿易的黃金時代。周玄《涇林續記》
描述當時出入澳門的外國商船，「每一舶至，常持萬金」。據歷
史學者的研究統計，明末經菲律賓輸入澳門的白銀約 1400 萬兩，
相當於從永樂元年（1403 年）至宣德九年（1434 年）30 年間中
國官銀總產量的 2.1 倍。又據方仲《明代國際貿易與銀的輸出》
一文的統計，明代日本輸入澳門的白銀，總量約在一億兩左右。
在 16 世紀的最後 15 年，每年輸入量約在五六十萬兩之間，至 17
世紀的前 30 年，則增至每年約一百萬兩左右，有時高達二三百萬
兩。這些銀兩大部分用來購買中國的絲貨及其他商品。[3] 因此屈
大均在《廣東新語》中説：「閩粵銀多從番船而來。」活躍的海
上轉口貿易，不僅為壟斷的葡萄牙商人帶來的巨額的利潤，促進
了西方國家的工業化，也對當時處於自然經濟狀態的中國社會的
商品生產與流通，帶來了刺激與促進作用。

其次，海上貿易發展，使澳門從一個被視為「化外之地」的
邊緣角落，一躍而成為十六七世紀東西方文化交流的橋樑。

在西方進入東方的殖民發展史上，宗教的擴張和經濟的冒險
往往是共生地服膺於政治。最先率領船隊繞過好望角從而揭開了
歐洲向東方殖民序幕的達·加馬説過一句極為赤裸裸的話：「我
尋找基督徒和香料。」香港大學鄭妙冰博士説：這句概括了西方
殖民企圖的話，「道出了意識形態的誘惑和經濟上的冒險有共生
關係」。[4] 西方傳教士也不避諱他們傳教的政治企圖。教士白晉
説過：「當初葡萄牙政府之所以要往中國派耶穌會士，是想利用

3　詳見劉重日：《明清之季的澳門是中西文化交流的橋樑》，載《東西方
　　文化交流》，澳門基金會出版，1994 年 3 月。

4　鄭妙冰：《澳門：「殖民後的前夜」時期》，見《東西方文化交流》，
　　澳門基金會出版，1994 年 3 月。

天主教的教化力以達成其政治上的野心；然而天主教也同樣想利用葡萄牙的政治勢力以完成其宗教力的擴張。」[5]

　　然而，歷史的負面種植有時也會結出正面的善果。基督教進入中國所帶動的中西文化交流，便是在中國人民付出沉重的代價之後所換取的補償。作為西方文明象徵的基督教，在歷史上曾經於唐朝和元朝兩度傳入中國。但由於當時中國的封建文明高於西方文明，基督教很難在中國立足，因而很快就銷聲匿跡。16世紀以後，西方科技的進步和經濟的發展，才為基督教重新進入中國準備了條件。因此，葡萄牙國王在他海上勢力達到鼎盛的時期，於1540年就籲請羅馬教皇派傳教士來中國開闢新教區。不過，當時以「天朝」自居的中國最高統治者，對外來的文化往往採取「讓夷」的排斥態度。基督教要進入中國，首先必須在中國周邊先找到立足點。1541年，負有到東方開闢新教區使命的耶穌會元老沙勿略，從果亞經麻六甲到日本。他的目的是進入中國，但卻在1552年到達廣東香山縣附近的上川島不久就染上惡疾去世，未能實現進入中國內地傳教的宿願。1553年葡萄牙入踞澳門，基督教才在這裡找到他們開闢遠東教區的一個長期的立足點。1555年澳門修建了第一座簡陋的教堂，次年澳門成立了遠東第一個教區。此後數十年，教堂越修越多，規模越擴越大。這些教堂的修建當然不只為滿足在澳門的西方人士禮拜的需要，其更重要的目的是以此為立足點開闢遠東教區。這使澳門成為薈萃西方傳教士向遠東進軍的大本營。這些教堂中以始建於1563年的聖保祿教堂（俗稱三巴寺）最為著名。它所設置的聖保祿學院，為教會在東方創辦的第一所西方式的大學，目的是為了向西方派來的傳教士教授如何進入中國內地傳教。因此學院的課程設置，除修習神學

5　鄭妙冰：《澳門：「殖民後的前夜」時期》，見《東西方文化交流》，澳門基金會出版，1994年3月。

外，還開設人文科學、哲學、數學、物理學、天文學、醫學、拉丁文、音樂、藝術以及東方禮儀習俗等課程。教學重點是中文和中國文化，使西方派來的傳教士成為不僅精通西方科學知識，而且熟知中國文化和禮俗的專家，以便與具有悠久歷史文明的東方古國打交道。事實上，鑒於歷史上在中國傳教失敗的教訓，十六七世紀派來東方的傳教士，不少是博學多才的學者。其中許多人成為最早一批精通東西方文化的傑出的漢學家，如利瑪竇（意）、金尼閣（法）、湯若望（德）、徐日升（葡）、南懷仁（比）等。他們以傳播西方的科學知識和尊重中國文化傳統的儒雅談吐而博得中國的士人學者、達官顯貴乃至皇上的信賴。這樣，以傳教士為仲介的東西方文化交流是雙向的。他們一方面把西方的數學、天文學、地理和輿圖學、物理學、醫學、建築學、語言學、哲學以及藝術介紹給中國，改變了中國傳統知識份子崇尚空談的玄學之風，使明清之際的經世致用之學蔚成風氣；另一方面又通過對中國古代典籍的翻譯，將中國古代哲學、自然神觀和重農思想介紹到西方。如中國古代哲學，影響了法國哲學家萊勃尼的德國古典思辯哲學，並由其學生沃爾夫的進一步系統化，為沃爾夫的學生康得所吸收，從而創立了德國古典哲學，一直影響到黑格爾；在法國，則為「百科全書派」的哲學家所吸收，以其無神論、唯物論和民本思想，成為法國大革命的哲學思想基礎。而中國古代的重農思想，則影響了法國經濟學家魁斯奈「重農學派」的創立。魁斯奈關於中國重農學說的著作，感動了英國偉大的經濟學家亞當・史密斯，並在代表作《國富論》中抨擊了當時歐洲流行的重商主義。[6]

　　這樣，我們看到了一個新的澳門的出現──一個在聯結東西

6　詳見黃啟臣《16 至 19 世紀的「中學西傳」》，載《東西方文化交流》，澳門基金會出版，1994 年 3 月。

方交通與貿易居於中心地位的澳門，一個在溝通東西方文化交流
處於仲介地位的澳門。這是一個屬於世界經濟史和文化史的澳
門，一個從古老的東方走來卻又面向廣闊西方世界的澳門。

這是澳門歷史輝煌的一頁。

當然，輝煌過後會有黯淡。隨著葡萄牙海上霸權地位的衰
落，後起的海上強國西班牙、荷蘭和英國逐漸取代了葡萄牙的地
位。尤其在鴉片戰爭之後香港的崛起，澳門便也逐漸由世人盛譽
的「東方梵蒂岡」變成主要以博彩業招徠遊客的「東方蒙地卡
羅」。這是澳門歷史的一次巨大轉折和重大挫折。輝煌雖然已經
不再，但曾有的輝煌積澱在這只有 6 平方公里的半島的方方寸寸
裡，釀成澳門社會特殊的文化意蘊，成為可供我們進行文化解剖
的一個活標本，並輝耀著 20 世紀 80 年代以後又一次新的崛起。

這將是又一個新的澳門，一個重新面對世界經濟和文化的澳
門。

於是，本書將敍述的一切，便都在這一背景上，悠然地發生
和展開。

三、澳門多元的文化生態

回溯澳門的這段歷史，我們不能不注意到：一方面，作為 16
世紀東西方交通和貿易的大港，巨額的轉口貿易，是直接在澳門
這塊中國最早的「自由港」發生的；它吸引著各國的商人，連同
他們攜帶的文化，一起進入澳門。另一方面，作為十六七世紀中
西文化交流的橋樑，真正的交流並不在澳門進行；澳門只是作為
西方進入中國內地的踏腳石和後方基地。直接經濟貿易的實現，
和間接文化交流的儲備，經濟與文化這一既相伴又相悖的分離現
象，帶來了澳門文化的特殊形態。

首先，澳門文化是多元的。

　　這一多元的文化存在首先來自於歷史。澳門本來就是中華文化衍存的所在，即使經過三百多年葡萄牙的管治，華人仍然是澳門社會人口的主體。據 1991 年澳門的人口普查，澳門常住人口 35.5 萬人（不含非常住人口 4.7 萬人），其中 96%以上是華人，2%為土生葡人，來自歐洲本土的葡人只占 1%。這樣的人口結構必然使得中華文化成為澳門社會的主體。儘管近年來澳門的華人中成分有所變化，其中 20%以上的華人（大多是在澳門居住達兩代以上）持有葡國護照，但他們並不都懂葡語和接受葡國文化，實際上仍生活在華人文化中；還有一部分近年從東南亞、歐美乃至非洲移民而來的華僑和留學生，他們必會帶有原先僑居國的某些文化習俗，但基本上仍以自己母體的中華文化為傳統。在分析澳門社會的中華文化時，我們還應注意，早期移入澳門的華人中，以閩粵兩省居多，但早期入居澳門的閩人，多已融入南粵文化之中。即使發祥於福建的媽祖信仰，也已作為海上保護神成為行船走海的所有漁民和商人的共同信仰，而非閩人所專有。1980 年代以後來自內地各省的新移民（仍以閩人為多），帶來的區域文化是多樣的。但仍不能對抗和超越具有強勢的南粵文化的主流地位，而只能滲透其中。因此，作為澳門社會文化主體的中華文化，實際上帶有濃厚的嶺南文化的特徵和色彩；雖然不能排除其他區域文化（如閩文化）在某些社區群落中的獨立存在，從而使粵文化在澳門中華文化中的強勢和主流地位受到越來越明顯的挑戰和削弱的現象。

　　澳門文化多元性的另一標誌是外來文化的多元存在。16 世紀中葉以來葡萄牙對澳門三百多年的管治，使葡國文化在澳門社會發展中佔據主導地位。澳葡政府是按照葡萄牙憲法派出的海外政府，葡語是澳門行政、立法和司法的唯一官方語言。由葡萄牙本土直接派出的澳門政府的高層官員和主要在當地土生葡人中選拔的中下層官員，形成了澳門社會既相聯繫又有區別的兩個特殊的

階層。按照「統治者的文化是社會的主導文化」這一邏輯，葡國文化不僅存在於這一特殊階層中，而且滲透在社會生活的許多方面——從語言、宗教、建築到飲食、服飾和日常生活習俗，這使澳門迄今還是一個具有典型歐陸風情的城市。十六七世紀隨同葡萄牙進入澳門的還有印度、日本、東南亞諸國乃至非洲的商人和僕傭。他們在澳門的文化蹤跡迄今已大多為歲月所湮沒，但從他們（主要是當時作為葡人僕傭的婦女）與葡人通婚所留下的後代——一部分土生葡人的語言和生活習俗中，仍大致還可以尋找到他們文化的某些痕跡。近代以來，隨著香港的崛起，澳門作為世界貿易中心的地位逐漸為香港所代替，甚至許多方面對香港都有所依賴。澳門成為香港人眼中的「澳門街」。以英國為代表的盎格魯撒克遜文化便由香港滲入澳門。在英語逐漸成為比葡語更加普及的澳門第一外語時，英國文化不言而喻也在澳門佔有地位。隨後越來越多的其他國家的投資者、旅遊者和「臨時居民」來到澳門，使澳門也向香港看齊，朝著「國際城市」的方向建構自己的形象。文化的多元性便也由此顯得更加突出和重要。

其次，多元的文化在澳門相容而不相斥，並立而不對立。它構成了澳門文化融洽的生態環境。

如前所述，當葡萄牙把基督教耶穌會引入澳門，建立遠東第一個教區，並以教士為仲介，把澳門當作西方文化進入東方的橋頭堡時，真正的中西文化交流並不直接在澳門而是越過澳門在中國內地進行。究其原因十分簡單，澳門的人文基礎無法承載如此重大的使命。澳門詩人和評論家莊文永在評述這一現象時說：「澳門早時只能作為貿易港口，而不能建成一個深厚的人文基地。她是一座小漁村，而不是大上海。人們只把她當作做生意和打漁的驛站，而不是把她當作家園來看待。儘管歷史上有很多文人來過澳門，但他們也不過是將澳門作為一個旅遊站，看看風光，或者將澳門作為一個政治的『避難營』，而不是充當澳門的

開拓者，出現這種情況是因為澳門只是一個彈丸之地，一個小小的島嶼，不適合作為一個新大陸來開拓。」[7] 正因為如此，負有虔誠使命的西方傳教士才在抵達澳門後，又不惜一切地千方百計尋找進入中國內地的途徑。義大利著名傳教士利瑪竇在澳門花了兩年時間專門修習如何進入中國傳教的學問，而後才進入中國內地；並不惜脫離本國國籍，願當中國子民，先是剃髮去髭，換上僧袍，後又改穿儒服，以尊重中國文化傳統的儒雅談吐和西方的奇特器物，結交達官顯貴、士人學子，從而博得皇帝的青睞。其所用心，都在尋找進入中國文化的深層和高層。利瑪竇後來在東西文化交流中所作出的傑出貢獻，是當時他在澳門這一彈丸之地時無法想像和可望企及的。由此可見，從 16 世紀開始，葡國文化在澳門，並不著意於融合當地的華人文化，而只專注於如何進入中國內地。以葡萄牙為代表的西方文化，雖然可以挾持其政治和經濟力量，在澳門長驅直入，但並未發生如某些殖民地區那樣，殖民宗主國的文化對被殖民地區文化的滅絕、破壞和壓制。這樣我們在澳門所看到的，主要不是文化的兼併融攝，更多的是文化的並立和相容。以宗教為例，澳門當時為天主教在遠東的第一個教區，以其政治和經濟的影響，會聚了大批各國的傳教士。明末遺民跡刪和尚所言的「相逢十字街頭客，盡是三巴寺裡人」，便說明天主教是澳門影響最大的一個宗教力量。但同時，中國傳統的宗教信仰依然在澳門盛行。遠在葡人入澳之前就已存在的媽閣廟，不僅完好地保存下來，而且歷經明清兩代多次修繕擴建，規模漸大，香火也越加鼎盛。澳門最早的佛教寺院普濟禪院是在葡人入澳後的明天啟三年（1633 年）建的；而在著名的大三巴寺（聖保祿教堂）近旁，於 1891 年修建了道教的「呂祖仙院」。澳

7　莊文永：《澳門文化與文學啟思對話錄》，見莊文永著《澳門文學評論集》，澳門五月詩社出版，1994 年 6 月。

門堪稱世界宗教博物館。西方傳入的宗教除天主教外,尚有基督教(新教,其第一位進入中國的傳道者馬禮遜,係於 1807 年首抵澳門才開始他在華的傳教生涯)、回教(它甚至可能早於天主教就傳入澳門)、瑣羅亞斯德教(俗稱火教或波斯教,係由葡人引入印度而後傳入澳門)、摩門教(由基督教分裂而出)、基士拿教(源於印度),以及巴哈伊教、新世界會、新使教徒會、神秀明會等。傳自中國本土的宗教則有佛教的曹洞宗、淨土宗以及密宗等,民間信仰除影響最大的媽祖信仰外,還有三婆神、洪聖爺、水上仙姑、悅城龍母(均屬海神),以及哪吒、康君、關帝、女媧、包公、玄武、譚仙等。各種宗教相容和並存,並未出現如西方的教派對立和廝拼,表現出了澳門社會寬宏的文化襟懷和彼此相容的文化生態環境。

探討這一現象的深層原因還應當追溯到中華文化自身的博大、自足和穩固,儘管澳門僅處於中華文化的南部邊緣,但其文化特質上的博大、自足和穩固仍然為澳門的華人所自持。澳門政制雖為葡國文化所主導,但澳門社會卻以中華文化為主體。這一「主導」和「主體」的分離形成了澳門十分有趣的文化現象。以葡國文化為代表的西方文化,並不能完全進入澳門的華人社會。它形成了與澳門上層的葡國文化社會相對峙的另一個華人社會自足的文化區。澳門著名的傳教士、澳門文化史學者潘日明神父認為澳門存在著兩個風格各異的城區:即「基督教區」或「洋人區」和「華人區」。前者從半島中部到東南部古城一帶,環繞教堂和修道院林立著具有葡萄牙建築風格的住宅、小巧別致的宮殿和植有西方果木的花園。後者則在從媽閣廟到蓮峰廟的內港沿岸,大都是一層或兩層的小樓,有錢人家傳統的四合院和窮困居民土磚砌牆、茅草蓋頂的棚子。二者的區別是這樣鮮明,以致潘日明神父要感慨:「葡萄牙和中國兩個社會隔牆相望,和睦相處。」[8] 類似的情況,還可推衍及澳門長期並存的兩種或多種語

言、兩種或多種教育制度、兩種或多種宗教信仰、兩種或多種建築風格、兩種或多種文化習俗等等，都可用「隔牆相望，和睦相處」來形容，以説明澳門相容並立的文化生態環境。

不妨將澳門這一文化生態比喻為「鷄尾酒」文化現象。從表面上看，澳門文化的多元性如鷄尾酒一樣五彩斑斕；但深入分析，各種文化的相對獨立性又如鷄尾酒一般層次分明，並不互相混和或化合。換一種比喻説，也可以稱澳門文化是一種「拼盤」文化，雖然有其主導和主體的色塊，但各個色塊之間並不互相融合，各佔有一定的空間和形成各自的群落。當然，完全的互不發生任何一點交融是不可能的。就如鷄尾酒，在不同層次之間會有一定交融的過渡。在澳門，體現這種文化交融最典型的例子，莫過於土生葡人的文化。

所謂土生葡人，指的是進入東方的歐洲葡萄牙人與麻六甲、印度、日本和中國女人通婚而定居澳門的後裔。關於土生葡人的族源和界定，歷來意見分歧。一種意見認為包括「最早定居的葡萄牙人和以後在那裡組織家庭的葡萄牙人的後裔。另一種意見則強調它必須是具有歐洲血統的葡萄牙人與具有東方血統的種族——包括中國人通婚留下的後裔」。本托·達弗蘭薩在他於1897年出版的《澳門，其居民及其同帝漢之關係》的論著中，就從人種學的角度指出澳門的土生葡人，具有「蒙古人的基本特徵，同時具有歐洲人、馬來人、卡地那拉人的外形，它是種族和多次偶然通婚產生的亞種族的產物」。[9]葡萄牙著名的人類學者阿瑪羅進一步從人類生物學的角度給予肯定和認同：所謂「土生葡人為

8　潘日明神父：《殊途同歸——澳門文化的交融》，澳門文化司署出版，1992年。

9　轉引自阿瑪羅：《澳門土生人的研究》，載澳門《文化雜誌》第20期，澳門文化司署出版，1994年第三季度。

一遺傳本底十分豐富的葡萄牙——亞洲人群體」[10]。這一歐一亞
混血群體對我們研究的意義主要在文化方面。在他們身上，體現
了「遺傳本底十分豐富」的葡國文化的主導傾向，卻又東西合璧
地保存著東方種族——馬來亞、印度、日本或中國的某些文化特
徵。他們在澳門的世居中，已失去與葡國社會和家族的血肉聯
繫，也未必都能寫出完美的葡文，但卻通曉本地方言（粵語）。
在上一個世紀或至今還比較封閉的婦女群落中，他們說的是一種
混合著古葡萄牙語、馬來亞語、印度語和廣東話的土生「葡
語」。不過，他們既不融入於歐洲葡萄牙人的社會，也與華人社
會相隔離，形成了三個涇渭分明，既朝夕相處又不相往來的群
體。澳門土生葡人及其文化的特殊存在，不僅印證了歷史上東西
方兩大人種族群在澳門曾有過的血統上的混合，也證明了這種混
合雖在一定程度上帶來了兩種文化的合璧，但在現實社會中卻又
獨成一體地並生於澳門社會的多元文化生態之中。他們是澳門
人，但不是澳門的華人，也不是在澳門的歐洲葡萄牙人。

　　這是澳門文化的一個特殊群體。按照《澳門特別行政區基本
法》的規定：在澳門特別行政區成立以前或以後在澳門出生並以
澳門為永久居住地的葡萄牙人或居住連續 7 年以上並以澳門為永
久居住的其他人，都可以成為領取澳門居民身份證的永久性居
民。因此，在澳門回歸之後，如果土生葡人繼續留在澳門，並作
為中央人民政府直轄的一個享有高度自治的地方行政區域的居
民，其文化和文學，必然也將成為中國多元的文化和文學的一部
分。

　　因此，當我們從文化視角來看澳門的文學時，澳門文學顯然
要比中國其他區域文學有著更為複雜的文化內涵。除了我們界定

10　轉引自阿瑪羅：《澳門土生人的研究》，載澳門《文化雜誌》第20期，
　　澳門文化司署出版，1994 年第三季度。

的以漢語為書寫工具的華文文學和有著多元的外來文化的影響
外，還有獨立於華文文學之外，也不歸屬於葡國文學的以葡文為
書寫工具的「土生」文學。它將成為中國文學整體格局中雖然數
量不多，卻有特殊歷史涵括和意蘊的一個小小的分支。

四、澳門文學發展的歷史驅動力

　　這樣的文化環境，必然給澳門文學的發生和發展，帶來某些
殊異的情況。

　　或許我們可以從16世紀中葉以後中國和葡萄牙兩位偉大的作
家幾乎接踵來到澳門，作為我們論述澳門文學的先聲。

　　1556年，當葡萄牙入踞澳門不久，葡萄牙偉大的作家賈梅士
（或譯路易士・德・卡蒙斯）也登上了這塊土地。賈梅士是如何
進入澳門的，詳情不得而知。據薩拉依瓦的《葡萄牙文學史》[11]
介紹，這位出身小貴族家庭，在摩洛哥戰爭中失去一隻眼睛的騎
士和旅行家，於1553年登船前往印度，經歷了從阿拉伯灣到中國
海的東方冒險。當他窮途潦倒回到里斯本時，隨身帶著抒情詩集
《詩園》和史詩《葡國魂》（或譯《盧濟塔尼亞之歌》）兩部巨
著。前者已經遺失，後者卻奠定賈梅士在葡萄牙文學史上的重要
地位。據學者考證，這部為他帶來崇高聲譽的巨著，是賈梅士在
澳門亞婆井附近白鴿巢山上一個巨大的石洞完成的。這個石洞後
來被命名為「賈梅士洞」。[12]

　　1591年，中國偉大的戲劇家湯顯祖也到了澳門。那是他在萬

11　薩拉依瓦著《葡萄牙文學史》（中譯本），張維民譯，澳門文化學會出
　　版，1982年。

12　潘日明：《亞婆井──尋找澳門的同一性》，載《文化雜誌》第20期，
　　澳門文化司署出版，1994年第三季度。

曆十八年（1590 年）因上疏彈劾大學士申時行被貶為廣東徐聞典
史後，途經廣州取道香山而在澳門作短暫的遊歷。戲劇家的湯顯
祖此行雖未留下專門的劇作（只在《牡丹亭還魂記》中的第六出
《悵眺》和第二十一出《謁遇》中有所提及），但卻留下一組計
五首膾炙人口的詩章，記敍他在「香澳逢賈胡」的新異印象，成
為澳門最早的文學記錄：

> 不住田園不樹桑，珴珂衣錦下雲檣；
> 明珠海上傳星氣，白玉河邊看月光。

發生在 16 世紀的這兩椿文學事件，頗具象徵意味地說明了澳
門文學最初的一些狀況。
一、從 16 世紀中葉開始，葡國文化與中華文化共處在澳門這
一窄小空間中，卻又互相分隔地沿著各自的軌跡生長。這種雖然
難免時有交會和碰撞，卻稱不上交融或對立的各自平行發展的文
化生態，在文學上，顯得尤為突出。當賈梅士在白鴿巢山上的石
洞裡完成葡萄牙文學史上的史詩巨著時，相信不會有一個澳門居
民知道或讀過；同樣，當湯顯祖在南灣岸上觀賞「珴珂雲錦下雲
檣」的新異風光時，相信也不會有任何一名「賈胡」認識這位偉
大的戲劇家。中葡兩國文學這種「互相錯過」的現象，在澳門持
續了很長時期。葡國文學對澳門的影響，甚至不如美術和音樂這
類直接訴諸視覺形象和聽覺形象的藝術。在美術上我們看到郎世
寧油畫和西方水彩畫的影響，在音樂上我們看到諸如鋼琴這類西
方樂器的引進。在文學上，則很難找到類似的明顯例子。這自然
與澳門這個早先只是小小漁港的人文基礎薄弱密切相關。在澳門
發展遲緩的文學中，缺乏基礎也缺少動力去吸納西方文學觀念和
技巧，而把目光盯住中國內地的葡國文化和文學，也不重視對澳
門本地文化和文學的影響。分隔的文化生態使兩國文學的交流缺

乏驅動力。因此，澳門文學的出現，雖然是在葡萄牙人入踞澳門之後，但它所秉承的還是中國文學的那一脈香火。

二、最初為澳門文學豎起旗幟的，主要是中國內地因種種原因來到澳門的作家，很少是本來就生長在澳門的世代居民。就目前已經發現的資料表明，最早與澳門有關的文學作品，除湯顯祖留下的文學記錄外，要到晚明之際才出現。彼時一批「義不帝秦」的明末遺民，避居澳門，抒懷申志，化為詩文。如在滿清入主中原後激於民族大義，憤而削髮為僧的跡刪和尚（俗名方顯愷）於清太宗崇德二年（1637年）移錫澳門普濟禪院，他留下的《咸堂文集》十七卷、《詩集》十五卷等不少寫於澳門或寫及澳門；又如曾佐唐王朱聿鍵擁立南明王朝於福建，事敗後寄忠君、憂國、憂民於詩篇，流浪東安（今雲溪）一帶過著山人生活的張穆；在國變後托缽為僧，而後還俗秘密進行反清活動，曾向鄭成功獻計謀取金陵的屈大均（字翁山）等，都曾避居澳門，從事著述。特別在大汕和尚自安南歸來，於康熙初年在望廈普濟禪院設立道場，更會聚了跡刪、張穆、翁山、澹歸、獨漉諸友，朝夕相處，互相唱和，使普濟禪院成為澳門文學最早的發祥地。

自晚明以降至民國初年，歷二百餘年，澳門文學的創作者，不外乎以下四種人士：㈠遁跡避難的前朝遺民，如上述在明清交替之際這批澳門文學最初的發難者；清末民初亦有一批自稱前朝遺老的名士，如汪兆鏞、吳道鎔、張學華等，避居澳門以為世外桃源，作隱跡遁居的采薇之詠。㈡宦旅澳門的官員。清襲明制，科舉取士，為宦者多能詩文。他們在職司之餘，常有記述抒懷之作。如首任澳門同知的印光任和他的後任張汝霖，著有《澳門紀略》；曾以職事巡歷香山而抵澳門的廣州知府張道源，在媽閣廟刻石留詩，成為後來眾多和者的首唱；在鴉片戰爭中奔走江寧、望廈等地的清朝名士黃石琜、耆介春以及阮元、魏源等，都曾過此而留下詩文。㈢四方來澳遊歷設席的文士。澳門地跨海陸，山

光水色，風采紛呈，中外人文，景觀殊異，吸引騷人墨客，紛至
沓來。尤其香山之邑，文氣鼎盛，就近遊歷者尤多。他們或觀覽
風光，短暫駐足，或設帳課徒，長期停留。如曾望顏、譚鍾麟、
丘逢甲、鄭觀應等皆是。他們所到之處，多有詩文記其聞見、抒
其感興，此便成為澳門文學的大宗。㈣皈依基督前來澳門學道的
漢族教徒，其中也不乏文人學士。如著有《三巴集》的明末著名
畫家吳歷，撰有《澳門記》的陸希言等，都曾修習於聖保祿學
院。他們生活在異國人群之中，作品雖循用中國傳統的詩文形
式，內容自然較多涉及教會生活。

　　三、特定的政治、經濟和歷史背景，使澳門的古代文學也以
詩詞為代表，具有寫景、述懷和志異三者互相錯雜的特點。

　　首先，澳門地處祖國大陸南端，含山面海，島嶼羅列，雲影
濤光，鷗鷺檣帆，綺麗的自然風光和豐富的人文景觀吸引了大批
的宦游文人履足澳門，每有所至必有吟詠。在現今流傳下來的澳
門古代詩詞中，以景物詩數量最多；著名的如印光任的《濠鏡十
景》、何健之的《前山八景》、黃節之的《居澳雜詩》、汪兆鏞
的《澳門竹枝詞》、丘逢甲的《澳門雜詩》等都是一時絕唱。這
是古人對澳門的審美反映，也是今人認識古代澳門的生動寫照。
中國古代詩詞中寫江河大川、雄關峻嶺、雕樑畫棟、田舍小景的
詩作，比比皆是；而描繪大海景色，都市風光的篇章，卻較少
見。澳門的這些作品，為中國的山水景物詩，增添了新例。

　　其次，古人寫景詠物，每每志在述懷。儒家傳統的倫理觀
念，使離鄉背井宦游在外的士人學子，在觸景生情中，所常寄寓
的是思鄉懷人的愁緒，間或也有憂國憂民的衷情。古代澳門的詩
歌作者，不少是國變之間避居而來的前朝遺民，他們作品中這種
人生多變的感慨和忠君憂國的情懷，常在寫景之間強烈地袒露出
來。較早者如明末避居於澳門的張穆，在《登望洋臺（乙亥）》
（又名《澳門覽海》）中說：「生處在海國，中歲逢喪亂；豪懷

數十年，破浪已汗漫。」又如民國之後的汪兆鏞，詩中有「垂老逢兵革，浮家一海灣」，「漫說並州是故鄉，河山舉目意偏長」，「泛舟浮家已白頭，避秦那復擇林邱」等句。對於葡人入踞澳門，詩人也常有憤懣感慨之詞，如劉爌芬在《海門望海感賦》中云：「鼇撲鯨吞鏡澳深，勝朝籌策竟何心。敢容內地停番舶，誰遣中原受虜金。防汛解嚴兵盡撤，汪洋彌注陸俱沉。托詞曬貢私營宦，印記當年費討尋。」丘逢甲在《澳門雜詩》中寫道：「遮天妙手蹙輿圖，誤盡蒼生一字租。前代名醫先鑄錯，莫將割地怨庸奴。」這些作品，在寫景中體現作者感時傷亂的悲慨心境，是傳統中國知識份子的憂患意識賦予澳門文學的優良傳統。

　　再次，歷來描寫風景勝跡的詩作，自然景觀與人文景觀為其兩個側面。因此景物之作往往同時也為風俗之作。澳門的風俗之異除了早期漁村及其民俗信仰——如曾吸引詩人往來唱和的媽祖信仰之外，最為引人注目的是自萬曆開埠之後西方商人所帶來的異域文化——從建築、服飾、語言、藝術到宗教信仰和生活習慣。這樣，述異便成為寫景、抒懷之外澳門古代詩歌的另一特色。早在湯顯祖的澳門詩中，就記載了他在「香澳逢賈胡」的新異見聞：「花面蠻姬十五強，薔薇露水拂朝妝。盡頭西海新生月，日出東林倒掛香。」（《聽香山譯者之二》）；駐錫普濟禪院的跡刪和尚寫當時西教的興盛：「相逢十字街頭客，盡是三巴寺裡人」，而感慨佛教香火的冷落：「年來吾道荒涼甚，翻羨侏離禮拜頻」（《詠大三巴街》）；最早到聖保祿學院修道的明末畫家吳歷，也在其《三巴集》中多方面地涉及了澳門異域風情的描寫。屈大均（翁山）寫當時貿易的興盛，「舶口三巴外，潮門十字中」，「洋貨東西至，帆乘萬里風」（《詠西望洋》）。蔡顯宗（清嘉慶舉人）和清代著名的思想家魏源都寫有聽夷女操洋琴的長篇歌行，除對這一西洋樂器作了生動描寫外，還記述其建

築、物種，「園亭樓閣，如遊海外。怪石古木，珍禽上下，多海外種」，並以寬闊的胸襟感慨：「誰言隔海九萬里，同此海天雲月耳」。在這類作品中，因涉及西洋風物、名稱多無中譯，故有不少以譯音入詩。韓國學者李德超說：「在晚清時，黃公度氏，即以用番語人名地名入詩而著稱。實則澳門文學，在清初時已有之矣。蓋澳門為中國之最早華洋雜處區，其於語言之交流，亦為初地，故表現於文學作品者，亦多新異之處。」[13]他列舉了吳曆的詩：「居客不驚非誤人，遠從學道到三巴」，屈大均的詩：「共床花發貝多羅，鸚鵡堂前能唱歌」，王軺的詩：「心倦懨懨體倦扶，明朝又是獨名姑」，李遐齡的詩：「滑膩雞頭軟似棉，春蔥擎效西姑連」，鍾啟韶的詩：「待醒蘆卑酒，巴菰捲葉煙」，梁喬漢的詩：「飲饌較多番菜品，唐人爭說芥喱雞」，等等。語言的交雜是文化交流的一個方面，它表現了西方文化在澳門早期文學中留下的痕跡。

　　澳門古代詩詞的這些特色，必然成為澳門文學傳統的一部分，給澳門的現當代文學以影響。

　　四、以上四類作者大多來自內地。相比之下，定居澳門的本地作者除趙氏一脈外，並不多見。媽閣刻石中，有趙同義「地盡東南水一灣」一首，為其孫趙允菁所刻，另有趙元儒《次張太守石壁原韻五律四首》，為其子趙允禧所刻；趙允菁還有《重修澳門望廈村普濟禪院碑記》和《重修媽祖閣碑記》兩篇。此數人皆為趙氏後裔，係祖孫三代。除此之外，不再多見。由此可以推論，文學在澳門的出現，主要是一種「植入」，而非「根生」。特別在新文學出現之前，尤為明顯。

　　澳門文學這種「草根性」的不足，使澳門文學的發展缺乏內

13　（韓）李德超：《中國文學在澳門之發展概況》，載《澳門文學論集》，澳門文化學會·澳門日報出版社，1988年3月。

驅力，往往受到較多外存因素的牽制。因此在澳門文學的發展上，常常呈現出偶發性、階段性和間歇性的特點，甚至出現停頓和斷層。古代文學如此，從古代文學向現代文學轉換時，更為明顯。在民國之前的澳門傳統文學發展中，中國政權的更替時期往往成為澳門文學的高潮時期。究其原因，不外是借澳門特殊的地域環境，使前來避居的先朝遺民帶動起澳門的文學風氣。他們和其他幾類澳門文學的創作者一樣，對澳門文學的推動，都帶有某種偶發性。自身創作資源的不足，使澳門文學在很長一段時期難以呈現持續發展的勢頭。20世紀初期，中國文學經歷了從文學語言到文體範式和文學觀念的更新，從而由舊文學進入新文學的變革。而在澳門，對於五四新文學運動，幾乎毫無呼應。直到三四十年代，在抗日浪潮的推動下，來自鄰近的內地和香港的一部分文人，迫於形勢進入澳門，才使澳門的新文學有了最初的萌醒。但在抗戰勝利之後，隨著內地和香港文人的離去，曾經熱鬧一時的澳門文壇，便又沉寂下來。因此可以說，在將近半個世紀裡，澳門實際上是隔絕在中國新文學的發展之外。這是澳門文學發展的停頓時期，甚至可以說是中國文學從舊文學向新文學轉化在澳門的一個斷層。究其原因，仍然必須從澳門的文化環境分析。19世紀以來，香港的崛起，使原來以澳門為橋樑的中西文化交流重心向英國殖民統治下的香港傾斜。澳門成了香港人眼中的「澳門街」，從而表現出對香港的依賴性。政治、經濟、文化中心的轉移，使歷史上曾給澳門文學帶來氣象的文人的避難，多走香港而少來澳門；而本來就資源不足的文學人才，往往也因為澳門的地域狹小而離開澳門尋求向外發展。「外援」的不足和「內資」的流失，造成了澳門文學出現「空檔」。這種狀況的改變要到80年代以後，澳門經濟的復蘇帶動了澳門文化的自覺，澳門文學也才開始呈現出與中國文學和世界文學的發展接軌的新貌。

有鑒於上述種種，對澳門文學和澳門作家的界定，只有採取

比較籠統的作法。事實上我們這裡所談的澳門文學，是兼及「關於澳門的文學」和「屬於澳門的文學」，尤其在古代文學部分更是如此。到了本世紀，澳門作家的外流，比之香港，更為突出。許多居住在澳門的作家，其作品也往往寄到香港或其他地方發表。因此，本書評述的對象，便是發生在澳門的所有文學現象，包括外地作家居停澳門期間的文學創作和活動所給予澳門文學的推動，也包括發生在澳門以外地區有關澳門的文學現象和澳門作家在外地發表的有關創作。採取這種比較寬泛的界定，是基於澳門自身的情況而作出的選擇。當然，隨著澳門文學資源的進一步開發和澳門文學的自覺性與本土性的增強，對澳門文學和澳門作家採取比較嚴格的界定，也是必然的。希望這在不久的將來就能實現。

五、艱難跨越的文學分水嶺

中國文學的發展，以 1919 年的五四運動為分水嶺，劃分為舊文學和新文學，即古代文學和現代文學。這個劃分當然亦適用於澳門文學，只不過時間上要略略推遲一些。新文學在澳門的出現，據文壇前輩李成俊先生的記述，大約要到「九一八」事件以後。「最早是愛國人士陳少陵從日本回來，開設第一間供應新文藝書刊的『小小書店』。……著名學者繆朗山教授，組織過多次專題報告會，輔導青年學生閱讀愛國文藝作品。之後，『七君子』之一的史良來澳宣傳抗日救國，救亡團體如『四界救災會』、『旅澳中國青年鄉村服務團』、『曉鐘劇社』、『綠光劇社』等紛紛成立，演話劇、唱救亡歌曲、寫宣傳抗日的漫畫和文章，輸送了一大批愛國青年到國民黨的『七政大』做文藝宣傳工作。」[14] 誠如所述，澳門新文學作品的出現恐怕還要推遲到太平洋戰爭爆發之後馮裕芳（化名丘老師）組織文藝小組、金應熙借

古諷今撰寫歷史小品和陳霞子主持報紙副刊筆政時期了。

相對於新文學在澳門的遲緩出現，澳門舊文學的影響力顯得更要持久一些。當胡適、陳獨秀等策動新文學革命，向舊文學營壘發起猛烈抨擊時，舊文學在澳門文壇仍然享有幾至獨尊的地位。辛亥革命之後曾避居澳門長達 13 年的汪兆鏞於 1918 年匯集出版了含《雜詠》8 首、《澳門公寓》6 首和《竹枝詞》40 首的《澳門雜詩》，為澳門文壇的一大盛事。20 年代，當新文學在內地已如火如荼時，由馮秋雪、馮印雪、劉草衣等創立的澳門第一個古體詩社——雪社，卻在澳門獨領風騷。究其原因，一方面是自晚明以來，澳門特殊的地位使它逸出於中國政局變動的中心，其並不完全隔絕又處於邊緣的位置，屢屢成為避亂而來的文人學子的「武陵桃源」。感於時世而又避居海外一隅的這些自詡為「先朝遺老」的士人學子，便時有發抒內心感慨和記敘澳門新異見聞的撰述，奠立和豐富了澳門的文壇。二三十年代以後，澳門處於政局變動邊緣和它作為東西方交流的仲介地位，都逐漸被香港取代。為避居或對政局變動作出新的反彈的內地文化人，多選擇香港，而較少棲留澳門。廣受外國文學影響的中國新文學作家，也多取道香港去海外。內地新文學運動對澳門的影響，因此大大削弱，使舊文學依然對澳門有較大的影響力。另一方面，澳門的世界貿易中心地位為香港取代之後，現代經濟發展的不足使澳門的發展缺乏強大的現代驅動力。長久以來，澳門一直保持著具有歐陸風情的小城風貌。寧靜平緩的生活適宜隱居，於是，格律穩定的古體詩詞便也成為這一方天地得心應手的工具。相比之下，具有現代意識和現代文體意識的新文學在澳門較少政治動盪和商業競爭的現實土壤裡，其根系的植入便要浮淺一些了。此

14　李成俊：《香港、澳門、中國現代文學》，載《澳門文學論集》，澳門文化學會‧澳門日報出版社，1988 年 3 月。

外，澳門在東西方交流的仲介地位被香港取代之後，澳門的文化
腹地和文化輻射力越來越狹小。澳門歷史上曾以其多元的景觀吸
引了不少騷人墨客履足而留下文學記錄，而今則把這份幸運拱手
讓給了香港。本地作者為了尋求發展，往往也需將作品寄往香港
和內地發表，或者移居香港，從而造成了本就資源不足的澳門文
人的外流。

以上種種導致了在較長一個時期澳門現代文學相對於古代文
學發展的遲緩和不足，也帶來了澳門當代文壇上一個特殊的現
象。時至今日，澳門的古體詩詞創作仍然有著相當廣泛的群眾基
礎。澳門中華詩詞學會擁有的會員達一百多人，就會員數與常住
人口比例而言，可能居於中華之冠。其成員既有年過古稀的老人
（如在古體詩詞和書法藝術創作中取得很高成就的梁雪予先
生），也有初學的中學生；既有政界商界的聞人（如馬萬祺先
生），也有普通的市井小民。新文學作者中，不少也擅古體。每
有所感，新詩古詩兩體併發。以用雲獨鶴的筆名寫新詩，用本名
寫古體詩詞的馮剛毅為最典型。在近年剛剛活躍起來的為數不多
的澳門文學出版物中，當代作者的古體詩詞集的出版，仍是最重
要的門類之一。

50年代以後，澳門文學開始進入了一個摸索的發展時期，並
有了相當的表現。1950年創辦的《新園地》，雖然不是文藝性刊
物，且歷經半月刊、旬刊、週刊的改版，但都重視發表文學作
品，也出現了若干引人注目的本地作者如方菲（李成俊）、梅谷
曦等。50年代出版的《學聯報》、《澳門學生》，也注意提供園
地發表文學作品，至今還活躍在文壇上的思放、梅萼華（李鵬
翥）、葆青、蓓爾等，都是當時的作者。1958年創刊的《澳門日
報》，接過已經停刊的《新園地》的刊名，作為報紙綜合性副刊
的名字，繼續為澳門的文學作者提供支持。1963年一批文學愛好
者（尉子、許錫英、東山、李自如、李來勝、張金浪、李艷芳、

陳渭泉、何妝豪、韋漢強、陳炳泉等）集資自費出版的《紅豆》，雖為油印，發行數量不多，但從 1963 年 5 月至 1964 年 7 月，共 14 期，每月按時出版，它既是澳門第一份純文學的刊物，亦可稱為澳門的第一個新文學社團。縱然如此，澳門可堪發表文學作品的園地仍覺稀少。因此，從 50 年代開始，就有不少澳門作者，投稿香港。從澳門赴美攻讀博士學位而今在香港科技大學人文學部任教的凌鈍，曾搜集這一時期經常在香港報紙副刊和文學期刊如《文藝世紀》《海洋文藝》、《伴侶》、《當代文藝》等刊登作品的澳門作者的作品，彙編成《澳門離岸文學拾遺》上下兩册，所收詩、散文、小說、評論作者近四十人。這一份洋洋灑灑的名單，在澳門五六十年代有限的居民中，所占人口的比例並不算低，其中尤以魯茂的作品最豐，他從 50 年代開始就為香港《文匯報》撰寫小說、影評，60 年代開始在澳門寫連載小說，迄今作品已達千萬字。然而以上種種，或缺少獨立的園地，或不得已寄生於香港；都說明文學在澳門尚未能成為文化的重要一翼而為澳門社會所認同，或對澳門社會發展發生重要影響。文學獨立的社會角色地位未能被確認，文學的自覺運動便也很難論及。

　　然而，澳門的新文學畢竟從這裡艱難地起步了。

六、走向文學的自覺：建立澳門文學形象

　　80 年代以後，澳門社會發生了一些重要變化，為澳門文學走向自覺提供了新的社會生長環境。

　　一，從外部環境看，中國在結束十年動亂之後走向改革開放，不僅在政治上、經濟上給予僅一「關」之隔的澳門很大推動，而且在文化和文學上，把香港和澳門都作為中國文化和文學的一翼，在承認歷史差異的前提下，積極推動內地文化和文學與港澳文化和文學走向新的整合。這一對文化和文學母體淵源的重

新確認，和承認多元化前提的文化和文學的整合運動，對懊門文學社會角色與文化角色的定位及其創作的活躍，都具有深遠的意義。

　　二、中資的進入，新移民的到來和內地給予澳門的多項優惠政策，都對澳門經濟的發展帶來新的活力。它使澳門在 70 年代以出口加工業為主的強勁增長的經濟，又進入一個新的發展高峰期，推動了澳門從昔日以賭博旅遊與消費行業為主的經濟，向著以出口貿易、加工製造、地產建築和賭博旅遊四大支柱產業為基礎的多元化經濟體系的轉化。經濟的發展，為城市包括文化和教育在內的全面發展提供了物質基礎。它改變了過去澳門對香港的依賴關係。城市獨立地位的獲得也是它自覺意識的獲得，對文學的自覺化有著不可低估的意義。

　　三、教育的發展為文學創作提供了源源不斷的後備力量。長期以來，澳門經濟的落後也造成澳門教育的滯後。這種情況在 70 年代經濟起飛後才有所改變。80 年代，澳門的教育事業得到較大的發展。1981 年私立東亞大學創辦，結束了澳門沒有高等教育的歷史。東亞大學 1988 年被澳門基金會收購易名為澳門大學的存在，不僅吸引了一批文化人從內地、香港和海外會聚澳門，而且培養了一批又一批本土的青年，對澳門文化和文學的發展，起著重要的作用。

　　四、80 年代以來，葡澳政府逐漸改變了以往對文化發展不夠重視，對華人文化忽略、缺乏規劃與支持和在資源分配上不合理的狀況。在政府機構設置、民間文化團體建設、活動組織和經費支援等方面，都給予一定的幫助，使澳門的文學活動，獲得較為改善的環境。

　　五、內地的開放和澳門朝著國際化城市發展的走向，使澳門人口劇增；大量新移民不僅從中國內地，還從香港、東南亞、歐美等地湧入澳門，其中不乏作家、學者、文化人。它不僅增強了

澳門的文學隊伍，也改變了澳門的文壇結構。在歷來澳門文壇所常慨歎的文學人口的流失仍在發生的同時，也出現了文學人口「進口」的另一種逆向發展的景觀。新移民所帶來的迥異於澳門的人生經歷和介入澳門社會之後新的人生體驗，擴大了澳門文學創作的文化視野和歷史蘊涵，對澳門文學的發展無疑是一種豐富和推動。

宏觀環境的變化，為澳門文學走向自覺的發展提供了良好的條件。可以簡約地將80年代以後澳門文學的自覺性概括為以下三個特徵：

一、從作家構成看，以往澳門的作品大都是由一批因逃難、避居或宦遊而來的內地作家創作的。他們在澳門居停時間長短不一，但大都均難改其「過客」心態。文學的「草根性」不足也導致文學對本土文化蘊涵的開掘不足。80年代以後的澳門文壇，已擁有了一批在不同時期於澳門本土文化教育下成長起來的作家，他們生於澳門或長於澳門的人生經驗，使他們的作品不期然而然地植根在澳門的文化土壤裡。即使一批後來進入澳門的「新移民」作家，也在努力改變自己的「過客」心態，以澳門為自己的定居地而努力鍥入澳門的社會現實，帶著自己的人生經歷來攝取進入澳門之後新的文化體驗。作家構成「草根性」的擴大和「家園」意識的增強，以及作品內涵「本土」色彩的加濃，都表現了澳門文學逐漸獲得了自己獨立的自覺的地位。

二、從文學運動上看，80年代以後，澳門開始出現了獨立的文學社團和純粹的文學刊物，它改變了過去澳門文學在很大程度上對香港的「寄生」狀態。這些刊物和社團的存在，不僅對澳門文學的發展是重要的支撐，更重要的是表明了澳門社會對澳門文學存在的價值及其重要性的認同。透過這些社團、刊物和作品，澳門文學開始建立起自己的形象，也確立了文學這一社會角色在澳門社會和澳門文化發展上的地位。

　　三、從文藝思潮的發展上看，隨著文學社團、刊物的出現，不同來源和不同世代的作家，依自己生長的文化背景和所受的不同文學思潮的影響出現了不同藝術追求。儘管尚難以「流派」稱之，但卻在尋求與世界文藝思潮發展相接軌中，初步地具有「流派」的色彩。五六十年代開始創作的作家和在內地文化教育背景下成長起來而後進入澳門的作家，大都傾向於寫實和浪漫，尤以散文、小說和一部分詩歌為突出；而一部分在 70 年代末新時期文學和港臺詩歌影響下的作者，則傾向於以西方現代哲學為基礎的意識流小說和朦朧詩，堪稱為「惡補」的現代主義一群；而一些在廣泛接受媒體資訊影響的更年輕一輩作者，則努力以「後現代」的理念和追求溝通與世界文學思潮的同步發展。沒有對自身文學價值的共同肯定和對文學創作的不同追求，或者說沒有不同的文學思潮的衝撞與推動，沒有獨立的藝術追求和創造意識，就不可能有自覺的成熟的文學運動。澳門新文學的發展至今僅有短短的時間，當然還很難對它作更高的要求，但它所開始呈現出來的創造意識和流派傾向，則不能不是澳門文學走向自覺的一種標誌。

　　如果我們把 80 年代以來澳門文學發展的一些重要事件羅列出來，還可以發現其他一些問題。且試羅列如下 15：

　　1981 年 10 月，東亞大學開辦，設有中國語言文學專業。

　　1983 年 3 月，以東亞大學中文系師生為主，成立了旨在提倡中國文化的「中文學會」。

　　1983 年 6 月，秦牧訪問澳門，與東亞大學中文系雲惟利博士、澳門日報社總編李成俊、副總編李鵬翥等座談，建議澳門應該創辦自己的純文學刊物。

15　參閱鄭煒明：《澳門華文文學》，見余振編《澳門：超越九五》，香港廣角鏡出版社有限公司，1993 年 6 月初版。

1983 年 6 月 30 日，《澳門日報》的純文藝副刊「鏡海」出刊。它區別於以往的綜合性副刊「新園地」和《華僑報》的「青年版」等，是澳門報紙出現的第一個純文藝副刊。雲惟利為副刊寫了發刊詞，東亞大學中文系師生成為副刊最初的主要作者。此後各報的綜合性副刊也增加了刊登文學作品的比重，澳門文學創作開始活躍起來。

1984 年 3 月 29 日，澳門日報社主辦了「港澳作家座談會」，由澳門移居香港的詩人韓牧在會上發表講話，提出建立「澳門文學形象」的呼籲，給澳門文化界帶來很大衝擊。

1984 年 6 月，由中文學會主編的《中國語文學刊》出版，創刊號上發表了包括饒宗頤、羅慷烈、雲惟利、葛曉音和鄭煒明、黃玉明、葉寶貴等中文系師生關於古文字、古典文學、現代文學、書法等的 11 篇學術論文。

1985 年 1 月，由雲惟利主編的「澳門文學叢書」出版，叢書包括韓牧的詩集《伶仃洋》、雲力的詩集《大漠集》、葦鳴等東亞大學中文系學生的詩合集《雙子葉》、散文合集《三弦》、小說合集《心霧》5 種。此為澳門出版的第一套純文學叢書。

1986 年 1 月 3 日至 6 日，由東亞大學中文學會主辦的「澳門文學座談會」假澳門日報會議廳舉行，邀請了包括來自韓國、祖國內地、香港和澳門本地資深文化人等二十幾位作家、學者，就澳門文學的過去、現在與將來展開了熱烈的討論，論題廣泛地涉及澳門古代文學的狀況，香港、澳門與中國現代文學的關係，澳門的詩歌、散文、小說、戲劇的創作情況，關於澳門文學資料的搜集與研究等，提交的論文和發言由澳門日報出版社結集為《澳門文學論集》出版。

1986 年由東亞大學中文學會、澳門天主教教區青年牧民中心、澳門學生聯合會等聯合舉辦了第一次青年文學獎。

1987 年 1 月，澳門筆會成立，成員幾乎包括澳門所有的文學

界人士，是澳門最廣泛的一個文藝團體；由筆會主編的純文學刊物《澳門筆匯》於 1989 年創刊。

1989 年 5 月，澳門五月詩社成立，並於 1990 年主編出版《澳門現代詩刊》，此後陸續出版了「五月詩叢」、「五月文叢」，凡十餘種。

1989 年 12 月，香港《詩》雙月刊組團訪問澳門，與五月詩社座談，並於 1990 年 2 月出版「澳門詩特輯」。在此前後，臺灣《亞洲華文作家》於 1988 年 9 月、深圳《特區文學》於 1989 年 1 月、廣州《作品》於 1989 年 6 月、韶關《五月詩箋》於 1989 年 12 月、北京《四海》於 1990 年 2 月、北京《詩刊》於 1990 年 3 月，均以專輯的形式，集中介紹澳門詩人的作品。

1990 年 7 月，澳門中華詩詞學會成立，並主編出版《鏡海詩詞》。

1991 年 7 月，全國第五屆臺灣、香港、澳門暨海外華文文學研討會在廣東中山召開。在此之前召開的四屆研討會，均只提臺灣、香港，至第四屆研討會在上海召開時，與會學者提出加強對澳門文學的研究，因此，第五屆會議便易名為「臺灣、香港、澳門暨海外華文文學研討會」，並邀請澳門作家陶里、黃曉峰、劉月蓮等人出席並介紹澳門文學情況，表明澳門文學開始引起華文文學界的重視。

1992 年 3 月，澳門寫作學會成立，並主編出版了《澳門寫作學刊》。

從上面的簡述中，我們可以看到：

一、東亞大學（後改名為澳門大學）中文系的創辦，對澳門文學的發展起了重要的作用；澳門日報社及其資深的領導人，成為團結、推動澳門文學的核心。80 年代澳門文學的重要活動，幾乎都與上述二者的推動分不開。

二、澳門文學在 80 年代的發展受到廣東和香港的激勵。「省

港澳」歷來並稱，不僅地緣相近，文緣也相通。澳門文學正是通過廣東和香港，走向與中國文學和世界華文文學的接軌。

　　三、詩歌在澳門文學的諸種文體中，最先受到世界華文文學界的看重，也受到最多的推介。當然文體的發展都有它自身的和客觀的條件，不必一定要分個誰先誰後、誰高誰低。詩歌在澳門獲得較為充分的發展，有多方面原因。從歷史上看，澳門有較深厚的詩歌傳統。澳門古代文學中如果去除那些兼有實用價值的記述性文字（如《澳門記略》等），數量最多、藝術積累最豐厚的是詩歌。從現實因素看，小說創作需要深厚的人生經驗的積累，需要較長的時間。在節奏緊張的現代工商社會和園地缺乏的澳門，除了某些帶有商業性的連載小說外，創作不易，發表也難，而詩則在抒寫情感與哲思上帶有較大的個人性和瞬間性。有著歷史和現實劇烈衝撞的 80 年代轉型期的澳門社會和處於青春期的年輕作者，較容易激起情感的波蕩和創作的衝動。從文體形式上，小說（尤其是長篇）需要豐富的藝術經驗積累，不易突破；散文是作家人生經驗、智慧和秉性的結晶，有較穩定的因素，大量為報刊專欄而寫的散文往往難免有應時的隨意性和急就章，較難脫穎而出；而詩歌則在傾訴情感和敏銳思考上最易感受時代心靈的搏動和接受文藝新潮的鼓蕩，走在每個時代藝術發展和變革的先列。中國新文學的歷次浪潮，從五四的新文學革命，到 80 年代的新時期文學，無不是以詩為先導而後推及其他文體的。「詩歌開花，小說和散文結果」是一個很普遍的現象。因此處於澳門文學起飛的 80 年代，詩歌創作居於某種領先地位並不奇怪。

　　在澳門 80 年代以來的文學創作中，有三方面的特點是值得引起注意的。

　　一、歷史感和現實感的交錯。面對澳門這一有著獨特文化景觀的都會，人們不能不在感受都市現代變革的強烈震盪中凝注歷史留下的斑斕足跡。這種情感凝成了陶里在《過澳門歷史檔案

館》和《馬交石上的一九八五年除夕》等一批作品。它不僅是澳門詩歌一口最深沉的噴井，也是許多澳門作家難以排解的情結。澳門文學深厚的文化蘊涵便來自於對歷史與現實交錯的深刻體認和情感體驗。

二、商業性、社會性和探索性的交會。商業性是在越來越具現代都市經濟特徵的 80 年代澳門社會環境中發展起來的文學所不可排拒的。基本上依賴報刊連載的長篇小說，和大部分借助報紙專欄發表的散文，都不同程度地帶有滿足讀者消費需要的「速食文化」的色彩。即使這類作品，也有著作者對於社會問題的嚴肅思考和現實矛盾深淺不一的觸及。作品的社會性仍然是 80 年代以來澳門文學的主要特徵。而在部分具有先鋒意識的作家──尤其是詩人，他們對當代最新藝術思潮的關注與追求，使澳門某些作品也帶有探索性的藝術創造特徵。三者構成澳門文壇互有交錯的群落，使「麻雀雖小」的澳門文壇也顯出「五臟俱全」的豐富形態。

三、老中青不同世代的作家同時在 80 年代煥發藝術青春。澳門文學雖然集中在 80 年代中後期才出成果，但它是經過漫長時間的斷層、沉寂和積累的結果。因此，80 年代活躍在澳門文壇的是不同世代的作家共時性的迸發。既有在 50 年代甚至之前就走向文學的老一輩作家，也有五六十年代在澳門文學的沉寂期中「寄生」於香港和從內地移民澳門後吐露花果的中年作家，還有剛跨出校門甚至還在校園裡的年輕作家和被稱為「新生代」的作者。他們不同的人生經驗和藝術出發點，給澳門文學帶來了多種風貌，也初步形成了互有差異和互相激勵的創作群落。風格、觀念的不盡相同卻又在共創文壇中沒有「代溝」的互相排斥，使澳門文壇有著較好的生態環境。

這一切都將為澳門文學的後繼發展，提供助力和動力。

七、歷史昭示未來

歷史昭示未來。

在這句話的背後，包含著兩個相悖的命題：一方面，今天是昨天的繼續，明天亦然；這是傳統的連續性，否則便無所謂「傳統」。另一方面，今天又是昨天的更新，明天亦然；否則，傳統便不能在現實存活下去。正是在這個意義上，歷史可能昭示未來，但未來決不會是歷史簡單的重複。

在我們側重從文化角度對澳門文學的歷史和現狀作了如上一些透視之後，我們雖然還不能對澳門文學的未來發展做出確切的論定，但對它的大致走向則可能進行一些分析。

八九十年代澳門文學最大的建樹是它開始走向自覺。這一方面是環境變化帶來的，另一方面也是文學自身生長點的強大所必然的。90年代後期乃至「九九」以後，澳門作為一個開放型的國際都市的格局將進一步完善——這意味著澳門將更進一步改變以往比較單一的以賭博、旅遊業為主的消費性都市的形象，實現工業、商貿、金融、旅遊幾大經濟支柱並舉的多元經濟的轉型，恢復和擴大它在溝通中國與世界經濟交往中的仲介與中心的地位，從而提高自己的國際地位。而這也要求澳門在經濟提升的基礎上推進政治、文化、教育的全面發展，完成一座現代化國際都市的建構。如是，文化環境的改善和教育水準的提升，將為文學的發展提供基礎和溫床，也將使文學在政府和社會的支持下進一步取得廣泛的認同，和扮演推動社會發展的重要角色。這是人們所期待的一個良好的文學生長環境。80年代以來開始走向自覺的文學力量，在以自己的創作建構澳門文學形象的同時，也以自己的力量推動文化環境的改善。客觀大環境的走向和主觀意識的覺醒，從80年代起步並取得不菲成績的澳門文學，沒有理由再像三四十

年代和五六十年代那樣空疏和沉寂下去。澳門文學也將像香港文學那樣，在走向自覺之後，以自己獨具的文化內涵和特色的創作，走向自強和自立。

以現代經濟發展為基礎的現代都市的建成，必然帶動社會的文化消費和形成文學的社會消費觀。以滿足大衆閒適和愉悅的文化消費需要的商業性文學——通俗小說和報紙副刊的一部分「速食型」的專欄文章，將相應會有較大發展，這是難以抗拒的。但是澳門文學歷史上貼近社會的憂患意識所形成的傳統和越來越大的內地文學貼近現實的影響，將推動澳門以寫實手法為主的社會性創作的發展，與商業性的通俗文學形成對照，成為澳門文學最重要的力量。而在教育水準進一步提高的基礎上，年輕一輩的作者將表現出更多與世界文藝新潮的聯繫與追蹤，形成一個人數不可能很多但卻活躍的探索性文學的小小群落。在澳門不大的文壇上，三者的界限不可能分得很清楚，會互有交錯和疊合。如以通俗的方式寫嚴肅的社會問題，或在鍥入現實的揭示中借助新潮的藝術手法，等等。這種態勢在八九十年代的澳門已見端倪，今後將越加明顯。

澳門的特殊地位，使它有可能重新扮演溝通中國與世界經濟、文化交往的仲介角色。一方面，進入回歸過渡期和「九九」回歸以後的澳門文學，與中國文壇的聯繫日益緊密：這種聯繫是雙向的，既是澳門文學以自身特色納入中國文學的整體格局之中，也是中國文學對澳門文學血脈同源的文化影響日益深化。另一方面，意識到自身特殊地位的澳門文學，也把目光投注到香港、臺灣及至東南亞和歐美的華文文壇，既推出自己的形象，也吸引世界華文文學對澳門的關注。這樣，在世紀之交成為當今世界文化熱點之一的世界華文文學體系的建立這一構建中，澳門文壇也可望成為整合包括臺灣、香港和澳門在內的中國文學，及聯結世界華文文學的橋樑和介質之一。澳門特殊地位的客觀環境提

供了這一可能，要端是澳門文學自身的發展，有否這樣的襟懷和
實力推動這一意義深長的運動。它為澳門文學的發展，畫出了一
個輝煌的遠景，也提出了嚴格的要求。

　　我們對此充滿了期待。

1996 年

迅速崛起的澳門文學

一

　　對於許多讀者來說，「澳門文學」是一個遠比「澳門賭城」更為陌生的概念。然而，澳門的文學存在，卻有著比澳門賭城更早的超逾數百年的歷史。

　　從地理上看，澳門原先只是珠江出海口西側——一個因淤沙而連接大陸的小小半島。在它定居村落出現之前（約在 13 世紀的南宋末年），還只是隨季風而來的閩粵商船和漁民的臨時寄泊之地。16 世紀中葉，當雄起海上的葡萄牙殖民者踏浪東來，以謊言和金錢騙買當地官員，從而實現對澳門的長期入踞，使澳門成為他們尋找進入中國的第一塊踏足石。從此之後澳門才由中國南部大陸邊沿的一個小小漁村，迅即崛起成為聯結東西方經貿和文化的世界大港。

　　西方殖民者踵武而來，其目的，正如 15 世紀末開闢這條歐亞新航線的葡萄牙航海家達‧加馬所赤裸裸宣稱的：「我尋找基督徒和香料。」經濟利益的攫取和意識形態的誘惑所構成的共生關係，是西方殖民者東方冒險相互依託的基礎。傳教士白晉也曾這樣坦白承認：「當初葡萄牙政府之所以要往中國派耶穌會教士，是想利用天主教的教化力以達成其政治上的野心；然而天主教也

同樣想利用葡萄牙的政治勢力以完成其宗教力的擴張。」[1]因此，澳門在成為每年有數千萬兩白銀進出的貿易大港同時，也成為薈萃西方傳教士向遠東進軍的大本營。明清以降，幾乎所有能夠進入中國社會高層，並一定程度對中國歷史發生影響的西方傳教士，如利瑪竇、金尼閣、湯若望、徐日升、南懷仁等，無不是經過在澳門的修習，並從澳門進入中國的。它使十六七世紀的澳門，在東西方文化交流史上佔有重要地位。

　　不過，每年吸引數以萬計商人「趨之若鶩」的海上貿易，是直接在澳門這個中國最早的「自由港」進行，而具有更深遠意義的東西方文化交流，卻只是間接地以澳門作為「驛站」或「橋樑」。究其原因，一方面是澳門缺乏深厚文化底蘊的邊緣性，使它無力承擔如此重大的使命；另方面是以貿易和傳教為目的的西方冒險家和傳教士，其目標本來就在幅員更為廣大的中國內地，澳門只是他們進入之前的一塊駐足之地。直接的經濟貿易的實現，和間接的文化交流的隔閡，經濟與文化這一既相伴又相悖的分離現象，帶來了澳門社會發展的特殊問題。西方的入踞者只關心如何使澳門成為便利他們貿易和進入中國傳教的踏足石，並不關心澳門作為一個新開埠的世界大港自身經濟和文化的發展。一方面，澳葡當局作為葡萄牙派出的海外政府，以葡國文化為代表的西方文化，應當成為澳門社會發展的主導文化。但這一主導性文化，只停留在澳門社會的上層，而未曾或未能深入澳門社會的整體；另一方面，有著悠久歷史的澳門，在其廣大的底層，仍然是一個以華人人口和中華文化為主體的中國人的社會。文化主導和文化主體這一互相剝離的狀況，構成了澳門特殊的文化生態。以葡國文化為代表的西方文化，把中國邊陲的一個小小漁村建設

1　　轉引自鄭妙冰《澳門：「殖民後的前夜」》，載《東西方文化交流》，澳門基金會出版，1994 年 3 月。

　　成為一個充滿歐陸風情的西方冒險家的樂園，而中華文化作為社會文化主體則建構了另一個植根於社會底層的華人社會。澳門著名文化史學者潘日明神父在描述澳門這一風格迥異的兩大社區，即「洋人區」和「華人區」時認為：前者從半島中部到東南部古城一帶，環繞教堂和修道院林立著具有葡萄牙建築風格的住宅、小巧別致的宮殿和植有西方果木的花園；後者則在從媽閣廟到蓮峰廟的內港沿岸，大部是一層或兩層的小樓，有錢人家傳統的四合院和窮困居民的土磚砌牆、茅草蓋頂的棚子。二者區別是這樣鮮明，以致潘日明神父要感慨：「葡萄牙和中國兩個社會隔牆相望，和睦相處。」2

　　這種「隔牆相望，和睦相處」實際上也是澳門特殊文化生態的最好表徵。葡國文化並不強制侵入和改變澳門傳統的中華文化，而是讓中華文化循著固有的邏輯在澳門繼續發展。在文學上，我們極少看到葡萄牙文學對澳門的影響。澳門文學的發生，主要還是來自中國傳統文學的驅動。澳門特殊的政治和地理區位，既在中國領土邊緣又逸出叫中國政治渦漩之外，使它在朝代更迭的激烈政治鬥爭中常常成為前朝遺民的避難之所。澳門文學的最初發生便從這裡開始。明清之際，一批「義不仕清」的前明文士，避居澳門，抒懷伸志。其中如在滿清入主中原後憤而削髮為僧的跡刪和尚（俗名方顒愷），於清太宗崇德二年（1637年）移錫澳門普濟禪院，他留下的《咸堂文集》十七卷、《詩集》十卷，不少寫於澳門或寫及澳門；又如曾佐唐王朱津擁立南明王朝於福建，事敗後寄忠君、愛國、憂民於詩篇，流浪東安一帶過著山人生活的張穆，在國變後托缽為僧，而後還俗秘密進行反清活動，曾向鄭成功獻計謀取金陵的屈大均等，都曾避居澳門，從事

2　　潘日明：《殊途同歸──澳門文化的交融》，澳門文化司署出版，1992年。

著述。特別在大汕和尚於康熙初年自安南歸來，在普濟禪院設立道場，更會聚了跡刪、張穆、屈大均、澹歸、獨漉諸友，朝夕相處，互相唱和，使普濟禪院成為澳門文學最初的發祥之地，其所秉承的中華文學傳統，為澳門文學開了新河。此後自晚明至民初，歷二百餘年，澳門文學便在這一傳統基礎上，以歷朝匿跡避難的先代遺民、宦旅澳門的官員、來澳設席、旅遊的內地文士等為創作主體，以傳統詩文為文體範式，以寫景、述懷、志異三者互相交錯為主要內容，呈現出澳門文學最初的絢麗景觀。缺乏深厚人文底蘊的澳門，在這時期有了新的積累，在文學上卻表現出與中華文學傳統的緊密聯繫。

然而不能不注意到，近代以來澳門文學的發展，主要是借助內地來澳文人的創造，相對而言，世居澳門的本地作者，除洪武年間原為閩宦而後「改官之香山」，其後人遷入望廈村遂為澳門世居的趙氏一脈，如趙同義、趙同儒、趙允菁外，幾無所見。澳門文學這種「草根性」不足的「植入」、而非在深厚本土基礎上「根生」的現象，使澳門文學的發展缺乏來自自身強大的內驅力，往往受制於外來文人的去留，而呈現出階段性、偶然性甚至斷層的波動狀態。最典型的是新文學在澳門發生和發展的遲緩，相對於祖國內地，乃至臺灣和香港，可以說是留出了一大段的空白。當五四新文學運動在祖國內地如火如荼，影響臺灣、香港在20年代中期也引發出相應的新文學革命時，澳門卻毫無反應。直到三十年代末才在抗日浪潮的推動下，出現第一家供應新文藝書籍的「小小書店」，有了宣傳抗日的演劇社、歌詠隊、漫畫和時文。究其原因，一方面是鴉片戰爭之後新開埠的香港的崛起，使澳門隨著葡萄牙海上霸權的末落而拱手讓出世界貿易大港與東西文化交流驛站的地位，由「東方的梵蒂岡」淪為「東方的蒙地卡羅」。內地文人的南來，已由澳門轉向香港；而澳門難得的文化人，也由於不滿本地文化空間的狹窄，也大多轉向香港和海外。

「外援」的斷絕和「內資」的流失，導致了澳門文學很長一段時間的「空白」。

儘管 20 世紀 50 年代以後，澳門開始有了一些不甘寂寞的文學青年，努力營造澳門的文學氛圍。其突出的代表是五十年代出版的《新園地》、《學聯報》和《澳門學生》，以及六十年創辦的同人文學雜誌《紅豆》，成了澳門文學發展的一個新的出發點；此外還有一些文學作者「寄生」在香港報紙副刊和文學雜誌上，成了澳門的「離岸文學」。其中仍繼續活躍在今日文壇上的有方菲（李成俊）、梅萼華（李鵬翥）、李艷芳（凌棱）、魯茂等。但平心而論，此時的澳門文學尚不成氣候。澳門文學的真正崛起，要晚至 20 世紀 80 年代以後。這一時期，澳門社會的人文環境已經有了很大改善。其一，祖國內地的改革開放，對澳門經濟的發展帶來新的活力，也為澳門社會包括教育和文化的全面建設提供新的物質基礎，澳門文化和文學的自覺才在這一經濟基礎上得以形成；其二，大量新移民不僅從中國內地，還從香港、臺灣、東南亞以及歐美來到澳門，使人口聚增的澳門進一步朝著國際化都市的方向發展。新增人口中較高的文化成分，不乏已有所成的作家、學者和崇尚文學的青年一代。而隨著私立東亞大學（1981 年開辦）改為公辦的澳門大學（1988 年），不僅結束了澳門沒有高等教育的歷史，而且 20 多年來迅即發展出多所高等學院。教育環境的優化和普及，使澳門本土的文學新生代也迅疾成長起來。二者的結合，不僅使澳門擁有比例較高的文學人口，而且使澳門文壇具有多元的文化優勢。其三，面臨「九九」回歸，澳葡當局也逐漸改變了以往對澳門文化建設的忽視，尤其是對華人文化的忽略態度，在認識上、規劃上、仍至機構設置和資源配置上，都有所改善，使澳門文學較前有了一個相對良好的發展環境。

在 20 世紀 80 年代澳門文學的崛起，薈萃了澳門一批重要文

化人的澳門日報和澳門大學，起著重要的領銜和主導的作用。一時間，文學社團如澳門筆會、五月詩社、澳門寫作協會等蜂擁而起，文學刊物如《澳門筆匯》、《澳門現代詩刊》、《澳門寫作學刊》、《浮游體》等以及報紙的文學副刊如澳門日報的《鏡海》、《小説》、《新園地》，華僑報的《華林》、《華青》、《週末派對》，晨報的《副刊》，大眾報的《大眾園地》，市民日報的《東望洋》等琳琅滿目，而各種文學叢書的出版更是層出不窮。對於沉寂太久的澳門説來，20世紀的八、九十年代，是盛況空前的一次文學狂歡，也是澳門文學真正的出發。

世人對於澳門文學的認識與重視，就從這個時期開始。

二

20世紀80年代以來澳門文學的崛起，詩是最早取得突破並受到外界矚目。我在《中華文學通史》第八卷「當代文學編」有關香港、澳門詩歌的一節中，曾寫了如下一段文字：

> 在八十年代澳門文學的崛起中，詩歌始終扮演著重要的角色。它既作為一個主要的文體形式，活躍在澳門的文壇上；也在創作上，代表著澳門文學的藝術水準。較之散文和小説，澳門詩歌是堪與祖國大陸、臺港和海外華文詩歌相提並論，接軌對話的一個領域。[3]

寫於八十年代中期的這段話，如果放在10年後的今天，在提法上或許會有所改變，但用來評估八九十年代的澳門文學，並無

3 　《中華文學通史》，張炯、鄧紹基、樊駿主編，華藝出版社出版，1997年。

不當。詩在澳門的最先崛起，一方面是因為澳門文學的歷史積
累，從晚明到民初，以詩最為深厚，形式上雖為古制，但藹然詩
情同樣滋潤一代代澳門人的心靈。迄至今日，這一傳統仍在光
大。今日澳門能寫傳統詩詞者，上至學界前輩、政界、商界大
佬，下到中小學生和普通勞作者，人數當以數百計。這在僅有 40
餘萬人口的澳門，其比例應不下於全國任何一個城市。流風所
及，在澳門文學艱難起步的 50-70 年代，也以詩最為活躍。以凌
鈍編選的兩卷本《澳門離岸文學拾遺》4 為例，在這一時期發表
於香港的澳門作品中，以詩的數量最多。同時，這一時期從澳門
移居世界各地的「離岸作家」，也以詩人影響最大。較早有曾經
是 50 年代美華文壇「白馬社」成員的艾山，稍後有從澳門到香
港、臺灣讀書而今任教於美國加州大學的張錯，長期定居香港近
年移居加拿大的韓牧，目前仍活躍在香港詩壇的陳德錦、鍾偉民
等。他們在 80 年代澳門文學的崛起中，都曾經以作品回饋自己的
生身故地，並幾度返回澳門，對澳門文學的發展起了推動作用。
另一方面，這一時期從四面八方來到澳門的移民文化人中，不乏
已有所成的詩人和對詩鍾愛有加的文學青年。如曾在內地或香港
發表過作品的陶里、李觀鼎、高戈、玉文等，和後來在澳門成長
起來的淘空了、舒望、莊文永，以及更年青的黃文輝、林玉鳳、
馮傾城等。他們不同的人生經歷所帶來的文學風氣，構成了澳門
詩壇的多樣形態。他們從異地初臨貴境對澳門豐富的歷史文化和
別樣的生活形態的新鮮感受，在還來不及仔細咀嚼和深入思考
時，最易找到的激情噴發口是詩。歷史和現實的因緣際會，使詩
歌在澳門 80 年代的文學崛起中，扮演了先發者的角色。但是，這
種先期的激情噴發，要能長久地持續下來，就要進一步檢驗詩人
的思想和藝術能力。許多最初寫詩而後來轉向其他文學樣式的作

4　　《澳門離岸文學拾遺》，凌鈍編，澳門基金會出版，1995 年。

者，往往與此有關。在文學史上，文學主導地位由最初詩的崛起，轉讓於後來的小說或其他文體的現象，比比皆是。澳門詩歌在90年代末以後稍顯薄弱，也呈露出這種歷史走向的痕跡。

相對而言，散文在澳門文壇卻呈現出越來越強的走勢。本來，散文比起詩歌，在澳門有著更為廣闊的寫作空間和讀者市場。80年代以來繽紛發展的澳門報業，其爭取讀者的主要手段之一在於副刊，而副刊的需求主要是對散文的需求。它客觀上為澳門的散文創作提供了一個廣闊的平臺。在這個平臺上培養出來自社會各方面的一支龐大的散文隊伍，不僅有專業或半專業的寫作人，還有政界、商界、學界，乃至務工者和家庭主婦的寫手。他們不同的人生經歷和知識背景，使澳門的散文呈現視野不同、形態各異的繁富景象，這是澳門散文的難得之處。其中，先後聚集在「七星篇」和「美麗街」專欄中的一群女散文家，如凌棱、林中英、沈尚青、懿靈、彭海玲、水月、谷雨、夢子（廖子馨）、穆欣欣等，尤為引人注口。當然還包括許多未被納入「七星」和走進「美麗街」的女性散文家，如教育界資深的學人劉羨冰等，被稱為澳門文壇一道絢麗的風景。但我並不以為這就貶抑了男性的散文。澳門的女性散文在情感的真摯、細膩和個性的本色流露上，表現出了她們散文創作上可愛的性格魅力；但在文字的老辣和人生體驗的深刻，乃至由此而產生的某種歷史滄桑感，或許還要稍遜男性散文一籌。資深的作者如李成俊、李鵬翥、冬春軒、徐敏等，正當中年的如白思群、吳志良、公榮等。以報紙副刊為主要發表園地的散文創作，當然也免不了要受到副刊文體的一定限制。儘管澳門報紙不如香港那麼商業化，但從香港報紙學來的劃定「販文許可區」的「框框文體」，不能不在框定的字數裡限制作家思考和表現的空間。也因此，澳門的散文很大程度上走向隨筆化和雜文化。並非隨筆和雜文不好，但並不是所有作者的藝術個性都適合隨筆和雜文，特別是那類實際上並非散文的時政雜

言，我們就看到一些極具才情的作者在時政雜言上留下許多敗筆。這種依託於報紙副刊的寫作的無奈，從另一方面壓抑了澳門散文抒情和敍事的美文空間。雖然澳門報紙還有如《鏡海》那樣文學性的副刊，還有如《澳門筆匯》那樣專門的文學雜誌可以稍作彌補，但缺憾仍是難以避免。

長久以來，小說一直被人視為是澳門文學的弱項，事實也確曾如此。澳門在幾十年來，似乎只有一部描寫澳門爆竹工人悲慘生活的長篇小說《萬木春》出版。走出澳門的小說者也只有香港的謝雨凝、梁荔玲略為人知。從 60 年代開始就在香港和澳門報刊各寫了幾十部長篇連載小說的魯茂和周桐，只在澳門文學崛起後的八、九十年代，才各正式整理出版一部長篇《白狼》和《錯愛》。然而在近十年來，這種情況有了可喜的改變。首先是寫作隊伍的壯大，不僅是一些根生於斯的「老澳門」，以他們深刻的體驗和細微的觀察寫出了澳門的人世滄桑，如本書收入的余行心的《快活樓》、林中英的《重生》、胡根的《東方酒店的洗手間》以及從外地移居澳門的徐新的《昨夜明月今夜風》和陶里一系列魔幻現實主義的小說等；更重要的是一群年青作家加入小說方陣，引人矚目的是廖子馨、梯亞、寂然、梁淑琪等。他們敏銳的藝術感覺，無論寫實、浪漫、還是以現代或後現代的藝術方法，來把握澳門多重文化交錯的夢幻般的現實，都相當深刻地呈現出一個正從歷史淤泥中掙扎重生的澳門性格和形象。歸根到底，在諸種文學樣式中，要能夠更為深入地看取社會和人生，還非小說莫屬。澳門小說這種正在走強的態勢，是一個可喜的兆頭。

澳門本來就是一個國際化的城市。特殊的歷史使澳門擁有一個能夠包容各種不同文化的廣闊胸襟。澳門地域的狹小並不妨礙澳門文化襟懷的博大。澳門文化這一特徵也哺育了澳門文學的多元性格。首先澳門文學隊伍的構成是多元的。得益於 20 世紀 80

年代以後祖國內地的改革開放和帶給澳門經濟的提升，使得澳門
成為不僅吸引祖國內地移民作家、海外華人移民作家來到澳門，
也使澳門本土作家獲得成長的空間，他們共同構成澳門作家群體
多元互補的優勢組合，與和諧並存的文化生態。澳門作家不同的
人生經歷、社會體驗和藝術風格，帶來澳門文學多樣的呈現。既
是作品內涵方面關注澳門又超越澳門的歷史經驗、社會現狀和人
生體認的各自呈現，也是藝術把握方式從社會寫實，浪漫理想到
現代與後現代的解構與重構等不同風格的傳達，從而形成澳門文
學多元性格的另一特徵。而澳門作為國際化城市與世界的聯繫，
也使澳門作家比較容易走出澳門狹小的空間去觀察世界，從而使
澳門文學獲得一個相對開闊的世界性視野。既有著走出小城的澳
門作家對世界的觀察和體認，表現出澳門怎樣看世界，也有著外
來者對澳門的觀察體認，表現出世界怎樣看澳門。在這雙重視域
中，賦予了澳門文學開放性的特徵。

　　20 世紀 80 年代澳門文學崛起時，曾發出「建立澳門文學形
象」的呼籲，藉以推動澳門文學從自在走向自覺。「澳門文學形
象」的建立，是一個長期的、不斷深入的過程。它一方面是以文
學作為「澳門」的修辭，成為澳門的形象表徵；另一方面更是以
澳門作為文學的本文，即以澳門來確立文學的內質，也就是我們
常說的文學的「澳門性」。對文學「澳門性」的深刻認識與把
握，是所有澳門文學作者艱難追求的目標之一。在這一點上，澳
門的作家——無論是詩、散文還是小說，有著比較清醒的認識。
他們在作品中追思、反省澳門的歷史，表現澳門特殊的事件，深
入澳門歷史血緣和文化融合所遺下的複雜現實問題，在題材內容
上表現澳門歷史與現實的特殊性，這是值得肯定的一個方面。但
對「澳門性」的認識是一個不斷深化、不斷發展的過程，它既外
在地表現為澳門文學的存在形態，更內質地體現為澳門文學的精
神內涵。也不僅是一種題材的選擇，更是一種浸入到人物性格和

事件邏輯之中的精神與歷史必然性。對這一特徵的表現,是澳門
文學獲得獨立存在的價值之所在。對於已經意識到這一問題重要
性的澳門作家,是極其可貴的;但這個努力才剛剛開始,人們期
待的澳門未來偉大作品的誕生,將有賴於此。讓我們再接再厲
吧!

三

澳門文學還有一個特殊的部分:土生文學。

所謂「土生」,指的是在澳門出生的葡萄牙後裔。其中大部
分是自17世紀葡萄牙人入踞澳門以後與東方人——大部分是中國
人結合而生的混血兒,也有少量純粹葡萄牙人在澳門出生的後
代,和很少一些融入葡萄牙生活圈的華人後裔(大多是原來在葡
人家庭擔任管家之類高等僕役的華人)。這一群人實際上已經遠
離了他們的歐洲祖地,把根移到了澳門。他們一方面接受葡文教
育,歸屬於在澳門華洋雜糅的社會中生活,講地道的粵語,也接
受某些中華文化習俗。這是一個介於歐洲葡萄牙人和澳門華人之
間的特殊的階層。大多數已經無法返回歐洲祖家的現實,使他們
把自己稱為「澳門之子」、「大地之子」。這個由於「種族和多
次偶然通婚所產生的亞種族的產物」,一方面「遺傳本體十分豐
富」地保有著葡萄牙文化的主導傾向,另一方面又東西合璧地保
存著中國,以及馬來亞、印度、日本等東方民族的某些文化特
徵,廣泛地引起世界文化人類學者研究的興趣,也成為我們具體
剖析澳門東西文化融合的一個典型的案例。

「土生文學」概念的提出,雖在近年,但土生文學的存在,
則應推到一個多世紀以前。十八、九世紀的澳門,就出現了一些
用混合著古葡萄牙語、馬來亞語、印度語和粵語的「澳門土語」
寫成的「土生歌謠」,以及一些土生葡人的詩篇。它們被收集發

表在葡萄牙出版的《大西洋國》雜誌上，從而引起匍國文化學者
的注意，認為這些用古老的澳門土語寫成的作品，從形式到內容
都有著深厚的東方影響。20 世紀中葉以後，一些在葡萄牙接受良
好高等教育的澳門土生葡人，開始創作和發表一系列反映澳門土
生葡人生活的文學作品。較早的有出版了短篇小説集《長衫》的
澳門著名記者江道蓮（1914-1957），以詩集《澳門詩歌》、《澳
門，受祝福的花園》和十餘部有關澳門著作而亨譽文壇的著名學
者阿德（1919-1993），以及出版了詩集《孤獨之路》的詩人李安
樂（1920-1980）等，近年最受注目的是澳門從業律師飛歷奇
（1929-），他從上世紀 50 年代開始，先後以澳門為背景創作出
版了短篇小説集《南灣》，長篇小説《愛情與大姆指》、《大辮
子的誘惑》、《望廈》，其中描寫澳門土生與中國姑娘愛情的
《大辮子的誘惑》，還被拍攝成電影。而曾任澳門文化司司長的
詩人、畫家、攝影家和建築師馬若龍（1957-），則被視為是澳門
土生年青一代的俊彥。其他如飛文基（1961-）等創作的劇本《畢
哥上西洋》、《聖誕夜之夢》等在澳門上演也觀衆雲集。他們人
數雖少（據統計澳門土生葡人約三萬餘，其中一半回了葡萄牙或
散居世界各地，另一半則留在澳門成為澳門的永久居民），但作
為前澳葡政府依靠的力量，則享有政治和文化的優勢。他們兼具
東西方雙重文化因素和自身特殊的身世命運，賦予了他們創作題
材和思考上鮮明的「澳門性」，使他們成為澳門文學獨具色彩的
一個特殊存在。

　　澳門《文化雜誌》的主編、土生葡人官龍耀在為刊物製作的
「澳門土生人」特輯的前言中，稱「土生葡人」是「遊蕩於西方
精神和東方血緣之間」的「不同種族的產物」。「他們一直像在
兩個鐵製托盤中顫動的天平指標，但是軟弱是種族雜交帶給他們

5　　《文化雜誌》中文版第 20 期（1994 年秋季號），澳門文化司署出版。

的特徵之一，今天我們親歷到了他們那種被沒有祖國這一烙印深深折磨的悸痛。」[5] 如果說早期搜集發表在《大西洋國》雜誌上的「土生歌謠」，還洋溢著他們冒險東方的歡樂精神，那麼到了20世紀中葉以後相繼出現的土生作家的作品，則隨著殖民歷史的逐漸逝去，充滿了對自己族群的身世命運及生存前景憂慮、感傷、追詢和考問的歷史凝重感。這源於自身歷史和生存現實的省思和考問，是澳門土生文學最重要的母題。我們從許多土生作品中讀到的「我是誰」、「我從哪裡來」、「我在何處」、「我向哪裡去」等一系列詢問，已經不是哲學意義上普世化的抽象命題，而是澳門土生歷史命定必須面對的現實困境。應當說，澳門土生的創作，無論詩、散文、小說還是戲劇，都從這一歷史特殊性中透露出土生文學的「澳門性」。

文化的衝突、融合和選擇，是澳門土生文學另一個重要的創作母題。澳門土生葡人作為介於歐洲葡萄牙人和澳門華人之間的一個中間族群，有著可能同時進入以歐洲葡人為中心的澳門上層社會和以傳統華人為中心的澳門底層社會的天然優勢。這就為土生作家提供了一個比一般澳門作家更廣闊的全景式地展示澳門歷史與現實的書寫空間。許多土生作家正是游曳於這兩個表面相互隔絕的「社會」之間，展開歐洲葡人／土生葡人／澳門華人之間錯綜關係的描寫，從而揭示澳門社會豐富的生活層面和多元的文化存在。文化的衝突、文化的融合和文化的選擇，是這些故事和吟詠中最後昇華的主題，從中也透露出了土生作家自己多元的文化底蘊和複雜的文化心態。他們一方面因母系血緣的繼承而與中華文化有一種相容與接受的人生的親和性；另一方面又由於父系血統的出身和地位，以及歐洲中心主義的文化優越感，又一定程度地對中華文化採取輕蔑和排拒的態度。而當澳門回歸已成為歷史必然的宿命，使他們強烈地感受到「正面臨著最後的甚至是致命的放逐」（官龍耀語）時，他們的高傲和抱負很快又變成茫然

和自卑。這種複雜心態及其變化,不僅浸透在他們敍述和處理的人物故事與事件邏輯之中,而且本身就成為澳門歷史發展的一種深刻體現。它使土生作家的創作,不像一般外國作家(即使是長期生活在澳門的葡國作家)那樣,有一種局外人的冷漠和俯視的態度,而是有著一種滲透著自己人生滄桑的真切感。

澳門的土生文學在藝術上還表現出東西兩種不同藝術傳統的交匯和融合。不僅在小說的敍述方式、結構方式,而且在詩的意象的運用,使我們看到土生作家那種希望「能謀求結合兩種文化的素質,搜集中國千百年的經驗及其完美無瑕的藝術之大成,並且融入一種相反的、感知的技法和經驗」的努力。

澳門土生文學以其特定的文化內涵和文學價值,豐富了澳門文學,是所有澳門文學的閱讀者和研究者所不應忽視的。

四

有鑒於上述的一些情況,本書主要選收 20 世紀 80 年代澳門文學崛起以後的作品,而於此前發表的作品及在澳門堪稱「大宗」的傳統詩詞,均未能收入。這對於澳門文學發展的完整反映,當然是一大缺憾。作為一部文學大系的選本,入選者本來應當是那些經受歲月檢驗和汰選的成熟之作。不過澳門文學的崛起,只是近 20 來年的事,所謂「歲月檢驗」云云還有待將來。本書更多考慮的是「面」,希望能將近 20 年來活躍澳門文壇的作者,摘其代表作若干,盡收其中,讓這部選集去經受「歲月檢驗和汰選」。

澳門土生文學並非用漢語創作的文學,本來不應收入這套名為「華文文學」的大系之中。不過考慮到澳門土生文學作者的澳門身份及其作為澳門文學的一個組成部分,和作品所反映的東西文化交融的特殊意義,姑以附錄的形式選入幾篇譯成中文的作

品，所依的版本是汪春、譚美玲編，夏瑩、汪春、李長森、譚美玲、陳健霞、崔維孝、金國平翻譯，澳門大學出版中心出版的《澳門土生文學作品選》，想必會受到讀者的諒解和歡迎。何況所謂「華文」文學，不僅是漢語的書寫方式，還有中華文化的潛義。

　　最後，要感謝本書的五十多位作者，他們寄來了自薦的作品和個人簡介，並同意為我們選用；還要感謝澳門日報林中英、廖子馨、莊文永、澳門大學的汪春、譚美玲，澳門文化局的高戈等幾位好朋友，在我為編選此書專程前往澳門時給我很好的接待，並不斷地為我聯繫作者，提供資料、催促稿件、審閱篇目。沒有他們的幫助，這本書將很難編成。

後　記

　　介入華文文學研究，有幾分偶然。

　　1980 年，我回到學術崗位。疏離文學 20 年，乍一回來，生疏而茫然，一時連研究題目都找不到。一個偶然的機會，我參與第一屆臺灣香港文學研討會的部分籌備工作。彼時大陸這一領域的研究剛剛開始，一切從零出發，恰如缺乏學術準備的我一樣，便不覺捲了進去。先做臺灣文學，繼而港澳，再是海外。匆匆二十多年過去，才發覺這是我一生付出最多的一件事。「人因讀書老，家為買書貧」，在感慨之餘也竊幸，我的這一點學術經歷，隨著大陸這一學科的發展，不敢說同步，多少可作一點見證。

　　一直到今日，我還以為，華文文學研究在大陸，還是一個不成熟的發展中的學科。於我而言，幼稚和青澀，更所難免。相對于常為人們垢言的資料建設的不足，更為甚者的是理論建設的不足。我不擅理論，我的許多缺陷，首先由此而來。面對諸多研究對象，我從實證出發的研究，也不能不努力追溯或上升到它的理論層面，尋求自洽而周圓的詮釋。每當此時，常會發現一些有趣的命題，誘你深入。學術的魅力，其實就在於命題的魅力。而華文文學的學科性質，使它潛隱著許多傳統文學研究所沒有的學術命題。正是這些命題，使得目前雖未成熟的華文文學研究，有著許多尚待拓展和深入的空間，從而充滿了誘人的魅力和可以預見的前景。

　　收在這裡的二十餘篇文章，選自我過去的一些著作。疏陋和淺薄，自感汗顏。感謝臺灣人間出版社，給我這樣一個檢討自己的機會，也感謝讀者所將給予的批評。華文文學研究的未來，在於更年輕一代的學者，我對此充滿了信心和期待。

國家圖書館出版品預行編目資料

華文文學的大同世界 / 劉登翰著. -- 初版. -- 臺
北市：人間，2012. 1
　　　面；　　公分
　　ISBN 978-986-6777-42-4（平裝）

1. 海外華文文學　2. 文學評論

850.9　　　　　　　　　　　　100022619

華文文學的大同世界

著◎劉登翰

出版者　人間出版社

發行人　呂正惠

社長　林怡君

地址　台北市長泰街59巷7號

電話　02-2337-0566

郵撥帳號　11746473 人間出版社

排版印刷　龍虎電腦排版股份有限公司

電話　02-8221-8866

登記證　局版台業字第三六八五號

初版　2012年1月

定價　新台幣360元